2,50 EUR
W7

W0248936

LAURA LIPPMAN
DIE WITWE DES MILLIONÄRS

DER ZWEITE FALL FÜR
TESS MONAGHAN

Aus dem amerikanischen Englisch von
Ulrich Hoffmann

KAMPA

Die amerikanische Originalausgabe erschien 1997 unter dem Titel *Charm City* im Verlag Avon Books, New York.
Die deutsche Erstausgabe erschien 2003 unter demselben Titel im Rotbuch Verlag, Hamburg.

Für den Blick hinter die Verlagskulissen:
www.kampaverlag.ch/newsletter

KAMPA POCKET
DIE ERSTE KLIMANEUTRALE TASCHENBUCHREIHE
Gedruckt auf säurefreiem und chlorfrei gebleichtem Papier aus verantwortungsvollen Quellen, zertifiziert durch das Forest Stewardship Council. Der Umschlag enthält kein Plastik. Kampa Pockets werden klimaneutral gedruckt, kampaverlag.ch/nachhaltig informiert über das unterstützte CO_2-Kompensationsprojekt.

Veröffentlicht im Januar 2021 als Kampa Pocket
Copyright © 1997 by Laura Lippman
Für die deutsche Übersetzung
Copyright © 2021 by Kampa Verlag AG, Zürich
Covergestaltung: Lara Flues, Kampa Verlag
Covermotiv: © Mathilde Crétier
Satz: Tristan Walkhoefer, Leipzig
Gesetzt aus der Stempel Garamond LT / 210130
Druck und Bindung: GGP Media GmbH, Pößneck
Auch als E-Book erhältlich
ISBN 978 3 311 15510 2

www.kampaverlag.ch

Für John

1 normaler Mann + 1 normales Leben = 0
1 normaler Mann + 1 ungewöhnliches Abenteuer = Story
1 normaler Ehemann + 1 normale Ehefrau = 0
1 Ehemann + 3 Frauen = Story
1 Bankkassierer + 1 Frau + 7 Kinder = 0
1 Bankkassierer – $ 10 000 = Story
1 Chormädchen + 1 Bankpräsident – $ 100 000 = Story
1 Mann + 1 Auto + 1 Waffe + 1 Flasche Whiskey = Story
1 normaler Mann + 1 normales Leben von 79 Jahren = 0
1 normaler Mann + 1 normales Leben von 100 Jahren = Story

GEORGE C. BASTIAN »Editing the Day's News« (1922)

Wenn man sich entscheidet, sein Leben mit einem Windhund zu teilen, dann ist das ein Akt, der fast so alt ist wie die Zivilisation selbst. Dies sind dieselben Hunde, die neben Pharaonen schliefen, mit den Edlen des Mittelalters jagten und die über Tausende von Jahren Künstler und Poeten inspirierten. Ohne Zweifel sind sie edel genug für uns. Die Frage ist: Sind wir edel genug für sie?

CYNTHIA A. BRANIGAN
»Adopting the Racing Greyhound«

Drive-by-shootings sind out. Hinrichtungen sind in.

BALTIMORE POLICE COMMISSIONER
THOMAS C. FRAZIER
1997 in einem Interview
über die regionale Verbrechensstatistik

I

Vom Himmel fiel nichts Nasses. Kein Schnee, kein Eis, kein Hagel; kein Regen, der sich in Graupel verwandelte, kein Schauer, der zu Dauerregen wurde. Das allein war Grund genug, befand Tess Monaghan, zu feiern. Sie würde zu Fuß nach Hause gehen, statt wie sonst den Bus zu nehmen, vielleicht würde sie einen Zwischenstopp bei Bertha's einlegen und die Nase über die muschelessenden Touristen rümpfen, oder sie könnte sich etwas Warmes, Alkoholhaltiges im Henninger's gönnen. Ein Montagabend im März in Baltimore würde niemals Mardi Gras sein, nicht einmal Lundi Gras, aber es war nett, wenn man sich die Mühe machte, darauf zu achten. Und das tat Tess. Zum ersten Mal seit über zwei Jahren hatte sie einen Vollzeitjob und einen Vollzeitfreund. Ihr Leben lief vielleicht nicht wie eine dieser Ganztagspartys in der Bierwerbung, aber immerhin war es langsam so angenehm wie in einem Werbespot für International Coffee.

Die ersten paar Blocks ihres Heimwegs war sie allein. Die Innenstadt wurde früh leer. Aber als Tess sich dem Inner Harbor näherte, war sie plötzlich von einer aufgeregten fröhlichen Menschenmenge umgeben. Tess war vielleicht keine Zeitungsreporterin mehr, aber ihre Instinkte funktionierten noch. Außerdem roch sie etwas zu essen: Hotdogs, Popcorn, Brezeln, irgendetwas leicht süßlich Angebranntes. Vielleicht Zuckerwatte – eine dieser verführerischen Sachen, die viel besser dufteten, als sie schmeckten.

»Kostet heute alles nichts, Schätzchen«, sagte ein Hotdog-Verkäufer und drückte ihr eines seiner Kunstwerke in die Hand. »Auf Kosten der Keys.« Tess hatte keine Ahnung, wovon er redete, nahm den Hotdog aber trotzdem.

Was würde an einem normalerweise gottverlassenen Montagabend so viele Leute hier in den Hafen locken, fragte sie sich und verschlang den Gratis-Heißhund mit drei Bissen. Geschäftsleute, die von der Arbeit kamen, junge Männer in Sportsachen und aufgedonnerte Frauen in Gabardine-Regenmänteln, deren hohe Absätze über einen Bürgersteig klickten, der gerade erst vom letzten Schneesturm freigeschmolzen war. Dann waren da noch die Vorstadtmuttis in Leggings, riesigen Pullovern und Daunenjacken, die sich fest an die Händchen von kleinen Kindern klammerten, die ihrerseits noch fester kleine schwarz-violette Fähnchen umklammerten.

Angezogen von der Menge und der begeisterten Vorfreude, landete Tess an dem kleinen Amphitheater zwischen den beiden Pavillons im Hafen. Hunderte von Leuten drängten sich bereits vor der kleinen Bühne. Ein Mann mit einem Megaphon, der Moderator des städtischen Fernsehsenders, feuerte die Menge an. Tess brauchte einen Moment, um die verzerrten, elektronisch verstärkten Worte zu verstehen.

»Slam dunk! Jam one! Slam dunk! Jam one!«

Dann kamen noch ein paar Männer auf die Bühne, eine Möchtegern-Basketballmannschaft in schwarzviolettem Aufwärm-Outfit. Ein paar Kerle trugen sogar Shorts, und ihre Beine überzog in der kalten Abendluft eine lila Gänsehaut. Wer war wohl verrückt genug, in einer solchen Nacht so aufzutreten? Tess erkannte den Gouverneur. Das passte; dem hatte bisher noch jedes Kostüm gefallen. Aber auch der Bürgermeister, der nicht gerade für seine Originalität berühmt war, stand da in einem schwarzen Trainingsanzug; sein üblicher Kente-Schlips ragte gerade noch über dem Reißverschluss heraus. Tess entdeckte noch einen Fernsehtypen, zwei Senatoren und ein paar arme Säcke der ehemaligen Baltimore Bullets, die inzwischen Washington Wizards hießen, wegen der zahlreichen Morde in der Stadt. Erstaunlicherweise hatte der Namenswechsel nicht dazu beigetragen, die Zahl der Gewaltverbrechen zu reduzieren.

»Slam dunk! Jam one! Slam dunk! Jam one!«

Über das Grölen der Menge hinweg konnte Tess blecherne Musik hören, ein alter Jingle der Stadt, mit dem man die Leute dazu hatte bringen wollen, die Straßen sauber zu halten, indem die Bürger »Müllball« spielten. Sie konnte sich noch ungefähr daran erinnern. Die orange-weißen Mülleimer der Stadt waren mit Slogans wie *Jam One!* oder *Dunk One!* beklebt worden. Dann hatten sie die Kampagne beendet, und Baltimorabilia-Sammler hatten alle Mülleimer gestohlen, bevor man sie hatte umstreichen können.

Nun hinkte noch ein Mann auf die Bühne, ein alternder Sportler, dessen Stock seinem scheußlichen Trainingsanzug einen eigenartig aristokratischen Touch verlieh. »Tuuuuutch, Tuuuuutch«, johlten die Männer, und ein paar Frauen kreischten tatsächlich, als er die Menge mit einem hochgereckten Daumen begrüßte. Ja, Paul Tucci sah immer noch gut aus und verfügte über den Körperbau des erstklassigen Sportlers, der er einst gewesen war, obwohl er nach der Knieoperation im Winter deutlich zugelegt hatte. Tess vermutete, dass die Frauen sich nicht so sehr für Tuccis Körper, sondern vor allem für Tuccis Geld interessierten. Er hatte mit Olivenöl angefangen und sich dann über praktisch jeden Aspekt des Lebens in Baltimore hergemacht, vom Import bis zur Müllverbrennung. »Die Tuccis spinnen Stroh zu Gold«, sagte man.

Über die Lautsprecher wurde nun ein fröhliches »Sweet Georgia Brown« ausgestrahlt, das man mit den Harlem Globetrotters in Verbindung brachte. Der Gouverneur, der ungeschickt mit einem Basketball dribbelte, löste sich aus der Gruppe, trat vor und spielte dann dem Bürgermeister den Ball zu, allerdings warf er ihn über seinen Kollegen hinweg. Die beiden hatten noch nie gut zusammengearbeitet. Der Bürgermeister rettete die Situation einigermaßen, holte den Ball wieder und spielte ihn durch die Beine hindurch einem Senator mit einem recht neuen, recht schlechten Haartransplantat zu. Die Menge johlte begeistert. Tess fragte sich, warum um Himmels willen. Schließlich fing Tucci den Ball und ließ ihn auf der Spitze seines Krückstocks kreisen, was noch ein paar Frauen mehr kreischen ließ. Dann übernahmen die echten Basketballspieler die Bühne, sie führten ein paar ordentliche Pässe und Moves vor.

Ein paar Minuten später trat der Fernsehmoderator

ans Mikrophon. Zumindest ist er nicht blöd genug, mit nackten Beinen auf die Bühne zu kommen, fiel Tess auf.

»Haaaaallllllllooooooooo, Baltimore.« Die Menge jubelte. »Wie ihr wisst, gibt es seit 1972 in dieser Stadt kein Basketball mehr, und erst vor Kurzem ist Football in unsere Stadt zurückgekehrt, obwohl die National Football League zuerst zögerlich war …«

»Nieder mit dem Commissioner!«, schrie ein durchgedrehter Fan direkt in Tess' rechtes Ohr. »Nieder mit Tagliabue! Der verdammte Bob Irsay! Zur Hölle mit der verrottenden Leiche von Bob Irsay!« Irsay hatte die Baltimore Colts 1984 in einer Winternacht einfach weggeholt, und obwohl die Stadt mittlerweile eine neue Football-Mannschaft hatte und Irsay tot war, hasste man ihn immer noch. Baltimore vergaß vielleicht manchmal, aber vergab nie.

Der Fernsehmoderator sprach ungerührt weiter. »Aber ein Mann hat nie aufgegeben. Und jetzt wird dieser Mann den Basketball wieder zurück nach Baltimore holen. In wenigen Tagen will er einen Vorvertrag mit einer Profimannschaft abschließen, die in unsere ›Charm City‹ umziehen möchte. Im Gegenzug hat die Stadt sich bereit erklärt, ein wunderschönes neues Stadion zu bauen. Und alle Basketballfans sind heute hier angetreten, um der NBA zu zeigen, dass wir sehr wohl eine Mannschaft supporten können. Ja, das nenne ich Teamwork!«

Und eine großartige Verschwendung von Steuergeldern, dachte Tess verärgert. Aber der Staat hatte dasselbe ja schon für die Orioles und die Ravens getan. Wenn jemals eine Stadt ein Selbsthilfebuch brauchte, dann Baltimore: Städte, die zu sehr in den Sport verliebt sind, und die gierigen Mannschaften, die das ausnutzen.

»Also begrüßt bitte den Mannschaftskapitän, den Mann, der uns so weit gebracht hat, denjenigen, der allen ins Gesicht lachte, die ihm sagten, daraus würde nichts – unseren großartigen Gerard ›Wink‹ Wynkowski.«

Ein schlanker, nicht besonders großer Mann kam auf die Bühne. Er trug keinen Trainingsanzug, sondern ein lila Polohemd, eine schwarze Jeans und eine schwarze Motorradjacke. Grau-weiße Cowboystiefel aus irgendeinem exotischen, politisch sicher zweifelhaften Leder – vielleicht Strauß oder Schlange – ließen ihn ein paar Zentimeter größer werden, sodass er neben dem Gouverneur und dem Bürgermeister bestehen konnte. Aber er hielt sich fern von den Ex-Sportlern, die ihn meilenweit überragten.

»Seid ihr bereit für ein bisschen Basketball?«, knurrte er mit unverkennbarem Baltimore-Akzent.

Sein Gesicht war eckig und spitz, tief gebräunt, und seine braunen Locken trug er in einer Art Afro. Tess erinnerte sich, dass eine Karikatur dieses spitzen Gesichtes und wilden Haares das Logo für eine seiner Firmen gewesen war, aber welche? Im letzten Jahrzehnt hatte Winks Holding Montrose Enterprises mindestens ein halbes Dutzend Geschäfte gegründet, jedes erfolgreicher als das zuvor.

»Wink! Wink! Wink! Wink!«, bejubelte die Menge ihren Sportheiligen, genauso wie sie ihn vor 25 Jahren auf dem Basketballfeld der Highschool angefeuert hatten, als die Vorstellung, dass ein ein Meter achtzig großer Junge aus Polen Profi werden würde, nicht ganz so lächerlich gewesen war.

»Ihr seid die Größten«, verkündete er der Menge. »Ihr seid an diesem Abend hergekommen, obwohl ihr nicht mal wisst, mit welcher Mannschaft ich verhandle. Stellt euch mal vor, wie viele Leute in einer Woche hier sein werden, wenn ich offiziell unsere neue Mannschaft bekannt gebe – die Baltimore Keys.«

Die Menge grölte begeistert zurück: *»Jam one! Slam dunk! Jam one! Slam dunk! Jam one! Slam dunk!«*

Tess drängte sich durch die Menge nach vorne. Neugierig wollte sie einen besseren Blick auf diesen Lokalmatador erhaschen. Winks Lebensgeschichte könnte aus einem alten Dreißiger-Jahre-Spielfilm stammen: Er war ein vaterloser Kleingauner, der es tatsächlich zu etwas gebracht hatte, nachdem er als Jugendlicher für ein paar Kleindelikte in der Jugenderziehungsanstalt Montrose gelandet war. Sie hatte gewusst, dass er reich war, aber ihr war nicht klar gewesen, dass seine Restaurants und Fitnessclubs ihm genug Geld eingebracht hatten, um sich eine Basketballmannschaft kaufen zu können.

Als die Menschenmenge vor ihr zu dicht wurde, bog sie nach links ab und ging im Zickzack, bis sie an der Seite vorbei ganz nach vorne gelangte. Aus der Nähe waren Winks blaue Augen nicht die fröhlichen, tanzenden Lichter, die sie über so einem breiten Grinsen erwartet hätte. Sie ruhten groß und tief in seinem kleinen Gesicht, nahmen alles in sich auf und gaben nichts zurück.

Plötzlich schubste jemand Tess brutal von hinten, und zwar mit einer Selbstgerechtigkeit, wie sie nur Päpste,

Könige und Kameramänner an den Tag legten. Da der Papst in der nächsten Zeit nicht erwartet wurde und Wallis Warfield Simpson Baltimores einziger Thronanwärter in diesem Jahrhundert gewesen war, wusste Tess schon im Voraus, dass sie in die Linse eines Kameramannes schauen würde, wenn sie sich umdrehte. Sie stand mitten im Pressebereich, wo die Fernsehreporter den ganzen Quatsch für die Elf-Uhr-Nachrichten aufnahmen.

»Du bist im Bild«, zischte der Kameramann sie an.

»Wie ungeschickt von mir.« Sie rührte sich nicht – jedenfalls nicht gleich.

In der Nähe standen zwei Zeitungsreporter, ein Mann und eine Frau, mit ihren Notizblöcken. Die Frau kritzelte wie wild in ihren, während der Mann Wink einfach nur anstarrte, als könnte er nicht glauben, was er sah. Einen Augenblick lang hatte Tess das Gefühl, sie sollte eine von ihnen sein, auch sie sollte einen Notizblock bei sich tragen. Dann erkannte sie den Mann – nicht an seinem Gesicht, das von ihr abgewandt war, sondern an seinen Knöcheln, die stets nackt waren, selbst an so einem Abend.

»Feeney!«, rief sie. Er schaute müde unter dem Schirm seiner wollenen Baseballkappe auf, lächelte dann aber, als er sah, wer seinen Namen gerufen hatte.

»Tess, meine Liebe!«, rief Kevin Feeney zurück und winkte ihr zu. »Komm hier rüber. Wir suchen bloß ein bisschen Stimmung.«

Die junge Frau neben ihm bedachte Tess mit einem schnellen tödlichen Blick. Tess konnte praktisch hören, wie sie insgeheim Punkte verteilte, wie es manche Frauen nun einmal taten: Größer – ein Punkt für sie. Hippie – ein Punkt gegen sie. Große Brüste, lange Haare – 2 Punkte für sie. Unfrisur, nur ein Pferdeschwanz – 2 Punkte gegen sie. Älter als ich – 3 Punkte gegen sie. Gesicht okay. Klamotten weder schick noch peinlich. Tess war nicht sicher, wie sie am Ende abschnitt, aber offensichtlich ein bisschen zu gut. Die Frau bedachte sie mit einem erschreckend falschen Lächeln, das zugleich darauf hindeutete, dass sie wenig Erfahrung mit echtem Lächeln hatte, und streckte die Hand aus.

»Rosita Ruiz.« Autsch. Die R's rollten von ihrer Zunge wie Kugellager, und das T war eine akustische Machete. Rosita packte Tess' Hand und zwickte sie zwischen Daumen und Zeigefinger wie ein Krebs. Tess, die oft mit einem alten Tennisball Kraftübungen machte, während sie telefonierte, genoss es, Rositas Hand zu drücken und zugleich ihre eigene Inventur vorzunehmen.

Klein, aber Tess kamen die meisten Frauen klein vor. Sie sah aus wie eine Turnerin – schlanker Oberkörper, kräftiger Unterkörper. Gleichmäßige Züge und schwarz schimmerndes Haar – sie wäre hübsch, wenn sie nicht so säuerlich dreinblicken würde.

»Tess Monaghan«, sagte sie, ließ Rositas Hand los und wandte sich wieder Feeney zu. »Ich kann kaum glauben, dass du hier bist. Machen so was nicht Praktikanten? Oder Sportreporter? Du gehörst doch in den Gerichtssaal, wo du echte Nachrichten verfolgen solltest.«

»Ich hab's dir doch schon gesagt. Wir sind hier nur auf der Suche nach ein paar Farbtupfern. Funkelnden Kleinigkeiten.«

»Weswegen?«

»Darf ich dir nicht sagen, meine Liebe, darf ich nicht sagen.«

»Wenn Feeney Farbtupfer sagt, meint er es nicht wörtlich«, erklärte Rosita allen Ernstes. »Sie müssen wissen, in der Zeitung bedeuten Farbtupfer ...«

»Tess war eine von uns«, unterbrach Feeney freundlich, obwohl Tess das Gefühl hatte, keine Unterbrechung könnte für Rosita jemals freundlich genug sein. »Jetzt ist sie Privatdetektivin.«

»Na ja, so ähnlich. Ich muss immer noch meine Lizenz beantragen. Aber ich bin jedenfalls kein Mitglied der vierten Macht mehr.« Komisch, es tat gar nicht mehr weh, das zu sagen. Der *Star* war tot, das Leben ging weiter, Baltimore war eine Stadt mit nur einer Zeitung, und diese eine Zeitung war – egal, wie einem das gefiel – der *Beacon.*

»Sag uns Bescheid, wenn es so weit ist. Vielleicht kann Rosita was über dich schreiben, wenn du einen dicken Fall löst. Tess Monaghan, die rudernde Ermittlerin.«

»Um diese Jahreszeit rudere ich nicht«, erinnerte ihn Tess. »So hart bin ich nun auch nicht drauf. Ich geh am ersten April wieder aufs Wasser, keinen Tag früher.«

Feeney hörte sie nicht. Er strahlte, seine geheime Story ließ ihn von innen leuchten. Es war vielleicht etwas Politisches, vermutete Tess, wenn man bedachte, wer auf der Bühne stand. Für einen Artikel über den Gouverneur brauchte man auch immer frische Anekdoten, wie er sich wieder lächerlich machte. Oder vielleicht nutzte Familie Tucci auch ihre beachtliche Macht aus, um noch eine Müllverbrennungs-Konzession zu bekommen, obwohl immer weniger Stadtteile so eine Anlage herumstehen haben wollten. Aber wie die meisten reichen Familien beschwerten sie sich ganz schnell, wenn ihnen eine staatliche Regelung oder eine Gebühr nicht passte.

Viel wahrscheinlicher war, dass Feeney über das Ereignis des Abends schrieb, über Wink und seinen Basketball-Deal. Aber was hatte das mit einem Gerichtsfall zu tun? Und wieso hatte er noch eine andere Autorin dabei?

»Lass uns bald mal was trinken gehen«, sagte Tess, wobei sie die Stimme senkte, sodass Rosita nicht glauben könnte, sie wäre auch eingeladen. »Ist schon zu lange her.«

Er lachte. »Du willst von mir bloß alles erfahren.«

»Na klar. Aber das kann dir doch egal sein, wenn ich dich bei ein paar Drinks im Brass Elephant ausfrage? Du kriegst umsonst was zu trinken und wirst mir wahrscheinlich sowieso nicht antworten. Morgen Abend? Halb acht?«

»Sagen wir acht. Wer weiß – vielleicht ist dann schon Zeit zu feiern.«

»Okay. Bis dann.« Sie gab ihm die Hand, dann log sie Rosita ins Gesicht: »War nett, Sie kennenzulernen.«

Die junge Frau lächelte mit zusammengepressten Lippen, was die Temperatur stark abfallen ließ. Okay, ich bin auch nicht gerade warmherzig aufgetreten. Aber Tess fand, dass sie nur auf die Unhöflichkeit der kleinen Reporterin reagiert hatte, so wie man einen knallharten Aufschlag beim Tennis retournierte. Rosita trug ihren Ehrgeiz sichtbar zur Schau wie altgediente Reporter Trenchcoats. Zu ihrem jungen Körper passte das nicht gut.

Tess ließ sich noch einen Gratis-Hotdog geben und versuchte, damit den restlichen Weg nach Hause auszukommen. Von achtzehn Blocks war der Hotdog sechzehn zu kurz. Trotzdem war sie satt und zufrieden, als sie ihre Wohnung erreichte. Sie entschied sich, noch kurz im Buchladen ihrer Tante im Erdgeschoss hereinzuschauen und ihr von dem Menschenauflauf am Hafen zu berichten. Kitty wusste das Absurde zu schätzen, was man auch am Namen ihres Ladens erkannte: FRAUEN UND KINDER ZUERST.

»Oh, Tesser, wo warst du denn?«, rief Kitty, bevor Tess anfangen konnte, das spastische Dribbeln des Gouverneurs nachzumachen, die pseudocoolen Moves des Bürgermeisters und Tuccis alberne Angeberei. »Tommy hat immer wieder angerufen. Er hat dich im Büro knapp verpasst, und seitdem ruft er alle fünf Minuten hier an.«

»Tommy, Spikes hysterisches Helferlein? Wieso, hat ihm jemand die Einlagen geklaut? Oder sich ein paar Brezeln zu viel genommen oder einen ungedeckten Sieben-Dollar-Scheck hinterlassen? Glaub mir, Kitty, Tommys Anrufe sind nie so wichtig, wie er glaubt.«

In Kittys blauen Augen schimmerten Tränen. »Es geht um deinen Onkel Spike, Tess. Er liegt im Saint Agnes Hospital. Jemand hat versucht, das Point auszurauben, und der verrückte alte Sack hat versucht, das zu verhindern – und es wäre ihm beinahe gelungen.«

»Nur beinahe?«

»Nur beinahe.«

2

Tore, ich hab sie gesehen, die Tore«, murmelte Spike. Seine braunen Augen starrten milchig ins Nichts, sie konnten gar nichts sehen. »Tore.«

»Ich weiß, Onkel Spike, ich weiß«, sagte Tess und tätschelte seine Hand. Aber sie wusste gar nichts. Tore? Vielleicht sah er sein Leben vor sich, die Tore, die er in gut fünfzig Jahren geschossen hatte? Sie wertete dieses Klischee als gutes Zeichen. Wenn der Tod näher käme, würde man ja wohl origineller reagieren.

»Die Tore.«

Spikes Gesicht war geschwollen, überall waren kleine Platzwunden, und die Leberflecke, die ihn ein bisschen wie einen Spaniel aussehen ließen, wurden beinahe von rot-lilafarbenen Schwellungen verdeckt. Nur sein spitzer, kahler Kopf, der oben aus seinem braunen Haarkranz ragte, war immer noch weiß und unbefleckt.

»Tore«, murmelte er.

»Ich hab ihn gefunden?«, sagte Tommy, der Tellerwäscher aus Spikes Bar, der fast alles wie eine Frage aussprach. Diese Wischiwaschi-Tendenz, zusammen mit seinem starken Baltimore-Akzent und seiner Angewohnheit, Worte miteinander zu verwechseln, machte ihn für praktisch jedermann außer Spike unverständlich. »Vor ungefähr zwei Stunden? Ich wollte mich auf die Leute am Montagabend vorbereiten? Ich wollte ein paar hart gekochte Eier pellen, weil der neue Koch nicht gekommen ist, die faule Sau?«

»Ein Überfall?« Tess hatte das nicht als Frage gemeint, aber Tommys Aussprache war ansteckend.

»Ja, ein Überfall, aber am Montag haben wir nicht viel Geld, nicht außerhalb der Football-Saison? Deswegen haben sie sich aufgeregt? Deswegen haben sie ihn zusammengeschlagen?«

Tommy hatte schon recht: Onkel Spike sah aus wie eine schlecht gewordene Pflaume oder eine gehäutete zermatschte Tomate. Wer tat einem alten Mann das an? Aber Tess wusste Bescheid. Amateure. Kinder. Idioten, genau die Leute, derentwegen Verbrecher einen schlechten Ruf genießen. Die haben keine Ahnung von der Etikette, nach der man bei einem Kneipenüberfall einfach niemanden tötet, und schon gar nicht versucht, jemanden totzuprügeln. Überhaupt raubte man keine Kneipen aus, denn die Besitzer hatten normalerweise abgesägte Schrotflinten unter der Bar, vor allem, wenn sie nebenbei auch noch illegal als Buchmacher arbeiteten. Spike arbeitete nebenbei als Buchmacher, Spike hatte eine Schrotflinte. Wieso hatte er sie nicht benutzt?

»Nummern«, brachte er schwach hervor, als dächte auch er an die Wetten, die ihm viel mehr einbrachten als die Bar. Dann sagte er nichts mehr, die Augen fielen ihm zu.

So verharrten sie – Tess hielt Spikes Hand, Tommy saß auf der anderen Seite des Bettes und wippte nervös vor und zurück, er hatte sich die Arme um den Körper geschlungen – bis ein junger Arzt hereinkam und sie bat, zu gehen.

Der schlaksige Tommy bestand darauf, Tess zu ihrem eigenen Schutz zum Wagen zu begleiten. Auf dem Parkplatz waren die Pfützen zugefroren, und das vielversprechende Gefühl, das Tess am frühen Abend noch empfunden hatte, war verschwunden. Der März, mit seinem Morgenregen und den winterlichen Nächten, kam ihr plötzlich so bitter vor wie Kuvertüre.

»Er hat etwas für dich?«, sagte Tommy etwas zögerlich. »In der Bar? Bevor die Notärzte ihn mitgenommen haben, hat er mir gesagt, ich soll's dir geben?«

»Er erwartet doch nicht, dass ich die Bar schmeiße, oder?«

Tommy keckerte laut los, er bog sich vor Lachen über die Vorstellung, dass Tess das Point, Spikes Bar, leiten könnte. Zwischen den Lachattacken brachte er sogar ein paar fragezeichenlose Sätze hervor.

»Nein, nicht die Bar. Aber es ist *in* der Bar. Komm mit, dann geb ich's dir. Aber folge mir, okay? Ich nehm eine Abkürzung?«

Sie verließen das Saint Agnes Hospital und fuhren durch kleine Gässchen in Südwest-Baltimore zur Kneipe ihres Onkels. Die Highways waren in Baltimore selten der schnellste Weg, irgendwo hinzukommen, jedenfalls nicht von Osten nach Westen, aber Tommys Abkürzung schien doch ungewöhnlich viele Kreisfahrten zu enthalten, er näherte sich dem Point durch die gewundenen Straßen des Leakin Park.

Das Point war dunkel, verschlossen für die Nacht, vielleicht für immer. Tommy führte Tess durch den Hintereingang, durch die Küche – die Küche, in der sie ihre ersten Pommes frites gegessen hatte, ihren ersten

Zwiebelring, ihren ersten Mozzarella-Stick, sogar ihren ersten gefüllten Jalapeño. Das war die Basis von Spikes Nahrungspyramide, und Tess konnte gut damit leben.

Tommy schloss einen Lagerraum auf, blieb auf der Schwelle stehen und schaute in die Dunkelheit.

»Da«, sagte er schließlich und zeigte auf etwas, das aussah wie ein schwarzer Sack.

»Was?«, fragte Tess. Erschreckenderweise begann der Sack sich zu bewegen, er erhob sich auf vier Stöckchen und kam auf sie zu, ins Licht. »Was zum Teufel ist das?«

Es war ein Hund, ein knochiger, hässlicher Hund mit mattschwarzem Fell und kahlen Stellen am Hintern. Seine braunen Augen waren genauso glasig wie Spikes, die Schultern hochgezogen wie die von Richard M. Nixon.

»Das ist ein Greyhound, ein Windhund? Spike hat ihn dieses Wochenende bekommen?«

»Greyhound? Aber er ist *schwarz*.«

»Die meisten Windhunde sind nicht grau, und wenn doch, dann nennt man es blau.« Tommy sagte das ganz entschlossen, er schien sich sicher zu sein. »Manche sind beige, andere sind fleckig, und es gibt auch schwarze. Es heißt, die Grauen laufen nicht so gut, aber das ist bloß ein Vorurteil.«

»Wollte Spike den Hund hier Rennen laufen lassen?«

»Nein, diese Hündin ist *in Rente*? Und sie war auch nie besonders gut? Spike hat sie von irgendeinem Typen?«

»Was für einem Typen?«

»Einem Typen aus diesem Laden, wo er manchmal hingeht?«

Die Hündin schaute zu Tess auf, und der herunterhängende Schwanz bewegte sich ein wenig, als hätte sie eine vage Erinnerung daran, vor langer Zeit einmal damit gewedelt zu haben. Tess schaute zurück. Sie war kein Hundemensch. Sie war auch kein Katzenmensch, Fischmensch oder Pferdemensch. An schlechten Tagen war sie noch nicht einmal ein Menschenmensch. Sie aß Fleisch, trug Leder und liebte heimlich den alten Nerz ihrer Mutter. Pelz war warm, und die Winter in Baltimore schienen immer schlimmer zu werden, trotz der globalen Klimakatastrophe.

»Wieso kannst du sie nicht nehmen, Tommy?«

»Ich kann keinen Hund in der Bar halten, dann macht die Gesundheitsbehörde uns zu? Ihr Name ist S. K.?«

»Was sind denn das für Initialen, S. K.?«

»Nein, *Esskay*? Wie die Wurst?«

»Wie in ›Schmeck den Unterschied der Ka-walität?‹, diesem Spot, bei dem sich Cal Ripken Jr. eine Scheibe Speck in die Basketballfresse schiebt?«

»Ja, das ist ihr Lieblingsessen, aber das kriegt sie nur ausnahmsweise. Die restliche Zeit bekommt sie dieses besondere Hundefutter, das Spike ihr gekauft hat.«

Fünf Minuten später saß Tess in ihrem zwölf Jahre alten Toyota, das Hundefutter lag im Kofferraum, und Esskay stand mit durchgestreckten Beinen auf dem Rücksitz, rutschte in jeder Kurve vor und zurück und wimmerte bei jedem Schlagloch, also etwa alle zehn Meter. Baltimores Straßen, um die es sowieso nie gut gestanden hatte, litten unter diesem Winter mehr als alles andere. Und es half nicht, dass der Wagen hinter ihr das Fernlicht an hatte und offensichtlich bis nach Fells Point an ihrer Stoßstange kleben wollte. Letztendlich überfuhr sie an der Edmondson Avenue eine rote Ampel, nur um diesen Idioten endlich loszuwerden.

»Sitz! Setz dich hin!«, zischte Tess die Hündin an, aber Esskay starrte einfach nur zurück und glitschte weiter über den Vinyl-Rücksitz, sie stieß sich den Kopf am Fenster, dann rutschte sie zur anderen Seite und knallte mit dem Hintern ans andere Fenster. Aber sie bellte nicht, das fiel Tess auf, sie machte überhaupt kein Geräusch, außer diesem fast unhörbaren Wimmern ganz tief im Rachen.

Die Sonne war gerade schwächlich aufgegangen, als Tess am nächsten Morgen die Augen aufschlug. Komisch, normalerweise wachte sie im Winter nicht so früh auf, es war die einzige Jahreszeit, in der sie ausschlafen konnte. Vom Frühjahr bis zum Herbst, wenn sie ruderte, war sie mit den Vögeln auf. »Und jetzt bist du mit Crow im Bett«, scherzte ihre Freundin Whitney immer wieder; ein bisschen zu regelmäßig in den letzten paar Monaten. Ihr war nicht ganz klar, ob Whitney etwas dagegen hatte, dass Tess einen Freund hatte, oder ob sie einfach nur diesen speziellen Freund lächerlich fand. Wahrscheinlich ein bisschen von beidem.

Aber an diesem Morgen lag nicht Crows langer, warmer Körper neben ihr. Sie rollte sich in die Mitte des zu weichen Bettes und starrte plötzlich in das leichte Schielen Esskays, die ungeschnittenen Krallen der Hündin bohrten sich in ihren Arm, und die Hinterbeine zuckten spastisch.

Tess stützte sich auf einen Ellenbogen und starrte die Hündin an, die Hündin wich zurück, dabei riss sie die traurigen Augen auf.

»Nimm's nicht persönlich, aber du bist der hässlichste Hund, den ich je gesehen habe.«

Die Schnauze erinnerte sie an einen Dinosaurier, genau genommen an den langen Kiefer des Velociraptors. Die Beine waren dürr, das Fell spärlich und zum Teil verklebt. An Rumpf und Schwanz leuchteten rote Stellen, und der wässrige Blick wich einem aus. Insgesamt ähnlich wie Tess mit dreizehn – zu langer Körper, zu dünne Beine, rote fleckige Haut, schlechte Manieren. Aber auch um die Zähne der Hündin war es schlecht bestellt, dem fischigen heißen Atem nach zu urteilen, den Esskay in schnellen Stößen aushechelte.

Tess murmelte leise vor sich hin. Sie zog einen Trainingsanzug und Wanderstiefel an, um schnell mit dem Hund rauszugehen. Die Hündin sprang begeistert auf, als sie ihre notdürftige Leine sah, eine lange, schwere Metallkette, mit der Spike wahrscheinlich sonst sein Parkplatztor sicherte. Aber am oberen Ende der Treppe blieb Esskay plötzlich stehen. Letzte Nacht war der Windhund auch nicht bereit gewesen, die Treppe zu Tess' Wohnung hochzugehen, also hatte sie Esskay zwei Stockwerke hochgetragen; sie war davon ausgegangen, dass die Hündin zu schwach zum Klettern war. Aber jetzt stellte sich heraus, dass der Windhund prinzipiell etwas gegen Treppen zu haben schien.

»Komm schon, du blöde Töle«, sagte Tess und zog am Halsband der Hündin, aber Esskay rührte sich nicht. Sie kniete sich hinter sie und versuchte, sie die Treppe runterzuschieben, aber die Hündin stemmte sich dagegen, und ihre dürren Beinchen erwiesen sich als ganz schön kräftig.

»Na los, verdammt noch mal! Ich trag dich doch nicht jeden Tag die Treppe rauf und runter.«

Tess' Ausbruch beeindruckte den Hund gar nicht, ließ aber ihre Tante auf den Absatz im ersten Stock treten. Kitty war normalerweise genau die Art Vermieterin, die man liebte: Sie stellte wenig Regeln auf und hatte kaum etwas gegen Lärm und merkwürdige Besucher. Aber sie konnte nichts ertragen, was unschön aussah, und was das anging, war Esskay ganz bestimmt ein Problem.

»Wie geht's Spike?«, fragte sie und hüllte sich in eine braune Chenille-Robe. Ihr blasses Gesicht war gerötet, ihre roten Locken waren zerzaust. »Tut mir leid, dass ich weg war, als du gestern Nacht zurückkamst, aber ich musste zu diesem Meeting der Ladenbesitzer aus der Gegend. Wir kämpfen immer noch gegen diese Megabars. Und was ist *das*? Die größte Ratte der Welt?«

»Das ist ein Riesennervvieh, und ich verdanke es Spike.«

Ein kleiner, muskulöser Mann tauchte hinter Kitty auf. Er trug einen karierten Bademantel, den Tess in den zwei Jahren, die sie über ihrer Tante wohnte, schon an vielen Männern gesehen hatte. Sie kannte diesen Typen nur vom Sehen – er war Barkeeper in einem neuen Laden an der Thames Street, einer der sogenannten Megabars, gegen die sich die Nachbarschaft in Fells Point engagierte. Aber Kitty war immer schon sehr offen gewesen; sie konnte sich gegen ein Geschäft einsetzen, aber sich dennoch gut mit den Angestellten verstehen.

»Das ist einer dieser Windhunde von den Hunderennen«, stellte der Barkeeper selbstzufrieden fest. »Wie lang hast du ihn schon?«

Erstaunlich, wie manche Männer ihr eigenes Geschlecht auf alles projizieren, als müssten alle Lebewesen männlich sein bis zum Beweis des Gegenteils.

»Ich hab *sie* seit ungefähr zwölf Stunden.«

»Na, da hast du die Ursache des Problems. So ein ehemaliger Rennhund hat noch nie Treppen gesehen, also musst du ihn erst dran gewöhnen. Ein Fuß, anderer Fuß. Ein Fuß, anderer Fuß. Mein Cousin hatte mal einen Windhund. Man hilft ihnen rauf und runter, bis sie's kapieren. Sie kennen auch keine Spiegel.«

»Das Glück sollten Frauen haben«, murmelte Kitty. »Das ist übrigens Steve. Steve, das ist meine Nichte Tess.«

»Nichte?«

Andere Frauen hätten ihm sofort versichert, dass Tess' Vater viele Jahre älter sei. Tess' Tante Kitty war der Nachschlag in einer Familie mit vier Jungs, und sie war keine fünfzehn Jahre älter als die 29-jährige Tess. Aber Kitty war selbstsicher, lächelte einfach nur und nickte.

Tess kniete sich vor Esskay und führte die Vorderbeine der Hündin eine Stufe herunter. Die Hündin war erstaunlich kooperativ, sie ließ jede Pfote hochnehmen und absetzen. Aber sie ging nicht alleine weiter. Eins-zwei, Vorderbeine runter, drei-vier, Hinterbeine. Wiederholen. So brauchte Tess ein paar Minuten, um auch nur den Treppenabsatz zu erreichen, wo sie innehielt, um Atem zu schöpfen. Sie war gut in Form, aber ganz offensichtlich hatte sie bei ihren normalen Work-outs die Muskeln vernachlässigt, die man für das Windhund-Treppentraining brauchte. Und Kauern war die Hölle für ihren Rücken und die Knie.

»Was wissen sie außerdem noch nicht?«, rief Tess zu Barkeeper Steve hoch, als sie mit Esskay die zweite Treppe in Angriff nahm.

»Sie sind an Zwinger gewöhnt, aber nicht stubenrein. Und du solltest sie nicht anschreien, wenn sie was nicht hinbekommt. Sie sind richtig, richtig empfindlich.«

»Sind wir das nicht alle?«

Tess war völlig fertig, als sie das Erdgeschoss erreichte, aber die Hündin war plötzlich ganz aufgeregt. Sie hob die Schnauze und bleckte die Zähne, sodass sie aussah wie James Cagney. Tess umrundete mit ihr ein paar leere Grundstücke in Fells Point, die Esskay geruchlich faszinierend fand. Tess meinte sich zu erinnern, dass es eine städtische Regel gab, nach der man hinter seinem Hundchen herputzen musste, aber andererseits ging sie davon aus, dass Hundekot das geringste Problem auf Grundstücken wäre, die seit fünf Jahrzehnten mit Chemikalien und Giften belastet wurden.

Es roch gut aus Kittys Küche im Erdgeschoss, als sie nach Hause zurückkehrte. Tess blieb im Flur stehen und fummelte an Esskays Leine herum. Sie hoffte hereingebeten zu werden, und sei es nur, um den langen Aufstieg zu ihrer Wohnung noch hinauszuzögern. Kitty ging wie alle Monaghans davon aus, dass Spike der Weinstein-Seite der Familie zuzuordnen war, aber sie hatte ihn immer gemocht. Sie wollte also mehr über seinen Zustand wissen. Und deshalb öffnete die großzügige Kitty ihre Tür und bat Tess herein.

Kittys Küche war eigenartig für jemanden, der hochhackige Schuhe anziehen musste, um auch nur einsfünfzig zu erreichen. Alles war übergroß, sodass Kitty darin wie ein Püppchen aussah. Aber Tess war schon vor langer Zeit aufgefallen, dass das kein Zufall war, denn normalerweise führte es dazu, dass Kittys neuester Freund stets das Essen zubereitete. Der Freund war außerdem meist fünfzehn Jahre jünger als die über vierzigjährige Kitty, eine clevere Rothaarige, die die Sonne gemieden hatte, während andere Frauen ihrer Generation sich mit Babyöl eingepinselt hatten.

Heute gab es French Toast von Barkeeper Steve. Er wirkte kräftig, was Tess nicht gefiel. Kleine Männer, die so viel Zeit damit verbrachten, ihre Muskeln auszubilden, neigten dazu, andere wichtige Bereiche zu vernachlässigen. Aber ihr hatte sowieso keiner der Freunde ihrer Tante gefallen, seit Thaddeus Freudenberg auf die FBI-Akademie in Quantico gegangen war. Das war im Januar gewesen – zwei Monate im Kalender, vier Freunde in Kittys Kalenderrechnung.

»Hat Tommy dir sagen können, was gestern passiert ist?«, fragte Kitty, während Tess sich einen Kaffee eingoss. »Und wie geht es Spike?«

»Nicht so gut. Er wurde bewusstlos, während wir dort waren. Jemand – mehrere – haben ihn sich richtig vorgeknöpft. Und das wegen dreißig Dollar oder so.«

Steve interessierte sich nicht für weltliche Familienthemen wie den Raubüberfall und Beinahetod eines Verwandten, sodass er das Gespräch wieder auf ein Thema steuerte, bei dem er dominieren konnte.

»Hast du den Hund von einer dieser Tierrettungsgruppen der Stadt?«, fragte er und servierte Tess zwei Scheiben French Toast, dann streute er Puderzucker darauf. Tess wäre an einem Dienstagmorgen etwas weniger Klebriges lieber gewesen, ein Bagel oder eine Schüssel Müsli, aber sie würde sich nicht beklagen.

»Ich hab sie von meinem Onkel Spike.«

»Er muss sie gerade erst bekommen haben, wenn sie nicht weiß, wie man Treppen geht. Und diese wunden Stellen an ihrem Hintern, das kommt von den engen Zwingern.«

Esskay wimmerte, als hätte sie bemerkt, dass sie im Mittelpunkt eines nicht gerade schmeichelhaften Gesprächs stand. Kitty brach ein Stückchen Toast ab und hielt es der Hündin hin, die es erstaunlich flink verspeiste.

»Du solltest die Tierrettung anrufen und dir helfen lassen«, fuhr Steve fort. »Es gibt alles Mögliche, was du wissen solltest.«

»Zum Beispiel?« Kitty würde es nicht lange mit ihm aushalten, befand Tess, egal welche Talente er in Küche oder Boudoir hatte. Sie mochte es morgens ruhig.

»Essen. Bewegung«, sagte er vage und ließ seine Gabel durch die Luft kreisen. Tess hatte das Gefühl, das Ende seines Windhund-Wissens sei erreicht.

Als Steve seine Gabel mit einem Stückchen French Toast durch die Luft wedelte, sprang Esskay hoch und schnappte sich den süßen Bissen. Zum ersten Mal strahlten die Augen der Hündin, und sie ließ nicht mehr den Kopf hängen, als bettelte sie, nicht geschlagen zu werden. Esskay schien bereit zu sein, einen Kampf um den Rest des French Toast anzutreten.

»Ich hab eine Idee«, sagte Tess und schnitt den Rest ihres French Toast in kleine Stückchen. »Kitty, komm bitte mal kurz raus in den Flur.«

Am unteren Ende der Treppe reichte Tess Kitty den Teller und schickte sie auf halbe Höhe der ersten Treppe. Dann kniete sie sich selbst hinter die Hündin und legte die Hände auf deren Hinterbeine.

»Jetzt halt ihr eins der Toaststückchen hin«, sagte sie zu ihrer Tante. Kitty nahm eines der kleineren Stückchen zwischen Daumen und Zeigefinger, während Tess die Beine der Hündin die Treppe hinaufführte. Hinterbein, Hinterbein, Vorderbein, Vorderbein. Rechts, links, rechts, links. Sie konnte die Anspannung des armen Tieres spüren, während es den Hals streckte, um näher an das Stückchen French Toast zu kommen, das nur ein paar Zentimeter vor ihrer Schnauze in der Luft schwebte.

»Jetzt geh ein paar Stufen höher.« Kitty gehorchte. Hinterbein, Hinterbein, Vorderbein, Vorderbein. Wieder konnte die Hündin den Toast fast erwischen.

»Okay, gib ihr den Bissen, dann gehst du hoch zum Treppenabsatz und hältst ein größeres Stückchen hin.«

Das kleine Häppchen, sirupdurchtränkt und mit Zucker überpudert, ließ die Hündin fast durchdrehen. Wimmernd reckte sich Esskay in Kittys Richtung, die inzwischen den Treppenabsatz erreicht hatte. Tess kniete sich hinter die Hündin, sie kam sich vor wie eine Mutter, die gleich das Fahrrad ihres Kindes loslassen würde. Ein kleiner Stups, und Esskay stürzte vorwärts, sie nahm die restlichen Stufen in einem großen Satz. Kitty gab ihr wieder ein Stück French Toast, dann ging sie vier weitere Stufen hoch. Die Hündin folgte ihr allein, Tess krabbelte hinter ihr her. Sekunden später waren sie am oberen Treppenende vor Tess' Wohnung, und der Teller glänzte wie frisch aus der Geschirrspülmaschine.

Steve, der diese Spontan-Unterrichtsstunde vom unteren Treppenende aus beobachtet hatte, war unbeeindruckt.

»Ruf mal lieber eine dieser Windhund-Rettungsgruppen an«, rief er hoch. »Ich wage zu bezweifeln, dass French Toast ihr gut bekommen wird. Du kannst dich glücklich schätzen, wenn sie dir nicht die ganze Bude vollscheißt.«

Kitty kraulte die Hündin hinter den Ohren. Die Hündin schaute sie voller Liebe an. Es war mehr als Toast. Crow hatte Tess einmal erklärt, dass es quasi zwingend war, sich in Kitty zu verlieben, wenn man sich an der Ecke von Bond Street und Shakespeare Street aufhielt. Er sollte es wissen: Crow arbeitete bei FRAUEN UND KINDER ZUERST und war ewig in Kitty verknallt gewesen, bevor er sich plötzlich und unerwartet vor fünf Monaten auf Tess zu konzentrieren begonnen hatte.

»Sogar Hunde«, sagte Tess bewundernd. »Ist irgendjemand gegen deinen Charme immun?«

»Tausende. Ich verschwende bloß keine Zeit mit ihnen, im Gegensatz zu vielen anderen Frauen.«

Kitty rief die Treppe hinunter: »Steve, du kannst schon mal abwaschen. Ich zieh mich um und schließ den Laden auf.«

Steve kehrte in die Küche zurück. Er pfiff vor sich hin, als wäre es eine Ehre, nach dem Essen, das er zubereitet hatte, auch sauber zu machen. Kitty schwebte einen Treppenabsatz hinab und verschwand in ihrem Schlafzimmer im ersten Stock. Tess musste Esskay am Halsband festhalten, um die Hündin daran zu hindern, Kitty hinterherzutrotten.

Tess kannte sich aus mit Sportlern und ihren Bedürfnissen, also goss sie der Hündin eine große Schale Wasser ein und stellte sie auf eine Ausgabe des *Beacon.* Dann suchte sie ein altes Laken heraus und drapierte damit auf dem Schlafzimmerfußboden ein Bett. Erstaunt starrte Esskay darauf hinab. Sie betrachtete die blau karierte Wolle, als wartete sie darauf, dass etwas geschähe. Als Tess aus der Dusche zurückkehrte, stand die Hündin immer noch vor der Decke und knurrte leise.

Tess zog sich an und wollte zur Arbeit gehen, dann blieb sie in der Schlafzimmertür stehen und schaute die Hündin unsicher an. Sie hatte nie verstanden, wieso Leute mit Tieren redeten und sie wie Babys behandelten, aber es kam ihr auch komisch vor, ein warmblütiges Wesen ohne irgendeine Form der Verabschiedung zurückzulassen. Außerdem bedeutete diese Hündin Spike irgendetwas, also musste sie sie gut behandeln. Esskay und Tommy waren gar nicht so verschieden – nicht wirklich menschlich, aber Teil von Spikes Leben, und deswegen sollte man höflich zu ihnen sein.

»Heute gehe ich aus«, sagte Tess schließlich, »also komme ich erst spät wieder. Ich sage Kitty, dass sie nach dir schauen soll.«

Esskay schaute kurz auf, dann starrte sie wieder die Decke an. Na toll, dachte Tess. Ich rede mit einer Hündin, und die hört noch nicht mal zu. Dann rannte sie die Treppen hinunter, sie war zu spät. Das war einer der Nachteile, wenn das Büro nur zehn Minuten entfernt ist. Man konnte die Verspätung unterwegs nicht mehr aufholen.

3

Tyner Grays Anwaltsbüro befand sich in einem alten Stadthaus am Mount Vernon Square, in einer netten Gegend am Fuße von George Washington, der alles von seinem Sockel aus beobachtete. »Aber er ist älter als der in D. C.«, erzählte irgendein Einheimischer jedes Mal. Tess war das Denkmal egal, aber ihr gefiel der hübsche Park vor dem Bürofenster, sie mochte die klassische Musik, die vom Peabody Conservatory herüberhallte, und die ausgezeichneten Restaurants in der Gegend. Im letzten Herbst hatte das Schicksal sie hierher verschlagen, eigentlich hatte es nur ein Job auf Zeit sein sollen. Aber Tess war geblieben, obwohl Tyner sie jeden Tag daran erinnerte, dass es ihr Ziel sein sollte, eine Lizenz als Privatdetektivin zu erhalten und ihr eigenes Büro zu eröffnen.

Als sie um Viertel nach neun durch die schwere Eingangstür trat, konnte sie das Quietschen des altmodischen Fahrstuhls hören, den nur Tyner benutzte. Tess hetzte die breite Marmortreppe in den ersten Stock hinauf, dann nahm sie die schmalere Treppe in den zweiten Stock; sie war sicher, den Fahrstuhl überholen zu können. Sie hatten einmal mit Tyners Stoppuhr nachgemessen, derselben, mit der er auch Nachwuchsruderer quälte. Der Fahrstuhl brauchte genau eine Minute und 32 Sekunden, um in den zweiten Stock zu gelangen. Als

Tyner kam, saß sie schon an ihrem Schreibtisch im Empfangsraum, den sie sich mit der Rezeptionistin Alison teilte, und machte Notizen über ein Gespräch, das sie letzte Woche mit einer Frau geführt hatte, die hoffte, ihren Nachbarn wegen falscher Grundstücksgrenzziehung verklagen zu können.

»Damit legst du mich nicht rein«, sagte Tyner und fuhr in seinem Rollstuhl an ihr vorbei.

»Wirklich, Mr. Gray, sie war die ganze Zeit schon hier«, sagte Alison ungefragt. Sie war eine echte Schönheit, überzüchtet wie ein Golden Retriever, aber Alison hatte ein gutes Herz. Und konnte überhaupt nicht lügen.

»Ich hab dich auf der Treppe gehört«, rief er über die Schulter Tess zu. »Du hast schwere Schritte. Ich vergesse es immer wieder – hast du Platt- oder Spreizfüße?«

»Platt«, sagte sie und folgte ihm in sein Büro, einen spartanisch eingerichteten Raum. Seit fast vierzig Jahren saß Tyner im Rollstuhl, und er hatte nicht darauf gewartet, dass jemand ihm die Welt zu Füßen legte. Obwohl sich sein Büro in einem Stadthaus aus dem 19. Jahrhundert befand, das geradezu nach Antiquitäten schrie, hatte er sich für schlanke, moderne Möbel entschieden, die weniger Platz einnahmen. Sein Tisch war groß und niedrig, eine Spezialanfertigung, sodass er direkt heranrollen konnte. Die ihm gegenüber stehenden Stühle waren groß und schmal, teure Walnussholzstücke mit schmalen Lederstreifen als Sitzen. Sie waren ungeheuer unbequem, und nicht ganz zufällig erinnerten sie an die beweglichen Sitze in Ruderbooten. Rudern war Tyners wahre Leidenschaft, selbst wenn seine Rudererjahre nur einen Bruchteil seines Lebens ausgemacht hatten.

»Mein Onkel wurde letzte Nacht überfallen«, erzählte Tess und kauerte sich auf einen der Stühle. »Irgendjemand hat ihn böse zusammengeschlagen.«

»O Gott. Welcher? Welche Seite?« Unvermeidbare Fragen und schwierige dazu, denn Tess hatte neun weitere Onkel – die fünf jüngeren Brüder ihres Vaters, die vier älteren ihrer Mutter. Spike war in Wahrheit ihr Cousin, und um die Sache noch komplizierter zu machen, hatte man sich nie darauf einigen können, zu welcher Seite der Familie er gehörte. Sein Nachname war Orrick. Früher bestimmt mal O'Rourke, hatte Tess' Mutter stets gesagt. Das könnte einer dieser osteuropäischen Judennamen sein, hatte ihr Vater stets gekontert, den die Immigrationsbeamten versaut haben.

»Der, dem das Point gehört, die Bar an der Franklintown Road. Es war ein Raubüberfall, und sie waren sauer, weil er kein Geld hatte.«

»In dieser Stadt kann man wirklich nicht mehr leben.«

»Das sagst du jeden zweiten Tag. Du suchst nur nach einem Grund, das Haus in Ruxton zu kaufen.« Dieser grüne behütete Vorort keine fünf Meilen außerhalb der Stadtgrenze war eine Art Codewort zwischen ihnen: Er symbolisierte die endgültige Aufgabe.

Tyner lächelte reuig. »Die Stadt macht es Steuerzahlern nicht leicht, hierzubleiben, Tess. Vor allem nicht nach diesem Winter. Meine Straße wurde nicht ein einziges Mal geräumt oder gestreut. Jedes Mal wenn es geschneit hat, war ich gestrandet.«

»Das musst du mir nicht erzählen. Vergiss nicht, ich bin fünfmal zu dir da rausgefahren, ich bin mit Skiern deine Straße entlanggeschliddert. Und du hast immer so getan, als wäre es ganz schrecklich, dass ich Gemüse vorbeibringe.«

»Ich wollte Brandy, kein Essen. Du wirst nie als Bernhardiner durchgehen, Tess.«

Bernhardiner. Tess dachte jetzt nicht mehr an die Vergangenheit, sondern an die Gegenwart. Hund. Sie sollte eine Windhund-Rettungsgruppe anrufen, wie Steve es ihr geraten hatte.

Sie überließ Tyner seiner wie üblich mäßigen Laune, ging zurück an ihren Schreibtisch und blätterte im Telefonbuch, bis sie tatsächlich einen Eintrag für *Windhunde in Maryland* fand.

»Windhunde Maryland.« Das atemlose Wesen am anderen Ende der Leitung war eine Frau mit einer netten, kehligen Stimme. Im Hintergrund bellten wie wild Hunde. Tess sah sie sofort in Blue Jeans vor sich, ganz voller Hundehaare. Igitt.

»Hi, ich habe anscheinend von meinem Onkel einen Windhund geerbt und würde mich gern schlau machen. Welches Futter brauche ich? Wie sieht's aus mit Auslauf, besonderem Verhalten? Sowas.«

»Wie lang hat ihr Onkel den Hund gehabt? Ich meine, hat er ihn erst vor Kurzem adoptiert, oder ist er schon eine Weile bei ihm? Wie geht es ihm?«

Tess war verwirrt, sie dachte, »er« müsste ihr Onkel sein. Dann wurde ihr klar, dass die Frau den Hund meinte. »Äh, erst seit Kurzem, schätze ich. Sie wusste nicht, wie man Treppen geht.«

»Ist er von hier?«

»Der Hund? Weiß nicht.«

»Ihr Onkel. Wie heißt er?«

»Spike Orrick.«

»Bei dem Namen klingelt nichts, und wir kümmern uns eigentlich um die meisten Adoptionen in und um Baltimore.« Die Stimme der Frau klang plötzlich viel weniger freundlich. »Sind Sie sicher, dass er den Hund korrekt adoptiert hat? War er mit ihm beim Tierarzt? Man muss die Hunde nämlich sterilisieren lassen, wissen Sie. Das ist Teil der Vereinbarung. Ist der Hund jetzt bei Ihnen? Wir haben ein Identifikationssystem, und wenn Sie bloß ...« Tess legte auf. Wem wollte sie etwas vormachen? Spike hatte noch nie etwas korrekt gemacht. Wenn Esskay nur reden könnte. Wenn *Spike* nur reden könnte.

Aber dann rief sie im Saint Agnes an und erfuhr: Spike lag jetzt im Koma, niemand wusste, wie es weitergehen würde.

»Was ist so selten wie ein Frühjahrstag? Was ist so selten wie ein Märztag in Baltimore, an dem tatsächlich die Sonne scheint?«, murmelte Tess vor sich hin, als sie am Abend die Treppe zum Brass Elephant hochstieg. Sie sorgte sich um Spike, freute sich aber auch auf die Zeit in ihrer Lieblingsbar mit einem ihrer Lieblingstrinkbrüder.

Die Brass Elephant Bar war ein gut gehütetes Geheimnis, und die Stammkunden waren froh darum. Sie war ein billiges Versteck über einem teuren Restaurant. Während Tess' Arbeitslosigkeit war sie für sie unverzichtbar geworden, ein Fluchtort, an dem sie sich zivilisiert und umsorgt fühlen konnte und an dem sie für fünfzehn Dollar gut essen konnte. Das Licht war gedämpft, genau wie die Musik; Chet Baker, Johnny Hartman und Antonio Carlos Jobim murmelten ihre Liebeslieder so leise, dass man nur manchmal einen geflüsterten Reim wie love / above, art / heart oder sky / high hören konnte. Vor ein paar Jahren hatte es einen schrecklichen Augenblick gegeben, als eine neue Barkeeperin eine Jazzversion des Schmusehits aus dem neuesten Disney-Trickfilm gespielt hatte, aber das hatte man ihr schnell wieder abgewöhnt. Der Brass Elephant überlebte gute und schlechte Zeiten, von Marylands schwindsüchtiger Ökonomie bis zu diesen Best-of-Baltimore-Listen, die über die Martinis gestolpert waren, sodass plötzlich ein paar Leute auftauchten, die nicht unbedingt Martinis mochten, aber gerne betonten, dass sie die besten probiert hatten.

Gut, ihr Lieblingsbarkeeper war da. Und Feeney auch, er saß auf einer Bank in einer dunklen Ecke, seine Finger umklammerten den Stiel eines Martiniglases, und auf dem weißen Tischtuch vor ihm lag ein vielsagender Berg zahnstochergespickter Oliven. Tess deutete auf Feeneys Glas und zeigte damit an, dass sie dasselbe wollte, dann setzte sie sich auf den Stuhl Feeney gegenüber. Er war in sich zusammengesackt und schien sie auch nicht zu bemerken, es sei denn, man betrachtete ein paar genuschelte Zeilen von Auden als angemessene Begrüßung.

»Ich sitze in einer Spelunke / In der 52nd Street / Unsicher und voller Angst, / Während die klugen Hoffnungen / Eines niederträchtigen Jahrhunderts schwinden.«

Tess seufzte. Richard Burton hätte es nicht besser – oder besoffener – sagen können. Auden war ein besonders schlechtes Zeichen, er war reserviert für die ganz tiefen Tiefs. Nur Yeats oder Housman waren schlimmer.

»Du bist in der Charles Street, und der Brass Elephant

ist keine Spelunke, obwohl ich mit dir nicht über die Nachteile dieses verdammten Jahrzehnts diskutieren würde.«

»Ich habe bloß meine Stimme / Um die fältigen Lügen ungesagt zu machen / Die romantische Lüge im Gehirn / Vom sinnlichen Mann auf der Straße …«

»Das wollten sie also von dir? Du solltest der Mann auf der Straße sein?« Das wäre ja gar kein so großes Problem, davon könnte sie Feeney ablenken. Tess kannte den unerschütterlichen Glauben der Medien, dass normale Menschen etwas von aktuellen Ereignissen verstünden. Wenn irgendetwas Wichtiges in weiter Ferne passierte, schickten die Redakteure gnadenlos Reporter auf die Straße, um gemeine Zitate von gemeinen Menschen einzuholen.

Der Barkeeper tauchte mit ihrem Drink am Tisch auf. Das Ritual war Teil ihres Vergnügens – die Drehung des Shakers aus dem Handgelenk, wie er den Martini künstlerisch einschenkte. Tess nippte daran und fühlte sich gleich besser, stärker, klüger, bereit für Feeney *in extremis.*

»Und was war heute die Frage? Irgendwas mit der NATO? Die NATO ist doch immer gut für einen Mann auf der Straße. Ich weiß noch, als ich beim *Star* war, hat jemand in Pigtown gedacht, die NATO sei ein überdachtes Schwimmbad, das der Bürgermeister im Patterson Park bauen wollte.«

»Du enttäuschst mich, Tess«, sagte Feeney bitter und begann, an einem der Zahnstocher von dem Hügel vor ihm zu kauen. »Du nimmst das alles genauso wörtlich wie meine bescheuerten Chefredakteure.«

Tess nahm einen zweiten größeren Schluck aus ihrem Glas, sie genoss die Kühle und dann den kleinen hitzigen Nachgeschmack. Wirklich ein wunderbarer Drink.

»Es ist auch schön, dich zu sehen, Feeney.«

»Schön, mich zu sehen? Du kannst es kaum ertragen, mich anzuschauen.«

Verloren in seinem eigenen Elend, hatte Feeney unwissentlich die Wahrheit ausgesprochen. Tess mied seinen Blick, der dunkel war von Bitternis, und sein nach unten gekehrtes Grinsen. Feeney war immer grau gewesen – grau-blaue Augen, grau-blondes Haar, selbst seine Haut wirkte grau-rosa, sie war nur ein wenig heller als die halbrohen Hotdogs, die er bei den Ständen vor dem Gerichtsgebäude kaufte. Aber heute sah alles noch etwas fahler aus als sonst, als bekäme er nicht genug Sauerstoff. Auf seinem blassen Gesicht wirkten die aufgeplatzten Äderchen in seinen Wangen wie Straßenkarten ins Nirgendwo. Gin-Blüten, die eine Blume, die man das ganze Jahr über im gottverdammten Baltimore finden konnte.

»Was ist los, Feeney?«

»Meine Karriere ist vorbei.«

»Das sagst du einmal im Monat.«

»Ja, aber normalerweise ist das bloß ungerechtfertigte Paranoia. Heute habe ich es ganz offiziell erfahren. Ich gehöre nicht dazu. Ich bin kein Mannschaftsspieler.« Er nuschelte schrecklich.

»Sie können dich doch nicht *feuern.*« Der *Beacon* war ein Gewerkschaftsblatt, was es schwierig, wenn auch nicht unmöglich machte, Angestellten zu kündigen. Aber Feeney war gut. Ein Profi. Es wäre schwer, ihn loszuwerden. Es sei denn, er hatte es ihnen leicht gemacht, indem er Anweisungen der Redakteure ignoriert hatte. Ungehorsam war Grund genug für eine fristlose Kündigung.

»Nehmen wir mal an, du hättest die Story deines Lebens geschrieben, Tess«, sagte er und beugte sich zu ihr herüber. Sein Gesicht war ihrem so nahe, dass sie den Gin riechen konnte, den er zu sich genommen hatte, und auch ein wenig Tabak. Merkwürdig – Feeney hatte vor Jahren aufgehört zu rauchen. »Die beste Story, die du dir vorstellen kannst. Stell dir vor, darin wäre alles, was du von einer Geschichte erwarten kannst, und für alles gibt es mindestens zwei Quellen. Und stell dir vor, diese gottverdammten feigen Ratten wollen es nicht drucken.«

»Das hat irgendwas mit dieser Basketballgeschichte zu tun, oder? Die Story, von der du mir gestern noch nichts sagen wolltest.«

Feeney nahm seine Gabel und begann, in den Happy-Hour-Ravioli herumzustochern, bis kleine Tomatensoßenspritzer das Tischtuch zierten. »Na, jetzt kann ich sie dir ja erzählen. Überhaupt wird sie nur dann jemand hören, wenn ich sie erzähle. Vielleicht sollte ich mich mit einem Schild an die Straßenecke stellen und anbieten, sie für einen Dollar vorzulesen.«

»Wie gut ist sie? Wie groß?«

Wieder antwortete er mit seiner Singsang-Dichterstimme: »Wink Wynkowski, Baltimores größte Hoffnung, eine Basketballmannschaft nach Baltimore zu locken, hat in seiner Vergangenheit vieles getan, über das er lieber nicht spricht, vor allem nicht mit der NBA. Seine Geschäfte sind ein Kartenhaus, er steht kurz vor der

Pleite, wird von Anwälten verfolg wegen Sachen von ›Ambulanter Notdienst‹ bis ›Zippys Druckerei‹. Vielleicht kann er genug für eine Mannschaft zusammenkratzen, aber er ist nicht flüssig genug, sie anschließend zu finanzieren.«

»Warum will er dann eine kaufen, wenn es ihn in den Bankrott treibt?«

»Gute Frage. Zwei mögliche Antworten. Er ist dumm – das darf man bezweifeln. Oder er will die Mannschaft ziemlich schnell wieder verkaufen, sobald die Stadt ihm die neue Sporthalle gebaut hat, die den Wert der Mannschaft über Nacht verdoppelt.«

»Das kommt mir ein bisschen weit hergeholt vor.«

»Hey, erinnerst du dich an Eli Jacobs? Der hat 1980 die Orioles für 70 Millionen gekauft. Als in der Rezession seine Geschäfte zusammenbrachen, hat er sie für fast 175 Millionen verkauft, und es war Camden Yards, bezahlt vom Staat, das die Mannschaft so teuer machte. Wenn Wink es schafft, seine fliegenden Bauten noch ein paar Jahre intakt zu halten und die Mannschaft zu verkaufen, bevor seine Kreditgeber ihm die Luft abwürgen, streicht er einen Riesengewinn ein.«

»Gibt es noch mehr?« Feeney runzelte die Stirn. »Nicht, dass da mehr sein müsste«, setzte sie eilig hinzu. »Du hast die Punkte miteinander verbunden, ich kann das Bild sehen.«

»Aber es *gibt* mehr. Viel mehr. Dunkle Geheimnisse. Eine üble erste Ehe. Miese Angewohnheiten, die gar nicht zum Profisport passen. Wie viel würdest du für diese Story bezahlen? 39,95 Dollar? 49,95? 59,95? Warte, sag nichts – wie wäre es, wenn wir noch ein paar

Ginsu-Messer dazugeben?« Er begann, leicht hysterisch zu lachen, dann riss er sich zusammen. »Glaub mir, Tess. Die Story steht. Ich wünschte, mein Haus stünde auf einem ähnlich soliden Fundament.«

»Wieso bringt die Zeitung sie dann nicht?«

»Alle möglichen Gründe. Sie behaupten, sie wäre nicht hieb- und stichfest. Dass es rassistisch wäre, so aggressiv mit einer NBA-Story an den Start zu gehen, wo wir doch den Football, der vor allem die Weißen interessiert, ohne Gegenwehr in die Stadt gelassen haben. Sie sagen, wir hätten zu viele anonyme Quellen, aber ein paar der Leute, die mit mir geredet haben, arbeiten nun mal noch für Wink, Tess. Die haben gute Gründe, anonym bleiben zu wollen. Einer vor allem. Die Chefredakteure haben uns heute Nachmittag gesagt, wir müssten ihnen alle Namen der Quellen nennen, bevor sie die Geschichte bringen. Sie wussten, dass ich das nicht tun würde, eher würde ich die Geschichte aufgeben. Und genau darum ging es. Sie brauchten eine Entschuldigung, um der Story den Garaus zu machen, weil sie uns nicht trauen.«

»Uns?«

»Rosie und mir. Du hast sie kennengelernt. Sie ist gut für eine Anfängerin. Du solltest mal die Sachen sehen, die sie über Winks erste Ehe rausgefunden hat.«

»Dann trauen sie doch wahrscheinlich ihr nicht. Weil sie neu ist und jung.«

Feeney schüttelte den Kopf. »Beim *Beacon* heutzutage ist es besser, neu und jung zu sein als alt und alt. Sie. Ich. Wir beide. Ich weiß es nicht, und es ist mir auch egal. Ich bin müde, Tess. Ich bin so müde, und es ist so eine verdammt gute Story, und am liebsten würde ich mich einfach jetzt hier auf dem Tisch schlafen legen, aufwachen und dann feststellen, dass sie sie doch noch gedruckt haben.«

»Feeney, ich bin sicher, sie werden sich bei dir entschuldigen, und du wirst deine große Story bekommen«, sagte sie und schob sein Wasserglas näher zu ihm hin in der Hoffnung, ihn abzulenken. Er scheint sich zu beruhigen, dachte sie. Vielleicht ist der Abend noch zu retten.

Feeney sprang auf. Er umklammerte das Martiniglas immer noch fest. »Es geht doch nicht um mich oder meine große Story!«, rief er. Die anderen Barbesucher schauten sich nach ihm um, sie betrachteten ihn überrascht und verärgert.

»Okay, es *geht* um mich«, zischte er, wobei er sich herunterbeugte, sodass nur Tess ihn hören konnte. Er hatte so viel getrunken, dass ihm Gin aus den Poren zu kommen schien. »Es geht um meine Karriere oder was davon noch übrig ist. Aber es geht auch um diese wichtigen Sachen, um die es in Zeitungen doch eigentlich gehen sollte. Du weißt schon – Wahrheit, Gerechtigkeit, der erste Zusatzartikel, die vierte Macht. Wir sollten keine Cheerleader sein, die ›Lah-lah-lah, gib uns den Ball‹ rufen. Wir sind gottverdammte Wachhunde, die einzigen, die es interessiert, ob die Stadt gut bei etwas abschneidet oder von irgendeinem Drecksack über den Tisch gezogen wird.«

Er schwankte beim Sprechen ein wenig, und seine Worte verschwammen. Er brachte kaum noch Konsonanten hervor, aber er war nicht so betrunken, wie fünf Martinis vermuten ließen. Seine Trauer hatte ihn stärker im Griff als der Alkohol.

»Feeney, was soll *ich* denn dagegen tun?« Tess war nicht die beste Zuhörerin, wenn es um die Ehre des Journalismus ging.

»Was schon, trink auf das Ende meiner Karriere!«, dröhnte er und prostete allen Anwesenden mit seinem inzwischen leeren Glas zu. Die üblichen Verdächtigen hoben erleichtert ihre Gläser. Das war der Feeney, den sie kannten, der für das Publikum spielte.

»Weshalb bist du so glücklich?«, rief ein weißhaariger Mann von der Bar aus.

»Bin ich glücklich? Bin ich frei? Die Frage ist absurd! Es ist etwas weit, weit Besseres, was ich tue, als was ich je getan habe!« Feeney knallte sich seine zerknitterte Kappe auf die Rübe und eilte hinaus, die Fransen seines Schals flogen hinter ihm her, das Martiniglas behielt er in der Hand. Tess blieb mit einem halb ausgetrunkenen Martini, Feeneys Rechnung und ohne Gesellschaft für die Tortellini, auf die sie sich gefreut hatte, zurück. Feeney wusste, wie man abging, das musste man ihm lassen. Nur die Anspielung auf Charles Dickens' *Eine Geschichte aus zwei Städten* war ein bisschen ungewöhnlich – zu leicht erkennbar für Feeneys Geschmack. Er bevorzugte unbekanntere Zeilen, wie die davor: Bin ich glücklich? Bin ich frei? Das kam ihr verdammt bekannt vor, aber ihr fiel nicht ein, woher.

Es war noch nicht acht Uhr, und jetzt war sie allein, und außerdem verdammt hungrig. Tess hasste es, allein im Restaurant zu essen. Eine Charakterschwäche, das war ihr klar, und eine Beleidigung für Feministinnen in aller Welt. Aber so war es nun einmal. Sie trank aus, beglich Feeneys stattliche Rechnung und ging. Sie könnte bei Eddie's Eager reinschauen, sich was Tiefgekühltes und vielleicht noch eine der blöden Zeitschriften holen, die man in der Badewanne las. Der verdammte Feeney. Sie hatte ausgehen wollen, und jetzt war sie allein, hatte einen Drink heruntergestürzt und konnte sich auf eine tiefgekühlte fettarme Lasagne freuen.

Aber als sie dreißig Minuten später ihre Wohnung erreichte, kam der Duft im Flur aus ihrer Küche, nicht aus Kittys. Sie erschnupperte Lamm, Brot, Backäpfel. Sie nahm zwei Stufen auf einmal, wie die hungrige Esskay am Morgen.

Crow empfing sie in der Tür, er umschlang sie mit seinen langen Gliedern, bevor sie auch nur den Mantel ausziehen oder die Einkäufe abstellen konnte.

»Ich hab dich nicht erwartet«, murmelte sie in seinen kratzigen Wollpullover, und sie hoffte, er würde nicht bemerken, wie sehr sie sich freute. »Ich hab dir eine Nachricht hinterlassen, dass ich mit Feeney ausgehe.«

»Ich hab heute für Kitty abgeschlossen, also dachte ich mir, ich geh hoch und mach was zu essen. Schlimmstenfalls wärst du ganz kicherig von deinem Saufgelage heimgekommen, ich hätte dich ins Bett gesteckt und morgen Mittag Lammeintopf und Apfelkuchen gegessen.«

»Glaub mir, Feeney war heute Abend ganz bestimmt nicht kicherig.«

Crow hörte nicht wirklich zu. Er küsste ihre Augenbrauen und ihre Ohren, er fasste sie überall an, er schien wie immer erstaunt zu sein, sie wieder zu sehen, selbst in ihrer eigenen Wohnung.

»Dein Gesicht ist ganz kalt, Tesser«, sagte er und benutzte den Kindheitsnamen, den sie sich selbst gegeben hatte, eine Mischung aus ihren beiden Vornamen, Theresa Esther. Ein Name, der nur Familienmitgliedern und ganz alten Freunden zustand. Crow war keiner davon, nicht nach fünf Monaten. Er war 23, sie 29. Fröhliche, sorglose 23. Er hatte glänzend schwarzes Haar, das fast so lang war wie ihres, obwohl er normalerweise grüne oder rote Streifen einfärbte, und er hatte einen federnden Gang. Es überraschte sie immer noch, dass sie den Kopf heben musste, um in sein schmales eckiges Gesicht zu schauen, als bedeutete der Altersunterschied, dass er auch kleiner sein müsste.

»Was hältst du von dem Neuzugang?«, fragte sie und deutete mit dem Kinn auf Esskay, die Tess anstarrte, als versuchte sie sich zu überlegen, woher sie sie kannte.

»Sie ist süß. Kitty und ich haben sie vorhin rausgelassen, dann habe ich ihr Reis und gedämpftes Gemüse gemacht. Sie hat eine sehr alte Seele, unsere neue Hündin.«

Tess runzelte die Stirn. »Unser« war ein Wort, das man um jeden Preis meiden sollte. Ihre Beziehungsregeln – genauer gesagt ihre Nichtbeziehungsregeln – verbaten gemeinsame Bücher oder CD's, erforderten das Aufteilen der Rechnungen, wenn man essen ging, und erlaubten keinerlei gemeinsame Anschaffungen.

Aber sie sagte bloß: »Wieso um Himmels willen hast du ihr Reis und Gemüse gemacht? Ich hab doch zehn Kilo Hundefutter.«

»Ich koche gern für meine Frauen«, sagte er und rückte ihr einen Stuhl an dem großen Tisch zurecht, der zugleich als Esstisch und Tess' Schreibtisch fungierte.

»Hey, hab ich dir erzählt, dass Poe White Trash am Samstag spielt?«

»Wo?«

»In der Floating Opera.«

»Das heißt ja wohl, dass ich mir nichts von Rodgers und Hart wünschen kann«, sagte sie und versuchte, keine Grimasse zu schneiden. Die Floating Opera war ein regelmäßiger Rave ohne festen Standort, der durch die ganze Stadt zog – oder zumindest durch die angesagteren, heruntergekommenen Gegenden – gemäß eines Musters, das nur die Jünger begriffen. Deshalb hatte die F.O. keine der Annehmlichkeiten eines echten Clubs, wie Alkohol, Essen oder Toiletten, aber alle Nachteile: Zigarettenrauch, zu laute Musik, zu junges Publikum.

»Rodgers und Hart«, stöhnte Crow. »Wir haben nichts übrig für diesen Retro-Dreck.«

»Elvis Costello hat ›My Funny Valentine‹ gesungen.«

»Tesser, Elvis Costello ist alt genug, um mein Vater zu sein.«

»Aber nicht alt genug, um meiner zu sein, stimmt's?«

Er lächelte, was sie entwaffnete. »War Feeneys Laune ansteckend? Oder bist du bloß wild auf einen Streit?«

»Ein bisschen von beidem«, gestand sie und aß zerknirscht und peinlich berührt von ihrer Laune stumm ihren Eintopf.

Nach dem Essen stellte sie die Schalen in die Spüle, nur damit Crow sie für Esskay wieder rausholte, die den Resten schnell den Garaus machte. Crow streichelte die Hündin und klopfte ihr auf die Seiten. Für so einen dünnen Hund hatte sie jede Menge Muskeln: Crows liebevolle Schläge dröhnten wie auf einer Trommel.

»Ist Eintopf gut für sie, nach dem Reis und dem Gemüse?«, fragte Tess, die sich an Steves trübe Vorhersagen vom Vormittag erinnerte.

»Kitty hat unter ›Frauen und Hobbys‹ ein Buch über Windhunde stehen«, sagte Crow und rieb Esskays Bauch. Die Hündin guckte glasig, als würde sie vor lauter Wohlgefühl gleich ohnmächtig werden. »Da drin steht, dass sie normalerweise zunehmen müssen, wenn sie nicht mehr laufen, also denke ich, ein bisschen Eintopf wird ihr nicht schaden, obwohl die Frau, die das Buch geschrieben hat, empfiehlt, dass man Hundefutter aus Reis und Gemüse selbst macht. Sie schreibt auch, dass man Salbe auf diese wunden Stellen schmieren soll, wie Wundsalbe für Babys.«

Die Hündin schob ihre Nase in Crows Achsel und bohrte dort herum, als könnten sich Trüffel in den Falten seines uralten Sweaters verstecken. Crow lachte und verpasste der Hündin noch ein paar Seitenhiebe, dann stieß er mit hoher Stimme aus: »Rou-rou-rou.«

Esskay antwortete ihm noch höher, und der Vokal wirkte ein bisschen kompakter: »Ru-ru-ru.«

»Ich bin nicht wirklich ein Jeanette MacDonald- oder Nelson Eddy-Fan«, sagte Tess und schaltete die Anlage ein. Sarah Vaughn's Stimme erfüllte das Zimmer und übertönte das Crow-Hund-Duett. »Und ich komme mir ein bisschen überflüssig vor. Möchtet ihr zwei alleine sein?«

Crow kam zu ihr herüber und verpasste Tess' Rücken einen genauso liebevollen Schlag wie dem Windhund. Auch Tess war muskulös, aber voluminöser, deswegen war der folgende Ton tiefer und sanfter.

»Ich würde auch dich mit Salbe einreiben, wenn du wunde Stellen hättest«, flüsterte er. »Brennt es irgendwo, Tesser?«

Durch ihre Sachen hindurch suchten seine Hände Stellen, wo man Knochen fühlen konnte – die Rippen unter den schweren Brüsten, die Beckenknochen, die scharf aus ihren runden Hüften hervorstachen, die knubbeligen Ellenbogen. Er zog ihre Bluse aus ihrem langen, geraden Rock und schob eine Hand unter den Bund, er rieb ihren Bauch, wie er es bei Esskay getan hatte. Mit der anderen Hand zog er die Form ihres Kiefers und ihres Mundes nach, dann berührte er ihren Hals und ihren Nacken, wo er ihr Haar aus dem langen Zopf befreite.

»Gefällt dir das, Tess?« Sie konnte bloß nicken.

Sarah Vaughn ging eine Liste der Dinge durch, die sie der Romantik wegen nicht brauchte: spanische Schlösser, langsame Tänze, Vollmond, blaue Lagunen. Der Windhund stöhnte vor sich hin, leise und fast im Takt der Musik. »Ru-ru-ru.« Tess keuchte und streckte sich nach Crows Gesicht. Sex erschien ihr weniger intim als das hier und daher sicherer.

»Tesser?« Crow hielt ihre Handgelenke und zwang sie, ihm ins Gesicht zu sehen.

Sie wartete, sie fragte sich, was er als Nächstes sagen würde. Sie fürchtete, er würde wieder vorschlagen, bei ihr einzuziehen. Sie fürchtete, er könnte sagen, dass er sie liebte. Sie fürchtete, er könnte sagen, dass er es nicht tat.

Sarah sang davon, dass ihr Herz stillstand. Tess' Herz schlug schneller und schneller.

»Lass uns ins Bett gehen«, sagte Crow.

4

Die Maryland Motor Vehicle Administration war, wie die meisten Behörden, ungeheuer ineffizient. Außer wenn man endlich mal eine Verschnaufpause brauchte. Dann war der verdammte Laden plötzlich ein Vorbild in Sachen Geschwindigkeit und Produktivität. Am Mittwochmorgen sehnte sich Tess verzweifelt nach fünf Minuten für sich selbst, aber sie hatte nicht mal die Gelegenheit, ihren *Beacon* aus der gelben Plastikhülle zu holen, bevor ein fröhlicher Bediensteter ihr auch schon einen Haufen Unterlagen brachte, die Tyner beantragt hatte. Na egal, es gab kein Gesetz dagegen, sich hier auf diese leuchtend blaue Bank zu setzen, hundsmiserablen Kaffee zu trinken und sich die frustrierten Fahrer und Möchtegernfahrer anzuschauen. Die hatten es im Gegensatz zu ihr eilig und mussten deshalb warten. So war die Politik des MVA.

»Ich geb dir zehn Mäuse, wenn du eine Nummer hast, die niedriger ist als meine«, flüsterte ein gehetzter Geschäftsmann Tess zu. Sie kannte den Typen, jemand, der viel zu wichtig war, der alles erledigte, als wäre er der Innenminister, und deswegen drängelte er sich in der Reinigung vor oder schnitt einen an der Ampel, denn natürlich musste er gleich in die Air Force One steigen und an einem Gipfel im Mittleren Osten teilnehmen.

»Ich habe überhaupt keine Nummer«, sagte sie zufrieden und musste darüber lachen, wie er von ihr wegschoss. Ja, nur eine echte Irre würde im MVA abhängen wie im Freiheitspark, wie Tommy sagen würde. Aber Tess war den ganzen Morgen unterwegs gewesen, seit der Wecker nicht geläutet hatte, was sie dreißig Minuten gekostet hatte. Weitere dreißig Minuten hatte sie verloren, weil Esskay auf den Wohnzimmerteppich gekotzt hatte. Tyner hatte sie für ihre Schlamperei bestrafen wollen, also hatte er Tess gleich wieder mit einer Liste an Unterlagen losgeschickt, für die sie fünf Behörden in zwei Gerichtsbarkeitsbezirken besuchen musste. Jetzt war es beinahe elf, und zum ersten Mal hatte sie die Gelegenheit, von ihrem Kaffee zu trinken, statt ihn sich im Auto in den Schoß zu schütten. Außerdem war es die erste Gelegenheit, im Krankenhaus anzurufen und zu fragen, wie es Spike ging.

»Immer noch stabil«, sagte eine fröhliche Krankenschwester, deren Onkel wahrscheinlich nicht im Koma lag.

»*Immer noch* stabil. Ist das nicht redundant?«, schnauzte Tess und knallte den Hörer wieder auf. Sie schüttete sich Kaffee in den Rachen, der heiß und kräftig genug war, ein ordentliches Brennen hinter dem Brustbein auszulösen, dann überflog sie die Titelseite. Nichts Interessantes über dem Bruch. Sie arbeitete sich zur unteren Hälfte der Seite, dem Teil, der normalerweise für Features und langweilige, aber aus irgendeinem Grunde notwendige Geschichten reserviert war. Feuchtgebiete, Abstimmungen, Sozialhilfereformen. »Pflichtficks«, wie einer ihrer ehemaligen Redakteure so schön gesagt hatte.

Aber Feeneys Autorenzeile zierte dieses spezielle Stück Text auf der Titelseite. Und außer der Headline war nichts Langweiliges daran.

QUELLEN DEUTEN AUF
WYNKOWSKI-PROBLEME HIN
Von Rosita Ruiz und Kevin V. Feeney,
Beacon-*Redakteure*

Gerard S. »Wink« Wynkowski, jener Millionär aus eigener Kraft, der versprochen hat, seiner Heimatstadt eine professionelle Basketballmannschaft zu kaufen, kann seinen Traum vielleicht nie verwirklichen, wenn man bedenkt, wie es um seine Firmen steht und was es mit seiner bunt gescheckten Vergangenheit auf sich hat, in der unter anderem eheliche Gewalt und eine verheerende Spielsucht zu Problemen führten, erfuhr der »Beacon«.

»Bunt gescheckte Vergangenheit?«, fragte Tess laut, sodass der eilige Geschäftsmann sich lieber noch ein paar Sitze weiter von ihr wegsetzte. »Oh, Feeney, bitte sag mir, dass du das nicht geschrieben hast.«

Davon abgesehen war es Feeneys Story, genau wie er sie ihr geschildert hatte. Wie hatte er nicht wissen können, dass sie heute kam? War er so besoffen gewesen? Nein, selbst im Suff hätte er gewusst, dass seine Geschichte in der Zeitung stünde. Irgendjemand hatte gestern Abend die Chefredaktion umgestimmt. Vielleicht hatte einer der TV-Sender die Story auch in Planung, so unwahrscheinlich das auch sein mochte.

Wynkowskis Firmengruppe »Montrose Enterprises« ist nur noch ein Kartenhaus, in dem das Geld von einer Tochterfirma zur anderen wandert, um Engpässe zu vertuschen und für Cashflow zu sorgen. Seine Gläubiger reichen wortwörtlich von A bis Z – von »Ambulanter Notdienst« bis zu »Zippys Druckerei«, welche die Flyer für die Veranstaltung am Inner Harbor druckten.

Wynkowski hat es stets geschafft, seine größten Lieferanten zu bezahlen, aber kleinere Firmen sind oft gezwungen, ihn zu verklagen, um alte Schulden einzutreiben, was daran zweifeln lässt, ob Wynkowski über genügend Geld verfügt – benötigt werden geschätzt 95 Millionen Dollar –, um eine Mannschaft in die Stadt zu holen.

Selbst wenn Wynkowski den Deal finanziell stemmen sollte und sogar noch das Geld aufbringt, die monatlichen Kosten einer Mannschaft zu decken, würde eine Überprüfung seiner Person sicher zu einem Abbruch seiner Verhandlungen mit der NBA führen, wenn die Liga feststellt:

- *Glaubt man Freunden und Bekannten, ist Wynkowski ein unverbesserlicher Spieler, der große Summen auf Sportereignisse setzt.*
- *Er führte eine dramatische erste Ehe, in der die Polizei des Öfteren wegen ehelicher Gewalt einschreiten musste, berichten Quellen, die dem Paar damals nahestanden. Er zahlt seiner ersten Frau großzügigen Unterhalt, denn der Schaden, den er ihr über die Jahre zugefügt hat, macht es ihr unmöglich, einer Arbeit nachzugehen.*

- *Winks Aufenthalt im Jugendgefängnis, den er gern harmlosen Streichen zuschreibt, war die Folge einiger bewaffneter Überfälle, die er beging, als er die Junior High School besuchte.*

Damals landete Wynkowski in der Montrose School, einer bekannten und mittlerweile geschlossenen Jugendstrafanstalt, deren Namen er für seine Firmengruppe übernahm. Eine Quelle bestätigt, dass er drei Jahre dort blieb, was ungewöhnlich lang ist.

Aber in der Montrose entdeckte Wynkowski auch sein Talent für Basketball. Es gelang ihm aufgrund seiner Erfolge an der Southwestern High School, die Erinnerungen an seine unschöne Vergangenheit auszulöschen. Mittlerweile ist er ausgesprochen wohlhabend und spendet großzügig an lokale Wohltätigkeitsorganisationen. (Siehe Basketball, SA)

»Du hast es ja doch noch geschafft, Feeney.« Tess sagte das wieder laut. »Gute Arbeit.« Mit einem zufriedenen Seufzer las sie den Rest einer Story, die sich zweifelsohne als Grabrede für Baltimores Traum von einer Basketballmannschaft erweisen würde. Feeney hatte recht, da war alles drin – Verbrechen und Geld. Und als Bonus noch eine geschlagene Ehefrau! Feeney und Rosita hatten einen Dreiertreffer gelandet.

Baltimore teilte Tess' Stolz über Feeneys Arbeit nicht unbedingt. Während sie den Rest ihrer bürokratischen Laufarbeiten absolvierte, war die Wink-Winkowsky-Geschichte in der Stadt in aller Munde. Der allgemeine Tenor war: Wegen der schlechten Nachrichten im

Beacon würde die Stadt jetzt vielleicht keine Basketballmannschaft bekommen.

»Ich weiß nicht, warum die immer an allem meckern müssen«, hörte sie einen Mann im Sandwich-Laden Never on Sunday grummeln, während sie auf ihr extrascharfes Putensandwich mit Tomate und Salat wartete. »Aber es würde natürlich auch zur NBA passen, dem armen Kerl das erste bisschen schlechte Publicity vorzuwerfen.«

»Ja, die Schweine suchen ja bloß nach einem Grund, nicht zu unterschreiben«, stimmte der Mann am Tresen zu. »Sie hassen Baltimore.«

Darin waren sich alle in der Schlange einig, selbst die, die den Anfang des Gesprächs gar nicht mitbekommen hatten. *Sie* hassten Baltimore. Die NBA, Washington, D.C., die Vorstadtbewohner, die vor Jahren zusammen mit ihren Steuergeldern abgehauen waren. Die Ostküste, die Städte im Westen, die Gesetzgeber in Annapolis. New York, Hollywood, Großfirmen, kleinere Firmen, Gott, das Universum. Sie alle hatten sich einvernehmlich gegen das arme kleine Baltimore verbündet.

Eine schmerzhaft klare Frauenstimme durchschnitt das allgemeine Elend.

»Herrgott, Leute, erspart mir das Gejaule. *Darauf* habe ich nun gar keine Lust. Gleich sind wir wieder bei der weltumspannenden jüdischen Bankenverschwörung. Könnt ihr nicht mal einen Moment die Klappe halten, während ich auf mein Grilled Cheese Sandwich mit Bacon warte – ohne Tomaten, die schmecken um diese Jahreszeit wie tote Tennisbälle.«

Die Stimme war Tess bekannt, die Attitüde erst recht.

»Whitney Talbot«, sagte Tess und drehte sich um, sodass sie ihre alte Freundin betrachten konnte. »Was machst du denn in dieser Gegend?«

»Tess! Ich wollte dich schon ewig anrufen. Seit du dich mit diesem kleinen Jungen eingelassen hast, bleibt dir keine Zeit mehr für deine jungfräuliche alte Freundin.« Dieses Informationsbruchstück erweckte für einen Augenblick das Interesse der anderen Anwesenden an Tess, aber schnell wanderten die Blicke wieder hinüber zu Whitney. Tess war rot angelaufen und vom Winde zerzaust – und der hinreißenden Person, die aussah wie die Göttin des Rasenhockeys, keineswegs gewachsen.

Whitney Talbot war genauso groß wie Tess, 1,75 cm, aber dünner. Ihre dichten blonden Haare trug sie in einem sorglosen mädchenhaften Bob, und sie gab alle sechs Wochen sechzig Dollar aus, damit die Haare genau nur bis zum Kinn reichten, dem spitzesten Knochen in einem Körper voll langer spitzer Knochen. Das war ihr einziger Makel, falls Talbot überhaupt irgendwelche Makel hatte. Sie war reich und gut erzogen, da hatte man nun mal seine Macken. Tess kannte Whitneys Macken gut: Sie hatten sich im College ein Zimmer geteilt, hatten in einer Mannschaft gespielt, waren gegeneinander angetreten, sie wetteiferten insgeheim, wie es so viele Freundinnen tun.

Tess ging an der Schlange entlang zurück und umarmte ihre Freundin. Verwandelte sie sich *wirklich* in eine der Frauen, die ihre Freundinnen fallen ließen, sobald ein fester Freund auftauchte? Aber es war auch ein verdammt harter Winter gewesen, man wollte sich einkuscheln, nicht ausgehen.

»Crow ist okay, aber er ist bloß ein *Typ*«, sagte sie. »Dich kann keiner ersetzen, Whitney. Nimm doch dein Sandwich mit in Tyners Büro, dann können wir zusammen zu Mittag essen. Reden.«

Whitney schüttelte den Kopf. »Ich muss zurück zum *Beacon.* Da ist heute die Hölle los.«

»Wegen Feeneys Story? Ich habe gehört«, erstaunlich, wie gut sich diese Phrase nach zwei Jahren außerhalb des Jobs anhörte, »dass sie gar nicht erscheinen sollte.«

Whitney war nicht sonderlich beeindruckt. Sie wusste, dass Tess genau zwei Quellen beim *Beacon* hatte, und sie war eine davon. »Hast du gehört, dass sie *heute* nicht kommt oder dass sie gar nicht erscheinen soll?«

»Da weißt du mehr als ich.«

»Echt, Tess, du weißt doch, dass der redaktionelle Teil mit den Nachrichten wenig zu tun hat. Ich habe keine Ahnung von der Wynkowski-Story, außer dass, wie man in meinem Bereich gerne sagt, man die Sache im Auge behalten soll.« Whitney war eine der jüngsten Mitarbeiterinnen der Zeitung, aber sie war für den Job gut geeignet – sie war die geborene Besserwisserin.

»Komm schon, Talbot. Spuck's aus. Ich hab belastende Fotos von dir aus dem College mit einer Zigarre, einem Typen und einem Fläschchen Scotch.«

»Die alte Regel, sich niemals mit einem toten Mädchen oder einem lebenden kleinen Jungen erwischen zu lassen, gilt doch nicht für unser Geschlecht, Schätzchen.« Whitney runzelte die Stirn. »Obwohl, wenn man die Doppelmoral beim *Beacon* mit einbezieht, könnte die Zigarre allein alle meine Chancen zunichtemachen. Frauen dürfen einfach keinen Spaß haben.«

»Knallt da jemand mit dem Kopf an die Glasdecke?«

Whitney lächelte nicht einmal. »Weißt du, wo ich heute Morgen war? In einer Suppenküche an der 25th Street. Da gibt es ab 7:30 Uhr Frühstück, und vor elf sind sie nicht fertig. Und heute war wenig los, bloß zweihundert Leute. Am Monatsende sind es dreihundert. Manche Frauen kommen jeden Morgen mit ihren Kindern vorbei, damit ihre Essensmarken länger reichen.«

»Es freut mich, dass der *Beacon* auch solche Themen behandelt. Normalerweise steht da nur was über die Hungernden in Afrika.«

»Tess, vergib mir, aber ich hasse diese Sozialscheiße. Ich habe über Stadtpolitik geschrieben, ich spreche fließend Japanisch, ich hatte in College Park ein Stipendium in Wirtschaftswissenschaften. Aber darüber darf ich nicht schreiben. Und weißt du, warum? *Weil ich nicht stehe, wenn ich pisse!*«

Whitneys Ausbruch war zwar nicht besonders laut gewesen, fiel aber genau in einen dieser merkwürdigen Schweigemomente, die in der Öffentlichkeit urplötzlich auftreten können. Die Männer in der Schlange traten verunsichert von einem Fuß auf den anderen. Vielleicht konnten sie sich Whitney im Schlafzimmer vorstellen, sitzend wie stehend, aber nicht auf dem WC. Tess musste zugeben, dass die Vorstellung auch ihren Appetit nicht erhöhte.

»Putensandwich extra scharf«, rief der Mann am Tresen. Tess schnappte sich die fettige braune Papiertüte, griff eine Tüte Utz Cheese Curls vom Regal und wandte sich wieder an Whitney, die mit der Konzentration eines Wachhundes den Fortschritt ihres Grilled Cheese Sandwiches beobachtete.

»Ruf mich an, Süße.« Zuerst hatte sie das lokale Kosewort mit einer gewissen Ironie verwendet, sich aber mit der Zeit daran gewöhnt, denn Baltimore war eine ironiefreie Zone. Selbst der künstliche Spitzname »Charm City« hatte angefangen, ein Eigenleben zu entwickeln. »Crow beschäftigt mich nicht die ganze Zeit. Eigentlich ist er sogar so wild darauf, ein Rockstar zu werden, dass ich an den Wochenenden und Abenden ziemlich oft allein bin.«

Whitney nickte abwesend. Aber als Tess sich dann aus dem Laden herausschlängeln wollte, packte Whitney plötzlich ihren Mantelärmel.

»Tesser?«

»Was?«

»Wie läuft's im Job? Als Ermittlerin? Hat Tyner viel für dich zu tun?«

»Stellenweise.«

»Stellenweise.« Whitney lachte. Selbst ihr Lachen erschien einem besser als das der meisten anderen Leute – kostbarer, inniger, tiefer. »Ich dachte, für die Stellen wäre nur Crow zuständig. Hast du schon deine Lizenz? Hast du dir eine Waffe gekauft? Du weißt ja, wenn du mit mir mal auf den Schießstand willst …«

»Ich hab noch keine Waffe. Du weißt doch, was ich davon halte.« Whitney hatte ihr Leben lang mit ihrem Vater Enten und Tauben gejagt. Sie hatte immer ein Gewehr in Reichweite, und sie hatte versucht, Tess am Washington College für diesen Sport zu interessieren. Vergebens.

»Ich weiß, ich weiß. Aber du solltest dir eine Lizenz besorgen, sie steht dir gesetzlich zu. Wenn du letzten Herbst deine Waffe dabeigehabt hättest …«

»Dann hätte ich mir wahrscheinlich versehentlich in den Fuß geschossen.« Und alle, die tot waren, wären immer noch tot, erinnerte sie sich, wie immer, wenn jemand von jenem schrecklichen September sprach – was hätte sein können, wer noch am Leben wäre. Der kleine Film, der auf ewig in ihren Träumen zu laufen schien, spielte erneut in ihrem Kopf, ein Vorspann für die Albträume der kommenden Nacht.

»Wenn du meinst.« Whitney küsste sie auf die Wange, und es war keiner dieser unechten Luftküsse, wie sie Menschen ihrer Klasse vergaben, sondern ein echter Knutscher, der ein wenig rosa Lippenstift auf Tess' Wange hinterließ. Das gefiel den Leuten. Die unstete Whitney aber konzentrierte sich schon wieder auf ihr Sandwich.

»Es wird zu braun. Umdrehen, umdrehen, umdrehen!«, befahl sie dem kleinen verschwitzten Mann am Grill, der blöde grinste, als wäre ihr barscher Befehl ein Beweis für ihre unsterbliche Liebe. »Und könnten Sie bitte die Kruste abschneiden?«

5

Das Point hatte noch nie Fröhlichkeit ausgestrahlt, aber im Dämmerlicht nun wirkte es ganz besonders erbärmlich. Das letzte Sonnenlicht akzentuierte die unglaubliche Lieblosigkeit der Bar. Tess konnte den Staub auf den Tischen sehen, das verschmierte Glas der Jukebox und ein paar merkwürdige Flecken auf dem Boden. Aber das lag nicht an Spikes Abwesenheit. Genau genommen sah der Laden sogar etwas besser aus, jetzt, wo Tommy sich um alles kümmerte.

»Also, Tommy«, versuchte Tess es noch einmal und schenkte sich an der Bar eine wässrige Coke ein. »Woher hat Spike einen Windhund?«

»Die Blonde ist wirklich süß?«, sagte er mit Blick auf die Frühabendnachrichten, die auf einem Fernseher liefen, der über der Bar angeschraubt war. »Aber den Schwarzen mag ich nicht. Wieso sind es immer eine Blondine und ein Schwarzer? Warum haben sie nie einen blonden Typen und eine schwarze Frau? Hast du dich das mal gefragt? Und was glaubst du, wer das meistgrößte Gehalt bekommt, sie oder er?«

»Das größere Gehalt, Tommy. Und im Moment interessieren mich Windhunde deutlich mehr. Wieso hat sich Spike für Hunderennen interessiert?«

»Wir haben doch keine Hunderennen in Maryland?«, protestierte er.

»Wir haben auch keine Weltmeisterschaftsboxkämpfe, aber Spike hat auch auf die schon gewettet. Hat er irgendwas in Esskay investiert? Ist er der Partner irgendeines Hundetrainers in einem anderen Staat? Oder wettet er auf Windhunde?«

»Mit Windhunden wollte er nichts zu tun haben«, sagte Tommy entschlossen. »Er hat gesagt, sie sehen beängstigend aus? Er würde sie nicht gerne anschauen?«

»*Wo* anschauen? Da, wo er Esskay herhat?«

Tommy wandte sich wieder dem Fernseher zu. Reporter campierten vor Wink Wynkowskis Villa, einem nagelneuen Haus in nachgemachtem Tudorstil, der überhaupt nicht in den baumlosen Vorort passte. Offensichtlich war Wink den ganzen Tag nicht vor die Tür getreten, auch hatte er keine Stellung zu den Vorwürfen des *Beacon* bezogen. Die einzige Hoffnung der TV-Berichterstatter, die Story weiterzutreiben, war seine Reaktion. Sie konnten nicht die Recherchen nachliefern, für die Feeney die letzten paar Wochen gebraucht hatte. Außerdem, wieso sollte man sich irgendwelche langweiligen alten Gerichtsunterlagen anschauen oder mit möglichen Quellen reden, wenn man auch jemanden durch seinen eigenen Vorgarten jagen und dabei brüllen kann: »Wie geht es Ihnen?«

»Schade, dass die Zeitung die Basketballmannschaft vertrieben hat?«, sagte Tommy zum Fernseher. »Wäre gut für unser Geschäft gewesen?«

»Du benimmst dich, also ob dir der Laden gehört, Tommy. Man könnte glauben, es wäre dir ganz egal, ob Spike je wieder aufwacht.«

Tommy zupfte nervös an seiner Unterlippe. »Sei lieber

vorsichtig, Tess? Ich weiß nicht, wie du darauf kommst, so mit mir zu reden? Ich sehe ihn öfter als der Rest seiner Familie? Mehr als *du*?«

»Wo kommt der Hund her? Wieso wurde Spike zusammengeschlagen? Wie hängt das beides zusammen?«

Er wandte sich ab und begann am Bierzapfhahn herumzuspielen. Die ersten Stammgäste kamen herein, sodass Tommy die Gelegenheit hatte, sie eine Weile zu ignorieren. Langsam, beinahe zeremoniell, schüttete er kleine Brezeln in Holzschälchen auf der Bar, dann teilte er Untersetzer aus, die in der Geschichte des Point nie jemand benutzt hatte. Hinter der Bar wirkte Tommy in seinem leuchtend gelben Hemd mit der schwarzen Hose genauso neu wie die Untersetzer. Er wirkte sogar größer. Tess beugte sich über den Formica-Tresen und stellte fest, dass er hochhackige karamellfarbene Stiefeletten mit seitlichen Reißverschlüssen trug, etwa Jahrgang 1976.

»Scharfe Schuhe«, sagte Tess.

»Na ja, weißt du, ich kann keine Halbschuhe tragen? Schwache Knöchel?«

»Tun dir nach einem Tag auf den Beinen nicht die Hacken weh?«

»Du weißt doch, wie das ist – die Arbeit eines Mannes ist niemals getan?« Tommy schaute erstaunt, als alle lachten, aber Tess vermutete, dass er es beabsichtigt hatte. Sie hatte diesen speziellen Tommyismus nicht zum ersten Mal gehört.

Auch Esskay hatte einen harten Arbeitstag hinter sich, sie hatte Papierhandtücher und Toilettenpapier geschreddert, dann hatte sie die Stückchen aufgekaut und die Klümpchen hinter Möbelstücke und in die Ecken gespuckt. Ein besonders großes, matschiges Stück fand Tess mitten auf ihrem Kissen. Auf ihrem Kissen, nicht auf dem von Crow, was näher an der Tür gelegen hätte. Wusste Esskay, auf welcher Bettseite Tess schlief? Und wenn ja, war dies dann eine Opfergabe oder eher eine Drohung?

Nach einem langen heißen Bad holte sie immer noch Papierfetzen aus irgendwelchen Ecken, als das Telefon klingelte.

»Tesser! Du hast gesagt, ich soll dich anrufen, also mache ich das.« Whitney klang ein bisschen zu fröhlich. Die gut gelaunte Mannschaftskapitänin hob sie sich normalerweise für Fremde auf. Fremde, die Whitney auch nicht näher kennenlernen wollte.

»Ja, das tust du«, gab Tess ohne große Begeisterung zurück.

»Hast du Lust, rauszukommen und zu spielen?«

»Jetzt?«

»Warum nicht? Es ist erst halb neun, der Frühling kommt, und ich hab noch nicht genügend Leute auf der Spesenrechnung. Sie werden die Achtung vor mir verlieren, wenn ich diesen Monat weniger als dreistellig bleibe. Sei meine zögerliche Quelle. Ich werde es dir vergelten.«

Tess betrachtete die nassen Papierklumpen in ihren Händen. »Ich trage meinen Bademantel und bin schlecht gelaunt. Kannst du nicht ein bisschen Bourbon kaufen und damit herfahren und das auf deine Spesenrechnung schreiben?«

Sie rechnete mit einer Absage. Tess konnte Whitney

weder eine Quittung noch eine Kreditkartenabrechnung geben. Sie konnte nicht mal ihre Parkkarte abstempeln.

»Okay, aber dann musst du dir irgendwas über deinen Bademantel ziehen. Ich will draußen auf deiner Terrasse sitzen, zumindest solange wir es aushalten. In zwanzig Minuten bin ich da.«

Tess' Wohnung war nur halb so groß wie die Stockwerke darunter. Der Rest war ein flaches stinknormales Dach, auf das von ihrem Schlafzimmer aus eine Doppeltür führte. Ein willigerer Mieter hätte auf diesem Pseudo-Patio vielleicht Geranientöpfe aufgestellt oder gusseiserne Caféstühle und einen passenden Tisch arrangiert. Tess ließ das ganze Jahr über zwei Gartenstühle aus Plastik draußen, und wenn nötig, wischte sie mit einem Schwamm darüber. Der Blick auf den Hafen war so spektakulär, dass es ihr unnötig erschien, noch irgendetwas zu tun. Wer brauchte kleine weiße Lämpchen in Ficusbäumen, wenn das neonfarbene Domino-Sugar-Logo in Locust Point knallrot durch die Nacht strahlte?

Aber als Whitney kam, hatte sie es nicht eilig rauszugehen. »Hast du noch was …?«, fragte sie und schnaufte ein wenig. Esskay kam herangeschlendert, um herauszufinden, ob Whitney sie kraulte oder etwas zu essen bei sich hatte. Sie streichelte der Hündin den Kopf, fragte Tess aber nicht, wieso oder warum sie so einen hässlichen Hund hatte. Whitney war nicht wirklich neugierig. Journalismus fiel ihr nicht leicht.

»Habe ich was, Whitney?« Tess wusste genau, was sie meinte, fand es aber lustig, ihrer Freundin die Antwort abzuringen, sie zu zwingen auszusprechen, was sie wollte.

»Du weißt schon.« Ihre Stimme war jetzt ein bühnenreifes Flüstern. »Die kleine Schachtel unter deinem Bett.«

»Meine Pullover? Wollmäuse?«

»Deinen Stoff. Dein Dope. Gras. Mary Jane. Ganja. Das rauchbare Kraut aus den Siebzigern, das derzeit ein Comeback erlebt, wie es in der *New York Times* so schön heißt, wann immer sie eine dieser ›Was wurde eigentlich aus Marihuana?‹-Geschichten bringen. Zufrieden?«

»Ach *das.* Ich hab nichts mehr gekauft, seit ich für Tyner arbeite, weil es doch illegal ist. Liegt am Job.« Eine Halbwahrheit. Tyner hatte nur etwas gegen Marihuana, weil es die Fähigkeit der Lunge verringerte, Sauerstoff aufzunehmen.

Whitney aber schaute so traurig, dass Tess Mitleid mit ihr bekam. »Ein bisschen hab ich aber noch. Ich habe es aufgehoben.«

»Hol's schon raus. Und lass uns eine Pizza bei BOP oder Al Pacino's bestellen. Liefern die?«

»An Kittys Adresse schon.«

Eine Stunde später schnüffelte Esskay in zwei fettigen Schachteln in der Ecke der Terrasse, sie knabberte an Peperonistücken und Whitneys übrig gebliebenem Pizzarand. Die Nacht war überhaupt nicht frühlingshaft, aber Tess und Whitney wärmten sich an Bourbon und Pizza und teilten sich den zweiten Nachtisch-Joint. Vergangenheit und Jetzt verschmolzen miteinander. Sie hätten genauso gut im Washington College sein können, rauchend am Ufer des Chester River.

Der Joint war fast alle. Whitney bastelte einen Stummelhalter aus einem Anstecker an ihrem Blazer. »Ich mag deinen Toy-Boy Crow, aber ich bin froh, dass er heute nicht hier ist«, sagte sie und hustete leise. »Ich wollte dich mal für mich haben. Das gibt mir das Gefühl, wieder neunzehn zu sein. Ach, und *das.*« Sie zog noch einmal.

»Ich hab dasselbe gedacht. Nur waren die Nächte an der Ostküste so dunkel, und hier ist es so hell. Ist dir jemals aufgefallen, dass die Stadt von hier aus wie radioaktiv aussieht? Dieses verschmierte Glühen von den Straßenlaternen, die Verbrechen verhindern sollen, und das ganze Neon.«

»Worüber haben wir auf dem College gesprochen in all den Nächten, in denen wir geraucht, getrunken und geredet haben?«

»Über den Unterricht, unser Liebesleben, unsere Zukunft. Ich wollte eine klasse Reporterin werden, du wolltest Tokio-Korrespondentin der *New York Times* werden. Aber du kannst es immerhin noch schaffen. Außerdem haben wir Botticelli gespielt. Erinnerst du dich?«

»Du nennst es Botticelli. In meiner Familie heißt es ›Bist du ein gerissener österreichischer Diplomat?‹ Und du hast die unglaublichsten Leute genommen.«

»Jackie Mason ist *überhaupt* nicht unglaublich, Whitney.«

Tess war dran. Sie inhalierte. Es war kein besonders guter Stoff. Sie hatte leichtes Kopfweh genau zwischen den Augenbrauen bekommen. Als gute Gastgeberin überließ sie ihrer Besucherin den letzten Zug. Whitney zog noch einmal an dem Joint-Stummel, dann warf sie die Überreste vom Dach, in den Dreck der Straße dort unten – zerbrochene Flaschen, gebrauchte Kondome, Süßigkeiten, Papier.

»Du hast also gestern Nacht mit Feeney getrunken«, sagte sie plötzlich. »Hat er irgendwas Wichtiges gesagt?«

»Du kennst doch Feeney. Manchmal kriegst du den ganzen Abend kein Wort aus ihm raus.«

Whitney grunzte. »Das Einzige, was man aus ihm rauskriegt, sind Peinlichkeiten.« Sie hob ihre Hand an die Lippen, dann wurde ihr klar, dass der Joint alle war, und so steckte sie nur ihren Anstecker wieder an den Aufschlag. »Er hat dir von seiner Story erzählt, oder? Deswegen hast du mich heute danach gefragt.«

»Er hat mir erzählt, dass sie am Tropf hinge und die Woche nicht schaffen würde.« Spikes Gesicht tauchte in ihrem Kopf auf, und plötzlich fühlte sie sich schlecht für diese herzlose Metapher.

»So war es auch.«

»Und dann?«

»Die größte Wiederauferstehung, die es in dieser Stadt seit Jesus oder dem letzten Gouverneur gegeben hat, je nachdem, wie man die Welt sieht. Am Nachmittag wurde die Story gestrichen, aber in der Nacht ist sie für eine Ausgabe wieder auferstanden. Eine Ausgabe reichte. Der Nachtredakteur der Associated Press hat sie über den Ticker geschickt, danach gab es kein Zurück mehr. Alle haben sich darauf gestürzt, alle zitieren den *Beacon*.«

»Und wieso nur eine Ausgabe?«

»Gute Frage. Eine von vielen, die heute im Büro gestellt wurden.« Whitney schaute ihr genau in die Augen.

»Sie sollte nicht erscheinen, Tess. Nicht heute. Vielleicht nie. Aber jemand hat dafür gesorgt.«

»Was ist passiert? Du solltest es wissen, du kriegst doch irgendwann einen Pulitzer für Redaktionstratsch.«

»Ich hätte lieber einen Job im Fernen Osten, einen in Hawaii oder einen Preis von Alicia Patterson für junge Journalisten«, sagte Whitney, als wäre Pulitzer das einzige Wort, das sie gehört hatte: Einen Moment lang schien sie nachzudenken, vielleicht sah sie sich durch den Orient streifen, wortwörtlich einen Kopf größer als der Rest der Bevölkerung. Sie zwinkerte und kehrte zurück nach Baltimore, zu Tess, aufs Dach.

»Ich weiß tatsächlich ein bisschen was darüber. Ich hab's alles vom Chef, mit dem ich mich heute getroffen habe. Chefredakteur Lionel C. Mabry höchstselbst.«

»Kenne ich den?«

»Er ist vor neun Monaten zu uns gekommen, sie haben ihn aus seiner Frührente an der Northwestern University geholt. War CR beim *Chicago Democrat*, als da alles gut lief. Die Reporter nennen ihn den Löwenkönig, weil er eine blonde Haarmähne und große Geheimratsecken hat. Sie nennen ihn aber auch den Lügenkönig, weil er die Angewohnheit hat, nett zu einem zu sein, dann aber ins Meeting zu gehen und einem ein Messer in den Rücken zu rammen. Ein langes elegantes, verdammt scharfes Messer.«

»Doch nicht in *deinen* knochigen Rücken, Whitney. Chefs lieben dich.«

»Die alten schon. Aber Mabry kennt meine Reportergeschichten nicht, und er hat mitzureden, wer im Sommer in das Büro nach Tokio geht. Ich bin durchaus eine Kandidatin, aber sicher ist nichts. Nicht mal annähernd.«

Whitney runzelte die Stirn. Sie schaute erstaunt, ungefähr so wie damals, als sie zum ersten Mal einem Pessach-Essen bei der Familie von Tess' Mutter beigewohnt hatte. »Das ist kein Meerrettich«, hatte sie höflich gesagt und mit ihrem Löffel gegen die krumme Wurzel gestoßen. »Meerrettich gibt's im Glas.« Niemand hatte gewagt, ihr zu widersprechen.

Tess schenkte Whitney noch etwas Bourbon ein. »Du wirst ihn schon für dich einnehmen.«

»Oder dran verrecken. Gestern habe ich an ihm die Fahrstuhltechnik ausprobiert.«

»Was ist das, ein Blowjob aus der Cosmo?«

»Na ja, es ist keine Fellatio, aber tatsächlich ist es eine Art Oralsex.« Whitney rückte vor auf die Stuhlkante und nahm einen Schluck Bourbon; die Beine hatte sie an den Knöcheln übereinandergeschlagen. »Es gibt die Theorie, dass der wichtigste Augenblick deiner Karriere die dreißig Sekunden sind, die man mit dem Chef im Fahrstuhl verbringt – oder im Flur oder auf dem Klo, wobei mir das nur selten passiert. Da hört er einem zu, und man sollte sich darauf vorbereiten, so wie man sich auf mündliche Prüfungen am College vorbereitet, oder so wie man für ein Rennen trainiert, damit es einem in Fleisch und Blut übergeht.«

»*Was* sollte man vorbereiten?«

»Deine Bänder. Stell dir dein Hirn wie einen kleinen Kassettenrekorder vor. Du brauchst zwei oder drei Bänder, die du sofort einwerfen kannst, wenn der CEO in Sicht kommt. Oder in meinem Fall der Chefredakteur.

Auf jedem Band ist eine zeitlose Frage oder Beobachtung, die zeigt, wie motiviert man ist, wie loyal, was für eine glückliche Arbeitsbiene man doch ist, die hundertzehn Prozent gibt, um diesen wunderbaren Arbeitsplatz noch herrlicher zu gestalten.«

»Das musst du mir mal vormachen.«

Whitney drückte die Schultern zurück und strich sich das Haar aus dem Gesicht, sie verwandelte sich in ein gieriges Mäuschen. »Mr. Mabry«, begann sie ein bisschen atemlos, ihre Stimme klang höher und süßer als sonst. »Mr. Mabry, mir ist aufgefallen, dass unsere Auflagenzahlen für die Abendausgabe sich stabilisiert haben. Glauben Sie, dass das Redesign und der Versuch, die Zeitung wieder als Nachrichtenbringer zu entdecken, geholfen haben, den jahrelangen Trend der schwindenden Nachmittagsauflage zu brechen?«

Bourbon brennt, wenn er einem durch die Nase rinnt. »Wie megapeinlich«, sagte Tess, schniefte und lachte. »Funktioniert das wirklich?«

»Also, ich bin vor drei Jahren als Reporterin in den Fahrstuhl gestiegen, habe mit einem Redaktionsleiter über die Wunder einer erstklassigen Universitätsausbildung geplaudert, und als ich ausstieg, war ich kurz davor, Kolumnistin zu werden.«

»Und ich hab gedacht, du wärst verrückt, als du Washington College für Yale verlassen hast«, sagte Tess und schüttelte erstaunt den Kopf. Nicht, dass sie nicht dasselbe tun würde, wenn sie die Chance hätte. Sie würde es nur nicht so gut hinbekommen. Vielleicht gab es wirklich nur zwei Arten Menschen auf der Welt: Arschkriecher und gescheiterte Arschkriecher.

»Heute, direkt nachdem wir einander über den Weg gelaufen sind, hab ich den Löwenkönig getroffen«, prahlte Whitney, die so stolz auf ihre Anbiederei war, als hätte sie eine neue Sportart gelernt. »Ich habe gesagt: ›Die Wynkowski-Story – die stand gar nicht im Plan für das Vier-Uhr-Meeting gestern, oder, Sir?‹ Um vier Uhr findet das letzte Nachrichtenmeeting des Tages statt. Manche Sachen erfährt man natürlich erst später, aber …«

»Ich weiß, ich weiß.«

»Stimmt, manchmal vergesse ich, dass du eine von uns warst. Jedenfalls hat er ziemlich genervt gesagt: ›Nein, war sie nicht.‹ Also habe ich gesagt: ›Es geht mich ja nichts an, aber wenn Sie der Sache auf den Grund gehen wollen, und wenn Sie jemanden brauchen, dem Sie trauen können – eine diskrete Privatermittlerin, die sich bei Zeitungen auskennt –, dann wüsste ich genau die Richtige.‹ Also gingen wir in sein Büro und plauderten ein Stündchen, vor allem darüber, wie ihm Baltimore gefällt, und über seine Rückhand. Es stellte sich heraus, dass er unbedingt in den Baltimore Country Club will. Und mein Onkel sitzt im Bewilligungskomitee, musst du wissen.«

Tess hatte sich von Whitneys Gesabbel nicht ablenken lassen. »Moment mal. Wer ist denn diese diskrete Privatermittlerin, die sich bei Zeitungen so gut auskennt?«

Whitney lächelte scheu. »Lass uns Botticelli spielen, Tesser. Mein Buchstabe ist ›M‹. Stell mir eine Ja-Nein-Frage, um rauszukriegen, wer ich bin.«

»Lass mal sehen. Bist du eine einsfünfundsiebzig große Washington-College-Absolventin, deren ehemalige Zimmergenossin offensichtlich total spinnt?«

»Du hast es gleich erraten. Ich bin Theresa Esther Monaghan, die perfekte Frau für den Job, findest du nicht? Ich habe sogar morgen um zwei ein Meeting mit dem Chefredakteur. Du hast doch irgendwas Anständiges anzuziehen?«

Tess griff nach der Bourbonflasche und nahm einen Schluck, vor allem für den Effekt. Sie war nicht wirklich begeistert, dass Whitney sie ohne zu fragen für den Job vorgeschlagen hatte. Whitney schob Tess immer nach vorn, sie versuchte, mehr aus ihr zu machen, als sie war. Aber in diesem Fall hatte sie ein paar entscheidende Details vergessen.

»Ich habe schon einen Job, hast du das vergessen? Ich arbeite für Tyner.«

»Der übrigens gerne sehen würde, dass du mehr leistest. Ich habe mit ihm gesprochen, bevor ich dich heute Abend angerufen habe, und er ist einverstanden. Er sagt, er hätte sowieso nichts, um dich im Moment zu beschäftigen, und es klänge wie eine gute Gelegenheit.«

Toll, Tyner und Whitney, Präsident und Vizepräsident des Lass-uns-Tess-zu-was-bringen-Clubs, hatten sich hinter ihrem Rücken verbündet. Tess war überrascht, dass sie nicht noch das Gründungsmitglied des Clubs, ihre Mutter, offiziell um Genehmigung gebeten hatten.

»Mein Onkel Spike liegt im Krankenhaus. Wenn Tyner mich nicht braucht, würde ich mich lieber darum kümmern, was ihm zugestoßen ist.«

»Da kann es doch nicht schaden, auf das Archiv des *Beacon* zurückgreifen zu können. Computerisierte Gerichtsunterlagen, die Doku, Nexis-Lexis – du hättest alles, solange du bezahlt wirst.«

Das war schon eine Versuchung, aber Tess entdeckte noch einen letzten großen Fehler in Whitneys Plan.

»Hör mal, du sagst, es wäre Absicht gewesen, ja? Schlicht und ergreifend Computer-Hacking?«

»So sieht es aus.«

»Also suchen sie nach jemandem mit einem Motiv?«

»Natürlich.«

»Ja, sind denn da nicht Feeney und seine Rosita Taquita die Hauptverdächtigen? Ich kann doch nicht gegen einen meiner Freunde ermitteln. Was soll ich denn machen, wenn sich herausstellt, dass er es war?«

»Du greifst dir vor. Letztlich wirst du wahrscheinlich gar nicht herausfinden können, wer es war, aber Mabry will dem Herausgeber zeigen, dass er die Sache sehr ernst nimmt. Ich glaube, Mabry freut sich im Grunde, dass die Story gedruckt wurde. Es ist eine Riesensache, und der *Beacon* hat sie zuerst gebracht. Mabry war am Anfang nur wegen der anonymen Quellenangaben dagegen. Er wollte bloß, dass Feeney und Rosita die Leute dazu bringen, ihren Namen zu nennen. Irgendjemand hat die Sache einfach nur beschleunigt. Das ist alles.«

»Ja, aber wenn es Feeney ...«

»Ich sag dir was, aber lass dich davon nicht abhalten: Wir glauben alle, es war Rosita. Niemand hält Feeney für dazu in der Lage. Vielleicht beschwert er sich mehr als andere, aber er würde es nicht riskieren, seinen Job wegen einer Story zu verlieren. Außerdem hat Feeney ein eisenhartes Alibi.«

»Hat er?«

Kichernd boxte Whitney ihr gegen den Oberarm. Solche Körperlichkeiten waren ein klares Anzeichen ihrer

Trunkenheit, besser als jeder Atemtest. Der Schlag war ungefähr 0,08 auf der Talbot-Skala, wohingegen Armdrücken anzeigte, dass sie richtig besoffen war. Es wäre nicht das erste Mal, dass Tess ihr ein Bett auf der Couch zurechtmachte oder Whitney für die Fahrt nach Hause ins Worthington Valley in ein Taxi setzte. Dort lebte sie immer noch bei ihren Eltern. Sofern man ein Gästehaus auf einem Grundstück von zwanzig Hektar als »bei den Eltern« bezeichnen kann.

»Sehr lustig, Tesser«, sagte Whitney immer noch kichernd. »Feeney hat mir erzählt, dass ihr beide bis nach Mitternacht getrunken hättet. Er sagt, das wäre das Einzige, woran er sich von der letzten Nacht erinnern kann. Das will man zwar nicht unbedingt den Redakteuren erzählen, aber ein besseres Alibi könnte er doch nicht haben, oder?«

Tess kaute auf der Innenseite ihrer Wange herum, was sie eigentlich geglaubt hatte, sich abgewöhnt zu haben. Es war noch nicht mal acht Uhr gewesen, als Feeney aus dem Brass Elephant gestürmt war. Wieso hatte er Whitney erzählt, es wäre Mitternacht gewesen?

»Tess?« Whitney versuchte erneut, sie zu hauen, traf aber daneben, und dabei segelte ihr Bourbonglas runter auf die Straße. »Also, was denkst du?«

»Ich denke, das ist schon ein verdammt gutes Alibi.«

6

Tess war schon einmal beruflich beim *Beacon* gewesen: Sie hatte sich dort vorgestellt, nachdem der *Star* eingestellt worden war. Sie hatte sich bei Femme ein Kostüm gekauft, das sie sich nicht leisten konnte, hatte sich Kittys beste Handtasche geliehen und eine Strumpfhose angezogen, in der sie tatsächlich keine Laufmasche gehabt hatte, bis sie wieder in ihren Wagen stieg. Die Zeitung hatte Bewerbungsgespräche mit allen 383 Nachrichtenredakteuren des *Star* geführt. Weniger als zehn hatten sie Jobs angeboten. Ein neues Kostüm, eine geliehene Handtasche und eine Strumpfhose ohne Laufmaschen reichten in Tess' Fall nicht aus, um dazuzugehören.

Glücklicherweise war das Kostüm noch nicht zu altmodisch, auch wenn der Laden, in dem sie es gekauft hatte, schon pleite war. In Baltimore kam nichts aus der Mode, vor allem nicht die einfachen Klamotten, die am besten zu Tess' unmodischer Figur passten. Fast drei Jahre später war ihr Bewerbungsgesprächskostüm immer noch fesch, wie ihre Mutter sagen würde: dunkelblau mit einer engen Jacke, zu der man keine Bluse brauchte, und einem schlichten Rock, der bis zu den Knien reichte. Mit hochgesteckten Haaren und dunkelblauen hochhackigen Schuhen war sie ein Bildnis demütiger Weiblichkeit von über einsachtzig.

»Eine echte Dame«, befand Tyner, der sie am Donnerstagmorgen betrachtete, als sie sich langsam vor dem körperhohen Spiegel auf der Innenseite der Schranktür seines Büros betrachtete.

»Das Dekolleté ist übel«, sagte Whitney, die tatsächlich die Nacht auf Tess' Sofa verbracht hatte. Sie war mit Kopfschmerzen aufgewacht, weigerte sich aber anzuerkennen, dass es ein Kater war, und hockte jetzt auf Tyners Schreibtisch. Sie trug einen Pullover und einen Rock von Tess. An Whitney sahen die zu großen Klamotten schick und bewusst gewählt aus.

»Danke, Whitney. Du bist eine echte Freundin.«

»Ich bin nicht unhöflich, aber wenn sie einen Lehrfilm über sexuelle Belästigung drehen, dann würdest du als die verführerische Sekretärin besetzt werden. Man könnte dir zwischen die Brüste stürzen und würde nie wieder zum Vorschein kommen. Es ist zu sexy. Dir fehlt Autorität. Du brauchst einen Schal.«

»Natürlich. Mir ist aufgefallen, dass der Präsident auch immer einen trägt, wenn er Ansprachen zur Lage der Nation hält.«

Whitney ignorierte sie und grub in ihrer Dooney & Burke-Handtasche herum, bis sie einen Hermès-Schal mit einem Western-Motiv hervorzauberte – Lassos, Sporen und Hufeisen in Kupfer und Gold vor blauelfenbeinernem Hintergrund.

»Cool«, sagte Tess. »Kannst du jetzt auch noch einen Quarter hinter meinem Ohr hervorzaubern?«

»Ich kann noch viel bessere Tricks.« Whitney arrangierte den Schal so, dass er die entscheidenden Stellen verdeckte, ohne dass sie dadurch aussah, als wäre sie ein tuntiger Pfadfinder. »So, jetzt konzentriert man sich auf dein Gesicht, wie es so schön heißt.«

»Es passt zum Kostüm«, gab Tess widerwillig zu. »Aber wenn sie mich als Reporter nicht wollten, wieso sollten sie mich als Ermittlerin engagieren?«

Whitney legte ihr den Arm um die Schulter und trat neben sie vor den Spiegel. Ein kühles Schneeweißchen und ein rot angelaufenes Rosenrot starrten zurück. Weißbrot und Vollkornbrot, Backkartoffel und Rösti.

»Die Hälfte der Redakteure beim *Beacon* waren noch nicht mal da, als der *Star* zugemacht hat«, erinnerte Whitney sie. »Und die andere Hälfte kann sich kaum erinnern, wie ihre Frauchen aussehen, ganz abgesehen von den Hunderten von Bewerbern, die sie mit den Jahren abgelehnt haben. Du bist in ihren Augen jemand ganz Neues, jemand, der *ihnen* absagen könnte. Ich habe übrigens angedeutet, dass du den Job vielleicht nicht übernehmen könntest, weil du so ausgebucht bist.«

»Frauchen?« Das war Tyner, der seine temporäre Mitgliedschaft im Mädchenclub zu genießen schien. Tess kam es vor, als würde er ihr gleich einen Lippenstift oder ein Mascarabürstchen hinhalten. »Ich hätte nie gedacht, dass du mal so etwas Sexistisches sagen würdest, Whitney. Du meinst doch wohl Gattinnen.«

»Nein, ich meine *Frauchen.* Kleine Frauen. Helferinnen. Es gibt nur eine Frau in den oberen Rängen des *Beacon,* sie ist Managing Editor und hat die größten Eier von allen. Sie war mal verheiratet, vielleicht auch zweimal, aber ich glaube, die Typen sind jetzt im Zeugenschutzprogramm. Nun begnügt sie sich mit einem Sklavenjungen zu Hause, der nichts als eine gerüschte

Schürze trägt und mit einem Scotch bereitsteht, wenn sie gegen zehn oder elf nach Hause kommt.«

»Klingt für mich nicht schlecht«, sagte Tess.

»Du hast doch auch so einen, oder?«

Die Familie Pfieffer, Gründer des *Beacon*, hatte vieles richtig eingeschätzt. Aber nicht die Entwicklung auf dem Immobilienmarkt. Die Familie war davon ausgegangen, dass sich die Stadtmitte über die Jahre nach Westen bewegen würde, über die großen Kaufhäuser hinweg in Richtung der Howard Street. Also hatte Pfieffer III. nach dem Zweiten Weltkrieg, als die wachsende Zeitung ein neues Gebäude benötigte, in der Saratoga Street gebaut, nahe dem zehnstöckigen Hutzler's, dem größten aller Kaufhäuser. Das Ergebnis war ungeheuer langweilig, ein Gebäude aus braunen Ziegeln, das überhaupt keinen Stil hatte. Den einzigen Charme hatte ein echter Leuchtturm ausgestrahlt, ein Bakelit-Leuchtfeuer, das auf einer kleinen Plattform über dem Eingang strahlte. Doch diesen Leuchtturm hatte man in den Siebzigern abgebaut, er war jetzt der heilige Gral der Sammler. Das Stadtmuseum würde alles für ihn geben, aber gerüchteweise hieß es, dass ein ehemaliger Star-Kolumnist ihn auf einem Flohmarkt aufgetrieben hatte und jetzt im dritten Stock seines Stadthauses in Bolton Hill aufbewahrte, wo er quasi voodoohafte Rituale abhielt, um Baltimore zur ersten Großstadt ganz ohne Zeitung zu machen.

Tess schaute hoch zur leeren Plattform, als sie über die niedrigen, breiten Stufen schritt, sie ging zwischen vom Winde verwehten McDonald's-Einwickelpapieren und zerknitterten Zeitungsseiten hindurch. Die wenigen

Kaufhäuser, welche die Achtziger überlebt hatten, waren lange aus der Innenstadt verschwunden. Ein Penner schlief zwischen den Narzissensprösslingen in einem ungepflegten Blumenbeet. Scheibenwischer – genau genommen Scheiben wischende Erwachsene und sogar ein paar Scheiben wischende Rentner – standen an der Kreuzung. Wie die Pfieffers es vorhergesehen hatten, war der Stadtkern gewandert. Nur in die andere Richtung, gen Süden und Osten, zum Wasser hin. Der *Beacon* war ein einsamer und unbequemer Außenposten am Rande der städtischen Wildnis. Reporter trösteten sich mit der Nähe zu zwei der besten Essgelegenheiten in Baltimore, den offenen Ständen des Lexington Market und den weißen Tischtüchern des Marconi. Der *Beacon* lag auch angenehm nahe bei der Kirche Saint Jude Shrine. Glaubte man den Zeitungsgerüchten, pilgerten die Reporter nach Abgabe dorthin und beteten zum Heiligen der nutzlosen Wünsche: »Bitte, Heiliger Judas, lass die Chefs meine Story nicht kaputt machen.«

Feeney hatte Tess von diesem Ritual erzählt. Und jetzt musste sie sich mit der Möglichkeit auseinandersetzen, dass Feeney derjenige war, der es vermasselt hatte. Es kam ihr unwahrscheinlich vor – ganz sicher war er zu betrunken gewesen, sich in das Gebäude zu schleichen, ein bisschen in den Computern herumzuhacken und spurlos zu verschwinden. Aber wenn die Spur zu ihm führte, dann war Tess entschlossen, ihn zu beschützen, selbst wenn sie noch keine Ahnung hatte, wie das gehen sollte.

Im fünften Stock drängte die Sekretärin des Herausgebers, eine dieser merkwürdig besitzergreifenden Frauen, die immer an den Ellenbogen mächtiger Männer klebten, Tess in einen leeren Konferenzsaal, der sich neben dem Herausgeberbüro befand. Es war ein opulenter Saal, in dem man richtig auffahren konnte. Heutzutage gab es natürlich nur Kaffee und Croissants, aber früher wurden hier die wichtigsten Einwohner der Stadt verköstigt. Mahagonitisch, orientalischer Teppich, ein silbernes Teeservice auf einem Mahagoni-Sideboard, die unvermeidlichen Aquarelle Baltimores im 19. Jahrhundert. Wie mussten sich die Ressortleiter vorkommen, die immer wieder aus diesem schicken Saal runter in die chaotische Redaktion mussten? Diejenigen, die dazu da waren, die Brücke zu schlagen zwischen dieser Kommerzialität und den romantischen Idealen des Journalismus? Wie gelang es ihnen, diese beiden Welten miteinander zu verbinden, die Geschäfte und den Inhalt?

Amnesie, dachte sich Tess. Leitende Redakteure vergaßen ziemlich schnell, was sie von Reporterarbeit verstanden. Wenn ein Mann namens Smith mit seinem Laster in ein Restaurant fuhr und dabei fünf Leute umbrachte, verstanden leitende Redakteure nicht wirklich, wieso man den Kerl nicht anrief und nach allen Details fragte. »Seine Nummer steht doch bestimmt im Telefonbuch«, sagten sie, als gäbe es nur einen Smith und als wäre er nicht im Gefängnis, wo es kein Telefon gab. Und wenn man wie durch irgendein Wunder tatsächlich diesen Smith fand und die ganze Story anschleppte, sagten Redakteure: »Ja, dafür bezahlen wir dich auch.« Oder: »Morgen ist voll, das muss warten.«

Und jetzt musste sich Tess drei von diesen gedankenlosen Monstern zugleich stellen, und dazu noch dem

Herausgeber. Dem Executive Editor, dem Managing Editor und dem Deputy Managing Editor.

»Gleich drei leitende Redakteure«, sagte sie laut und schaute zum Fenster raus gen Norden. »Na ja, Herkules hat ja auch die Hydra besiegt.«

»Und die hatte *neun* Köpfe.«

Ein Mann war hinter ihr in den Saal gekommen, ein Mann mit rosa Wangen und braun schimmerndem Haar, das ihm in die Augen fiel. In Bluejeans und T-Shirt wäre er für 25 durchgegangen. In seiner grauen Wollhose, mit dem roten Schlips und dem blau-weiß gestreiften Oxford-Hemd sah er mehr wie 45 aus. Aber wie niedliche 45, fand Tess und betrachtete seine muskulösen Unterarme, das breite Grinsen, die jungenhafte Art, mit der er sich das Haar aus den Augen strich.

»Jack Sterling«, sagte er und streckte die Hand aus. »Ich bin der Deputy Managing Editor.«

»Tess Monaghan.« Aus Gewohnheit packte sie seine Hand fest, so wie sie Rositas gedrückt hatte, als sie einander kennenlernten. Aber Jack Sterling drückte noch fester zurück. Nervös ließ sie los, sie verspürte ein Gefühl, das sie im Grunde gar nicht benennen wollte.

Er setzte sich auf die Kante des polierten Tisches. Er betrachtete sie ganz offen, ließ seine rechte Hand kreisen und massierte mit der linken das Handgelenk.

»Baltimore-Gewächs«, sagte er und sprach zu sich, als stünde sie auf der anderen Seite eines Einwegspiegels. »Aber mit irgendetwas gemischt. Etwas Solides, gute Landgene. Vielleicht 27 oder 28 Jahre alt. Sportlich. Mag weder Strumpfhosen noch Diätgetränke. Hab ich recht?«

»Aus dem Mittleren Westen«, entgegnete sie. Und

fuhr fort: »Protestantischer Maisbauernjunge, einstmals Wunderkind, immer noch Wunder, aber nicht länger Kind. Spielt wahrscheinlich Rackettball – er dehnt die Gelenke und reibt sich die Unterarme, wenn er spricht, so wie es Sportler machen. Hab ich recht?«

Sterling lachte. Gut, er hatte Humor. »Nicht schlecht. Das Spiel ist Squash, wenn mein Rücken mitmacht, und mein Handgelenk tut weh, weil 22 Jahre in diesem Geschäft mir ein chronisches Karpaltunnel-Syndrom eingetragen haben.«

Wieder massierte er sein Handgelenk, dann ließ er die Hand plötzlich sinken, als hätte er jetzt erst bemerkt, was er da tat. »Mittlerer Westen? Ja, Oak Park, Illinois, ist wohl so sehr Mittlerer Westen, wie es nur geht. Wie sind Sie darauf gekommen? Ich dachte, ich hätte mir in den letzten paar Jahren ein bisschen Ostküstenschmiss zugelegt.«

Tess lächelte unverbindlich. Whitney hatte ihr grobe Umrisse derjenigen vermittelt, die sie heute treffen würde, aber sie hatte keinen Grund, das preiszugeben. »Baltimore ist nicht unbedingt die Stadt, in der es besonders schmissig zugeht. Wenn Sie nicht aufpassen, dann haben Sie beim Sprechen bald auch ein R in Worten wie *Wasser* und *waschen*.«

Jack Sterling beugte sich zu ihr hin. Seine Augen waren noch blauer als die Streifen auf seinem Hemd. »Wie *geht* es in Baltimore denn zu?«

Bevor ihr eine kluge Antwort einfiel, kamen die anderen Chefs in den Saal. Ein bisschen schuldbewusst, als wäre er dabei erwischt worden, sich mit dem Feind zu solidarisieren, nahm Sterling zwischen ihnen Platz.

Die vier sahen einander ähnlicher, als sie wussten. Alle weiß. Keiner jünger als 35 oder älter als 60. Zwei Anzüge – graue Nadelstreifen an dem kleinsten Mann, offenbar dem Herausgeber Randall Pfieffer IV., und ein grelles Türkis an der einzigen Frau, Managing Editor Colleen Reganhart, die über jene Kombination aus dunklem Haar, heller Haut und wässrigen Augen verfügte, die man auf der Monaghan-Seite von Tess' Familie schwärzestes Irisch nannte.

Der letzte Mann war ebenso angezogen wie Sterling, aber sein blau gestreiftes Hemd war ein wenig besser gearbeitet, sein roter Schlips schwerer und seidiger.

»Lionel C. Mabry«, sagte er, und er streckte Tess eine schlaffe Hand hin. Natürlich, die Haare. Wie hatte sie die Haare übersehen können? Die Haare waren dünner, als Tess sich vorgestellt hatte, und Whitney war ungewöhnlich taktvoll gewesen, sie als blond zu beschreiben, aber es war tatsächlich eine Mähne. Mabrys Haar war grau-gelb, wie verdünnte Pisse. Davon abgesehen hielt er sich gut, er hatte etwas Patrizierhaftes an sich. Aber alles an ihm war irgendwie ein wenig mürbe – er murmelte, seine braunen Augen wirkten abwesend, sein Händedruck war schlapp.

»Setz dich, Lionel«, befahl Colleen Reganhart. Sie verlieh seinem Namen eine Extrasilbe und damit etwas Feminines. *Li-o-nelle.* Er lächelte sie an, als wäre er dankbar für die Anweisung, und dann glitt er in einen der großen Lederstühle am Tisch. Colleen saß links von ihm, Jack rechts. Tess und der Herausgeber saßen jeweils an einer Stirnseite, eine merkwürdige Anordnung.

Pfieffers Stuhl, das fiel ihr auf, war ein wenig höher,

vielleicht, um ihm einen Vorteil zu verleihen, den er an Land nicht hatte, denn er war keine 1,60 cm groß. Deshalb wurde Randall Pfieffer IV. von den Angestellten hinter seinem Rücken Eins-Sechzig genannt. Der Spitzname war nicht liebevoll gemeint, aber doch großzügig, immerhin gestand er dem Herausgeber ein paar Zentimeter mehr zu, als die Natur es getan hatte. Aber sein thronartiger Stuhl war eine Fehlkalkulation: Seine Füße erreichten den Boden nicht, sodass erst recht auffiel, wie klein er war. Glücklicherweise hatte er kein Problem, mit seiner hohen heiseren Stimme den Saal zu füllen. Glaubte man Whitney, so war er Cheerleader in Dartmouth gewesen (»Wenn es zur Sprache kommt, sag ›Brüller‹«).

Er eröffnete das Meeting. »Miss Monaghan, wir haben Sie heute hergebeten, weil wir eine Aufgabe zu vergeben haben, für die Diskretion, Takt und gewisse Kenntnisse über unser Geschäft vonnöten sind. Man hat uns versichert, dass sie über all diese Qualitäten verfügen.«

Whitney hatte also richtig dick aufgetragen. »Das hoffe ich, Mr. Pfieffer.«

»Ich möchte Ihnen gegenüber betonen, dass, soweit es uns betrifft, kein Verbrechen begangen wurde, es sind auch keine Fehlinformationen weitergegeben worden. Wir sorgen uns nur, weil wir die Wynkowski-Story am Sonntag veröffentlichen wollten. Die – ungeplante – Veröffentlichung hat uns dazu gezwungen, für den Sonntag nach einer weiteren Seite-eins-Story Ausschau zu halten. Es stört uns, dass unsere Producer … umgangen wurden, was zu diesem Dilemma führte.«

Dreißig Sekunden Gespräch, schon lag die erste Lüge

auf dem Tisch. »Selbstverständlich«, stimmte Tess zu, und aus reiner perverser Fröhlichkeit setzte sie hinzu: »Ist Computerbetrug nicht ein Bundesvergehen? Wenn Sie wirklich herausfinden wollen, wer dahintersteckt, ist das FBI doch wahrscheinlich viel besser ausgerüstet, Ihr Rätsel zu lösen.«

Die Redakteure sahen einander an. Jack Sterling begann zu sprechen, wurde aber von Reganhart unterbrochen.

»Wie Randy schon sagte, stehen wir zu der Story, obwohl es uns nicht überraschen würde, wenn dieses Arschloch Wynkowski uns verklagt. Ich möchte noch einmal betonen, dass er keinerlei Gründe für eine Klage hätte. Bisher hat man uns noch auf keinerlei Irrtümer hingewiesen, und ich denke, er muss sich als Person der Zeitgeschichte ansehen lassen. Also müsste er einen echten Fehler nachweisen. Aber wir würden es bevorzugen, wenn die Öffentlichkeit nicht erfährt, dass die Story eigentlich nicht … eigentlich später veröffentlicht werden sollte. Das könnte das Vertrauen unserer Leser in unser Produkt erschüttern.«

Produkt. Colleen Reganhart hatte definitiv die Seiten gewechselt. Wenn man Reporter war, dann war es eine Story, ein Artikel, dein eigen Blut auf der Seite. Je höher man in der Struktur wanderte, desto eher könnte es sich auch um Dosenschinken handeln.

»Sicher, wenn Sie das FBI oder auch nur die Polizei Baltimores um Hilfe bitten, könnten Sie nicht kontrollieren, was mit den Informationen geschieht, die Sie aufdecken«, sagte Tess unschuldig, als dächte sie laut nach. »Wenn sich herumspräche, dass die Story aus Versehen –

Entschuldigung, dass sie *zu früh* – veröffentlicht wurde und dass es Ungenauigkeiten darin gäbe, könnte Wink Wynkowski vielleicht tatsächlich Unachtsamkeit nachweisen, was notwendig ist, damit eine Person des Zeitgeschehens Klage erheben kann. Auf jeden Fall wäre das ein interessantes Verfahren, wahrscheinlich das erste seiner Art.«

Reganhart zog die Augenbrauen hoch; dunkle gerade Linien, die sie aussehen ließen, als würde sie die ganze Zeit missbilligend schauen. »Vielleicht. Unsere Anwälte sagen, dass er Nachlässigkeit beim Umgang mit unseren Sicherheitssystemen nachweisen könnte. Aber das ist alles. Wir stehen zu unserer Story. Wir sind sogar durchaus stolz, diesen elenden Scharlatan vorgeführt zu haben.« Mit ihrem rabenschwarzen Haar, dem knallblauen Anzug und dem frechen Mundwerk erinnerte sie an den elenden Myna-Vogel, den man aus dem Zoo Baltimores hatte entfernen müssen, weil er Besucher beschimpfte.

»Aber wieso haben Sie so eine heiße Story nicht publizieren wollen?«, fragte Tess. »Mir ist schon klar, dass es keinen echten Wettbewerber gibt, aber Sie würden doch eine solche Geschichte bringen wollen, bevor Wynkowski seinen Letter of Intent mit der außerstädtischen Basketballmannschaft unterzeichnet. Es wäre doch schrecklich, erst zu berichten, dass die Stadt eine Mannschaft bekommt, und dann nachzuschieben, dass der Besitzer niemals den Prüfungen der NBA standhalten würde. Und was wäre, wenn die Stadt schon begonnen hätte, in die neue Sporthalle zu investieren, nur um dann festzustellen, dass Wink schon Angebote für seine Mannschaft einholte?«

Mabry schien sich für eine Sekunde zu konzentrieren, wie ein autistisches Kind, das einen Moment lang klar denken kann. »Nachrichten auszuwählen ist keine Wissenschaft, Miss Monaghan. Man muss Interessen abwägen. Männer können ihre Vergangenheit auch hinter sich lassen. Es ist nicht unsere Aufgabe zu beurteilen, ob Mr. Wynkowski als NBA-Eigentümer geeignet ist oder nicht. Oder die Entscheidungen vorwegzunehmen, die die Liga treffen wird. Wir wollen in diesem Sinne keine ›Mitspieler‹ sein. Wir mussten uns fragen, was relevant ist. Was ist fair? Ist es wirklich notwendig, Mr. Wynkowskis unangenehme, aber letztlich irrelevante Vergangenheit zu enthüllen? Und wenn wir das tun, sollte er dann nicht das Recht haben zu erfahren, wer ihm die Vorwürfe macht? Das vor allem war das Problem hier. Es ist immer noch das Problem, das mich beschäftigt.«

Mabry hatte gesagt, was er zu sagen hatte, und zog sich in seine private Welt zurück. Pfieffer hatte seit der Eröffnung nichts mehr von sich gegeben, hörte aber genau zu; er beobachtete das Zusammenspiel seiner Chefredakteure sehr interessiert. Colleen starrte Lionel an, während Jack Sterling auf einem Block herumkritzelte, der vor ihm lag. »Die Story ist also prima, und alle sind glücklich damit – außer natürlich Wink. Was soll ich jetzt tun?«

Wieder begannen Colleen Reganhart und Jack Sterling gleichzeitig zu sprechen. Wieder unterbrach sie ihn.

»Morgen werden unsere Ressortleiter Marvin Hailey und Guy Whitman Ihnen die Abläufe hier erklären und eine Liste der Personen aushändigen, mit denen Sie sprechen sollten. Wir gehen davon aus, dass Sie nicht herausfinden können, wer verantwortlich ist, aber wir schätzen, Sie können den Großteil der Leute ausschließen, die zur entsprechenden Zeit im Haus waren.«

»Kann Ihr Sicherheitssystem nicht wenigstens ausspucken, wer schon gegangen war?«

»Unglücklicherweise haben wir letzten Herbst eine neue Anlage bekommen, nachdem die alte, äh, geknackt wurde. Das neue System bricht dauernd zusammen, es läuft schon seit zwei Wochen gar nicht mehr, sodass wir die Türen mit Mülleimern aufhalten müssen. Aber ich bin sicher, Sie werden feststellen, dass die meisten unserer Angestellten zu Hause bei ihren Familien waren, als es zu dem Zwischenfall kam.« Reganhart ließ »Familien« klingen, als wäre es ein Schimpfwort. »Wir möchten, dass Sie mit allen relevanten Nachrichtenredakteuren sprechen, diese Gespräche auf Band aufzeichnen und dann die Bänder und die Abschriften an uns weitergeben. Alles, was Sie feststellen, ist Eigentum des *Beacon.* Ihr Vertrag wird zudem eine Vertraulichkeitsklausel beinhalten, die es untersagt, diese Angelegenheit mit anderen Nachrichtenorganisationen zu diskutieren – oder überhaupt irgendjemandem. Ihre Informationen gehören uns.«

Tess wollte nach den Filmrechten fragen, hielt sich dann aber zurück. »Möchten Sie, dass ich hier bei Ihnen arbeite oder in meinem Büro in Mount Vernon?«

»Uns wäre lieber, wenn Sie hier arbeiten«, sagte Jack Sterling, und diesmal gelang es ihm, schneller zu sein als Colleen Reganhart. »Sie bekommen ein Büro im zweiten Stock, wo die alten Pressen standen. Solange Ihr Vertrag läuft, haben Sie auch eine Ausweiskarte und eine befristete Identifikationskarte, also können Sie kommen und gehen, wie Sie wollen.«

»Was ist mit der Gewerkschaft? Wird sie die Angestellten nicht daran hindern, mit mir zusammenzuarbeiten?«

Colleen Reganhart erhob sich. »Wir kümmern uns um die Gewerkschaft.«

Pfieffer sprang auf, er stemmte die Hände in die Hüften, als wäre er bereit, eine Mannschaft anzufeuern, während sich Sterling reckte, wobei sein unterer Rücken hörbar knackte. Nur Lionel Mabry saß weiter da und starrte durchs Fenster eine braunbrüstige Taube auf dem Sims an. Selbst nach Taubenmaßstäben war das ein ekelhaftes, fies aussehendes Biest.

»Was für ein hübscher, hübscher Vogel«, säuselte Lionel vergnügt. »Das allererste Rotkehlchen.«

7

Genervt verließ Tess den *Beacon*; sie hatte das Gefühl, eine Stunde mit einer zerstrittenen Familie in einem heruntergekommenen Spielsalon verbracht zu haben. Vorsichtig ging sie die Saratoga Street entlang, die hochhackigen Schuhe verhinderten ihre normalerweise schnellen, langen Schritte.

»Entschuldigen Sie, Miss. Wissen Sie, wo es zum Krankenhaus geht?«

Ein alter Wagen hielt neben ihr an, ein leuchtend blauer AMC Hornet, der mindestens zwanzig Jahre auf dem Buckel haben musste, einer dieser kompakten Siebziger-Jahre-Wagen, die mal als gute Ideen gegolten hatten. Der Mann, der ihr die Frage gestellt hatte, saß auf dem Beifahrersitz. Er war dick und hatte einen Bart, und er trug eine dunkle Brille, die den Großteil seines Gesichts verdeckte, obwohl Wolken aufgezogen waren.

»Es gibt mehr als eins«, sagte sie und achtete darauf, nicht zu nah an den Wagen heranzugehen, eine Notwendigkeit, die ihr vor vielen Jahren von einer paranoiden Mutter eingebläut worden war. »Ist es ein Notfall, oder suchen Sie nach einem bestimmten?«

Der Mann drehte den Kopf und beriet sich mit jemandem auf dem Rücksitz, den Tess nicht sehen konnte, dann schaute er wieder zu ihr hinaus. »Es ist ein Katholisches«, sagte er. »Hilft das?«

»Dann meinen Sie das Mercy. Immer geradeaus, nach etwa vier Blocks können Sie's sehen.«

Wieder eine leise Beratung mit dem Rücksitz. »Nee, das ist es nicht. Das, nach dem wir suchen, ist nach einer Frau benannt. Agatha, Annie, irgend so was.«

»Saint Agnes?«

»Ja. Da liegt ein Freund von uns. Ist böse zusammengeschlagen worden. Es heißt, er schafft es vielleicht nicht.«

»Das tut mir leid«, sagte Tess, trat einen Schritt zurück und schaute sich hastig um. Es gab in der Nähe ein paar Läden und eine Einbahnstraße, durch die sie laufen könnte. Sie würde ihre Schuhe abstreifen; wenn sie musste, würde sie auf Strumpfhosenfüßen rennen.

»Ja, der alte Joe steht dem Tod nah, sagen die Ärzte.« Wieso grinste er dann so breit?

»Joe?«

»Joe Johnson. Echt netter Typ. Kennen Sie ihn? Ist ja 'ne kleine Welt, heißt es immer.«

»Nein, aber ich kann Ihnen sagen, wie Sie zum Saint Agnes kommen. Es liegt in einem Vorort. Biegen Sie an der nächsten Kreuzung rechts ab, fahren Sie zwei Blocks weit, dann links auf die Franklin, raus bis zum Beltway, dann auf dem Beltway zur I-95 South, und dann in Jessup raus.« Wenn sie diesen Angaben folgten, würden sie einen Wahnsinnsweg haben und am Ende entweder vor den Baracken der Polizei landen oder vor einem der Staatsgefängnisse. Sie hatte das Gefühl, beides wäre angemessen.

»Danke. Hey, können wir Sie irgendwo absetzen?« Die hintere Tür ging auf, aber nicht weit genug, dass Tess sehen konnte, wer hintendrin saß.

»Nein! Ich meine ... Sie sollen ja keinen Umweg machen müssen. Sie wollen sicher bald ... Joe sehen.«

»Oh ja, sehr bald.« Der Mann strahlte sie an, und der Wagen fuhr davon. Sie sah ihn gen Norden fahren, wie sie es gesagt hatte, dann ging sie zur nächsten Telefonzelle. Spike lag auf der Intensivstation, sagte ihr die Krankenschwester. Außer Familie dürfte niemand zu ihm, und niemand außer Kitty und ihren Eltern hatten es versucht.

Aber Tess reichte das nicht. Sie rief in der Zentrale an und stellte fest, was sie befürchtet hatte: In dieser Woche war kein Joe Johnson in Saint Agnes eingeliefert worden.

Die Adern voller Adrenalin, fiel ihr schnell jemand ein, der ihr helfen könnte. Und vor allem konnte sie trainieren, während sie sich mit ihm beriet.

Durban Knox besaß seine Boxhalle in East Baltimore seit fast vierzig Jahren. Als in den Achtzigern die Reichen hierher gezogen waren, hatte er versucht, schnelles Geld mit schicken Maschinen zu machen: Lifecycles, Stairmaster, Star-Track-Laufbänder. Der Fitnessclub war ein Erfolg geworden, aber nicht wegen seines neuen Equipments. Stattdessen kamen die Ärzte, Anwälte und Aktienhändler, um neben den bisherigen Mitgliedern zu boxen, normalerweise wenige Tage nach irgendeinem Zeitungsartikel, in dem stand, dass Boxen der neueste Sporttrend bei Ärzten, Anwälten und Aktienhändlern war. Die neueste Version der Boxen-ist-wieder-in-Story besagte, dass es der beliebteste Sport erfolgreicher Frauen sei. Tess hatte allerdings keine Lust. Aber da alle anderen in den Ring stiegen, konnte sie die Fitnessgeräte praktisch allein benutzen. Und als Spikes Nichte genoss sie zudem den Schutz von Durban, der dafür sorgte, dass die Männer sie in Ruhe ließen. Selbst wenn sie es gewollte hätte, hätte keiner gewagt sie anzusprechen, solange Durban zuschaute.

Aber jetzt brauchte erst einmal Spike ihren Schutz.

»Ja, ich kenn ein paar Typen, die nach ihm schauen können«, sagte Durban, nachdem er von Tess' Begegnung in der Saratoga Street gehört hatte. »Wäre besser, als zur Polizei zu gehen. Wenn Spike aufwacht und irgendwelche Cops vor seiner Zimmertür findet, wäre er nicht sehr dankbar.«

»Ich hab keine Ahnung, wie ich die bezahlen soll ...«

Durban wedelte mit der Hand vor seinem Gesicht herum, als hätte er etwas Ekelhaftes gerochen. »Darüber reden wir, wenn Spike aufwacht. Und jetzt verschwende keine Zeit mehr und leg los. Tyner hat gesagt, du musst noch hart arbeiten, damit du wieder ordentlich rudern kannst. Ich soll dafür sorgen, dass du dich nicht drückst.«

Obwohl es nicht mehr fror und warm genug war, draußen zu laufen, entschied sich Tess für fünf Meilen auf dem Laufband. Sie joggte, bis sie dieses süße, gummiartige Gefühl bekam, das man nur in einem überheizten Gym kriegen kann. Sie stellte sich vor, über Colleen Reganharts knallblauen Körper zu trampeln, und schaffte ihre letzte Meile unter 7:30, mit der Höchstgeschwindigkeit des Laufbandes.

»Ich kann dich sehen, Tess«, rief Durban quer durch den Saal und zeigte auf die Uhr. »75 Minuten aerobes Training, hat Tyner gesagt. Außerdem sollst du mehr mit Gewichten arbeiten.«

»Na gut, ich geh aufs Rad. *Don Quichotte* kann mir Gesellschaft leisten.«

»Ja, und zeig ihm auch gleich ein paar Runden Bankdrücken. Hat *Tyner* gesagt.«

Tess schwang sich auf ein Trainingsfahrrad und legte ihr Buch über die Kontrollanzeigen. Ein paar Minuten später nahm sie die Geräusche des Fitnessstudios um sich herum gar nicht mehr wahr – das Schwingen des Boxballs, die dunkleren Töne des Sandsacks, die aufeinandertreffenden Körper. Auf seine Art war Durban's ein ruhiger Ort. Sie fühlte sich hier immer sicher.

Plötzlich wehte eine Brise durch den Raum; es war, als kündigte sich eine Kaltfront in der Stadt an. Leute kamen herein, und die hellen Strahler einer Fernsehcrew hielten alles fest. Was war denn jetzt los? Bei Durban hatten ein paar einigermaßen erfolgreiche Boxer trainiert, aber keiner von ihnen war *so* bekannt. Tess entdeckte den Nachrichtensprecher vom Montagabend, den mit den silbernen Haaren. Er war unglaublich rosa geschminkt und schmiss sich an Paul Tucci ran, der immer noch etwas steifbeinig ging, aber keinen Stock mehr brauchte. Das Geld der Tuccis schien reflexartige Arschkriecherei auszulösen. Die anderen Leute sahen aus wie Banker und Handelskammer-Beamte, austauschbar in ihren blauen Anzügen.

Die Anzüge machten Platz für Wink Wynkowski, der in einem grauen Woll-Einteiler schrecklich dürr aussah. Interessanter Anzug für jemanden, dessen Beine so dick sind wie meine Unterarme, dachte sich Tess. Wink hatte mit den Jahren nicht zugenommen, er hatte aber auch keine Muskeln aufgebaut oder sich die Mühe gemacht, seine schmale Brust und die dürren Ärmchen der Sonne auszusetzen. Sein Gesicht war gebräunt, der Körper blass, sodass er einen weißen Rollkragenpullover und weiße Strümpfe unter seinem schlabberigen Einteiler zu tragen schien.

»Ich werde ein bisschen trainieren, das sieht nicht schlecht aus«, sagte Wink zu dem Fernsehmann. »Ich trainiere jeden Tag, habe ich Ihnen das schon gesagt? Das ist doch eine Zeile für Sie: *Wink Wynkowski schwitzt vielleicht im Fitnesscenter, aber die lächerlichen Vorwürfe des* Beacon *bringen ihn nicht zum Schwitzen.* Nicht schlecht, oder? Vielleicht muss man noch ein bisschen dran feilen, aber ich finde, es klingt ganz ordentlich.«

»Ich schreibe meinen eigenen Text …«, sagte der Nachrichtensprecher. Wink schnitt ihm mit einer Handbewegung das Wort ab.

»Entspannen Sie sich. Ich werd *Sie* nicht verklagen. Außerdem wird Ihnen sowieso nichts Besseres einfallen. Was wollen Sie jetzt machen, ein paar Aufnahmen von mir in Bewegung, soll ich vielleicht mit den Jungs da drüben reden?« Wink war ein geborener Anführer, er leitete die Fernsehaufnahmen, als wäre der Sender eine Unterabteilung seiner Montrose Enterprises. »Sie müssen wissen, das sind bloß ganz normale Leute, Schwarze und Weiße, die zusammen trainieren, genau die Leute, die gerne eine Basketballmannschaft in ihrer Heimatstadt hätten. Wie ist das Licht hier? Ein bisschen hell, finden Sie nicht? Als ich meine eigene Fitnessstudio-Kette gründete, haben wir als Allererstes mal diese mistigen Neonröhren abgeschafft. Die Leute wollen doch gut aussehen, wenn sie trainieren. Das ist doch der Sinn der ganzen Sache, finden Sie nicht? Wenn man im Fitnesscenter gut aussieht, muss man vielleicht gar nicht weitersuchen, um jemanden zu finden, mit dem man was anstellen kann – die könnten doch auch hier sein. Aber Durban und ich kennen uns schon lange, deswegen wollte ich mal vorbeikommen. Ich hab bei den Golden Gloves geboxt, mit siebzehn, habe ich Ihnen das schon erzählt? Weltergewicht. Hab gewonnen. Können Sie nachschlagen.«

Tess schaute zu Durban hinüber. Er schüttelte den Kopf und sagte stumm: »Glaskiefer.«

»Steigen Sie heute auch noch in den Ring, Wink?« Das war der schrecklich kumpelhafte Kameramann.

Wink schaute sich um. Er behielt Tess höchstens eine Sekunde im Blick, dann ließ er ihn weiterwandern und sah sich die restliche Ausstattung an.

»Das Fahrrad. Ich denke, ich werde mich auf dem Rad aufwärmen.« Er sprang auf das Lifecycle neben Tess, stellte dann aber fest, dass der Sitz zu hoch war: Das bisschen Größe, über das er verfügte, steckte in seinem Brustkorb. So lässig wie möglich stellte er den Sitz drei Nummern tiefer, dann begann er zu treten.

»Welches Programm fahren Sie?«, fragte er Tess und beugte sich rüber, um die Anzeige ihres Rads zu lesen, über der aber ihr Buch lag. Er begann schon zu keuchen, denn er hatte viel zu schnell angetreten.

»Manuell. Stufe sechs.« Sie wusste, wie das lief: kurze, knappe Antworten, keine Fragen, kein Blickkontakt. Das war die beste Methode, ein Gespräch im Fitnesscenter – oder sonst wo – im Keim zu ersticken.

»Ich fahr lieber das Zufallsprogramm. Viel anspruchsvoller.«

Das konnte sie nun doch nicht stehen lassen. »Nicht wirklich. Es gibt ein paar anstrengende Passagen, aber es geht auch viel bergab. Manuell ist flach und konstant. Auf dieser Stufe verbrenne ich 750 Kalorien die Stunde. Sie schaffen höchstens 450 – wenn Sie eine Stunde durchhalten.«

Der Kameramann war zu ihr herübergeschlendert, leuchtete Tess genau in die Augen und begann, das Gespräch aufzunehmen. Sofort hob sie *Don Quichotte* vor ihr Gesicht.

»Entschuldigen Sie, aber ich wäre lieber nicht in den Nachrichten.« Ihre Stimme wurde vielleicht durch Cervantes gedämpft, war aber trotzdem deutlich zu hören. »Dies ist Privatgelände, und ich habe Ihnen nicht gestattet, mich aufzunehmen.«

»Ach, Sie sind gar nicht drauf«, log der Kameramann lässig. Wahrscheinlich ging er davon aus, dass insgeheim sowieso alle ins Fernsehen wollten. »Ich filme bloß Mr. Wynkowski hier für eine Story über ihn. Es ist ein Close-up. Niemand kann Sie sehen.«

»Und was ist mit Ton? Haben Sie kein eingebautes Mikro, das alles aufnimmt, was ich sage?«

»Das hat inzwischen jeder. Sagen Sie einfach nichts, dann ist alles in Ordnung.«

Tess ließ das Buch sinken, starrte in die Kamera und rezitierte gelangweilt: »Ficken. Scheiße. Leck mich. Vorne und hinten. Du pisst mich an, Arschloch.« Dann lächelte sie süß. »Alles drauf?«

Wink lachte so sehr, dass er fast vom Rad fiel, der Kameramann lief vor Wut rot an und schaltete seine Kamera aus.

»Wir können das trotzdem benutzen, wissen Sie«, sagte er. »Wir können die Aufnahmen im Hintergrund laufen lassen, wenn wir wollen, wir können drüber sprechen.«

»Könnten Sie«, gab Tess zu. »Aber wenn Sie sich das noch mal genau anschauen, werden Sie feststellen, dass ich Ihnen die ganze Zeit die Finger hingestreckt habe, auf beiden Seiten von meinem Buch.« Sie machte es vor. »Ich glaube, das kommt nicht besonders gut auf einem Sender, der seine Sechs-Uhr-Nachrichten verkauft als ›gute Nachrichten für die ganze Familie‹.«

Genervt hatte sie begonnen, immer schneller zu treten, ohne es wirklich zu bemerken, während Wink seinerseits aufgehört hatte, auch nur so zu tun, als würde er trainieren. Er beugte sich wieder zu ihr rüber, als hätten sie etwas gemeinsam. Zwei ganz normale Privatleute, die von einer Fernsehcrew in die Enge getrieben worden waren. Er wedelte seine Leute weg, wobei Paul Tucci sie die ganze Zeit im Rückwärtsgang anstarrte. Dann begann Wink leise zu sprechen, sodass Tess sich auch zu ihm hinüberbeugen musste, um ihn zu verstehen.

»Sie haben Mumm. Das gefällt mir an einer Frau.«

»Ich will nicht allzu viel aus einem sicherlich unschuldigen, ernst gemeinten Kompliment herauslesen, aber sind Sie nicht verheiratet?«

»Ich *bin* verheiratet«, gab er zu. »Aber meine Frau lässt mich ausgehen.«

»Und was lassen Sie sie machen?«

»Kinder kriegen und Sachen kaufen.«

Tess war zwar an sich nicht allzu streitlustig, dachte aber kurz darüber nach, ihm eine reinzuhauen. Sie war sicher, ein Volltreffer würde ihn vom Rad befördern, und vielleicht schlug er sich noch ein paar Zähne aus, wenn er gegen die Pedalen knallte. Es lag eine perverse Fairness darin, jemandem eine reinzuhauen, der es auf einen abgesehen hatte. Wink Wynkowski, der auf den Spielplätzen in Südwest-Baltimore groß geworden war, könnte ganz sicher viel mit einem ordentlichen Kinnhaken anfangen.

Aber ihm eine reinzuhauen war doch bloß eine Phantasie, und noch dazu eine dumme. Also versteckte sich Tess wieder hinter ihrem Buch, sie las noch einmal die Passage, in der die Maultiertreiber Sancho Pansa schlugen.

»Sie lesen lieber, als mit mir zu reden?«

»Ich würde lieber in Flammen stehen, als mit Ihnen zu reden.«

Wink stieg ab und packte ihren linken Arm, als wollte er nicht aus dem Gleichgewicht geraten, obwohl er völlig ordnungsgemäß zu stehen schien. Sie verspannte sich, sie hoffte, er könnte ihren Bizeps fühlen und den langen Trizeps dahinter.

»Schätze, Sie wollen keine Basketballspiele aus der Loge angucken. Da kann man jede Menge Leute treffen, die gut verdienen. Allerdings tendieren wir Reichen dazu, verheiratet zu sein.«

»Nach dem, was in der Zeitung steht, sind *Sie* nicht besonders reich.«

»Na ja, vielleicht werde ich dank des *Beacon* sogar noch reicher. Bevor das alles vorbei ist, hab ich noch ein paar der Pfieffer-Millionen.«

»Wollen Sie etwa behaupten, die Zeitung hätte unrecht? Da wüsste ich gern mehr drüber. Wie wahrscheinlich alle Leute.«

Die Redakteure des *Beacon* hatten sie nicht gebeten, sich um Wynkowskis Gegenmaßnahmen zu kümmern, aber es konnte ja nicht schaden.

»Ich sage bloß, dass es denen noch leidtun wird. Und Ihnen auch, Schätzchen.« Diesmal fuhr er mit dem Zeigefinger über die Innenseite ihres Arms. »Hörst du den Boss, oder bist du eines von diesen jungen Dingern, die sich zu cool finden?«

»Doch, ich mag Springsteen.« Ich bin bloß nicht tuntig genug, ihn den Boss zu nennen.

»Tja, der Boss ist vielleicht aus New Jersey, aber er hätte auch über Baltimore schreiben können. Diese Stadt ist voller Versager, Baby, Leute, die sich vor der Zukunft fürchten, und deshalb reden sie am Ende die ganze Zeit über die Vergangenheit. Im Leben gibt's mehr, als Barry Levinson dazu zu kriegen, einen beschissenen Film über einen zu drehen. Über mich hat noch keiner einen Film gemacht, aber ich werd am Ende der Größte sein. Glaub einfach nicht alles, was in der Zeitung steht.«

Er drückte noch einmal ihren Arm, dann kehrte er zu seinen Mitläufern zurück, die ohne ihn nutzlos herumstanden, einander anrempelten und sich verwirrt umschauten. Erleichtert klopften sie ihm auf den Rücken, wobei sie nur die Fingerspitzen einsetzten, falls nach den fünf Minuten Aktivität doch etwas Schweiß da wäre. Paul Tucci schaute interessiert zu Tess herüber, dann hinkte er den anderen hinterher.

Am Abend versuchten Tess und Crow, sich die

Sechs-Uhr-Nachrichten vom Bett aus anzuschauen, während sie gleichzeitig das Bett gegen Esskay zu verteidigen versuchten, die sie umkreiste und etwas vom chinesischen Essen haben oder sich wenigstens auf den Kissen zusammenrollen wollte, am besten aber beides.

»Was für ein Hedonist«, beklagte sich Tess und grapschte eine Schachtel General Tso's Chicken vom Nachttisch, bevor Esskay sie runterreißen konnte. Frustriert schnappte sich die Hündin ein Kissen und schleppte es in die Ecke, wo sie sich ein Nest zu bauen schien. Bislang hatte sie einen alten, ausgestopften Bär von Tess gekidnappt und in der Mitte eines Haufens deponiert, der aus Crows T-Shirts, Kleenex aus der Mülltüte und ein paar von Tess' Unterhosen bestand.

»Sei doch nicht so herzlos«, schlug Crow vor. »Du würdest auch Kissen brauchen, wenn du nur Haut und Knochen wärst.«

»Willst du etwa behaupten, das bin ich nicht?«, fragte Tess scherzhaft beleidigt. »Hey, mach lauter. Jetzt kommt die Geschichte über Wink.«

Im Fernsehen waren mehrere TV-Crews vor Winks Möchtegern-Tudor-Villa zu sehen, einer lächerlichen Ansammlung von Türmchen und Bleiglasfenstern. Es waren Aufnahmen vom Tag zuvor, als die Story im *Beacon* gestanden hatte und sich die Fernsehsender alle vor Winks Grundstück versammelt und vergebens darauf gewartet hatten, dass er einen Kommentar abgab.

»Wieso baut man ein neues Haus so, dass es alt aussieht?«, wunderte sich Crow.

»Ich schätze, das ist was für Leute, die Vertäfelungen,

Efeu *und* eine Kühl-Gefrierkombination wollen. Mach bitte noch lauter, ich kann immer noch nichts hören.«

Dann hallte die Stimme des Nachrichtensprechers so laut und tief durch das Zimmer, dass Tess' billiger Fernseher zu scheppern begann: »Channel Eight hat heute Abend erfahren, dass Wink Wynkowski für Montag eine Pressekonferenz plant, in der er sich zu den Vorwürfen, die ihm in der lokalen Presse gemacht wurden, äußern wird.« Nun wurden Aufnahmen aus dem Fitnesscenter gezeigt – Wink auf dem Fahrrad, Wink am Sandsack, Wink beim Flirten.

»Das ist dein Arm!«, rief Crow begeistert. »Ich erkenn den Leberfleck an deinem Ellenbogen.«

»Und obwohl er sich heute die Zeit nahm, im Durban's Fitnessstudio zu schwitzen, versicherte Wink mir in einem exklusiven Interview, dass er nicht wegen der Basketball-Verträge ins Schwitzen geriete.« Der Reporter hatte die Zeile also doch gestohlen.

Es folgte eine Aufnahme von Wink vor Durban's Fitnessstudio, sein Atem bildete kleine Wölkchen in der Winterluft, als er in ein Mikrophon sprach. Tess war dankbar, dass er einen Trainingsanzug über seinen Einteiler gezogen hatte.

»Ich will meinen Unterstützern – und ich weiß, dass es viele gibt – nur sagen, dass sie ganz ruhig bleiben können. Ich wusste immer, dass irgendjemand gegen uns agieren könnte. Ich habe nur nicht erwartet, dass es die Zeitung meiner Heimatstadt sein würde.« Er legte eine Pause ein, als wartete er auf Beifall, aber dann fiel ihm wieder ein, dass er nur fürs Fernsehen aufgenommen wurde. »Wissen Sie, wenn ich mit dieser Story fertig bin, sollte ich mal drüber nachdenken, ob ich eine neue Zeitung gründe oder einen der großen Verlage davon überzeuge, dieses armselige Klatschblatt zu kaufen. Wissen Sie, was man über Baltimore sagt? Es sei die größte Stadt im Land ohne Tageszeitung.«

»Und was ist mit den Vorwürfen im *Beacon,* Wink?«, fragte der Nachrichtensprecher, stolz auf seinen investigativen Mut. »Ist an denen irgendetwas dran?«

Tess verdrehte die Augen. »Den haut er weiter weg als Frank Robinson seinen Homerun im Memorial Stadium.«

»Dazu kann ich im Moment nichts sagen, aber am Montag werde ich detailliert Auskunft geben, nachdem ich mit meinen Beratern gesprochen habe. Die Situation ist nicht ganz einfach, und ich muss meine Prioritäten klar setzen, ich darf mich nicht ablenken lassen. Der Plan ist: Erstens die Mannschaft kaufen, zweitens sie herholen, und erst drittens werde ich mich um diese kleinen Hündchen kümmern, die an meinen Hacken herumkläffen.«

»Aber wie steht es um die Informationen über Ihre, äh, Jugendsünden? Können Sie dazu etwas sagen? Es wurde angeführt, dass drei Jahre eine lange Zeit für einen Jugendlichen sind, um für einen Raubüberfall zu büßen.«

Tess bemerkte überrascht, dass Winks Augen tatsächlich vor lauter Gefühlen zu tränen begannen. Er wollte etwas sagen, hielt inne, räusperte sich, dann fuhr er fort, und er schien dabei wirklich fast zu heulen.

»Wissen Sie, es gibt einen Grund, dass es vertraulich behandelt wird, wenn man als Jugendlicher etwas anstellt. Das verschafft einem die Chance, noch mal anzufangen, es richtig zu machen. Und mit meiner zweiten Chance habe ich es gut getroffen, besser als die meisten. Trotzdem kommt man mir jetzt damit. Ist das fair? Will man wirklich die Akten von allen Jungs in dieser Stadt aufschlagen, die in Montrose waren? Denn ich bin nicht der Einzige, müssen Sie wissen. Ich bin nicht der einzige Junge in dieser Stadt, der eine zweite Chance brauchte.«

Tess und Crow waren so fasziniert von diesem Auftritt, dass Esskay es schaffte, sich auf das chinesische Essen zu stürzen und von Crows Teller einen abgekauten Knochen zu stibitzen. Doch ihre Freude währte nur kurz: Sie begann zu würgen, der Knochen klemmte ihr tief im Hals.

»Mach ein Heimlich-Manöver«, schrie Tess panisch. Ungerührt langte Crow jedoch einfach mit der Hand in den Hals der Hündin und zog den Knochen schleimig wieder heraus. Esskay starrte den Knochen an, als hätte sie ihn nie zuvor gesehen, dann versuchte sie, ihn sich erneut zu schnappen.

»Echter Pawlow«, grunzte Tess frustriert, aber ihr Herz klopfte immer noch ein wenig schneller. »Dieser dumme Hund begreift auch gar nichts. Sie kann sich nicht einmal erinnern, dass sie vor zehn Sekunden noch fast an diesem verdammten Knochen verreckt wäre.«

»Ach, ich weiß nicht«, sagte Crow, wie es seine Art war. »Jeder von uns wünscht sich doch Sachen, von denen wir wissen, dass sie nicht gut für uns sind. Gibt's in deinem Leben nicht auch ein paar Knöchelchen?«

Eine rhetorische Frage, eines von Crows Steckenpferden, mehr nicht. Überrascht stellte Tess fest, dass sie plötzlich Jack Sterling vor sich sah, seine blauen Augen, und sie erinnerte sich an das merkwürdige Gefühl, das sie empfunden hatte, als sie ihm die Hand schüttelte, als wäre ein kleiner Funken statischer Elektrizität vom Teppichboden des Konferenzsaales auf sie übergesprungen. Sie errötete und verbarg ihr Gesicht an Esskays Hals. Sie streichelte die Hündin, bis sie sicher war, dass die verräterische Farbe abgeebbt war.

8

Ich weiß fünf andere Sachen, die ich jetzt unbedingt erledigen müsste. Ich habe wirklich keine Zeit, Sie rumzuführen.«

Es war Freitagmorgen, und der Metro-Redakteur Marvin Hailey führte Tess durch den Nachrichtenraum, der eher aussah wie das Büro einer Versicherung. Tess eilte hinter Hailey her und versuchte, sich zu merken, welchen Weg sie durch das verworrene Großraumbüro nahmen, hindurch zwischen den Trennwänden, verbeulten Metallaktenschränken und uralten Computern, an denen alles mögliche Zeug hing, damit sie für Benutzer und Handgelenke weniger schrecklich waren. Um viele Tische herum standen Kisten mit Akten, sie bildeten kleine Mauern, und alte Zeitungen ragten wie mürbe vergilbende Türme gegen die Decke. Recycling war offensichtlich zu modern für den *Beacon.*

»Sieht aus, als ginge Ihnen der Platz aus«, sagte Tess, um mit dem unfreundlichen Redakteur ins Gespräch zu kommen.

»Stimmt«, sagte Hailey und schaute über die Schulter, als wäre selbst das Zugeben dieser offensichtlichen Tatsache schon gefährlich.

»Könnte der ganze Laden vielleicht in die Vorstadt umziehen? Sie drucken die Zeitung schließlich auch schon dort.«

»Wir brauchten neue Pressen, und für die Auslieferung war es sinnvoll, außerhalb des Beltway zu sitzen. Aber die anderen Abteilungen werden hierbleiben, bis Eins-sech… äh, Pfieffer … einen guten Preis für das Gebäude erzielen kann.«

»Mit anderen Worten: für immer.«

Hailey grunzte, ein sicherheitsbewusst neutrales Geräusch.

Es war neun Uhr morgens, ein relativ ruhiger Augenblick im Kreislauf aller Tageszeitungen. In einer Stunde würden die letzten Nachtredakteure die Abendausgabe fertigstellen, eine Version, die mit der Morgenausgabe identisch war, abgesehen vom Layout und den Updates über frühmorgendliche Massaker, die ein einsamer Polizeireporter lieferte. Die meisten anderen Reporter würden bald kommen, abgesehen von einer dunkelhaarigen Frau, die ihre Füße auf eine herausgezogene Schublade gelegt hatte; sie las die Morgenzeitung, während sie den Polizeifunk laufen hatte. Auf einem anderen Schreibtisch klingelte ein Telefon, aber es ging niemand ran.

»Hier passieren also die ganzen Wunder«, sagte Tess.

Marvin Hailey griff nach dem klingelnden Telefon, schaffte es aber bloß, einen alten Kaffeebecher umzustoßen. Tess beobachtete, wie er versuchte, die milchig-braune Flüssigkeit mit zusammengeknüllten Zeitungsseiten einzudämmen, aber er verschmierte nur immer mehr Kaffee über die Schreibtischoberfläche. So ein spröder Heini – seine Schultern waren voller Schuppen, die Lippen waren weißlich und aufgesprungen, da er dauernd darüberleckte. Er sah aus, als würde er gleich auseinanderbrechen und mit dem Wind davonfliegen.

»Ach, zum Teufel«, seufzte er. Die Zeitungsseiten hatten den Kaffee endlich aufgesogen, aber jetzt waren seine Hände tintenschwarz. Frustriert warf er die zerknitterten Seiten in einen Mülleimer, wischte sich die Hände an der Hose ab und setzte sich an seinen Computer.

»Jeder muss sich selbst im System einrichten. Um sich anzumelden, drückt man auf diesen Knopf und tippt MONAGHAN«, sagte er und machte es ihr vor. Selbst sein Tastenanschlag wirkte unruhig und paranoid, als erwartete er, dass sich jemand von hinten anschleichen und ihm irgendeinen Fehler vorwerfen würde. »Jetzt will der Computer ein sechsstelliges Passwort wissen. Soll ich was für Sie aussuchen? Sie brauchen ja kein geheimes.«

»Schon in Ordnung. Ich mach das.« Tess zog Hailey die Tastatur weg und tippte das erste sechsbuchstabige Wort ein, das ihr in den Sinn kam: E-S-S-K-A-Y. Der Computer zeigte bloß eine Reihe Sternchen an. Wer konnte schon wissen, was das bedeuten sollte? »Und jetzt?«

»Nun, ich gehe davon aus, dass Sie Leute befragen wollen. Ich habe eine Liste derjenigen erstellt, von denen wir wissen, dass sie in der Nacht hier waren. Redakteure, Reporter, die Putzkolonne und der Druckbeauftragte, der die falsche, äh, inoffizielle Geschichte gesetzt hat. Mit den meisten von denen sollten Sie sich heute noch treffen können, abgesehen von Feeney und Ruiz. Die sind gestern nach Georgia geflogen und kommen erst heute spätabends wieder.«

»Georgia? Wegen der Wink-Story?«

»Nehme ich an, aber offiziell hat mich keiner eingeweiht.« Hailey erlaubte sich ein kleines, bitteres Lächeln. »Die Story ist so heiß, dass nur noch Colleen, Mabry und Sterling Bescheid wissen. Ich werde aber alles erfahren, wenn die Sonntagszeitung rauskommt, genau wie alle anderen Bürger Baltimores.«

»Sei doch nicht so frustriert, Marv. Mir sagt auch keiner was, und ich bin der Sportredakteur. Die Story kommt immerhin aus meiner Abteilung, vergiss das nicht.« Ein grinsender Mann mit einem kräftigen Kinn kam aus einem Labyrinth aus Schreibtischen und Trennwänden. Er hielt Tess seine Hand hin, aber sie nahm sie nicht. »Guy Whitman. Ich soll Sie zum Systemadministrator bringen, der Ihnen erklären wird, was Dienstagnacht elektronisch vor sich gegangen ist. Die Computer gehören zu meiner Abteilung.«

»Was haben denn Computer mit Sport zu tun?«, fragte Tess und folgte ihm durch einen weiteren Pfad im Nachrichten-Labyrinth.

»Ich bin nebenbei Leiter von Beacon 2000, einer Arbeitsgruppe, die sich mit dem Informationsfluss in der Zeitung beschäftigt und mit der Frage, wie wir in das 21. Jahrhundert einsteigen wollen.«

»Beschäftigen sich Zeitungen nicht sowieso jeden Tag mit Informationsfluss?«

Guy Whitman sah aus, als wollte er ihr das Köpfchen streicheln. Er war hübsch und hatte eine luftige Föhnfrisur, die man selten bei einem Redakteur sah. Und er wusste es noch nicht einmal. Schade nur, dass sein Geschmack nicht bis zum Schlips reichte. Tess versuchte, im Angesicht der tanzenden Lacrosse-Schläger keine Grimasse zu schneiden.

»Sie hören sich an wie alle anderen hier, Theresa. Ist Ihnen nicht aufgefallen, dass die Zeiten sich geändert haben? Man kann praktisch schon jede große Tageszeitung im World Wide Web lesen. Die *Washington Post* hat einen eigenen Online-Dienst. Aber der *Beacon,* eine der letzten Zeitungen in Familienbesitz, hat jetzt erst angefangen, die Website in Betrieb zu nehmen, und es soll alles auch noch ganz billig sein. Die glauben, sie können weiterhin in erster Linie auf Papier arbeiten.« Er sagte »Papier«, als hätte das Wort einen ganz üblen Nachgeschmack.

»Na ja, Papier ist doch klasse, um die Zeitung mit in den Bus zu nehmen oder beim Frühstück zu lesen. Und im Übrigen ist meine Großmutter mütterlicherseits der einzige Mensch, der mich Theresa nennen darf.«

»Ich hoffe nur, Sie gehören nicht zu den Leuten, die noch heiß auf coole Typos sind, Theresa.« Whitman schien sie nicht absichtlich zu ignorieren, er hatte sich nur schon lange abgewöhnt, irgendjemandem außer sich selbst zuzuhören. »Von Druckluftwerkzeugen zu träumen – sagen Sie nicht, das sei nicht freudianisch. Aber die Dinge ändern sich, und normalerweise werden sie besser, finde ich jedenfalls, obwohl das keine besonders beliebte Meinung ist heutzutage. Finden Sie etwa, man sollte beim Football noch Lederhelme tragen? Sollten wir Brieftauben einsetzen, um uns über Neuigkeiten zu informieren? Wären Sie heute lieber mit der Straßenbahn hergekommen? Sie sind jung, Sie sollten sich auf die Zukunft freuen, wogegen alte Fürze wie ich …« Er legte eine Pause ein, falls sie seiner Selbstbeschreibung widersprechen wollte. »Na, Sie sind jedenfalls eine niedliche Ludditin.«

Für jemanden, der die Zukunft so genial fand, war Guy Whitman richtig altmodisch, was sexuell fragwürdige Kommentare anging. Tess wollte sich gerade beschweren, aber er duckte sich durch einen schmalen Durchgang zwischen zwei Trennwänden hindurch, deren Stoffbezug früher einmal blau geglänzt hatte – sie betraten das »Büro« des Systemadministrators.

Hinter den uralten Trennwänden herrschte Ordnung – strenge, makellose Ordnung. Der Aktenschrank funkelte genau wie der Schreibtisch, sodass die Nische hightechmäßig und unbenutzt aussah, wie ein Büro in einem Ikea-Katalog. Abgesehen von einem Wandkalender von Georgia O'Keeffe und einer Post-it-Notiz am Computerbildschirm gab es in diesem Büro kein Papierschnipselchen, nicht einmal eine Zeitung, fiel Tess auf.

»Und wo ist der Computerwahnsinnige, der dieses elektronische Königreich regiert?«, fragte sie Whitman.

Eine raue weibliche Stimme hallte aus Knöchelhöhe herauf. »Die Wahnsinnige steckt unter ihrem Schreibtisch und zieht gerade den Stecker eines Laptops, dessen Akku sie laden musste, weil die Primadonna-Reporterin, die ihn zuletzt hatte, das natürlich nicht auf die Reihe bekommen hat.«

Eine dicke Frau Ende dreißig krabbelte unter dem Schreibtisch hervor, stand auf und wischte sich die Hände an den Jeans ab. Sie war mittelgroß, hatte flusige braune Haare, die stellenweise hoffnungslos verfilzt waren, und sie wirkte so weich und schlampig, wie ihr Büro hart und glatt erschien.

Tess streckte die Hand aus. »Tess Monaghan, überzeugte Anhängerin von Klischees.«

»Dorie Starnes. Und ich hab nichts dagegen, als Wahnsinnige bezeichnet zu werden. Das ist geradezu eine Beförderung für jemanden, der im Vertrieb angefangen hat. Wer hätte ahnen können, dass ich mich mit Computern auskennen würde? Jedenfalls nicht die Lehrer bei Mergenthaler Vo-Tech, so viel steht fest. Die haben die ganze Zeit versucht, aus mir eine Bäckerin zu machen.«

Dorie war keine Frau, die nur eine Sache tat, wenn sie auch zwei oder drei gleichzeitig erledigen konnte. Im Reden setzte sie sich in ihren ergonomisch ausgerichteten Stuhl, komplett mit zusätzlicher Rückenstütze, und rollte einen weiteren Stuhl zu sich heran, auf den sie einladend klopfte, wobei sie schon begann, ein paar mysteriöse Befehle in den Computer einzugeben.

»Geh nur, Guy. Du bist bloß im Weg. Triff irgendeine Nachrichtenentscheidung oder versammle eine Fokus-Gruppe zum Befragen. Müsstest du nicht eine Umfrage unter den Lesern machen, wie die neue Basketballmannschaft heißen soll? Oh, hab ich vergessen, das war ja eine Marketingmaßnahme, die mit Wynkowski vereinbart wurde. Das läuft also wohl jetzt nicht mehr.«

Guy Whitman lachte herzhaft. »Das war nicht schlecht. Dorie liest ja nicht mal die Zeitung, nicht wahr, Dorie? Wer ist der Premierminister Israels, Dorie? Tagt die gesetzgebende Körperschaft? Wer ist Präsident der Vereinigten Staaten? Was bedeutet NAFTA?«

»Ich versuche, die Zeitung zu lesen, wirklich. Aber ich

sehe bloß lauter Computerbefehle, die es möglich machen, Schwarzes auf Weißes zu drucken. Und manchmal verwandeln sich diese Arrangements in Geschichten, die ich lesen will, aber meistens sieht alles nur so aus wie die verrückten Bilder im neuen Flügel des Baltimore Museum of Art. Schwarz auf weiß.«

Dorie starrte ihren Computerbildschirm an, während sie sprach, und ließ die Finger über die Tasten flitzen wie eine Klavierspielerin, die sich aufwärmte. Soweit Tess es beurteilen konnte, tat sie gar nicht wirklich etwas, aber es sah beeindruckend aus; alle möglichen Artikel erschienen und verschwanden auf ihrem Bildschirm.

»Sehr lustig, Dorie. Wenn du Miss Monaghan das System erklärt hast, dann bitte doch meine Sekretärin, sie in das Büro zu führen, das wir ihr eingerichtet haben. Jean hat auch eine Liste der Mitarbeiter, mit denen Sie sprechen müssen, Terry.« Terry! Das war ja noch schlimmer als Theresa. »Übrigens, haben Sie Lust, heute mit mir zu Mittag zu essen? Ich stehe ganz plötzlich ohne Verabredung da.«

»Wieso?« Dorie fragte ganz unschuldig. »Hat's in deinem Lieblingsmotel gebrannt?«

Diesmal wirkte Whitmans künstliches Kichern nicht ganz so glaubwürdig. »Also, Dorie, Miss Monaghan bekommt noch einen ganz falschen Eindruck von mir, wenn du so weitermachst.«

»Ich kann Ihnen leider heute sowieso keine Gesellschaft leisten. Ich habe etwas vor.« Dorie hatte vielleicht gescherzt, was das Motelzimmer anging, aber Whitney hatte Tess gewarnt, dass der ausgesprochen verheiratete

Whitman es als seine Pflicht ansah, praktisch jede Frau anzubaggern, die in sein Büro kam.

Dorie schaute weiter auf den Monitor und klapperte vor sich hin. »NAFTA ist das North American Free Trade Agreement«, sagte sie leise vor sich. »Die gesetzgebende Körperschaft Marylands versammelt sich am zweiten Mittwoch im Januar und tagt dann genau neunzig Tage. Ist er weg?«

»Ja«, sagte Tess und schaute über die Schulter. »Ist er immer so ein Arsch?«

»Ach, eigentlich ist er harmlos, was hier durchaus etwas heißen soll. Er wollte Sie nur beeindrucken. Aber ich finde ihn nicht *toll.* Und Guy will toll gefunden werden, und zwar nicht nur auf die Jungs-Mädchen-Art. Er verlangt vollständige, absolute Heldenverehrung, die ich mir für Johnny Unitas aufhebe.«

»Hey, ich bin in einem Haus aufgewachsen, in dem die Colts die einzige Religion waren, auf die meine Eltern sich einigen konnten.«

Dorie erlaubte sich ein kleines schiefes Grinsen. Sie tippte schon wieder vor sich hin, und Feeneys und Rositas Wink-Wynkowski-Geschichte erschien auf dem Bildschirm.

»Okay, das hier ist die Story, ein ›Take‹, der in einem Verzeichnis liegt. Die Wynkowski-Story lag in CITY HOLD, einem Ordner für Geschichten, die schon redigiert sind, aber noch auf die Freigabe warten, praktisch wie Flugzeuge, die zum Start bereit sind. Manches sind Evergreens – Geschichten, die man irgendwann bringen kann, wenn man Platz hat, die aber nicht drängen. Andere sind heiß, sie tragen das Kürzel WFP – Wait

For Permission. An der Wynkowski-Story klebte ein WFP – da fehlte nur noch die Freigabe. Nur drei Leute, Mabry, Reganhart und Sterling, können diese Dinger verschieben.«

»Also gibt's beschränkten Zugriff auf WFPS? Ich meine, können alle Redakteure sie aufrufen?«

»Gute Frage.« Dories Tonfall deutete an, dass sie von Tess keine guten Fragen erwartet hatte. »WFP ist ein Prinzip, kein Programm; der Computer macht keine Unterschiede. Jeder kann die Geschichte aus dem Verzeichnis holen und daran herumbasteln, aber das sollte er lieber lassen. Der Computer führt eine Log-Datei, und wenn Colleen herausbekäme, dass jemand mit einem WFP herumspielt, dann gibt es richtig Ärger.«

Tess betrachtete die Worte auf dem Bildschirm. »Ist das *die* Story oder eine Kopie?«

»Das ist das Original. Die in der Zeitung war eine Kopie einer früheren Version, bevor Colleen sie redigiert hatte. Aber es gibt trotzdem eine Spur, die wir verfolgen sollten. Aus dem Computer wissen wir, dass sich jemand an den PC Nr. 637 gesetzt hat, das Terminal des Klassik-Kritikers, und zwar kurz vor 23:15 Uhr, denn um diese Zeit wurde die Story in Satz gegeben. Alle wissen, dass der Kritiker nie daran denkt, seine Maschine auszumachen. Dafür ist er berühmt.«

»Also kann man sich bei ihm einloggen und weiß, dass man nicht erwischt wird.«

»Aber trotz der garantierten Anonymität war der User sehr, sehr vorsichtig. Sehen Sie mal.«

Dorie drückte auf eine Taste, und Tess erblickte ein Formular, in dem stand, wann die Story eingerichtet worden war – fast sechs Wochen zuvor von Rosita Ruiz – und wer seitdem daran gearbeitet hatte: Ruiz, Feeney, Sterling, Reganhart, Hailey, Whitman, Mabry. Zu viele Köche, dachte sie. Kein Wunder, dass Feeneys normalerweise klarer Stil voller Klischees und schrecklicher Füllwörter steckte.

»Meine Hypothese ist folgende.« Dorie sprach das Wort aus, als wären es zwei: Hypo These. »Er / sie hat sich eine alte Version anzeigen lassen und den ganzen Text gespeichert …« Dorie demonstrierte, wie man einen großen Textabschnitt markierte und dann mit drei Tastenkürzeln abspeicherte. »Dann wechselte er / sie in das Satzverzeichnis und wählte eine Seite-eins-Story aus, die schon in der richtigen Typo stand. In diesem Fall eine Story über die Feuchtgebiete, ohne die unsere Zeitung tatsächlich gut leben konnte. Sehen Sie, da stehen schon die ganzen Codes, also musste unser anonymer Redakteur nur den Text über die Feuchtgebiete löschen und den Wink-Text einfließen lassen.«

»Was ist mit der Überschrift?«

»Hat eine neue geschrieben – keine besonders gute, aber sie hatte genauso viele Zeichen wie die Headline von den Feuchtgebieten, also passte sie. Wollte sich wahrscheinlich nicht die Zeit nehmen, eine gute zu erfinden. Und jetzt sehen Sie sich das an.« Dorie drückte auf eine Taste, und der Lauftext der Wink-Wynkowski-Story erschien. »Ich hab *Bestätigung* gedrückt …«, sie drückte noch eine Taste, »und der Computer sagt mir, dass ich sechs Zeilen Übersatz habe. Ich kürze von unten …« Sie löschte mit zwei Klicks den letzten Absatz. »Ich prüfe noch einmal. Perfekt. Jetzt muss ich nur noch die Autorzeile ändern, und es kann losgehen. Letzter Schritt.« Sie drückte noch eine Taste, jetzt waren die Buchstaben unterstrichen, und sie schrieb oben hin: *SUB, SUB, SUB FÜR FEUCHT*. »Das ist ein ganz spezielles Format, das kann der Computer nicht einfach lesen, aber die Jungs im Satz können es. Noch ein letzter Befehl – Command x – dann ist die Story unterwegs. Vol-A.«

»Was ist Vol-A? Computersprache für Volume A?«

»Nein, das ist Französisch. Was die Zauberer immer sagen. Vol-A!« Sie verführte eine große Geste mit den Händen, als zöge sie ein Kaninchen aus ihrem Computer.

»Oh, *voilà*«, sagte Tess und schämte sich sofort, als sie Dories Gesichtsausdruck sah.

»Ich hab's in einem Buch gelesen. Ich hatte keine Ahnung, dass man es so ausspricht.«

»Hey, mir geht's genauso, das passiert mir dauernd. Ich kann die Hälfte aller Worte nicht aussprechen, die ich lese. Aber es ist wichtiger, etwas zu wissen, als zu wissen, wie man's ausspricht.«

»Hier nicht«, sagte Dorie und guckte unglücklich auf ihre Tastatur. »Ich lese viel – Geschichte, vor allem Bürgerkrieg, und ich hab mir jede Menge Hörbücher angehört – volle Länge, nicht gekürzt. Ich hab einen Monat gebraucht, *Große Erwartungen* durchzukriegen. Aber das bringt alles nichts. Hier ist wichtig, *wie* man was sagt, nicht, was man sagt. Wie man redet, wie man sich anzieht, ob man auf einem angesagten College war. Und wenn man eine Frau ist, dann ist auch wichtig, wie man aussieht.«

»Aber Sie haben die ganze Macht, Dorie. Sie können

sie in die Knie zwingen. Ohne Sie könnten sie die Zeitung nicht rausbringen.«

»Und trotzdem bin ich bloß eine Computerwahnsinnige, nicht wahr?« Offensichtlich hatte sie trotz allem Tess' taktlose Worte nicht vergessen. »Lektion beendet. Jetzt sind Sie auf sich allein gestellt. Nur noch eins …«

Tess schaute sie hoffnungsvoll an.

»Wenn Sie Cola oder Kaffee über eine meiner Tastaturen kippen, mache ich Ihnen das Leben zur Hölle.«

Klassik-Kritiker Leslie Brainerd war zwar kaum dreißig, trug aber eine riesige Kakihose, die er bis unter die Achseln hochgezogen hatte und dann mit dem Gürtel so eng zusammenschnürte, dass die Hose wirkte wie ein Ballkleid. Über dem Gürtel quollen seine Brustmuskeln in einem Polohemd hervor. Er saß allein an seinem Schreibtisch und schien über Kopfhörer Musik zu hören. Der Kopfhörer wirkte wie ein merkwürdiger Auswuchs seines kahl schimmernden Schädels. Als Tess ihm auf die Schulter tippte, zuckte er entsetzt zusammen und erwachte offensichtlich aus einem kleinen Schläfchen.

»Kleinigkeiten sind für Kleingeister«, lästerte er, als er begriff, wieso diese fremde Frau seine Ruhe störte. »Ich habe Wichtigeres im Kopf, als daran zu denken, jeden Abend den Rechner auszustellen.«

»Da bin ich sicher«, versicherte ihm Tess, die sich vorgenommen hatte, nach ihrem schlechten Start mit Dorie nicht gleich noch einen Feind zu gewinnen.

»Dienstagabend war für mich sehr anstrengend«, fuhr Brainerd ärgerlich fort. »Ich musste unter Druck schreiben. Über ein ganz wunderbares Konzert mit einer jungen Violinistin.« Der Name, den er erwähnte, sagte Tess gar nichts, und ihr Blick musste sie verraten haben.

»Aber die müssen Sie doch kennen! Sie ist *wunderbar*! Wenn man sie in ihrem schwarzen Samtkleid sieht, bis oben hin geschlitzt, dann ist das der Himmel. *Die Kurven ihres Körpers spiegeln die Kurven der Violine, sodass sich eine beinahe sexuelle Spannung zwischen der Künstlerin und ihrem Instrument bildet.* Das stammt aus meiner Kritik.«

Sie konnte nicht anders. »Als Pinchas Zukerman in der Stadt war, gab's keine Beschreibung *seines* Körpers.«

»Ah ja, mein Zukerman-Stück. Auch ein wunderbares Werk, das unter Druck entstand. Dafür habe ich viel Lob erhalten.«

Gut, Brainerds Stolz war viel zu groß, um ihn verletzen zu können. Tess würde wetten, dass sich höchstens 5000 der 400 000 *Beacon*-Leser mit seinen Kritiken quälten, aber es waren die richtigen 5000, es waren die Männer und Frauen, die sich gern mit dem Herausgeber und den Chefredakteuren sehen ließen.

»Sie sind also gegen halb elf gegangen. Haben Sie auf dem Nachhauseweg jemanden gesehen? Sind Sie direkt nach Hause gegangen, oder haben Sie irgendwo angehalten?«

Brainerd schaute verwirrt. »Wohin sollte ich gehen?«

»Ich weiß nicht. Ein Restaurant, eine Tankstelle, eine Bar. Ich versuche herauszufinden, ob Sie *beweisen* können, wann Sie gegangen sind, oder ob jemand anders die Zeit bezeugen kann. Der Computer verrät uns, wann Ihre Story fertig war, aber weil Sie ihn nicht ausgeschaltet haben und die Alarmanlage aus war, wurde nicht aufgezeichnet, wann Sie das Haus verließen. Und Ihr Ressortleiter hat die Story von zu Hause aus redigiert, also weiß der auch nicht, wann Sie gegangen sind.«

»Ich war *gar* nicht glücklich mit Harolds Änderungen. Er gibt mir nie genug Platz. Er streicht einfach von hinten, wie ein Vandale, oder wie dieser verrückte Ungar, der auf Michelangelos *Pietà* herumgehämmert hat. Ich habe ihn einmal gefragt, ob er glaube, man könne Mozart redigieren, und er sagte: ›Man könnte, wenn er für mich geschrieben hätte.‹«

Im Geiste strich Tess Brainerd von ihrer Liste möglicher Komplizen. Ihr war klar geworden, dass Leslie Brainerd viel zu egozentrisch war, um sich um irgendeine Story zu kümmern, die jemand anders als Leslie Brainerd geschrieben hatte. Wäre er zufällig Zeuge des Watergate-Einbruchs geworden, würde er wohl davon fabulieren, wie toll die Kubaner in ihren schwarzen Hosen ausgesehen hatten.

Auf Tess' Liste derjenigen, die am Abend der »ungeplanten Veröffentlichung« im Gebäude waren, standen als Nächstes die Mitarbeiter der Spätschicht, die immer erst um vierzehn Uhr oder später kamen. Sie leistete sich also ein langes Mittagessen im Lexington Market, eine reine Erdnussmahlzeit: frisch geröstete Nüsse als Hauptgericht, dann karamellisierte Nüsse von Konstant Kandy als Dessert. Nach einem Vormittag beim *Beacon*, mit diesen merkwürdigen Codes und einander widersprechenden Interessen, fühlte sich der alte Markt angenehm echt an. Wollen Sie einen Apfel? Vielleicht ein paar Bananen? Apfel hieß Apfel, Banane hieß Banane. Nicht mehr, nicht weniger.

Kurz nach zwei kehrte sie zum *Beacon* zurück. Der Hausmeister Irwin Spangler machte gerade eine Zigarettenpause auf der Laderampe. Er schüttelte traurig den Kopf, wonach sie ihn auch fragte. »Das Einzige, was mir an Mr. Brainerds Tisch immer auffällt, ist, wie viele Kaffeetassen er am Tag umschmeißt. Dienstag muss ein guter Tag für ihn gewesen sein, denn ich kann mich nicht daran erinnern, besonders lang für seinen Arbeitsplatz gebraucht zu haben. Um elf war ich fertig mit der Etage.«

Tess folgte dem Weg der Story durch die Zeitung und ging in den Satzraum im dritten Stock. Howard Nieman, der die Geschichte eingepasst und versendet hatte, begann gerade seine Schicht. Er hatte hängende Schultern und dünnes braunes Haar, und er kniff ständig die Augen zusammen, weil er sein Leben lang mit kleinen Buchstaben gearbeitet hatte.

»Kam Ihnen in der Nacht irgendetwas komisch vor?«, fragte ihn Tess, nachdem sie sich vorgestellt hatte. »War an der Story oder daran, wie sie hier ankam, vielleicht irgendetwas ungewöhnlich?«

»Sie passte und hat den Andruck nicht verzögert. Das ist das Einzige, was mich wirklich interessiert, Miss.«

Nieman hatte Zeit, es gab gerade eine Pause zwischen den Sonntagsvorausgaben, denen der Rest der Sonntagszeitung folgen würde, und der Samstagsausgabe. Er zeigte ihr, wie die Artikel reinkamen, auf glänzenden Papierrollen mit gummierten Rücken. Diese Streifen wurden dann ausgeschnitten und auf die Seiten geklebt. Eine Kamera machte eine Aufnahme der Seite, und aus diesem Foto entstand dann die Druckplatte. Tess hatte das schon gewusst, wenn auch nicht so genau.

»Aber ich sag Ihnen was Komisches«, sagte Nieman. »So ein Trick wäre viel schwieriger, wenn wir schon Desktop-Publishing hätten. Da wird die ganze Zeitung im Computer erstellt. Ein paar Seiten machen sie schon so, aber noch nicht die Seite eins. Der alte Eins-Sechzig gibt nicht gern Geld für neue Sachen aus.«

»Was werden Sie denn tun, wenn die ganze Zeitung am Computer erstellt wird? Würden Sie sich abfinden lassen, wie ein paar andere Zeitungen es ihren Mitarbeitern angeboten haben?«

Er grinste nur mit einer Mundhälfte. »Unser Vertrag garantiert lebenslange Arbeitsplatzsicherheit, also werden sie uns auf irgendeine andere Affenarbeit umschulen. Ich bin zweiundfünfzig – zu jung, um aufzuhören, zu alt, um noch was anderes zu lernen. Ich werde es aussitzen.«

Tess blieb vor einer Staffelei stehen, auf der die Titelseite des Immobilienteils stand. Das Kürzel obendrüber – in diesem Fall der Name der Kolumnistin – lautete: Annie Heffner. Auf dem Foto war jemand mit einem schimmernden Vollbart zu sehen. Sie wies Nieman darauf hin, der nur mit den Achseln zuckte.

»Wir merken es *meistens.* Wie war das noch mit dem Wald und den Bäumen? Wir sind die Leute mit den Bäumen.«

Tess verstand. Howard Nieman las die Zeitung anders als ein normaler Leser, selbst anders als ein normaler Reporter; er war wie Dorie, die den Kopf voll hatte mit Computerbefehlen. Seine Version war eine Art Collage, die aus lauter Artikelstreifen, Fotos und Stehsatz bestand. Feuchtgebiete oder Basketball, was interessierte ihn das? Solange er rechtzeitig Schluss hatte und seinen wöchentlichen Gehaltsscheck bekam, war er glücklich.

Ein weiterer unwahrscheinlicher Komplize.

Die Redaktion hatte Tess ein kleines fensterloses Büro neben den alten, nicht mehr benutzten Pressen zur Verfügung gestellt. Tess arbeitete sich durch eine Liste der Angestellten des *Beacon,* dann schickte sie eine E-Mail an Lionel Mabrys Sekretärin mit der Bitte, den Nachtredakteur Chick Gorman treffen zu können, sobald er zur Arbeit erschien.

Tess war davon ausgegangen, dass Chick ein Mann sei, aber wenige Minuten später kam eine kleine Frau mit kurz geschnittenem dunklen Haar durch die Tür: die Reporterin, die sie schon am Morgen bemerkt hatte. Auf den ersten Blick hätte die Frau auch als Praktikantin von der Uni durchgehen können. Dann aber fielen einem die kleinen Falten in den Augenwinkeln auf, die Sorgenfalten zwischen den Augenbrauen, und vor allem ihr Auftreten verriet ihr Alter: Absolute Selbstsicherheit kann man mit 22 nicht einfach vortäuschen.

»Ich bin Emma Barry«, sagte die Frau höflich. Tess hielt ihr die Hand hin, aber Emma ignorierte sie. »Wir werden Ihre Arbeit beenden.«

»Wir?«

»Die Gewerkschaft. Ich bin deren Vertreterin.« Sie verschränkte die Arme vor der Brust, als würde sie eine auswendig gelernte Ansprache aufsagen. »Es ist seit Langem gesetzlich verankert, dass alle Untersuchungen, die in disziplinarischen Handlungen gegen Gewerkschaftsmitglieder enden könnten, diese Mitglieder zu Gewerkschaftsvertretung berechtigen. Da Ihre Ermittlungen vom Management dazu genutzt werden könnten, Handlungsweisen zu verurteilen oder zu missbilligen, haben wir das Management über unsere Einwände in Kenntnis gesetzt und unsere Mitglieder angewiesen, sich nicht ohne gewerkschaftlichen Beistand mit Ihnen zu treffen. Bis das Management sich damit einverstanden erklärt, steht Ihnen niemand mehr aus unserem Bereich zur Verfügung.«

»Als jemand, der selbst Mitglied der Zeitungsgewerkschaft war, finde ich, dass Sie überreagieren. Ich werde wahrscheinlich viele Leute eindeutig ausschließen können, und möglicherweise nur wenige näher betrachten. Und was schadet das?«

»Wo soll ich anfangen? Soweit wir wissen, könnten die Bosse die Wynkowski-Story als Vorwand nutzen, alle möglichen persönlichen Dinge aus den Angestellten herauszupressen. Sie haben Brainerd gefragt, ob er Dienstagabend eine Bar besucht hat – wollen Sie etwa andeuten, er sei Alkoholiker? Wenn er Ja gesagt hätte, wäre diese Information in seine Personalakte gelangt. Und Sie haben Nieman gefragt, ob er eine Abfindung annehmen würde, was überhaupt nur seine Gewerkschaft für ihn aushandeln kann.«

»So war es eigentlich nicht genau …«

»Keine Gespräche mit unseren Mitgliedern mehr ohne gewerkschaftliche Vertretung, und soweit ich sehe, sind alle, mit denen Sie sprechen wollen, Gewerkschaftsmitglieder. Wir sehen uns am Montag.«

»Wir sehen uns am Montag?«, murmelte Tess vor sich, als Emma weg war. »Wer hat denn gesagt, dass ich das Wochenende freimache?«

9

Tess eröffnete ihren Samstag mit einem Besuch bei Spike im Saint Agnes Hospital. Leider hatten ihre Eltern dieselbe Idee gehabt. Sie hatte nichts gegen ihre Eltern, aber sie war vor drei Wochen schon zum Abendessen bei ihnen gewesen, und das reichte eine Weile. Und jetzt saßen sie da und hatten sich Stühle ans Fußende von Spikes Krankenbett gezogen, als wäre es ein Fernsehgerät und er der Moderator einer alten *Dialing for Dollars*-Sendung. *Es geht um 35 Dollar, wir sind vier Punkte vor Schluss.* Sie starrten ihn konzentriert an, sagten nichts. Ein Fremder hätte vielleicht daraus geschlossen, dass Patrick und Judith Monaghan eines dieser lange verheirateten Paare waren, die gerne gemeinsam schwiegen. Aber ihre Tochter wusste, dass sie bloß zwischen zwei Streits mal Pause machten.

»Hi, Mom. Dad.«

»Die Haare«, sagte ihre Mutter.

»Die Frisur ist doch gut«, sagte ihr Vater.

»Ich hab nicht gesagt, dass sie nicht gut ist. Aber sie ist zu alt, sie so runterhängen zu lassen, als Pferdeschwanz.«

»Ist doch ordentlich.«

»Es ist langweilig. Und diese Hose. Tess, wenn deine Hose Gürtelschlaufen hat, solltest du einen Gürtel tragen.«

»Das ist eine Blue Jeans, Mom, und Gürtel sind für

Leute, die keine Hüften haben, die ihre Hose halten. Das war noch nie mein Problem. Außerdem ziehe ich mich anders an, wenn ich arbeite. Ehrlich.«

»Woher soll ich das wissen? Es ist *Monate* her, dass wir dich gesehen haben.« Ihre Mutter war wie immer monochromatisch perfekt gekleidet, sie trug einen dunklen senffarbenen Sweater mit einem passenden Tweedrock und flachen Wildlederschuhen. Tess vermutete, dass sie mit Farbmustern aus dem Baumarkt einkaufen ging, so makellos passte immer alles zusammen. Ihr Vater trug seine Winteruniform: Sansabelt-Hose, langärmeliges weißes Hemd und einen schlichten roten Schlips. Am Memorial Day würde er zu einem kurzärmeligen weißen Hemd und einem hellblauen Schlips wechseln. »Was sagen die Ärzte über Spike?«, fragte Tess in der Hoffnung, ihre Mutter von so relevanten Themen wie Frisur, Garderobe und ihrer Unaufmerksamkeit abzulenken.

Ihre Mutter zuckte mit den Achseln. »Alles Mögliche, aber es heißt bloß, dass sie nicht wissen, wieso es ihm nicht besser geht. Vielleicht wird er wieder zu sich kommen, vielleicht nicht. Vielleicht wird er Schäden davontragen, vielleicht nicht.«

»Weinsteins werden langsam gesund«, bemerkte ihr Vater gerissen.

Obwohl sich alle einig waren, dass Spike zur Verwandtschaft gehörte, war keine Seite für ihn zuständig. Angeblich war er kurz nach Tess' Geburt aufgetaucht, war einfach da und aß einen Sesambagel mit Lachs bei einem von Mama Weinsteins Sonntagsbrunches. Aber genauso wohl schien er sich auf den Treffen der Monaghans zu fühlen, wo er zu Ostern Schinken mampfte und freundlich allen Fragen, woher er kam, aus dem Weg ging.

Heute aber entschied sich Tess' Mutter, die Einladung ihres Mannes zu diesem Lieblingsstreit der Familie zu ignorieren. »Weißt du, erst zwei Tage bevor das passierte, haben wir ihn gesehen. Es ist immer merkwürdig, wenn jemand, den man nur selten trifft, auftaucht, und als Nächstes ist er … anders.«

Anders. Ihre Mutter konnte großartige Euphemismen finden. Na ja, ein Koma war ganz bestimmt anders, selbst für Spike.

»Hat er euch gegenüber etwas von einem Windhund erwähnt?«

»Windhund? Nein, er hat uns zwei Kisten Old Milwaukee gebracht – die hat er für deinen Vater zum Selbstkostenpreis bestellt. Und er hat mir zehn Säcke Mulch gebracht, um die ich ihn letzten Herbst gebeten habe. Zehn Säcke! Zwei wären mehr als genug gewesen, ich brauche sie nur für die Blumenbeete im Vorgarten. Aber er hat sich wirklich viel Mühe gegeben. Und ich kann das meiste davon verwenden, wenn ich im Frühjahr meinen Gemüsegarten anlege.« Sie strahlte Patrick triumphierend an. »Vielleicht ist er *wirklich* ein Weinstein. Die Monaghans geben sich nicht so viel Mühe. Ich weiß noch, wie deine Mutter …«

Spike schien zusammenzuzucken, und alle schauten ihn erwartungsvoll an. Aber nichts geschah.

»Ich vermute, es wird uns nicht viel bringen, hier zu sitzen und ihn anzustarren«, sagte Tess. »Ich denke, ich fahre in die Stadt und nutze mal das Archiv des *Beacon.*

Vielleicht gab es eine ganze Reihe Barüberfälle, oder vielleicht finde ich etwas über Windhunde. Es ist weit hergeholt, aber mehr fällt mir nicht ein.«

»Du willst so angezogen zur Arbeit gehen?«, murmelte ihre Mutter, als Tess sich herunterbeugte, um sie auf die Wange zu küssen.

»Mir gefällt, wie sie aussieht«, betonte ihr Vater. Und dann fingen sie wieder von vorne an, wie ein Ausstellungsstück im Museum mit Tonband in Dauerschleife.

Es war fast vier Uhr, als Tess sich mit Tyner für ein spätes Mittagessen bei Roy Rogers traf. Das war eines ihrer gemeinsamen Laster neben Gangsterfilmen und frittierten Paprikaringen mit Puderzucker. Tyner bestellte etwas, das er »Trigger Special« nannte, den Viertelpfund-Cheeseburger mit Makkaronisalat, Tess gab sich mit dem »Pommes frites im Holster« zufrieden. So hieß das Gericht wirklich.

»Guten Ritt«, sagte Tyner wie immer und hob seine Riesencola, noch ein Laster, das sie teilten.

»Dir auch. Ich bin ja überrascht, dass nicht schon irgendwelche Gutmenschen die Pommes-frites-Packungen vor dem Aussterben bewahren wollen. Baltimore war immer schon gut in Symbolen, selbst wenn sich keiner um die richtigen Probleme kümmert.«

»Du bist so griesgrämig, dass du mich an mich selber erinnerst. Weißt du, was du brauchst?«

Tess starrte ihn düster an. »Interessiert mich im Moment nicht, besten Dank.«

»Ich rede vom Rudern. Du musst zurück aufs Wasser, je früher, desto besser. Du kannst jetzt schon raus, wenn du dich ordentlich anziehst. Rock hat mir gesagt ...«

»Rock? Ich hab gehört, die Umweltpolizei hat ihn im Februar aus dem Wasser geholt und ihm eine Klage angedroht, wenn er nicht wartet, bis es sicher ist.« Tess zog eine Fritte durch ihren selbst gemachten Mix aus Barbecuesoße, Ketchup und Meerrettich – ein weiterer Grund, warum sie gern zu Roy ging. »Aber du hast recht, ich habe in der Tat einigermaßen schlechte Laune. Ich hab meinen Nachmittag völlig nutzlos im Netzwerk des *Beacon* vergeudet. Es ist schwierig zu kapieren, und als es endlich lief, hat es mir keinen Schritt weitergeholfen.«

»Hast du irgendwas rausgekriegt, was vielleicht mit Spikes Überfall zu tun hat?«

»Ich hab festgestellt, dass in diesem Winter mehrere Bars überfallen wurden, aber bei keinem Überfall kam es zu einer Schlägerei. Und die einzige Erwähnung eines Windhunds war in einer zwei Jahre alten Geschichte über das jährliche Picknick, das die Leute veranstalten, die solche Hunde adoptiert haben. Lächerlich. Sie machen Wettbewerbe für die Hunde mit den längsten Schwänzen und dem besten Kostüm. Schade, dass es keinen Preis für den schlimmsten Mundgeruch gibt, den würde Esskay sofort kassieren.«

Tyner rollte rüber zur »Extrabar«, um sich kostenlos einen Teller mit Gürkchen und Zwiebeln zu holen, auf die er Pfeffer streuen und sie dann so essen würde. Die Frau hinter dem Tresen starrte ihn ärgerlich an – wenn man aufgegessen hatte, sollte man die Extras in Ruhe lassen –, aber Tyner war Stammkunde, und die Belegschaft hatte schon längst gelernt, dass es besser war, ihm seinen Willen zu lassen. Tess war klar, dass auch sie das irgendwann begreifen musste, aber sie versuchte trotzdem immer wieder, genauso stur und ekelhaft zu sein wie er.

»Was ist mit deinem richtigen Job?«, fragte er, als er zurückkam. »Bist du damit weitergekommen?«

»Ich hab die frühe Samstagsausgabe des *Beacon* durchgesehen. Einer der Sportreporter hat eine interessante Meldung: Paul Tucci könnte bereit sein, andere Käufer zu finden, wenn die NBA tatsächlich versucht, das Basketball-Geschäft zu stoppen, nur weil Wink moralisch nicht den übrigen NBA-Besitzern gewachsen sei.«

»Das Gerücht hat Tucci wahrscheinlich selber gestreut«, sagte Tyner.

»Ja, das habe ich mir auch gedacht. Weißt du, was er gesagt hat? ›Wir sollten nicht aus den Augen verlieren, dass Basketball gut für die Stadt wäre, ganz egal, wem die Mannschaft gehört.‹ Ist es nicht erstaunlich, wie schnell das zu einer allgemeingültigen Weisheit geworden ist, wie Ein-Apfel-am-Tag oder Der-frühe-Vogel? Eine Sportmannschaft macht glücklich, reich und klug.«

Tyner deutete mit einem langen Finger auf ihre Nase. »Ich geb dir jetzt mal einen Rat …«

»O Gott, nein, alles lieber als das.« Tess beugte sich vornüber und aß ihre letzte Fritte.

»Was hat Deep Throat in der Garage gesagt? Folgt dem Geld? Ich hab noch einen viel älteren, viel allgemeineren Ratschlag. *Cherchez la femme*, Tess. *Cherchez la femme*.«

»La femme?« Tess brauchte einen Augenblick, dann begann sie zu grinsen. »Gute Idee, Tyner. Ich denke, ich werde heute Abend noch mal bei Rosita Ruiz vorbeifahren.«

»Na also«, sagte Tyner, und dann wieherte er so perfekt, dass die anderen Gäste im Roy sich erstaunt umschauten.

Nichts versetzte Tess mehr in Arbeitsstimmung als die strikte Anweisung, sich rauszuhalten. Wäre sie Blaubarts Frau gewesen, sie hätte das Geheimzimmer schon am ersten Abend betreten. Pandoras Büchse? Schon geöffnet, bevor sie über die Schwelle gewesen wäre. Die Chefs hatten angeordnet, sie sollte alle Gespräche vor Ort führen, die Gewerkschaft hatte angeordnet, sie solle überhaupt keine Gespräche mehr führen. Jetzt setzte sie darauf, dass Rosita, die zwei Tage nicht im Büro gewesen war und heute unter Zeitdruck geschrieben hatte, von keiner dieser Anweisungen wusste.

Rosita wohnte in einem Hochhaus nördlich vom Campus der Johns Hopkins University. Am University Parkway standen Wohngebäude für jedermann: arme Studenten, gut situierte Rentner, Yuppies und sogar für alle, die eine Million Dollar für den Ausblick auf das Hopkins-Lacrosse-Feld zahlen wollten. Rositas Mietshaus gehörte eher zur günstigen Kategorie. Es war ein modernes Hochhaus. Das schmutzige Foyer strahlte den Charme eines studentischen Wohnheims aus, und auf den Balkonen standen die Habseligkeiten junger Menschen, die von der Schule in den Beruf wechselten: teure Fahrräder, billige Hibachis, Plastikgartenstühle. Es gab zwei Blickrichtungen: Nostalgische Bewohner konnten nach Süden gucken, auf den Campus, den sie gerade verlassen hatten, und die aufstrebenden Mieter schauten hoffnungsvoll in Richtung der teureren Häuser in Baltimores Norden.

Am Briefkasten gab es eine R. Ruiz im achtzehnten Stock. Es erschien Tess fast zu einfach, durch die Sicherheitstür zu gelangen, sie schob sich einfach zwischen die Leute, die Gemüse und Take-away-Essen nach Hause schleppten. Niemand schien hier irgendjemanden zu kennen oder kennenlernen zu wollen, so wie alle an die Decke des Fahrstuhls starrten, während er hochfuhr.

Rosita öffnete mit rosigen Wangen; sie trug eine Fahrradhose und ein T-Shirt, auf dem eine barbusige Meerjungfrau mit der Aufschrift *La Sirena* zu sehen war. Ihr Haar war nass und aus dem Gesicht gekämmt, ihre Zehen wurden von Wattebäuschen auseinander gehalten, offensichtlich hatte sie sich gerade mit dem Nagellack, den sie in der Hand hielt, über sie hermachen wollen – einem sehr mädchenhaften Rosa. Tess hätte etwas Dunkleres, Blutigeres erwartet.

»Feeneys Freundin«, sagte Rosita. »Bess.«

»Tess. Und ich bin hier als Mitarbeiterin des *Beacon*, ich absolviere einen Teil der Voruntersuchung der Zeitung darüber, was man die ›ungeplante Veröffentlichung‹ des Artikels nennt, den Sie zusammen mit Kevin Feeney geschrieben haben.«

»Sie sind die Ermittlerin?«, fragte Rosita ungläubig. Sie hatte den Arm nicht von der Tür genommen, also stand Tess immer noch im Flur.

»Ja. Ich arbeite für einen Anwalt und habe ein wenig Erfahrung.« Ziemlich wenig.

»Ich dachte, Sie sollten die Gespräche im Büro führen, angefangen mit den Leuten, die an jenem Abend da waren.«

»Solche einfachen Regeln bringen doch nichts. Ich

war gerade in der Gegend und dachte, ich schaue mal vorbei. Ich bin wohl eine Art Workaholic.« Sie lächelte über ihre Lüge in der Hoffnung, das würde eine Bindung zu Rosita schaffen. »Es geht ja nicht um Schuld. Es geht um Fakten, falls Wynkowski klagt. Das ist alles.«

Rosita schenkte ihr wieder ihre schreckliche Nachahmung eines Lächelns. »Glauben Sie mir, es geht nur um Schuld. Glücklicherweise bin ich nicht schuldig.«

»Wieso setzen wir uns nicht und reden ein paar Minuten darüber? Dann kann ich ein Häkchen neben Ihren Namen machen, und alle sind glücklich.« Außer der Chefredaktion, der Gewerkschaft und dir, wenn dir klar wird, dass du gar nicht mit mir reden solltest.

»Okay, aber Sie können nicht lange bleiben. Ich habe noch was vor und bin gerade erst von der Arbeit gekommen – morgen haben wir eine tolle Story drin. Da fliegt der Stadt das Dach weg.«

Der Stadt fliegt das Dach weg? Wenn Tess nicht unbedingt Rosita für sich hätte einnehmen wollen, hätte sie diesem Frischling gesagt, dass es Baltimore gelungen war, während des großen Feuers von 1904, der Unruhen von 1968, der 21 in Folge verlorenen Spiele der Orioles 1988, mehrerer korrupter Regierungsbeamter und eines Bankenskandals, der die nationale Bankenkrise um mehrere Jahre vorweggenommen hatte, das Dach aufzubehalten.

Stattdessen aber riss sie einigermaßen glaubwürdig erstaunt die Augen auf. »Was gibt es denn diesmal?«

»Ein Typ in Georgia, der gleichzeitig mit Wink in der Montrose war. Er hat von Verwandten hier oben von unserer Story gehört und bei der Zeitung angerufen. Es sieht so aus, als hätte Wink damals gern angegeben, er wäre in der Montrose, weil er einen Mann getötet hätte.«

»Vielleicht war er bloß ein dürres kleines Kind, das versucht hat, sich als knallharter Kerl auszugeben, um zu überleben.«

»Vielleicht.« Rosita lächelte gekünstelt. »Das können Sie alles morgen in der Zeitung nachlesen.« Sie ließ den Arm sinken, sodass Tess ihre Wohnung betreten konnte. Sie lief auf den Fersen, um ihre perlmuttfarbene Zehennagelgrundierung zu schützen. Ihre Beine waren unverhältnismäßig kurz, und sie hatte dicke, geschwungene Waden; neben der Arbeit fand sie offensichtlich noch Zeit, zu laufen oder auf dem Stairmaster zu trainieren. Wahrscheinlich mit einer Zeitung vor sich und dem Nachrichtensender im Walkman.

Rosita setzte sich auf einen Holzstuhl, der mal lackiert werden müsste, sodass Tess ein uraltes Korbsofa blieb, das aussah, als wäre es aus einem Knast gestohlen worden. Die Einrichtung im Wohnzimmer war frühe Studentenbude: klapprige Möbel, eine Orangenkiste voll mit CDs, ein tragbares Radio. Rosita hatte sich nicht mal die Mühe gemacht, Bücherregale aus Ziegelsteinen und Brettern zu bauen, sie stapelte ihre paar Bücher einfach auf dem Boden. Das einzig Hübsche war das Poster eines pastellfarbenen Cowboys, der wortwörtlich mit der Landschaft verschmolz, und der Ausblick gen Norden, auf die teuren Häuser.

»Fangen wir mit der offensichtlichsten Frage an: Wo waren Sie Dienstagnacht?«

»Ich dachte, Sie waren mal Reporterin. Sie sollten doch wissen, dass man nicht einfach so zur Sache kommen kann. Sie sollen mich erst mal mit ungefährlichem Geplapper einlullen und zur Freundin gewinnen.«

»Ich schreibe ja kein Porträt«, sagte Tess. Sie konnte nicht anders, sie klang ein wenig streng. »Ich führe eine Ermittlung durch. Wenn Sie mit mir nicht reden wollen, auch gut. Das schreibe ich auf und gebe es an Ihre Chefredakteure weiter, die mir versichert haben, alle würden mit mir zusammenarbeiten. Sollen die sich doch selbst erklären, wieso Sie meine Fragen nicht in der Reihenfolge beantworten wollen, in der ich sie stelle.«

»Na gut.« Ein dramatisches Seufzen und zweimal Augenverdrehen folgten. »Ich war hier.«

»Allein? Ab wieviel Uhr?«

»Ich bin um halb acht aus dem Büro gegangen und hab mir im Giant einen Salat geholt, dann habe ich mir einen Wein im Weinladen gekauft. Ich war nicht besonders gut drauf. Sie dürfen nicht vergessen, ich dachte, die beste Story, die ich je geschrieben hatte, wäre gerade um die Ecke gebracht worden.« Witzig, Feeney hatte fast dasselbe gesagt – außer dass es in seinem Falle *seine* Story gewesen war.

»Hat jemand angerufen? Haben Sie jemanden angerufen? Waren irgendwelche Freunde hier?«

Rosita presste ihre rechte Hand an die Stirn, als müsste sie scharf nachdenken. »Nein. Keine Anrufe, keine Besucher.«

»Dann haben Sie kein richtiges Alibi. Sie erzählen nur eine *Geschichte.* Ich meine, Sie können nicht beweisen, dass Sie hier waren. Und das elektronische Sicherheitssystem bei der Zeitung war aus, also ist es unmöglich zu beweisen, dass Sie nicht dort waren – es sei denn, Sie können beweisen, wo Sie waren. Als Reporterin sollten Sie wissen, dass man eine Negation nicht beweisen kann.«

Wenn Rosita überrascht war, vergaß sie ihre Posen und Manierismen. Ihre Augenbrauen entspannten sich, und sie hielt das Kinn nicht mehr so hoch, dass Tess allein beim Anblick Nackenschmerzen bekam. Einen Augenblick lang zeigte sich, wie hübsch sie tatsächlich war. Der Augenblick verging.

»Dann werden jede Menge Leute keine Alibis haben. Werden Sie auch Feeney fragen, ob er beweisen kann, wo er war?«

»Feeney hat ein sehr zufrieden stellendes Alibi, sonst würde ich die Sache nicht bearbeiten. Das wäre absolut unethisch.« Eigenartig, wie leicht es fiel zu lügen, wenn es wirklich sein musste. »Und ja, alle werden an denselben Standards gemessen.«

»Seien Sie doch nicht naiv. Beim *Beacon* gibt es mehr Standards, als Sie je in Erfahrung bringen werden.«

Erspar mir das, dachte Tess. Das Letzte, was sie jetzt hören wollte, war Rositas Vortrag über den Ärger mit ihren Chefs. Wahrscheinlich wäre es gar nicht schlecht, dem Rat der Reporterin zu folgen, erst einmal ein freundlicheres Gespräch zu führen, damit sie nicht so feindselig war.

»Wissen Sie, ich lese die Autorenzeile nicht so aufmerksam, wie ich sollte, deswegen bin ich nicht sicher, wann Sie beim *Beacon* angefangen haben, obwohl ich mich erinnern kann, dass mir ein paar Ihrer Artikel gut gefallen haben. Wie lange sind Sie schon dort, ein Jahr ungefähr?«

»Vierzehn Monate, aber vier Monate habe ich im Sport verloren. Ich wollte eigentlich über Baseball berichten – in San Antonio habe ich das Minor League Team betreut und Guy – Guy Whitman, der Ressortleiter für Sport und Features – verspricht mir immer, dass ich Platz drei für die Orioles bekomme. Aber bis dahin bin ich im Girl-Getto: Vermischtes.«

»Was ist denn gegen Vermischtes einzuwenden?«

»Ich will eine *richtige* Reporterin sein. Deswegen wollte ich bei der Wynkowski-Story mitmachen. Und ich habe gute Arbeit geleistet. Feeney hat die ganzen Geldsachen rausgekriegt, aber von mir ist das über seine Ehe und seine Spielsucht. Es ist mein Teil der Story, über den die ganze Stadt spricht.«

Herrgott, dachte Tess, alle Straßen führen zu Rosita, zumindest in ihrem Kopf. Die eheliche Gewalt war natürlich ein tolles Tratschthema, und die Spielsucht könnte ein echtes Problem darstellen, aber beides war nichts als Hörensagen. Die Geldsorgen waren die wahre Story.

»Sind Sie aus Texas?«

»Texas? Oh, wegen San Antonio. O Gott, nein. Ich hab ein Jahr und sieben Monate an diesem gottverdammten Ort verbracht, und es kam mir vor, als wäre es die ganze Zeit über vierzig Grad. Ich bin aus Neuengland. Ich mag Jahreszeiten, und ich mag die kalte lieber als die heiße.«

»Der Sommer in Baltimore ist ganz schön heftig.«

»Ja, und die Winter sind lächerlich, die Leute drehen schon durch, wenn sie nur eine Schneeflocke sehen. Aber es ist trotzdem eine Verbesserung. Ich werd schon noch zum *Globe* kommen.«

»Bloß zum *Globe*? Warum nicht zur *New York Times* oder der *Washington Post*?« Warum nicht in den Vatikan?

Trotz ihrer Anweisung, wie man ein Interview führt, war Rosita keine besonders gute Zuhörerin. »Ich muss einfach wieder zurück in die Sportberichterstattung. Das ist zumindest noch was Neues, eine Frau in der Umkleidekabine. Irgend so eine 22-Jährige in Overalls hat dieses Jahr einen Pulitzer für so eine Schiedsrichter-Story bekommen, unglaublich. Es gibt noch genauso wenige Sportberichterstatterinnen wie vor zehn Jahren. Die Redakteure haben damit bloß kein so großes Problem mehr.«

»Sie hören sich an wie diese Leute, die jedes Jahr am 31. Dezember ihren Fünfjahresplan aktualisieren.«

»So bin ich auch. Ich hab sogar zwei Fünfjahrespläne, einen für den Job und einen für mein sogenanntes Privatleben. Aber im Job läuft's viel besser.« Diesmal war ihr Lächeln nicht so falsch wie sonst. Es war schwach und nachdenklich und verblasste schnell wieder, das Gegenteil der Grinsekatze. Rosita schaute an Tess vorbei, die ihrem Blick zur Küche folgte. Kein Wunder, dass Tess auf Katzen kam: Die Uhr war eine dieser wahnsinnigen, grinsenden Kit-Kat Klocks, der Schwanz pendelte hin und her, und die kugelrunden Augen wackelten im Takt.

»Ich hab jetzt wirklich nicht mehr viel Zeit«, sagte Rosita plötzlich.

»Tut mir leid, Sie haben noch etwas vor. Ein Date?«

»Nein, nein, bloß ein Essen mit einem Freund. Was Singlefrauen eben am Samstagabend so machen. Sind Sie verheiratet?«

»Gott, nein«, sagte Tess.

»Freund?«

»Irgendwie schon. Ich meine, ja, ich habe einen Freund. Seine Band spielt heute Abend, also muss ich die Freundin des Sängers mimen. Unten stehen und ihn bewundernd anstarren.«

»Meiner Erfahrung nach ist es egal, was der Freund macht. Früher oder später erwarten sie alle, dass man unten steht und sie bewundernd anstarrt.« Jetzt erschien Rosita Tess beinahe sympathisch. Sie war gewitzt. Aber dann wurde sie wieder bloß gemein. »Aber in Baltimore gibt es überhaupt keine anständigen Männer, nicht, wenn man einigermaßen *Anspruch* hat. Da bin ich doch lieber allein.«

Bei jemand anderem wäre das vielleicht als reine Taktlosigkeit durchgegangen. In diesem Fall aber gab es keinen Zweifel, dass die Bemerkung gezielt implizierte, dass Tess keine Ansprüche stellte.

»Kümmern Sie sich um Ihre Zehennägel. Ich finde schon alleine raus.«

Der University Parkway war mittlerweile dunkel, und Tess, die geborene Voyeurin, schaute in die hellen Fenster, als sie zu ihrem Wagen ging. Diese Gebäude waren älter als Rositas Hochhaus, hier gab es noch die eleganten Einzelheiten, die einmal in den Wohnungen der Stadt so selbstverständlich gewesen waren – dunkle Holztäfelung, hohe Decken, Stuckverzierungen. Wieso sahen Menschenleben, in die man heimlich hineinschaute, so verlockend aus wie alte Fotos, die man in einem Antiquitätenladen fand? Tess sah Frauen ihres Alters, aber sie sahen so viel besser aus in ihren Samstagabend-Ausgehsachen. Sie sah Männer in Jackett und Schlips. Erwachsene, die in Restaurants und Theater gingen, vielleicht sogar ins Konzert. Und wohin wollte sie an einem Samstagabend? Sie würde sich im Trubel der Floating Opera bis in die frühen Morgenstunden verlieren und von mitternächtlichen Kleingeistern umgeben sein.

10

»Wie viel wiegst du?«

Die Stimme war dünn und hoch und unterbrach Tess' Träumerei. Sie hielt sich wach, indem sie sich neue Spitznamen für Baltimores Stadtteile ausdachte. Sie befanden sich in einem alten Tanzsaal in SoWeBo, Southwest Baltimore, einst Heimat von H. L. Mencken und Edgar Allan Poe, jetzt Heimat von Restaurants wie Mencken's Cultured Pearl und dem Telltale Heart. Aber wie wäre es mit SoO (South of Orioles Park at Camden Yards) oder SoPoeBo, in der Nähe von Poes Grab? SoSoBo für die abgelegene Southside? Wie müde sie war, merkte sie daran, dass sie das Ganze unglaublich lustig fand.

»Was?«, fragte sie verwirrt. Sie warf einen Blick auf ihre Uhr. Fast drei, sie war seit zwanzig Stunden auf. Sie hatte bei afghanischem Essen und einer Runde Galliano-Likör gegen elf noch einmal neue Kraft geschöpft. Sie war relativ sicher, dass der Galliano nicht wirklich afghanisch war, aber er haute gut rein. Der lakritzartige Sirup erinnerte sie an verschreibungspflichtige Erkältungsmedizin der ganz altmodischen Art, die tatsächlich dafür sorgte, dass die Schmerzen für eine Weile verschwanden. Und das hatte auch gereicht, um die ersten drei Bands zu überstehen, aber jetzt ebbte der Effekt ab, gerade als sie jene hirnlose Ergebenheit und Begeisterung ausstrahlen sollte, die man von der Freundin eines Musikers erwartete. Ganz zu schweigen von einem gewissen Besitzerstolz. Während ihr Mund Crow anlächelte, sollten ihre Augen »Finger weg« in Richtung all der anderen anwesenden Frauen blitzen. Musikerfreundin zu sein war wirklich ganz schön anstrengend. Aber sie mochte Crow, er war wahrscheinlich der netteste Kerl, den sie je kennengelernt hatte. Und irgendwann wäre er auch nicht mehr 23. Sie war es ja auch nicht mehr.

»Ich hab gefragt, wie viel du wiegst«, wiederholte die Piepsstimme. Die Stimme gehörte zu Maisie, einer ihrer beiden Verbündeten im Frauenstamm von Poe White Trash. Sie war sicher, dass es Maisie war, denn Maisie hatte die gepiercte Nase. Genau genommen war das Nasenpiercing eine Fälschung, ein Goldbällchen, das sie mit einem kleinen Magneten außen an ihre Nase klebte. Maisies Freund, der Bassist, hatte das Crow erzählt, der dieses ungeheuer nützliche Wissen an Tess weitergegeben hatte. So konnte sie Maisie von Lorna unterscheiden, die enge Halsketten trug, von denen sie scheinbar fast erwürgt wurde. Aber vielleicht war das auch nur Tess' Wunschdenken.

»Ich weiß nicht. Ich hab keine Waage.«

»Sie hat keine Waage«, sagte Maisie zu Lorna, die begeistert quietschte.

»Aber beim Arzt?« Es war ein ständiges Thema, das Lieblingsthema, die Tyrannei der Kleinen. *Deren* Gewicht erreichte ja kaum die rechte Hälfte der Skala. Lorna konnte ganz besonders nervig sein. Sie redete dauernd von den Protein-Shakes, die sie trinken musste, weil sie sonst zu sehr abnahm.

»Guck ich nicht drauf.«

»Guckt sie nicht drauf«, sagte Lorna kichernd zu Maisie.

»Aber wenn du jemandem dein Gewicht sagen müsstest?«, drängelte Maisie. »Was würdest du dann sagen? Wenn dich zum Beispiel ein Bulle anhält und wissen will, ob die Beschreibung einer verrückten Frau auf dich passt, die ein paar Leute umgebracht hat, und die wöge, sagen wir mal, einhundert Kilo?«

»Dann würde ich ihm sagen, dass er mich hochheben und schätzen soll.«

Maisie und Lorna starrten Tess an. Sie waren nicht sicher, ob sie Witze machte. Ihre kurvenlosen Körper und das aufgebauschte Haar erinnerten Tess immer an die nicht ganz menschlichen Mädchen in den Geschichten von Dr. Seuss, wie Cindy Lou Who, die immer Braten für den Grinch absäbelte. Tess hingegen erinnerte die beiden an ihre Eltern. Und obwohl sie es mehrere Male durchgerechnet hatten, weigerten sie sich einfach zu glauben, dass sie nur neun Jahre älter war. Für sie war neunundzwanzig »fast dreißig«, was verdammt nah dran an vierzig war, also war sie praktisch so alt wie ihre Eltern!

Glücklicherweise brachen Poe White Trash genau in diesem Augenblick mit ihrer Eröffnungsnummer los, also konnte Tess Lorna und Maisie ignorieren und so tun, als wäre sie ganz von der Musik eingenommen. Es klang nicht viel anders, als würden Nägel über eine Tafel kratzen. Trotz Crows süßem, schönem Tenor, oder vielleicht gerade deswegen, spielten Poe White Trash absichtlich unmelodisch, chaotisch, aggressiv. Sie waren *laut.* Maisie und Lorna konnten Tess nicht das Gefühl geben, alt zu sein, aber dieses Adjektiv in Verbindung mit Musik zu benutzen, schaffte es.

Als sie angefangen hatte, mit Crow auszugehen, hatte sie sich alle Mühe gegeben, Interesse an seinen musikalischen Ambitionen zu heucheln, sie hatte sogar die kleinen Weisheiten von sich gegeben, die sie im fast schon progressiven Radiosender der Stadt, WHFS, gelernt hatte. Crow hatte gelacht und ihr gesagt, sie könnte sowieso nicht mit der Zeit Schritt halten, also brauchte sie es gar nicht zu versuchen. Sie wünschte sich, er würde bloß einen Oldie singen, eine Ballade, nur für sie. Sid Vicious hatte »My Way« gesungen. Und niemand sang »So In Love« besser als k.d. lang. Da könnte Crow sich doch wohl »All The Things You Are« vornehmen. Oder »My Heart Stood Still«. Nur einmal, nur für sie.

Plötzlich konnte man eine Textzeile verstehen, wahrscheinlich funktionierte das Soundsystem nicht richtig: »Zungenküsse mit dem schwarzen Hund«. Inspiriert durch Esskay? Jedenfalls würde nichts heute Abend näher an eine Ballade rankommen.

Sie lehnte sich an die Wand, wodurch kleine Farbpartikel aufstieben, und trank einen großen Schluck. In der Floating Opera gab es keinen Alkohol, nur LSD und verschiedene neue synthetische Drogen, also hatte Tess sich mit einem Eistee zufriedengeben müssen, der ihr mehr wie eine Religion vorkam als wie ein Getränk. Sie schloss die Augen und stellte sich junge Leute vor, die über einen Strand liefen, Hand in Hand, unglaublich glücklich, weil sie gerade einen Himbeereistee getrunken hatten. Der Junge sah aus wie Crow. Das Mädchen war dünn und klein. Tatsächlich döste Tess ein. Es war Morgen, als sie die Augen wieder öffnete, oder jedenfalls eine Tageszeit, die als Morgen durchging, und Crows Band verbeugte sich gerade. Zeit zum Frühstück.

Jimmy's machte gerade auf, als sie nach Fells Point zurückkehrten. Tess fühlte sich, als hätte sie viel mehr Jahre auf dem Buckel als die neunundzwanzig, die Lorna und Maisie so faszinierend fanden. Endlich einmal war sie froh, dass die Kellnerin im Jimmy's ihr automatisch immer dasselbe brachte, selbst wenn sie es nicht wollte. Heute bewahrte sie diese Tatsache davor, sich artikulieren zu müssen. Ihre Bagel landeten auf dem Grill, als sie zur Tür hineinkam, zusammen mit dem Toast für Crows Eier und Bratkartoffeln. Ihr Kaffee stand auf dem Tisch, bevor sie sich setzte. Tess überlegte, entkoffeinierten zu bestellen, entschied sich dann aber dagegen. Wenn sie jetzt einschlief, würde es ihr nur noch schlechter gehen. Sie sollte sich besser durch den Tag plagen und dann früh zu Bett gehen. So gegen sechs.

Crow war morgens still, vor allem nach einem Auftritt. Er kaute Eiswürfel, trank Tee mit Honig und blätterte durch die Soft News des *Beacon*, während Tess so tat, als läse sie die *New York Times*. Ein wohlbehütetes Geheimnis des Zeitungs-Business: Sonntagsausgaben waren bewusst langweilig, ohne irgendwelche echten Nachrichten. Die Wörter verschwammen vor ihren müden Augen, sie waren so süß wie Schlaflieder, so gewöhnlich und sinnlos. *Bosnien. Pakt. Reps. Dow. Zukunft. Muss sich herausstellen.*

Crow zerkaute ein großes Eisstück, atmete es versehentlich ein und begann zu würgen. »Große Gottesscheiße«, sagte er, nachdem er es herausgehustet hatte.

Tess, die wusste, dass alles Mögliche Crow zu dieser Aussage veranlassen könnte – beispielsweise eine interessante Information über die Wollherstellung in China –, reagierte nicht sofort. Das beruhigende Grau der *Times* begann für sie auszusehen wie eines dieser verborgenen 3-D-Bilder. Die Artikel verschwammen, sie konnte die Worte nicht mehr lesen, sah nur noch Formen. Sah die Zeitung so wie Dorie Starnes und Howard Nieman. Computercode. Schwarzes Zeug auf weißem Zeug. Große Kästen und kleine Kästen.

»Allmächtiger, gottverdammter Herr im Himmel«, sagte Crow und schob ihr die Titelseite des *Beacon* rüber. Tess hatte keine Probleme, die großen schwarzen Wörter zu entziffern.

WINK WYNKOWSKI TOT AUFGEFUNDEN,
OFFENBAR SELBSTMORD;
BEACON HATTE GEHEIME
VERGANGENHEIT AUFGEDECKT
Von Kevin V. Feeney und Rosita Ruiz
Beacon-*Redakteure*

Gerald »Wink« Wynkowski wurde letzte Nacht tot aufgefunden. Offenbar hat er nur wenige Stunden, nachdem er erfahren hatte, dass der Beacon *eine Story über seine Verstrickung in den Mord an einem Ladenbesitzer in Westside vor fast 31 Jahren veröffentlichen würde, Selbstmord begangen.*

Wynkowski wurde gegen 22:30 Uhr in der ver-

schlossenen Garage in seinem 65er Mustang gefunden, der Motor lief. Er wurde noch an Ort und Stelle für tot erklärt. Es wurde kein Abschiedsbrief gefunden, aber »Thunder Road« von Bruce Springsteen lief im Autoradio, als die Polizei kam.

Obwohl Wynkowski niemals seine Zeit in der Jugendstrafanstalt Montrose verschwiegen hatte, bezeichnete er seine Vergehen doch nur als »kaum schlimmer als die von Andy Hardy – ein bisschen Vandalismus, ein paar Kleindiebstähle«. Da Jugendstrafen vertraulich behandelt werden, war es bislang unmöglich, diese Aussagen zu widerlegen.

Aber ein ehemaliger Einwohner Baltimores, der mittlerweile in Georgia lebt, berichtete dem Beacon *diese Woche, dass Wynkowski seiner Zeit in der Montrose damit angegeben habe, einen Mann umgebracht zu haben. Der Mann – der einen Lügendetektortest bestand, aber bat, anonym zu bleiben, weil seine eigenen Vergehen seinen Kollegen in Georgia nicht bekannt seien – sagte, Wynkowski habe behauptet, bei einem Überfall einen Mann erschlagen zu haben.*

Eine Quelle aus den Kreisen des Jugendstrafsystems bestätigte gestern, dass Wynkowski wegen Totschlags in die Montrose geschickt worden war, obwohl die Umstände des Falls ein wenig anders aussähen. Nathaniel Paige, einem Ladenbesitzer in der Gold Street, wurde bei einem Raubüberfall im Sommer 1969 mit der Pistole ins Gesicht geschlagen, die offizielle Todesursache allerdings war ein Herzinfarkt. Gemäß den Gesetzen Marylands wurde Wink, der zuvor bereits mit mehreren geringfügigeren Verbrechen in

Verbindung gebracht worden war, des Totschlags angeklagt.

Als Wynkowski gestern um einen Kommentar gebeten wurde, sagte dieser, er wolle mit seinem Anwalt sprechen und hätte vor Sonntagmorgen nichts zu sagen. Zwölf Stunden später wurde er tot aufgefunden. Sein Anwalt, Michael Ellenham, sagt, er habe den ganzen Tag über nicht in Kontakt mit seinem Mandanten gestanden.

Tess blätterte durch den Rest der Geschichte, aber es ging nur noch um das Gespräch in Georgia, und dann gab es eine Wiederholung der Meldungen von gestern. Sie versuchte, den Ablauf zu rekonstruieren. Wenn die Polizei um 22:30 Uhr gerufen worden war, konnte Feeney nicht vor 23 Uhr am Tatort gewesen sein – gerade noch rechtzeitig, um telefonisch zwei Absätze für die letzte Ausgabe durchzugeben, und die Nachtredakteure hatten sie hervorragend in die bestehende Story eingebettet. Unter diesen Umständen konnte sich der *Beacon* glücklich schätzen, die Geschichte überhaupt bringen zu können.

»Welche Musik würdest du beim Sterben hören wollen?«, fragte Crow, für den alle News abstrakt und unpersönlich zu sein schienen. »Ich würde mir wohl kaum Springsteen aussuchen. Aber es wäre auch albern zu Poe White Trash zu sterben. Dann würden alle davon ausgehen, ich hätte mich umgebracht, weil ich mit meiner Musik nicht weit genug gekommen wäre. Blues wäre ein bisschen zu offensichtlich, Oper zu angeberisch. Vielleicht dieses Chet-Baker-Album, das du immer spielst. *It Could Happen To You.*«

»Klingt gut«, murmelte Tess geistesabwesend. Sie las die Story noch einmal für den Fall, dass sie etwas übersehen hatte. Kein Abschiedsbrief. 0,1 Promille – zu betrunken, um zu fahren, aber nicht betrunken genug, um zu sterben. Die Todesursache würde sich im Bericht der Toxikologin finden, der in zwei Wochen veröffentlicht würde, aber das war nur eine Pro-forma-Untersuchung nach Drogen, die im ersten Bluttest übersehen worden waren. Mrs. Wynkowski hielt sich mit ihren Kindern bei ihrer Mutter in New Jersey auf, wo sie bereits das Wochenende verbracht hatten.

Tess und Crow saßen schweigend da, nur dann und wann knirschte er mit einem Mund voller Eiswürfel. Eine der längsten Siegergeschichten der Stadt hatte also in einem tuckernden Mustang geendet, und Bruce Springsteen hatte den Soundtrack geliefert. Tess wusste, dass sie nun eigentlich tiefsinnig über Vergangenheit und Eigenverantwortung nachdenken sollte und darüber, was es für einen Celebrity bedeutete, seine Beliebtheit zu verlieren.

Aber sie fragte sich bloß, ob sie immer noch beim *Beacon* unter Vertrag stand.

11

Als Tess am Montagmorgen ihren Computer beim *Beacon* anschaltete, warteten drei Nachrichten auf sie: eine höfliche Notiz von Dorie Starnes mit den grundlegenden Computerbefehlen, die ihr vielleicht nützen konnten, eine Mittagseinladung von Guy Whitman und eine höfliche, sachliche Begrüßung von Jack Sterling. »Willkommen an Bord«, hatte er geschrieben. »Lassen Sie mich wissen, wenn ich etwas für Sie tun kann.« Abgeschickt am Freitagnachmittag. Stand das Angebot noch? Und konnte man aus den unpersönlichen Worten etwas Persönliches herauslesen? Während sie noch seine erste Nachricht dechiffrierte, erschien oben auf ihrem Bildschirm eine weitere von ihm: *Sind Sie da? 10:30 Uhr Vor-Meeting zum täglichen 11-Uhr-Meeting in Colleens zweitem Office.* SEIEN SIE DA. *Das haben Sie aber nicht von mir gehört.*

Wie in allen Redaktionen trafen sich auch die Chefs des *Beacon* andauernd in verschiedenen Zusammensetzungen. Es gab zwei Nachrichten-Meetings am Tag, ein Feature-Meeting, zwei Metro-Meetings, ein Schlagzeilen-Meeting und ein Sport-Meeting. Wenn die Redakteure nicht in offiziellen Meetings saßen, dann befanden sie sich in inoffiziellen, sie verschwanden in Büros und zogen die Türen zu, um vertraulich zu flüstern. Um elf Uhr fand das erste Nachrichten-Meeting des

Tages statt, Anwesenheitspflicht für alle Ressortleiter. Aber was war ein Vor-Meeting? Und wo war Colleens zweites Office? Jack Sterling traute ihr zu viel zu, dachte Tess und wählte Whitneys Apparat.

»Hier ist Whitney Talbot.« Tess wartete eine Sekunde, sie war nicht sicher, ob sie einen Menschen dran hatte. Whitney gehörte zu denjenigen, die sich genauso wie ihre Anrufbeantworter anhörten.

»Ist jemand dran?«, blaffte Whitney ungeduldig.

»Hey, hier ist Tess. Ich bin dran. Aber ich bin nicht sicher, wie lange noch. Man hat mich gerade in Colleen Reganharts zweites Office bestellt, was auch immer das sein mag.«

»Hör zu, Reganhart führt sich vielleicht auf, als könnte sie dich rausschmeißen, kann sie aber nicht. Nur Lionel oder Eins-Sechzig können dich feuern. Lass dich nicht bluffen.« Whitney klang besorgt, als wäre Tess immer noch eine unterbezahlte Buchverkäuferin, die das Geld des *Beacon* brauchte, um über die Runden zu kommen.

»Mach dir keine Sorgen. Aber ich bin nicht sicher, was ich für den *Beacon* tun kann, wenn mir die Gewerkschaft im Genick sitzt und Wink tot ist. Ganz offensichtlich wird er jetzt keine Klage mehr einreichen, also was soll's?«

»Sie haben dich engagiert, damit du dich mit Computersabotage auseinandersetzt, vergiss das nicht. Winks Tod ändert nichts daran, dass irgendjemand, wahrscheinlich Rosita, an der Integrität der Zeitung herumgeschraubt hat. Wie würde die Zeitung wohl aussehen, wenn jeder Reporter seine Lieblingsgeschichte einfach reinklatscht?«

»Ich muss jetzt zu diesem Meeting. Wo finde ich Reganhart?«

»Im vierten Stock hinter der Tür mit der Aufschrift *Damen*, und die Ironie wird dir schnell aufgehen, wenn du dich länger mit Colleen Reganhart unterhältst.«

Die Damentoilette im vierten Stock war praktisch eine Suite mit einem großen Vorraum, der von den Toiletten selbst durch eine Art Doppeltür getrennt war, wie man sie normalerweise in Westernsaloons einbaut. Tess tauchte um 10:25 Uhr hier auf und stellte fest, dass die Größe und Ausstattung der Toiletten Archäologen zukünftiger Generationen viele Rätsel über die Arbeitsplätze des 20. Jahrhunderts aufgeben würde.

Da Männer die Nachrichtenseiten des *Beacon* stets dominiert hatten, war die normale Frauentoilette nur ein Nachschlag, ein winziger, fensterloser Raum, der aus einem Eckchen der ursprünglichen Herrentoilette herausgeschnitzt worden war, gerade groß genug für zwei Kabinen. Aber diese Toilette in der Nähe der ehemaligen Frauenseite war praktisch eine Zweizimmerwohnung. Es gab ein langes Sofa und zwei gepolsterte Stühle. Es gab sogar einen Automaten mit Binden und Strumpfhosen in unglaublichen Größen. Der Automat war staubig und verbeult, und er sah aus, als hätte ihn seit Ende der Sechziger niemand mehr gefüllt. Zu dieser Zeit fing der *Beacon* an, schwarze und jüdische Bräute auf die Hochzeitsseite zu nehmen. Tess setzte sich auf einen bananengelben Plastikstuhl und wartete.

Um genau 10:30 Uhr kam Colleen herein, zündete sich eine Zigarette an und nahm einen langen Zug, noch bevor die Tür hinter ihr ins Schloss fiel.

»Es verstößt gegen das Gesetz, in Büros in Maryland zu rauchen«, sagte Tess hilfreich.

»Wenn Sie ein Problem mit Zigarettenrauch haben, können Sie verschwinden. Sie können eigentlich überhaupt verschwinden, auch wenn Sie kein Problem mit Zigarettenrauch haben.«

Jack Sterling kam durch die Schwingtür und tat gar nicht schlecht überrascht, Tess hier zu treffen.

»Wo Miss Monaghan doch ohnehin unser Thema sein sollte, findest du nicht, dass sie bleiben sollte?«, fragte er. Verdammt cool, dachte Tess.

»Nein, finde ich nicht. Ich finde, sie sollte zu ihrem Schreibtisch gehen, ihn ausräumen und sich dann verpissen. Wir brauchen sie nicht. Wir haben sie nie gebraucht. Nach der Story dieses Wochenende sieht die erste aus wie ein Witz. Wen interessiert jetzt noch, wie sie es in die Zeitung geschafft hat? Sie hat zur zweiten Story geführt, und die ist noch besser.«

»Und was – ich male jetzt mal den Teufel an die Wand –, was ist, wenn die Witwe immer noch versucht zu klagen?«

»Soll sie doch. An Toten kann man keinen Rufmord begehen. Außerdem haben wir an überhaupt niemandem Rufmord begangen. Winks Selbstmord beweist, dass wir noch nicht mal ahnen, wie viel Dreck er am Stecken hatte. Das Ganze ist ein gottverfluchter lila schillernder Orgasmus von einer Story, und sie wird jeden Tag besser.«

»Wenn wir der Sache auf die Spur kommen, wird uns das nicht daran hindern, die Story weiterzuverfolgen, Colleen«, sagte Sterling.

»Es bringt uns einen Dreck.«

»Wovor hast du solche Angst? Dass Tess' Ermittlungen uns direkt zu deinem Schützling Rosita führen?«

Tess saß auf ihrem Stuhl und kam sich vor, als schaute sie ihren Eltern beim Streiten zu. Jack Sterling und Colleen Reganhart waren ein eingespieltes Team. Zwischen ihnen gab es nichts Sexuelles, sie waren nicht wie diese TV-Serien-Paare, bei denen sich Hass mittendrin in eine Orgie verwandelt. Ihre Spannungen wirkten wie die von romantischen Widersachern oder Geschwistern. Und das Objekt ihrer Begierde war der *Beacon,* wie ihn Lionel Mabry verkörperte, der gute alte Dad.

»*Jeder* hat seine Schützlinge«, sagte Colleen zu Sterling und blies ihm Rauch ins Gesicht. Er zuckte nicht und hustete nicht. »Wir haben Miss Monaghan engagiert, weil Lionels Möchtegern-Schützling Whitney Talbot ihn dazu überredet hat. Aber das war letzte Woche, Wink war am Leben, und Eins-Sechzig konnte nicht im Center Club essen gehen, ohne dass ihn jemand anmaulte, weil er die Basketballsache vermasselte. Jetzt stehen wir super da, und Eins-Sechzig kann so tun, als wäre er begeistert von der vierten Macht. Alle sind happy.«

»Lionel nicht. Und ich auch nicht. Wir hatten bloß Glück. Das ändert nichts an der Tatsache, dass man diesen Eingriff in die Seite eins nicht auf die leichte Schulter nehmen sollte, und ungenannte Quellen wurden in dieser Geschichte viel zu viele zitiert. Wink Wynkowski ist gestorben, ohne die Namen seiner Ankläger zu kennen. Findest du das richtig?«

»Letztlich geht es um Geld: Das Gehalt dieser Ermittlerin kommt aus meinem Budget – unserem Budget,

Sterling, dem Nachrichten-Budget –, und es ist Verschwendung.«

Tess war es leid, in der dritten Person besprochen zu werden. Sterling hatte sie nicht über dieses Meeting informiert, damit sie stumm dabeisaß.

»Mich zu bezahlen ist keine Geldverschwendung, *Colleen.*« Der Name fühlte sich eigenartig in ihrem Mund an. Aber »Miss Reganhart« wäre für eine Frau, die keine zehn Jahre älter war als sie, noch merkwürdiger gewesen. »Außerdem lässt es sich nicht ändern. Ich habe heute Morgen mit meinem Chef gesprochen, Tyner Gray, und er hat mir bestätigt, dass er eine entsprechende Passage in den Vertrag gesetzt hat. Sie können mich daran hindern, meine Arbeit zu machen, aber sie müssen mich trotzdem bezahlen. *Colleen.* Zumindest zwei Wochen lang.«

Reganhart guckte entgeistert wie eine Pokerspielerin, die einen Straight hingelegt hatte, nur um auf einen Flush zu treffen. Spike sagte immer, Arroganz sei das Schlimmste, was man zum Wetten mitbringen konnte. »Mathematik schert sich nicht um Menschen«, sagte er so schön.

»Sie haben also auch einen Vertrag. Und die Gewerkschaft hat einen Vertrag«, sagte Colleen schließlich. »Aber mich kann Lionel einfach so rauswerfen. Wenn ich ihm nicht die richtige Abschlagszeit besorge oder der Koch in der Kantine ihm sein Salatdressing nicht in einem Extraschälchen serviert, bin ich Geschichte. Was ist nur aus dem Leistungsprinzip geworden? Was ist aus Leuten geworden, die ihre Arbeit machen, ohne sich auf all diese … Albernheiten zu verlassen?«

»Ein Vertrag ist keine Albernheit. Und das Problem mit dem Leistungsprinzip ist, dass sich dabei zwei Leute darüber einig sein müssen, was welche Leistung wert ist.«

Reganhart sank auf das orange Plastiksofa. Sie war weder so groß noch so kräftig gebaut, wie Tess gedacht hatte. Im Gegensatz zu den meisten anderen Frauen versuchte sie, durch ihre Kleidung größer zu wirken – zwölf Zentimeter-Absätze, Föhnfrisur, übergroße und unglaublich unmodische Schulterpolster unter ihrem erbsengrünen Wolljäckchen. Jetzt, als sie den Kampf verlor, schien sie zu schrumpfen wie eine Perserkatze im Regen.

»Nehmen wir mal an, Sie sagen die Wahrheit, was Ihren Vertrag angeht – und Sie können darauf wetten, dass ich das prüfe –, dann können Sie wie geplant weitermachen.« Sie wandte sich an Sterling. »Und jetzt werde ich hier tun, was zu tun ist. Könntest du uns Mädels allein lassen?«

Nachdem er gegangen war, schaute Colleen Tess aus kalten, blauen Augen an.

»Sie haben einen Vertrag über dreißig Arbeitsstunden die Woche. Ich möchte, dass Sie sechs Stunden am Tag hier sind, Montag bis Freitag. Und Sie haben sich bei meiner Sekretärin an- und abzumelden. Wenn wir Sie für die Arbeit bezahlen, arbeiten Sie *hier*.«

»Kein Problem.«

»Das Problem wird sein, wie Sie Ihre Tage füllen. Sehen Sie, ich habe gerade entschieden, dass ich nicht möchte, dass Gewerkschaftsvertreter bei Ihren Gesprächen mit den Mitarbeitern dabei sind. Die Gewerkschaft wird dagegen natürlich Beschwerde einlegen. Aber ich habe nicht vor, klein beizugeben. Ich werde die Sache auf die Spitze treiben. Notfalls bis zum Bundesverfassungsgericht. Und die ganze Ermittlung wird stillstehen, bis diese Sache geklärt ist, und dann sollte Ihr Vertrag längst ausgelaufen sein. Also kassieren Sie ruhig Ihren Scheck. Nichts zu tun wird das Schlimmste sein, was Sie je zu tun hatten. Wenn Sie mir nicht glauben, kann ich Ihnen ein paar Reporter nennen, die ich in dieselbe Lage gebracht habe. Am Ende haben sie alle gekündigt.«

»Es geht doch gar nicht ums Geld«, sagte Tess. »Was für ein Problem haben Sie wirklich mit mir?«

»Ich traue Ihnen nicht. Ich traue keinem Freund von Whitney Talbot. Jack Sterling ist auf meinen Job aus, und Talbot glaubt, sie kriegt seinen Job, wenn er mich rausekelt.«

»Whitney will doch nicht Chefredakteurin werden. Sie will nach Tokio.«

»Ich bin sicher, Whitney würde auf drei Jahre Japan verzichten, wenn sie vor ihrem dreißigsten Geburtstag Deputy Managing Editor werden kann. Vielleicht kennen Sie Ihre Freundin, aber ich verstehe etwas von Ehrgeiz. Was glauben Sie, wie ich es in nur fünf Jahren von der Lokalredakteurin in Wilmington, Delaware, zum Managing Editor hier geschafft habe?«

Reganhart ließ ihre Zigarette zu Boden fallen und trat sie mit dem Pumps aus. Ihre leeren Hände flatterten nervös hin und her, und sie zündete sich schnell eine neue an. Tess hatte das Gefühl, dass Colleen Reganhart ein Sammelsurium schwerlich kontrollierter Macken war – eine geläuterte Fingernagelkauerin, Haarzwirblerin,

Narbenpulerin und Ohrringfummlerin. Kette zu rauchen hielt sie wahrscheinlich davon ab, sich selbst in Stücke zu reißen.

Bevor Tess gehen konnte, betrat ein aufgeregter Marvin Hailey den Raum, gefolgt von Jack Sterling.

»Wir haben einen guten Mord im Nordwesten«, keuchte Hailey. »Richtig saftig. Zwei Carjacker haben versucht, einer jüdisch-orthodoxen Mutter mit sieben Kindern den Minivan zu klauen. Sie hat ihn nicht hergegeben, und sie haben sie erschossen, direkt vor den Kindern. Die hatten solche Angst, dass sie nicht aus dem Van aussteigen wollten, also sind die Carjacker zu Fuß abgehauen. Sie sind rübergelaufen zu einem Fast-Food-Restaurant in der Reisterstown Road und wollten sich Rührei-Sandwiches holen. Die Cops haben sie verhaftet, während sie noch anstanden. Einer der Fotografen hat die Sache über Funk gehört und es geschafft, vor der Polizei da zu sein. *Tolle* Aufnahmen. Wunderbar. Aber wir müssen entscheiden, wie wir die Sache groß machen, was wir den Leuten morgen erzählen, was sie noch nicht aus den heutigen Abendnachrichten kennen. Die Fernsehleute sind natürlich ganz wild darauf.«

»Es gibt keine guten Morde.« Sterlings Stimme klang freundlich und verbindlich zugleich. »Aber Marv hat recht, wir müssen jede Menge Leute auf die Sache ansetzen. Unsere Leser werden die definitive Fassung von uns erwarten, mehr, als sie heute Abend im Fernsehen bekommen.«

»Ich gehe mal davon aus, die Zeichner arbeiten schon an einer Karte – wo es passiert ist, wo die Typen geschnappt wurden.« Colleen ließ ihre neue Zigarette fallen und rieb die Hände aneinander, als läge die Story wie ein gutes Essen oder ein Haufen Geld vor ihr. »Bunky Fontaine soll sich um die Aussagen aus dem sozialen Umfeld kümmern, von den üblichen Rabbis. Und ist Nordwest nicht der Polizeidistrikt, in dem die Leute sich beschweren, dass es keine Streifenpolizisten mehr gibt?«

Sie lief davon, Hailey folgte ihr auf den Fersen wie ein fröhliches Hündchen. Sterling ging langsamer, folgte aber ebenfalls. Wie wenig sie sich auch persönlich verstanden, Colleen und Jack konnten im Team arbeiten, wenn es erforderlich war.

»Ein guter Mord«, hatte Hailey gesagt, und unerfreulicherweise wusste Tess genau, was er meinte. Als sie noch bei der Zeitung gearbeitet hatte, hatte sie auch einen kurzen Zwischenstopp in der Nachtschicht eingelegt. Dort, in sicherer Entfernung von Opfern und trauernden Hinterbliebenen, lernte man das Wertesystem schnell. Gute Morde, tolle Morde, wunderbare Morde, alle bemessen auf einer Skala aus Heimatstadt, Reichtum, Rasse, Zahl der Opfer und Berühmtheit.

Wir haben einen guten. Wie oft hatte sie dasselbe gesagt? Wie oft waren ihre Finger fröhlich über die Tasten geflogen, während sie die letzten weltlichen Augenblicke von irgendjemandem beschrieb? Es beruhigte sie nicht wirklich, dass Colleen Winks Tod als ultimativen Orgasmus bezeichnet hatte, einen so mächtigen Höhepunkt, dass ein ganzes Nachrichtenzentrum erschauerte.

12

Als Tess von der Toilette zurückkehrte, wartete Whitney in Tess' kahlem Büro. Sie saß auf Tess' Stuhl und sah an Tess' Computer Tess' Daten durch. Tess hatte nichts zu verbergen, aber *trotzdem.*

»Und, hat Reganherzlos versucht dich rauszuwerfen?«, fragte Whitney, ohne den Blick vom Computerbildschirm zu lösen.

»Sie *hat* mich rausgeworfen. Ich kriege immer noch Geld, aber sie hat dafür gesorgt, dass ich mit niemandem reden kann. Und wenn ich meine Stunden nicht absitze, wird sie sagen, dass ich den Vertrag nicht einhalte und sie mich nicht bezahlen muss. Ich bin am Arsch. Ich muss jeden Tag herkommen, am Schreibtisch sitzen und nichts tun.«

Whitney drückte ein paar Tasten, und Tess hörte das Piepen und Knirschen eines Modems. Sie hatte nicht gewusst, dass im Computer des *Beacon* eines eingebaut war.

»Hat Dorie dir nicht von unseren Online-Diensten erzählt?«

»Meinst du das elektronische Archiv? Ich habe versucht, am Wochenende da drin was zu finden, aber es ist wirklich zickig. Wenn du auch nur einen Fehler machst, musst du wieder ganz von vorne anfangen. Gerichtsakten sind nicht viel schwieriger zu durchsuchen.«

»Na ja, Marvin Hailey hat an unserem Computernetzwerk mitgeschraubt, also war das zu erwarten. Es ist genauso unnütz wie er. Aber im Computer sind auch noch andere Sachen. Nexis, MVA-Daten, Autotrack.«

»Die ersten beiden kenne ich. Aber was ist das Dritte?«

»Ein kleines Programm, mit dem man alles Mögliche finden kann. Social Security Nummern, alte Adressen, Kredite, derzeitige und ehemalige Nachbarn. Es könnte ganz interessant sein, Rosita mal nachzuschlagen.«

»Und Feeney.«

»Du weißt doch, wo Feeney die letzten zwanzig Jahre seines Lebens war. Und du weißt, wo er in jener Nacht war.« Es war hart, die Lüge eines Freundes aus dem Mund einer anderen Freundin zu hören, und dann auch noch so lässig und selbstverständlich wie eine beiläufige Bemerkung über das Wetter. Wieso hatte Feeney Whitney gesagt, dass Tess und er jenen Abend zusammen verbracht hätten? Das machte Tess zu seiner Komplizin, und es war zu spät für sie, sich von der Lüge zu distanzieren. »Rosita ist unser Rätsel.«

»So rätselhaft ist sie nicht. Ich hab am Wochenende mit ihr gesprochen. Sie hat einen ziemlich normalen Lebenslauf – letzter Job in San Antonio, sie ist aus Boston, will dorthin zurückziehen. Kein Mann, kein Freund.«

Whitney griff nach dem Telefonhörer und streckte ihn Tess hin. »Du brauchst Colleens Erlaubnis nicht, um Ferngespräche zu führen. Du brauchst nur einen Freischaltungs-Code, und den sage ich dir: eins-sechs. Reiner Zufall, das kann ich dir versichern, hat mit unserem geliebten Verleger nichts zu tun. Und wie heißt die Zeitung in San Antonio? *Eagle?* Schadet ja nicht, Rositas Ruf dort unten mal zu checken.«

Tess nahm den Hörer und legte ihn wieder auf. »Du hast mir den Job verschafft, Whitney. Jetzt lass ihn mich machen. Auf meine Art.«

Im Gegensatz zu den meisten Menschen, die sehr empfindlich sind, wenn es um ihre Gefühle geht, konnte man Whitney praktisch nicht beleidigen. »Okay. Ich wollte ja bloß helfen. Ich würde mit dir mittagessen gehen, aber ich bin mit Sterling zum Squashen verabredet, falls sich das nicht durch die neuesten Ereignisse erledigt hat.«

Vielleicht war Colleen Reganhart ja doch nicht so paranoid. Tess war überrascht, ein wenig eifersüchtig zu sein. »Wegen Japan? Oder geht's um was Größeres?«

»Japan ist groß genug. Für den Anfang. Und ja, ich arbeite natürlich auf jede denkbare Art und Weise daran. Glücklicherweise kann Sterling besser spielen als ich, wenn er nicht gerade Rückenprobleme hat oder Ärger mit seinem Handgelenk. Es ist nicht leicht, Spiele absichtlich zu verlieren, ohne dass es jemand merkt.«

Tess wartete fünf Sekunden, nachdem Whitney gegangen war, dann zog sie das Telefonbuch hervor und schaute die Vorwahl für San Antonio nach.

Die Hierarchien bei Zeitungen sind genauso rätselhaft wie in Behörden. Tess brauchte fast eine Stunde, um einen Redakteur in San Antonio zu finden, der bereit war, mit ihr über Rosita Ruiz zu sprechen. Rositas direkter Vorgesetzter, der Ressortleiter Sport, schien eigentlich die beste Wahl zu sein, aber er verwies sie an den geschäftsführenden Redakteur, von dem sie erfuhr, dass der stellvertretende administrative Redakteur alle derartigen Anfragen bearbeitete. Es stellte sich heraus, dass dieser Redakteur wiederum einen Assistenten hatte, der sich um das zweijährige Ausbildungsprogramm kümmerte, an dem Rosita teilgenommen hatte, und dass nur er Auskünfte über sie erteilen konnte.

»Edward Saldivar.« Er hatte eine sanfte, junge Stimme mit leichtem Akzent, den Saldivar offenbar überspielen wollte, indem er seinen Vornamen so sehr anglisierte wie nur möglich. Ganz das Gegenteil von Rosita, die ihre Konsonanten mit der Kraft eines Wirbelsturms ausspuckte.

»Mein Name ist Tess Monaghan, ich überprüfe gerade Rosita Ruiz' Referenzen. Sie hat Sie hier als Ansprechpartner aufgeführt.«

»Ah.« Wenn Saldivar Zeit schinden wollte, dann gab er eine Art Ton von sich, als würde er seine Stimmbänder für den Chorgesang aufwärmen. »Wir können die Position bestätigen, die jemand hier eingenommen hat, und wir können die Daten der Anstellung verifizieren, nicht mehr, nicht weniger.«

»Das ist genau genommen keine Referenz.«

»Ah.« Diesmal ein wenig höher. »Damit haben Sie schon recht. Aber Rechtsstreitigkeiten mit, äh, unzufriedenen Arbeiternehmern in der jüngeren Vergangenheit haben dazu geführt, dass Firmen eine übergreifende Vorgehensweise adaptieren, sonst könnte man ihnen Bevorzugung vorwerfen. Das ist nicht schön, aber so ist es nun mal. Außerdem hat Rosita uns vor über sechs Monaten verlassen, um eine Stelle bei einer Zeitung in Baltimore anzutreten. Wieso rufen Sie dort nicht an?«

»*Von* dort aus rufe ich an, aus dem Büro der Zeitung. Haben Sie damals eine Referenz ausgestellt?«

»Ich kann mich nicht daran erinnern, gefragt worden zu sein, und ich weiß nicht, ob jemand anders kontaktiert wurde. Aber wer auch immer angerufen hätte, hätte nur die Daten ihrer Anstellung in Erfahrung bringen können, das ist unsere …«

»Ihre Vorgehensweise. Ja, ich verstehe, Mr. Saldivar. Aber Rosita hat die Stelle schon, und sie *weiß*, dass ich Sie anrufe.« Eine harmlose Lüge. »Sie können also unbesorgt von ihrer Arbeit beim *Eagle* erzählen. Sie hat über die unteren Ligen im Baseball berichtet, nicht wahr?«

»Sie hat hier neunzehn Monate gearbeitet, und sie hat uns letzten Oktober verlassen, um zum *Beacon* nach Baltimore zu gehen.«

»Ich dachte, sie hätte eine zweijährige Ausbildung absolviert. Wieso endete die nach neunzehn Monaten?«

»Es ist nicht ungewöhnlich, dass die Absolventen unserer zweijährigen Ausbildung feste Stellen bei anderen Zeitungen annehmen, bevor ihre Zeit abgelaufen ist. Rosita Ruiz hat am ersten Oktober gekündigt, nachdem sie den Vertrag beim *Beacon* unterschrieben hat, einer größeren Zeitung, die ihr möglicherweise mehr bezahlen kann. Wir freuen uns sehr für sie. Auf Wiederhören, Miss Monaghan.« Saldivar war niemand, der den Hörer aufknallte, um ein Gespräch zu beenden. Nein, er ließ den Hörer sanft zurück aufs Telefon gleiten, fast, als täte es ihm leid, das Gespräch abzubrechen. Das war etwas, was Tess von Saldivar lernen konnte, fand sie, und zwar auch ohne eine zweijährige Ausbildung zu absolvieren:

Gute Manieren sind eine großartige Methode, unhöflich zu sein.

Es war fast sieben, als Tess den *Beacon* verließ, und es war einsam in der elenden Gegend, ganz besonders an einem verregneten Märzabend. Die Schultern taten ihr weh, der Hals ebenfalls, und sie hatte teuflische Kopfschmerzen. Nichts zu tun zu haben war harte Arbeit, und sie hatte nicht viel mehr getan, als auf dem Computer Solitaire zu spielen, nachdem sie in die Sackgasse namens Ed Saldivar marschiert war. Aus reiner Perversität war Tess sogar noch länger geblieben, als Colleen Reganhart gefordert hatte, sie hatte ganz vergessen, dass sie zu Tyner gehen musste, um ihren Wagen zu holen. Abgesehen von allem anderen hatte der *Beacon* es versäumt, ihr einen Parkplatz zur Verfügung zu stellen, und der Nazi, der den Parkplatz bewachte, hatte ihr mitgeteilt, dass die Besucherparkplätze nicht von Angestellten benutzt werden konnten, nicht mal von jemand so Sturem wie ihr.

Tess senkte den Kopf, um dem nassen Wind zu entgehen, und schlurfte über die traurigen, einsamen Bürgersteige am Lexington Market, vorbei an lauter Ziegelbauten aus den Siebzigern, in denen man noch dachte, Malls seien das ultimative Geheimnis moderner Stadtentwicklung. Es gab hier immer noch einige Geschäfte, Discounter und billige Klamottenläden, aber sie machten genau wie die Behörden um fünf Uhr zu. Selbst das Nut House war verbarrikadiert, was Tess sehr frustrierte. Eine Handvoll Pistazien hätte ihr Leben deutlich verbessert.

Sie überquerte gerade die Park Avenue, als ihr ein langer brauner Wagen auffiel, unter dessen Lack da und dort ein Streifen Lachsrosa zu sehen war. Der Wagen wendete in einer Einbahnstraße, hielt quietschend an, wendete noch einmal und fuhr dann weiter in die richtige Richtung. Die Innenstadt Baltimores, die aus einem Wirrwarr von Einbahnstraßen bestand, veranlasste ortsfremde Fahrer oft zu solchen Manövern.

Zwei Blocks weiter, als Tess gerade nach Norden auf die Saint Paul Street abbog, fuhr derselbe Wagen an ihr vorbei, diesmal Richtung Süden. Wieder quietschten die Bremsen, und der Wagen kam auf der nassen Straße fast ins Schleudern. Aber selbst um diese Zeit war die Einbahnstraße Saint Paul zu voll, als dass der Wagen es wagte, in die falsche Richtung zu fahren. Sie sah ihn an der nächsten Ecke links abbiegen, und plötzlich hatte sie das unangenehme Gefühl, dass dies ihre krankenhaussuchenden Kumpels sein könnten, in einem anderen unauffälligen Wagen.

»Solange ich gegen die Fahrtrichtung laufe, sollte alles in Ordnung sein«, redete sie sich ein. Vor lauter Nervosität sagte sie es sogar laut vor sich hin. Sie ging die Saint Paul hoch, und obwohl sie schnell lief, hatte sie noch nicht mal einen ganzen Block geschafft, bevor derselbe Wagen – jetzt sah sie es: ein alter Buick – wieder an ihr vorbeifuhr. Sie hielt Ausschau nach dem Nummernschild, aber da war keines, jedenfalls nicht vorn, und das hintere war völlig verdreckt.

Tess blieb einen Augenblick stehen und dachte nach. Sie würde es nie bis zu ihrem Wagen schaffen, nicht durch diese immer einsameren Straßen nördlich der Innenstadt. Sie könnte im Tremont Hotel in der Nähe verschwinden oder sich umdrehen und nach Süden gehen, sie könnte in die Läden der Gallery oder des Harborplace schlüpfen. Selbst an einem Montagabend wäre in den Restaurants genug los, dass sie in Sicherheit wäre, während sie auf Crow oder auf ein Taxi wartete. Aber erst musste sie sicher sein, dass es dieselben Männer waren. Es musste doch eine Möglichkeit geben, ihnen die Stirn zu bieten, ohne ein Risiko einzugehen.

Im Osten schimmerte die goldene Kuppel des Rathauses im Nieselregen, und das brachte sie auf die richtige Idee. Sie schaute in ihre Geldbörse. Vierzig Dollar in kleinen Scheinen. Das sollte reichen. Sie eilte in Richtung South Street, aber nicht zu schnell, damit ihre Freunde im Kack-Lachs-Mobil sie nicht verloren.

Das Parkplatzproblem in der Innenstadt Baltimores hatte in den Gassen in der Nähe des Rathauses und beim Gericht ein äußerst halb legales Parksystem hervorgebracht. Obdachlose Männer verdienten Geld, indem sie gegen ein »Trinkgeld« die Parkuhren fütterten. Und selbst wenn man nicht länger bleiben wollte, als die Parkuhr ohnehin zuließ, war es klug, ein oder zwei Dollar rauszurücken, um seinen Wagen gegen die Leute zu versichern, die auf ihn aufpassten. Tess, die mit diesen Typen schon mehrfach zusammengearbeitet hatte, wenn sie für Tyner unterwegs war, wusste, dass sie gar nichts von Obdachlosenheimen hielten. Sie schliefen lieber in der Nähe ihrer Arbeitsplätze. Und das hieß, dass sie sich gerade jetzt wohl für den Abend niederließen, nachdem sie irgendwo noch ein paar Sandwiches aufgetrieben hatten. Sie musste sie nur dazu bringen, aus den Löchern und Eingängen hervorzukriechen, in denen sie schliefen.

»Will jemand Geld verdienen?«, rief sie. »Die schnellsten fünf Dollar, die ihr je gemacht habt!« Sie hörte etwas rascheln, dann kamen drei Männer aus dem Schatten. Drei *große* Männer, stellte sie zufrieden fest. Sie zog ihre Geldbörse hervor, zeigte ihnen die Scheine, dann steckte sie die Geldbörse wieder in ihren Rucksack.

»Ihr müsst bloß um mich rumstehen und fies aussehen. Schafft ihr das?« Die drei nickten, sie waren völlig unbeeindruckt von der merkwürdigen Bitte. Sie kamen näher, und Tess nahm den bitteren Geruch von getrocknetem Schweiß auf alter Wolle wahr, sowie die Süße schlechten Weins.

»Haben Sie was Schlimmes gemacht?«, fragte einer der Männer, ein Weißer, der ganz braun war – braune Haare, braune Klamotten, braune Augen, und seine Haut hatte die Farbe einer Pekannuss, weil er wohl schon Jahre im Freien verbrachte.

»Nicht dass ich wüsste.«

Ein paar Minuten später kam der braun-rosa Wagen in die South Street gebogen und hielt kurz vor Tess an. Selbst ohne gültiges Nummernschild wäre es leicht, diesen Wagen wiederzuerkennen. Die Fenster waren von innen verspiegelt und zwar so schlecht, dass die Spiegelfolie stellenweise schon wieder abging. Auch die Farbe war neu und billig, ein ziemlich hässliches mattes Braun. Die Stoßstangen waren verdellt und zerkratzt, ein Scheinwerfer war zerbrochen, der Auspufftopf schien lose zu sein. Aber diese Jungs hatten die Gewohnheit, die Wagen zu wechseln – erst ein leuchtend blauer AMC Hornet, jetzt dieser Buick. Oder war der Hornet vielleicht gar nicht der erste Wagen gewesen? Plötzlich fielen ihr die grellen Scheinwerfer des Wagens hinter ihr auf der Franklintown Road ein. Sie hatte ihn abgehängt, indem sie in der Nacht, in der sie Esskay abgeholt hatte, über eine rote Ampel gefahren war. In der Nacht, in der Spike zusammengeschlagen worden war.

Das vordere Beifahrerfenster glitt langsam nach unten, und eine bekannte übergroße Sonnenbrille betrachtete Tess. Der besorgte Freund von Joe Johnson, der sie neulich im Wagen hatte mitnehmen wollen. Dann öffnete sich die hintere Autotür, es quietschte schrecklich.

»Miss Monaghan?« Die Stimme war dünn und nasal, sie kam von der Rückbank. Tess reagierte nicht.

»Sie sind doch Miss Monaghan, nicht wahr? Spike Orricks Nichte? Er hat immer so gut von Ihnen gesprochen. Wir haben ihn erst neulich gesehen.«

»Waren Sie bei ihm, als Sie Ihren Freund Joe besucht haben?«

»Aus verschiedenen Gründen hatten wir nicht die Gelegenheit, ihm einen Besuch abzustatten. Aber wir haben Spike gesehen, bevor er ins Krankenhaus kam.« Ein tiefes, rostiges Kichern. »*Kurz* davor.«

Ihre bezahlten Beschützer kamen näher, als verstünden sie die implizierte Drohung. Oder vielleicht wollten sie auch nur ihren Rucksack an sich reißen, wenn jemand aus dem Wagen sprang und sie davonzerrte. Im Inneren des Wagens konnte Tess ein Bein sehen, ein fleischiges Bein in einer engen schwarzen Jeans. Eine braune Lederjacke im Blazerstil hing über die Jeans. Aber sie konnte keine Gesichter sehen. Irgendwo tief im Inneren des Wagens bellte ein kleines Hündchen.

»Schnauze, Charlton«, befahl die näselnde Stimme barsch. Die Stimme klang kälter, stählerner, als sie sich wieder an sie wandte. »Miss Monaghan, Ihr Onkel hat etwas, das einem Freund von uns gehört. Es ist nicht wirklich etwas wert, aber es gehört ihm, und er will es wiederhaben. Wissen Sie, wo wir dieses ... Ding finden können?«

Tess schüttelte den Kopf. »Ich habe keine Ahnung, wovon Sie reden.«

»Sind Sie sicher?«

Einer der obdachlosen Männer, der Nussfarbene, trat einen Schritt vor. »Sie hat Nein gesagt. Reicht das etwa nicht?« Es war gerade noch hell genug, die Klinge zu sehen, die aus seiner rechten Hand hervorragte.

Der Mann auf dem vorderen Beifahrersitz lächelte und hielt eine Pistole hoch. Papier schlägt Stein, Stein schlägt Schere, Schere schlägt Papier, Pistole schlägt Messer, dachte Tess. Aber die hintere Tür wurde zugeschlagen, und der alte Buick fuhr davon, er beschleunigte so schnell, dass er erst an den einen Bordstein stieß und dann an den anderen. Ihre Bodyguards blieben bei ihr stehen, bis der Wagen verschwunden war. Tess war geradezu gerührt, bis ihr einfiel, dass sie ihnen Geld schuldete. Sie reichte jedem von ihnen fünf Dollar. Die ersten beiden sagten nichts, aber der Dritte, der mit dem Messer, war neugierig.

»Schulden Sie ihnen Geld?«

»Ich nicht, aber vielleicht mein Onkel. Er ist Buchmacher.«

»Ein übles Geschäft. Lassen Sie die Finger davon.« Mit diesem Ratschlag verschwand der braune Mann, er verschmolz einfach mit der Dämmerung. Gerade in diesem Augenblick kam ein Taxi vorbei, und Tess, die nun schon fünfzehn Dollar für ihre Heimreise ausgegeben hatte, entschied sich, weitere fünf Dollar in den Weg zu ihrem Wagen zu investieren. Sie verlagerte ihr Gewicht, um die schlechten Federn im Rücksitz des Taxis zu meiden, und sie dachte daran, wie Spike die Familie immer in weiter Ferne dessen gehalten hatte, was er »meine kleine Nebenbeschäftigung« nannte. Bis jetzt war sie davon ausgegangen, dass er nur Theater spielte, dass er seine Neigung zur Geheimnistuerei auslebte. Bis jetzt.

13

Erinnerung: Wenn Sie Dateien löschen wollen, drücken Sie einfach Command-x. Wenn private Dateien in den Papierkorb verschoben werden, empfiehlt es sich, ihren Inhalt vorher zu löschen, denn der Papierkorb kann VON ALLEN USERN *eingesehen werden. Viele Reporter und Redakteure vergessen, ihre Dateien zu löschen, sodass Fremde sie lesen können. Beachten Sie, dass jedes Ressort – Metro, Features, Sport, etc. – seinen eigenen Papierkorb hat. D. Starnes.*

Verblüfft starrte Tess auf den Bildschirm. Es war Dienstag gegen elf, und sie hatte gerade ihren Tag beim *Beacon* begonnen, nachdem sie sich wie gewünscht bei Colleens Sekretärin gemeldet hatte. Eigentlich hatte sie erwartet, dass Colleen einen Sekretär hätte, einen salbungsvollen Affen, der ihr Büro bewachte, aber die Sekretärin war eine freundliche mondgesichtige Matrone, die einen kleinen Smiley neben Tess' Namen malte, zusammen mit der Uhrzeit – und zwar minutengenau.

In ihrem Büro hatte Tess den Computer angeschaltet und gedacht, sie würde ihren Tag vielleicht damit verbringen, sechs Stunden lang E-Mails mit Whitney auszutauschen oder die Nachrichtenticker zu lesen, aber dann war diese Botschaft aufgepoppt. Sie klang, als wäre sie an alle User gerichtet, aber sie wusste genug über das System, um sich darüber klar zu sein, dass die Nachricht nur an sie gegangen war. Merkwürdig. Dorie wollte, dass sie irgendetwas fand, wollte es ihr aber nicht so einfach machen oder den Eindruck erwecken, dass sie ihr irgendwelche Gefälligkeiten erwies.

Tess warf einen schnellen Blick auf die Anleitung, die sie neben die Tastatur gelegt hatte, und dann befahl sie dem Computer, alle Dateien im »Papierkorb Metro« anzuzeigen. Der Computer gehorchte schnell und still, und wenig später wühlte sich Tess durch die elektronischen Äquivalente von Zigarettenstummeln, halb leeren Kaffeetassen und Papiertüchern mit Lippenstift dran. Da gab es Memos, die so langweilig und zäh waren wie in jeder anderen Firma. Da fanden sich die ungeschickten Textentwürfe von Reportern, die Fehlstarts, die sie zu Zeiten der Schreibmaschinen zusammengeknüllt und durchs Büro geworfen hätten. Da gab es Notizen über Telefoninterviews: *Bürgerm sach geht nich / Prinz'frag. Kein Übereinstimm. Frgt Rek notw. Mehr Inf wi.* Wunderbares Futter für eine Klageschrift, dachte Tess. Es war zu bezweifeln, dass der Autor sein Tarzanesisch selber zuverlässig decodieren konnte. Glücklicherweise würden die Notizen bald verschwinden: Was auch immer im Papierkorb landete, wurde nach 24 Stunden endgültig gelöscht.

Tess wühlte sich durch den Metro-Papierkorb, dann kamen der Features-Papierkorb und der Sport-Papierkorb, bevor sie wieder zurückkehrte zum Metro-Papierkorb und dort die täglichen Anwesenheitslisten der Assistentinnen in jedem Ressort und eine Liste der Überstundenanträge fand. Jeder, der mehr als zehn

Stunden die Woche einreichte, musste eine Erklärung dafür geben, wieso er wollte, was der Vertrag garantierte. Rosita hatte im letzten Abrechnungszeitraum zwölf Überstunden eingereicht und Colleen Reganhart eine freche kleine Notiz geschickt, mit Kopien an Mabry und Sterling, in der sie daran erinnerte, dass der Grund die Wynkowski-Story war.

Jetzt, wo die Story erschienen ist, bin ich sicher, dass Sie sich darüber im Klaren sind, wie viel Zeit darin steckt. Ich würde niemals Ihre Großzügigkeit ausnutzen. Genau genommen habe ich sogar fast zwanzig Überstunden gemacht, aber das ist schon in Ordnung so.

Tess hatte das Gefühl, eine ziemliche Überheblichkeit in dem Wort »Jetzt« zu lesen. Feeney hatte achtzehn Überstunden eingereicht, ohne sich die Mühe zu machen, sich schriftlich zu verteidigen. Auch das passte zu ihm.

Warum würde eine Reporterin, vor allem eine neurosengeplagte Tante wie Rosita, zulassen, dass ihre offensichtliche Arschkriecherei für jedermann nachzulesen war? Tess konnte ja nicht die erste neugierige Besucherin in diesen Papierkorb-Verzeichnissen sein. Sie überprüfte den Dateipfad, so wie Dorie es ihr gezeigt hatte. Natürlich: Reporter erstellten die Dateien, aber *leitende Redakteure* verschoben sie in den Papierkorb. Und die interessierte nur ihre eigene Privatsphäre. Vor allem Reganhart löschte niemals die Notizen der Reporter, bevor sie sie verschob. Sterling tat es immerhin manchmal. Nur Lionel Mabry, der so abwesend gewirkt hatte, löschte absolut alles, bevor er es in den Papierkorb verschob.

Tess wühlte sich immer weiter durch den Elektromüll. Sie fand das News-Budget von gestern, auf dem unten die laufenden Projekte standen. Die Reporter, die die Wink-Story bearbeiteten, sollten noch einmal bei der County Police nachfragen, falls der Tod doch als Unfall oder Mord gewertet würde, wenn die toxikologischen Berichte vom Leichenbeschauer zurückkamen. Außerdem stand dort, dass mindestens fünf weitere Reporter abgestellt worden waren, für den Fall, dass Wink noch mehr Leichen im Keller hatte. Bislang hatten sie nichts vorzuweisen. Feeney kümmerte sich in der Zwischenzeit um das Basketballgeschäft, das sich wahrscheinlich in nichts auflösen würde, wenn es Paul Tucci nicht gelang, neue Investoren zu finden, aber auch an dieser Front hatte es keine neuen Entwicklungen gegeben.

Die einzige Wink-Story in der heutigen Ausgabe war ein dünnes Stück von Rosita über seine Beisetzung. Das Original, das Reganhart in den Papierkorb verschoben hatte, war unangemessen gehässig, einer der Fälle, in denen ein Autor seine Bösartigkeit für Witz gehalten hatte. Vor allem entsetzte Tess die Beschreibung von Winks Highschool-Basketballmannschaftskollegen in den *grün-goldenen Lederjacken, die man nicht mehr zuknöpfen kann, nicht mehr in diesem Leben.* Wenigstens hatte Reganhart, wo auch immer ihre Schwächen liegen mochten, begriffen, dass man so etwas nicht drucken konnte. Der Tod verlangte nach Respekt, nicht nur vor dem Verstorbenen, sondern auch vor den Trauernden.

»Und was kommt so aus dem Ticker heute Morgen?«

Erschrocken sprang Tess auf und stieß sich das rechte Knie an der Schublade des alten Metallschreibtischs. Sie fluchte leise. Jack Sterling lehnte im Türrahmen, er hatte die Hände in den Taschen stecken und die Ärmel aufgekrempelt. Heute trug er ein blaues Hemd, sodass seine Augen noch blauer wirkten.

»Nicht viel«, log sie automatisch. Selbst wenn sie genau genommen nicht hackte, wollte sie doch nicht zugeben, dass sie im Elektromüll des *Beacon* wühlte. »Berichte aus den Trainingslagern.«

»Im März kann man kaum glauben, dass irgendwann die Saison beginnt. Im August, wenn man so wie ich ein Cubs-Fan ist, dann wünscht man sich manchmal, sie hätte es nie.«

Während Tess wie nebenbei alle belastenden Dateien von ihrem Bildschirm löschte, kam Sterling herein und nahm auf ihrer Schreibtischecke Platz, nur ein paar Zentimeter von ihrem rechten Ellenbogen entfernt.

»Mögen Sie Baseball, Tess?«

»Ich schaue mir die World Series an. Wollen Sie mein düsterstes, dunkelstes Geheimnis wissen?«

»Ich bin Journalist. Ich liebe Geheimnisse.«

»Ich weiß in den meisten Jahren nicht einmal, wie die Orioles abschneiden.«

Er lachte, und es klang so spontan und herzlich, dass Tess sich wünschte, sie hätte noch andere Geheimnisse, die sie ihm gestehen könnte. Ich habe letztes Jahr nicht mein gesamtes Einkommen in der Steuererklärung angegeben. Ich finde Sie sehr süß. Unter den richtigen Umständen lasse ich mich zu allem breitschlagen.

»Darf ich Ihnen eine Frage stellen, Tess?«

Ja.

»Hat Sie irgendetwas an der ersten Wynkowski-Story gestört? Der, äh, inoffiziellen?«

Offensichtlich erwartete er, dass sie sagte, etwas hätte sie gestört, und sie hasste es, ihn zu enttäuschen. Aber was war falsch gewesen? Sie zermarterte sich das Hirn.

»Ich weiß, dass da eine Menge anonyme Quellen zitiert wurden. Aber der Kerl in Georgia durfte seine Identität auch verheimlichen.«

»Aber in seinem Fall weiß ich wenigstens, wer es war und worin seine Motivation bestand. Ich weiß nichts über die Quellen der ersten Story. Die ganze Sache fühlt sich ziemlich mies an. Was meinen Sie? Was sagen Ihre Instinkte, Tess?«

Das war für Tess eine unangenehme Frage, denn sie hatte schon einmal erleben müssen, wie ihre Instinkte angesichts dreier voneinander unabhängiger Todesfälle völlig versagt hatten. Aber es wäre albern gewesen, einem Arbeitgeber diese gnadenlose Wahrheit kundzutun, und Jack Sterling war immer noch genau das: ihr Arbeitgeber.

Sie gab sich mit einer Halbwahrheit zufrieden. »Meine Instinkte sagen alles Mögliche, aber ich höre nur selten auf sie.«

Ihr Magen entschied sich, genau in diesem Augenblick vor Hunger zu knurren. Tess wollte am liebsten unter den Tisch kriechen oder Sterling auf irgendeine elegante Art und Weise wenigstens mitteilen, dass sie normalerweise nicht solche Geräusche von sich gab.

»Hunger? Lassen Sie sich doch von mir zum Mittagessen im Marconi's einladen.« Tess grinste, so wie Esskay, wenn man ihr etwas zu essen hinhielt.

Sie gingen die Saratoga Street entlang zum Restaurant. Es war ein bisschen kühl, aber die Sonne schien, und der Himmel war klar. Ein paar tapfere Krokusse lugten schon unter den verkümmerten Bäumen am Rande des Bürgersteiges aus den Rasenflächen. Gab es im Frühling ein Äquivalent für den Indian Summer, eine Möglichkeit, diesen März-Flirt mit dem schönen Wetter zu benennen?

»Wahrscheinlich kriegen wir noch einen Schneesturm, bevor der Monat rum ist«, sagte sie. Wie fad konnte man sein, wenn man aufs Wetter zurückgreifen musste, um Konversation zu machen? Sie hätte irgendwas über Politik sagen sollen, oder die Seite eins des Tages. Aber dann hätte sie die Seite eins auch tatsächlich angeschaut haben müssen. Sie hatte jedoch viel zu viel Spaß gehabt, in elektronischen Müllhaufen herumzuwaten.

»Baltimore ist doch schön, wenn es schneit«, sagte Sterling, »nur die Menschen in Baltimore sind dann nicht gerade gut drauf.«

»Kommen Sie mir jetzt mit dem üblichen Zugezogenen-Tratsch, dass hier beim kleinsten bisschen Schnee der Verkehr zusammenbricht und wir wie die Idioten in die Läden rennen, um Vorräte zu hamstern?«

»Ich habe nur die Art der Vorräte nie verstanden: Brot, Milch und Toilettenpapier, Schätzchen.« Für einen Zugezogenen legte Sterling einen gar nicht so schlechten Baltimore-Akzent hin. »Die heilige Dreieinigkeit des Lebens in dieser Stadt. Können Sie mir das mal erklären, Lokalmatadorin?«

»Meine Eltern haben immer gesagt, das gehe zurück auf den Blizzard von 1966, der aus dem Nichts kam«, erklärte Tess, als sie die Marmortreppe zum Marconi's hochstiegen. »Milch für die Kinder, Brot für Sandwiches. Und ich glaube, das Toilettenpapier brauchten die Frauen, um ihre Hochsteckfrisuren zu wickeln.«

Gut, sie hatte ihn wieder zum Lachen gebracht. »Und jetzt laufen die Leute in den Giant oder den SuperFresh beim Television Hill, damit sie auch bestimmt in den Abendnachrichten zu sehen sind.«

»Hey, machen Sie sich nicht lustig. Der ›panische Schnee-Kunde‹ zu sein, ist für die meisten hier die einzige Möglichkeit, fünfzehn Minuten Berühmtheit zu erlangen.«

»Lustig, wie dieser Satz mit den Jahren pervertiert wurde«, sagte Sterling, als sie dem uralten Maître an einen Tisch im Speisesaal folgten. »Warhol hat in einem Ausstellungskatalog geschrieben: *In der Zukunft wird jeder für fünfzehn Minuten berühmt sein*. Und jetzt scheinen wir das als eine Art Anspruch zu betrachten, als stünde es in der Unabhängigkeitserklärung. Das Recht auf Leben, Freiheit und fünfzehn Minuten Ruhm. Hatten Sie Ihre schon?«

Tess nahm Platz, sie dachte an den kurzen *Beacon*-Artikel im letzten Herbst, nachdem man sie angegriffen hatte. Wenn sie fünfzehn Minuten berühmt würde, dann hoffentlich nicht dafür. »Vielleicht habe ich die verschlafen.«

»Also, meinetwegen können Sie meine fünfzehn Minuten auch noch haben. Außer im Impressum will ich nur noch bei meinem Tod in der Zeitung stehen.«

Jetzt musste Tess lachen. »Wie bescheiden von Ihnen. Wie lautet noch die Regel? Der Name eines anständigen

Menschen steht nur dreimal in der Zeitung: bei der Geburt, der Eheschließung und dem Tod.«

»Genau. Ich hab also noch zwei Chancen.«

Sie ließ den Kopf sinken, konzentrierte sich mehr als nötig darauf, die Leinenserviette aufzufalten, und hoffte, dass Sterling nicht das breite Grinsen sah, das sich auf ihrem Gesicht ausbreitete, als ihr klar wurde, dass er noch nicht geheiratet hatte.

Das Marconi's war eine gediegene *grande dame.* Im Speisesaal war es zu hell, zum Essen gab es zu viel Soße, die Tapete war verblasst und voller Wasserflecken. Die Preise waren nicht gerade dreist, aber auch nicht unbedingt günstig. Und obwohl die Besitzer sich schließlich bereit erklärt hatten, Reservierungen anzunehmen, gab es die letzten Plätze zum Abendessen um acht Uhr, sodass die Stammgäste rechtzeitig für die Wiederholungen von *Matlock* und *Mord ist ihr Hobby* zu Hause waren. Aber den Leuten in Baltimore gefiel der Laden. Tess schlug die Karte voller Vorfreude auf.

»Ich nehme einen Salat nach Art des Hauses – der ist groß, wir können ihn gern teilen – und danach gebratene Rippchen und Kartoffelgratin«, sagte sie zum Kellner, der nach Marconi-Maßstäben geradezu jung war, kaum sechzig. »Und bitte sorgen Sie dafür, dass in der Küche noch genügend Fudge-Soße vorhanden ist. Ich weiß jetzt schon, dass ich zum Nachtisch einen Sundae will.«

Sterling schien von Tess' Appetit ein wenig abgestoßen zu sein, aber er versuchte dennoch, mit ihr mitzuhalten. Seine Wahl war allerdings gesünder – gegrillte Seezunge und eine gebackene Kartoffel ohne alles. Obwohl er Tess gedrängt hatte, sich etwas zu trinken zu bestellen, nahm er selbst nur Mineralwasser mit Limone. Nachdem Tess seine abstinente Bestellung gehört hatte, wünschte sie, sie könnte wenigstens ihre Bitte um ein Glas Weißwein zurückziehen. Schlimm genug, dass sie so verfressen war, musste sie sich auch noch als Säuferin outen?

»Keine Sorge, Sie verlieren keine Punkte, weil Sie mittags in meiner Anwesenheit trinken«, sagte Sterling, der wieder einmal erraten zu haben schien, was sie dachte. »Ich würde auch selbst gern etwas trinken, aber mein Stoffwechsel ist im Eimer, seit ich über vierzig bin. Ich kann mir diese leeren Kalorien nicht leisten.«

»Ich verbrenne ziemlich gut. Aber ich mache auch jeden Tag Sport.« Tess war sich darüber im Klaren, dass sie angeberisch klang, aber sie hörte trotzdem nicht auf. Sie wollte, dass Jack Sterling wusste, wie stark sie war, wie schnell, wie kräftig. »An einem normalen Tag verbrenne ich bestimmt tausend Kalorien bei meinem Work-out – wenn es warm genug ist, rudere ich, den Rest des Jahres laufe ich und stemme Gewichte. Das sind fünf Gläser Wein oder fast vier Päckchen Erdnuss-M&M's.«

»Ja, Sie sehen sehr … gesund aus«, sagte Sterling. Seine ohnehin schon rosigen Wangen färbten sich tief rosa, und er bekam einen trockenen Husten. Er trank einen Schluck Mineralwasser, wobei einige Tröpfchen auf seinem Hemd landeten. »Tut mir leid, das war unglücklich formuliert.«

Tess bemühte sich, ihn zu beruhigen, so wie er sie vorhin beruhigt hatte. »Sie haben ja gar keine Ahnung, was unglücklich formuliert ist. Sie hätten hören sollen, was

Wink Wynkowski zu mir gesagt hat, als ich ihn im Fitnessstudio traf.«

»Wann war das denn?«

»Freitag. Am Tag bevor ...«, sie hielt inne.

»Sie dürfen es ruhig aussprechen, Tess. Am Tag, bevor er sich wegen der *Beacon*-Reportage umbrachte. Vielleicht bestelle ich mir doch etwas zu trinken.«

Der Salat kam, eine willkommene Ablenkung. Tess beobachtete den Kellner, als hätte sie noch nie jemanden Salat servieren sehen, dann aß sie mehrere Gabeln voll am Stück, um bloß nichts sagen zu müssen. Es kam ihr taktlos vor, mit Sterling über Winks Tod zu sprechen, obwohl sie nicht sicher war, warum eigentlich.

Aber Sterling ließ sie nicht einfach so vom Haken.

»Haben wir schuld daran, Tess? Hat die Zeitung, die Gier nach einer Story, einen Mann getötet?«

»Natürlich nicht. Sie wussten ja nicht ... Sie konnten nicht wissen, was er tun würde, wenn Sie die Story bringen. Es ist nicht anders als bei der *Newsweek* und Admiral Boorda. Wink trat immer als cooler Typ auf. Wie hätte man wissen können, dass alles nur gespielt war?«

»Wer weiß schon irgendetwas über irgendwen? Ich brenne in diesem Geschäft noch aus, immer diese peinlichen Entschuldigungen, die wir für alles haben, als könnten wir jemals wirklich wissen, was einen Menschen bewegt. Ich weiß nicht mehr so richtig, was richtig und falsch ist. Ich bin nicht einmal sicher, ob Winks Verbrechen relevant sind. Wink Wynkowski hat eine Frau und drei Kinder hinterlassen, die noch nicht einmal fünf Jahre alt sind. Wie soll ich deren Schmerz gegen das ›Recht‹ der Leser abwägen, Bescheid zu wissen?«

Die Hauptgerichte und Beilagen kamen, zusammen mit einem Bourbon samt Wasser für Sterling. Obwohl sie aus Erfahrung wusste, wie heiß die Kartoffeln waren, angelte sich Tess ein Würfelchen aus der gelblich-orangen Käsesoße, auf der kleine fettige Bläschen köchelten. Und natürlich verbrannte sie sich damit den Gaumen.

Sterling starrte sein Essen unzufrieden an. »Ich denke viel an seine Witwe. Ich frage mich, ob sie am Samstag mit ihm gesprochen hat, ob er ihr erzählt hat, was er vorhatte. Ich frage mich, ob sie von der Story wusste, bevor sie in der Zeitung stand. Hat Wink sich ihr anvertraut? Hat er überhaupt jemals jemandem von seiner Vergangenheit erzählt?«

»Arbeiten Feeney und Rosita an einer Sonntags-Story darüber, wie es … passierte?«

»Nein – nicht solange ich etwas zu sagen habe. Ich habe keine Probleme damit, diese Fragen im Namen des *Beacon* zu beantworten. Ich möchte es auch selbst wissen, es geht um mein Gewissen. Allerdings spricht Mrs. Wynkowski mit niemandem. Ich werde also nie erfahren, wie sie sich fühlt oder was sie denkt.«

Tess schnitt ein Stückchen Schwein ab, dann aß sie einen weiteren Kartoffelwürfel. Immer noch heiß, aber nicht mehr tödlich. »Und wenn jemand zu ihr ginge und ein paar Fragen stellt? Die Fragen, die Sie stellen wollen?«

»Wer könnte das sein?«

»Ich könnte das tun, wenn es in meine sechs täglichen Sklavenstunden gerechnet wird. Ich kann es kaum ertragen, an so kurzer Leine gehalten zu werden, Jack. Wahrscheinlich werde ich schon Ärger kriegen, weil ich mich vor der Mittagspause nicht bei Colleens Sekretärin abgemeldet habe. Vielleicht könnten Sie Colleen sagen, dass ich in Ihrem Auftrag mit Mrs. Wynkowski gesprochen habe …«

»Warum sollte Lea Wynkowski mit Ihnen reden?«

»Weil ich keine Reporterin bin. Das heißt, ich kann als sonst wer auftreten. Als wer auch immer sie möchte. Als jemand, dem sie sich anvertrauen will.«

Wenn Sterling lächelte, wirklich lächelte, dann teilte das Grinsen sein Gesicht in zwei Hälften, als ob eine billige Wassermelone aufplatzte. »Ich glaube, ich weiß langsam, wieso Whitney Sie so mag. Am Anfang war mir das nicht klar. Sie beide wirken so unterschiedlich, aber Sie haben beide eine teuflische Seite.«

Tess befühlte ihren verbrannten oberen Gaumen mit der Zunge. Vergleiche mit Whitney schmerzten auf eine Art, wie es keine Kartoffel konnte. »Wollen Sie damit sagen, dass es Sie überrascht, dass wir befreundet sind, weil sie wunderhübsch ist, reich und erfolgreich – und ich bin langweilig und erfolglos?«

»Betteln Sie nicht um Komplimente«, sagte Sterling und wedelte grinsend mit seiner Gabel in ihre Richtung. Seine Wangen strahlten auch jetzt wieder rosiger als sonst, vielleicht wegen seines Drinks, und erneut fiel ihm das Haar über die Augen. Tess hatte plötzlich das Bedürfnis, es ihm aus der Stirn zu streichen. »Sie sind beide gut aussehende Frauen, und ich vermute mal, dass Sie das auch wissen. Das ist der Hauptgrund, warum ich Ihre Freundschaft verwunderlich finde. Die meisten attraktiven Frauen suchen sich weniger attraktive Freundinnen.«

»*Kluge* Frauen ziehen hübsche Freundinnen vor: So trifft man mehr Männer, vor allem, wenn man einander komplimentiert. Ich habe eine ganze Reihe meiner Freunde durch Whitney kennengelernt.«

»Auch Jonathan Ross?«

Der Name, und wie übermäßig locker Sterling ihn sagte, ließ Tess die Luft anhalten. Vor seinem Tod war Jonathan Ross einer der Starreporter beim *Beacon* gewesen. Das wusste Sterling natürlich. Außerdem hatte Tess ein Verhältnis mit ihm gehabt, und sie fragte sich, ob Sterling auch das in Erfahrung gebracht hatte. Sie sah Jonathan wieder vor sich, so wie sie ihn in ihren Albträumen sah, im Flug über der Bond Street. Er hatte ihr das Leben gerettet und seines dafür hergegeben. Nicht meine Schuld, erinnerte sie sich. Nicht meine Schuld.

»Jonathan und ich haben vor Jahren beim *Star* zusammengearbeitet, dann wechselte er zum *Beacon.* Wir waren Freunde, Whitney, Jonathan und ich. Freunde. Männer und Frauen können Freunde sein, wissen Sie.«

»Manchmal glaube ich, Whitney wäre gern ein Mann.«

»Whitney hätte gerne die Chancen, die sich Männern bieten. Das ist ein Unterschied.«

Sterling ging nicht auf das Thema ein. »Whitney erinnert mich an einen Mann aus einer englischen Jagd-Szene. Ich erwarte immer, dass sie eines Tages mit einer Reitpeitsche in der einen Hand und einem toten Fuchs in der anderen in mein Büro kommt. Ich mochte diese blaublütigen Typen noch nie. Sie haben etwas Androgynes an sich. Sie sind viel femininer, Tess, selbst wenn Sie sich alle Mühe geben, das zu verbergen.« Er wurde wieder rot. »Tut mir leid. Das war schon wieder vollkommen unangebracht.«

»Eher bizarr als unangebracht. Whitney ist überhaupt nicht mannhaft.«

»Ich bin für meine unangepassten Meinungen bekannt. Ich bin nicht dahin gelangt, wo ich bin, indem ich mich an herkömmliche Weisheiten gehalten habe.«

»Schon klar. Herkömmlicherweise würde man auch sagen, dass die Wink-Witwe in Ruhe gelassen werden sollte.«

»Ich weiß.« Er schüttelte den Kopf. »Ich weiß. Aber ich muss wissen, wie es ihr geht, Tess. Können Sie wirklich mit ihr reden? Ich hole das Okay von Lionel, dann müssen Sie sich keine Sorgen mehr um Cory machen. Whitney hat mir gesagt, dass Sie herausfinden wollen, was Ihrem Onkel zugestoßen ist. Tun Sie das jetzt für mich, dann haben Sie die nächsten zwei Wochen *carte blanche* zu kommen und zu gehen, wie Sie wollen.«

Tess hob ihr Glas. »Auf nicht herkömmliche Weisheiten.«

14

Es war fast zwei, als Tess den letzten Rest Hot Fudge aus ihrer Schale kratzte. Sterling, der nicht einmal das Hauptgericht aufbekommen hatte, betrachtete sie so überrascht, dass es fast schon bewundernd wirkte. Zusammen gingen sie zur Zeitung zurück, wo ihr Wagen jetzt in Sicherheit auf dem Besucherparkplatz hinter dem Gebäude stand.

»Die Kack-Lachs-Bande«, sagte sie laut, als sie an die originale Lachsfarbe des braunen Buick dachte. Ungewöhnlich genug, dass man vielleicht allein mithilfe von Farbe und Modell beim MVA schon fündig werden könnte. Wie viele lachsrosafarbene Buicks konnte es in Maryland geben? Aber andererseits könnten die Typen beim nächsten Mal schon einen anderen Wagen fahren.

»Wie bitte?«

»Nichts. Nur ein Gedanke. Manchmal kann mein Gehirn tagelang mit einer Information nichts anfangen, aber dann kommt doch noch was dabei raus.«

Sie war aufgeputscht, als kehrte sie von einem ungewöhnlich gelungenen ersten Date zurück, und sie musste sich zusammenreißen, um nicht Sterlings Arm zu nehmen oder ihn zu berühren. Wein am Mittag, selbst ein einziges Glas, ließ die Welt gefährlich warm und gemütlich wirken.

Beim Dessert hatten sie sich darauf verständigt, dass

sie sofort mit ihrer neuen Aufgabe beginnen sollte. Noch am Nachmittag würde sie der Wink-Witwe einen Besuch abstatten.

»Das Haus befindet sich in der Neubausiedlung an der Reisterstown Road«, erklärte Sterling ihr, als sie den *Beacon* erreichten. »Ich glaube, die Gegend heißt Cotswolds. Oder Tudor Village. Irgendwas Britisches. Er wohnt in der Tea Rose Lane. Das erinnere ich noch aus den Geschichten, denn ich fand es lustig, dass ein Gangster wie er in Violetville aufwuchs und dann in der Tea Rose Lane endete. Aber ich weiß die Nummer nicht. Kommen Sie mit hoch, dann suche ich sie Ihnen raus.«

»Nein, ich will es nicht riskieren, Colleen über den Weg zu laufen. Sie ist wie einer dieser großen Dinosaurier. Sie kann nur angreifen, wenn sie einen in Bewegung sieht. Ich habe eine Straßenkarte im Wagen, damit finde ich zur Tea Rose. Und dann muss ich ja nur nach einem Haus suchen, vor dem der Garten von Kameraleuten zertrampelt wurde. Vielleicht lege ich unterwegs noch einen Stopp ein und besorge etwas, das ich dann auf Spesen abrechne. In Ordnung?«

»Was immer Sie brauchen«, versicherte Sterling ihr.

Was immer?

In Cotswolds schien es alle möglichen Bauten zu geben, aber keine der zierlichen Häuschen, die man in jenem Teil Englands fand, aus dem der Name stammte. Die Grundstücke waren schmal und tief. Große Häuser drängten sich aneinander, fast so dicht wie die Reihenhäuser in der Innenstadt, aus denen die Bewohner geflohen waren. Nachdem sie ein paar Mal falsch abgebogen war, fand Tess die Tea Rose Lane, eine gewundene

Sackgasse, die von der Hauptstraße Cotswold Circle abging. Ihr Scherz über die Rasen platt trampelnden Kameramänner war keiner gewesen. Obwohl die Rasenflächen alle noch winterlich braun waren, wirkte der Vorgarten von Nummer sieben ganz besonders hoffnungslos.

Nachdem Lea Wynkowski ein paar Sekunden durch den Spion in der dicken Eichentür gestarrt hatte, öffnete sie die Tür.

»Ja?«, fragte sie mit matter Stimme und ebensolchem Blick.

»Mrs. Wynkowski? Ich bin Sylvia Weinstein von Weinstein-Juwelen in Pikesville.« Bei dieser Lüge kräuselten sich ihr beinahe die Lippen, sodass sie fast aussah wie die richtige Sylvia Weinstein, von der man annahm, dass sie mit einem Zitronenschnitz im Mund zur Welt gekommen war. Tess fielen nur wenige Leute ein, die sie weniger gern wäre als ihre Tante. Aber es gab sie wirklich, und sie arbeitete mit ihrem Onkel Jules in seinem Laden in Pikesville, sofern ihr danach war und sie nicht in Boca Raton weilte. Die Geschichte würde also hinhauen, wenn jemand sie überprüfen wollte.

»Ich habe wirklich nicht so viel Geld, wie alle glauben«, sagte Lea. »Und selbst wenn, wäre mir im Moment gar nicht danach, Schmuck zu kaufen.«

»Aber ich will Ihnen nur etwas vorbeibringen, Mrs. Wynkowski, etwas, das Wink Ihnen eigentlich geben wollte. Letzte Woche war er bei uns im Laden und hat gesagt, er würde es nächste Woche abholen. Es ist bezahlt, also ist es nur recht, dass Sie es bekommen.«

Sie zog eine kleine Schachtel hervor und zeigte Lea

das schlichte Goldarmband darin. Es hatte sogar zum Einkaufspreis noch mehr als hundert Dollar gekostet, aber sie hatte Onkel Jules gesagt, er solle es direkt dem *Beacon* in Rechnung stellen. Sie würde zu gern Colleen Reganharts Gesicht sehen, wenn diese Ausgabe abgezeichnet werden musste.

»Ein bisschen schlicht für Winks Geschmack«, sagte Lea zweifelnd. »Hat er gesagt, wieso er es gekauft hat?«

»Einfach so – einfach so, weil er sie liebte.«

Erschrocken stellte Tess fest, dass Lea in Tränen ausbrach und sie umarmte.

»Tut mir leid, es ist nur so, dass ich mir genau so etwas selbst ausgesucht hätte«, sagte Lea und wischte sich die Nase mit dem Ärmel ihres buttergelben Pullovers ab, dann packte sie Tess erneut. »Wink ist wohl endlich aufgefallen, dass ich diese aufwendigen Sachen, die er mir immer geschenkt hat, nicht trage. Wie gut. Wahrscheinlich muss ich das meiste davon jetzt verkaufen.«

Offensichtlich beschäftigten Gelddinge sie sehr, bemerkte Tess. »Haben Sie, äh, finanzielle Schwierigkeiten?«

»Es ist eine finanzielle Katastrophe. Wink hatte eine Lebensversicherung über fünf Millionen Dollar, aber die zahlt nicht bei Selbstmord. Wenn man den Verlust beim Verkauf dieses Hauses mit einbezieht, dann wird am Ende nichts übrig bleiben. Ich könnte die Firma verkaufen. Aber die Firma ist ohne die Basketballmannschaft nichts wert, und niemand garantiert mir, dass es eine Basketballmannschaft geben wird oder dass ich davon etwas abbekomme, wenn es so weit ist.«

»Scheiße.«

»Das können Sie laut sagen. Hey, wollen Sie eine Tasse Kaffee?«, fragte Lea. »Meine Mutter hat die Kinder für den Nachmittag genommen, also bin ich eine Weile allein. Obwohl es eigentlich hilft, sich um die Kinder kümmern zu müssen. Vor lauter Keksen und Windelwechseln habe ich nicht viel Zeit, mir leidzutun.«

»Wie viele Kinder haben Sie?«, fragte Tess, während sie Lea in den hinteren Teil des Hauses folgte.

»Drei. Drei Kinder in vier Jahren. Was habe ich mir dabei nur gedacht? Was hat Wink sich gedacht?«

Ein Wohnzimmer so groß wie ein Hotelfoyer nahm den hinteren Bereich des Hauses ein. Tess musste sich zusammenreißen, um nicht zu grinsen, als sie die Kissen auf dem Sofa sah, die mit Springsteen-Titeln versehen waren: »Born To Run«, »Hungry Heart« und »She's The One«.

Tess konnte deutlich sehen, was Lea Wynkowski mit dem dritten Songtitel zu tun haben konnte. Sie war jung und wirkte fit, sie strahlte eine Schönheit aus, die auch Kindergeheul und Schlafentzug nicht kleinkriegten. Sie hatte große braune Augen und mittelbraunes Haar, das schimmerte und schwang wie in einem Shampoo-Werbespot. Sie trug Blue Jeans, einen gelben Baumwollpullover über einem weißen T-Shirt, gelbe Socken, keine Schuhe, und sie sah besser aus als die meisten Frauen in edlen Couture-Klamotten. Tess hatte geglaubt, dass Männer, die ihre ersten Ehefrauen verließen, beim zweiten Mal nach aufwendigeren Modellen suchten. Lea sah aus wie eine erste Frau, oder wie die Schulfreundin von jemandem. Sie könnte das Mädchen in einem frühen Bruce-Springsteen-Song sein, das auf einem Motorrad mitgenommen und dann geschwängert und verlassen wurde. Stattdessen aber durchlebte sie den Text von »Hungry Heart« – Frau und Kinder in Baltimore waren verlassen worden von einem Typen, der losfuhr und nie zurückkam. Auf seine eigene Art hatte Wink genau das getan.

»Wie geht es Ihnen?«, fragte Tess. Ihr Mitleid war nicht gekünstelt – wenn überhaupt, dann verlieh ihr der Erfolg ihrer Armband-Geschichte eher das Gefühl, dass sie Lea Wynkowski wenigstens wahre Gefühle schuldete.

»Nicht gut«, sagte Lea. Sie öffnete ein Kästchen aus Holz und Kupfer auf dem niedrigen Pinienholztisch vor ihr und nahm eine Zigarette heraus. Sie zündete sie jedoch nicht an, sondern hielt sie nur in der rechten Hand, sie ließ sie kreisen wie einen kleinen Taktstock. »Ich komme mir vor, als wäre ich in eine Million kleine Teile zerbrochen – eins für jeden Dollar, den Wink uns nicht hinterlassen hat.«

»Ihr Arzt könnte Ihnen doch ein Beruhigungsmittel verschreiben.«

»Ich will mich nicht beruhigen. Ich will fühlen, was ich fühle.«

»Und wie fühlen Sie sich?«

»Ich bin sauer.« Lea lächelte, als Tess überrascht schaute. »Ich weiß, das klingt nicht besonders elegant, und es steht auch nicht in diesen Trauerbüchern, die meine Mutter mir mitbringt, aber so bin ich nun mal. Ich bin *sauer.* Ich bin wütend darüber, was Wink uns angetan hat.«

Sie schnupperte an ihrer Zigarette, dann legte sie sie

zurück in das Kästchen. »Ich habe in der ersten Schwangerschaft das Rauchen aufgegeben, aber es fehlt mir noch immer.«

»Mir auch«, sagte Tess, die alles zu sagen bereit war, um ein Band mit dieser fremden jungen Frau zu knüpfen. Leas Trauer war wahrhaftig, aber es spielte noch etwas Düsteres, Störendes hinein.

»Haben Sie Kinder?«

»Äh, nein, aber ich habe mit Rauchen aufgehört.« Nicht mal das stimmte. Das war eine der wenigen Sünden, die Tess ganz ausgelassen hatte.

»Dann können Sie nicht verstehen, wie eigenartig das ist. Sich umzubringen, meine ich, wenn man drei Kinder hat. Er hat unsere Mädchen geliebt. Er hätte jeden umgebracht, der ihnen etwas antut, aber jetzt hat er ihnen etwas Schlimmeres angetan, als es irgendjemand anderes könnte. Ich wünschte, ich könnte ihn fragen, warum.«

»Wo haben Sie einander kennengelernt?«

»In Atlantic City. Tooch – Paul Tucci, sein bester Freund – hat uns einander vorgestellt. Tucci ist derjenige, der wirklich gerne spielt, nicht Wink. Aber ich war Blackjack-Geberin, also hat er Blackjack gespielt. Hat mit mir um ein Date gewettet. Sechs Monate später haben wir geheiratet. Wir hätten noch früher geheiratet, aber …«

»Aber?«

»Aber haben wir nicht«, sagte sie nüchtern.

»Wann haben Sie das letzte Mal mit ihm gesprochen?«

»Freitagnachmittag. Er hat mich bei meiner Mutter in Jersey angerufen. Wenn ich weg war, hat er jeden Tag angerufen. Er war mir ergeben.«

Ja, ein ergebener Ehemann, der sich regelmäßig per Telefon meldete, wenn er nicht gerade andere Frauen anbaggerte.

»Wann haben Sie erfahren, was am Sonntag in der Zeitung stand?«

»Erst Sonntagnacht, als ich zurück war. Ich hab keine Ahnung, warum Wink sich deswegen umgebracht hat. Der Mann, der gestorben ist – ich meine, der hatte einen Herzfehler. Der hätte sterben können, wenn ein Kind aus dem Schrank hopst und ›Buh‹ sagt. Das war nicht Winks Schuld.«

Tess wählte ihre Worte so vorsichtig wie möglich. »Wenn man der Zeitung glaubt, dann hat sich Wink über den Mann gestellt und ihn mit der Pistole geschlagen. Und noch damit angegeben.«

»Das stimmt nicht. So etwas hätte Wink nie tun können. Er ist – er war – ein Feigling. Ein Süßholzraspler. Jeder, der ihn kennengelernt hat, hat ihn geliebt.«

Sie stand auf und ging hinüber zu einem großen Pinienschrank, in dem Tess die üblichen Elektrospielzeuge vermutete. Und tatsächlich befanden sich hinter den Türen ein großer Fernseher, eine Musikanlage, ein Videorekorder, ein Laserdiscplayer und zwei Regale voll Videokassetten. Lea langte hinter die Videos auf dem untersten Regal und zog ein dünnes Buch in Hellblau hervor. Tess las die weißen Buchstaben auf dem Rücken: *The Happy Wanderer.*

»Das ist Winks Jahrbuch von der Junior High. Bevor er … abging«, sagte Lea. »Er wusste nicht, dass ich es habe. Es lag bei seinen Sachen, und ich habe es mir gerne angeschaut. Manchmal wünschte ich mir, wir wären im selben Alter gewesen, dass wir uns schon in der sechsten Klasse gedatet hätten und schon ewig zusammen wären. Ich wäre gut für ihn gewesen.«

Sie reichte Tess das Buch, und die zerlesenen Seiten öffneten sich automatisch bei Winks Bild, das mit der Basketballmannschaft aufgenommen worden war. Damals war er sogar noch dünner gewesen, aber sein Haar war kurz geschnitten, deshalb konnte man nicht sehen, wie lockig es war. Was für ein unmodischer Haarschnitt zwischen den Mähnen und Koteletten der frühen Siebziger. Die meisten Jungs sahen aus, als wären sie Werwölfe mitten in der Verwandlung.

»Und sehen Sie hier«, sagte Lea, beugte sich über Tess und blätterte nach vorn. »Lesen Sie mal, was die Kids geschrieben haben, Jungs wie Mädchen. Sie haben ihn alle geliebt.« Sie fuhr mit den Fingern über die verblasste Tinte. »*Aus den Augen, aus dem Sinn / aber nicht mit ihm.* Und hier: *Neue Freunde gewinnen / Alte behalten / Eins ist silbern / Aber das andere Gold. Du bist golden, Wink. RGJH 4-ever.* Das heißt ›Rock Glen Junior High forever‹. *Love, Lynette.*« Jemand anders, wahrscheinlich ein Junge, hatte daneben geschrieben: *Silber und Gold. Mach Witze. Ray-ray.*

Tess begann, durch die verbliebenen Seiten zu blättern. Lea versuchte, ihr das Buch wegzunehmen. Aber sie war vorsichtig, sie wollte das Andenken nicht zerfetzen. Tess war neugierig, hielt das Buch auf Armeslänge von Lea entfernt und blätterte schnell. Sie brauchte nur einen Moment, um zu entdecken, was Lea sie nicht sehen lassen wollte: Das Foto einer Klassenkameradin war mit einem dicken schwarzen X durchgekreuzt, darunter stand *Fotze*. Trotz dieser Ergänzungen war der Name noch lesbar.

»Linda Stolley«, sagte Tess laut. »Wenn ich mich richtig an die *Beacon*-Story erinnere, war sie Winks erste Frau. Ich vermute mal, sie haben sich nicht im Guten scheiden lassen, wenn er danach auf ihrem Jahrbuchfoto von der Junior High herumkritzeln musste.«

Lea schaute verängstigt, gab aber nicht klein bei. »Sie war eine … Also, ich sage das Wort nicht gern, aber sie war eine. Wink hatte sie schon vor Jahren verlassen, sich aber nie offiziell von ihr scheiden lassen. Als er mich dann heiraten wollte und sich deswegen von ihr scheiden lassen musste, hat sie ihm ein Vermögen abgepresst. Ihr Unterhalt kostet mehr als die Raten für dieses Haus, aber Wink hat sich nie darum gedrückt, das kann ich Ihnen sagen. Oh nein, Miss Linda musste immer als Erstes bezahlt werden, komme was wolle.«

»Sie sagen das, als würde er andere Rechnungen nicht unbedingt pünktlich zahlen.« Unwissentlich bestätigte Lea Zeile für Zeile die Story des *Beacon*. Die Gewalttätigkeit, die Wut auf seine Ex-Frau, die finanziellen Probleme.

»Tu ich nicht …« Lea riss ihr das Buch aus der Hand. »Ich wollte Ihnen zeigen, wie sehr Wink geliebt wurde. Ich dachte, Sie wären auf *unserer* Seite.«

Tess hatte ihre Rolle vergessen. »Hören Sie, ich hab Sie verärgert. Das war das Letzte, was ich wollte. Bitte erfreuen Sie sich an Ihrem Armband. Und wenn Sie etwas verkaufen wollen, rufen Sie Jules Weinstein an. Er wird es kostenlos für Sie begutachten. Das ist das Mindeste, was ich für Sie tun kann.«

Lea schaute sie skeptisch an. »Sind Sie deswegen hergekommen, damit ich Ihnen meinen Schmuck verkaufe? Vielleicht haben Sie die ganze Geschichte mit diesem Goldarmband ja nur erfunden. Vielleicht haben Sie Wink gar nie getroffen.«

»Ich habe ihn getroffen. Ich habe letzten Freitag mit ihm gesprochen.« Wenigstens das stimmte.

»Was hat er gesagt?«

»Er hat gesagt, Sie seien sehr gut für ihn, dass Sie eine gute Ehe führten.« Auch das stimmte einigermaßen.

Lea hätte vielleicht noch weiter nachgefragt, aber ein Schlüssel drehte sich im Schloss. Tess vermutete, es wären Leas Mutter und die Kinder, aber nur eine Person kam herein, jemand mit schwerem, unregelmäßigem Schritt. Ein gebräunter Mann in einer dunkelblauen Windjacke trat ins Zimmer. Tess brauchte eine Sekunde, das bekannte Gesicht in der unbekannten Umgebung einzuordnen. Paul Tucci. Tooch.

»Oh, Tooch!«, sagte Lea. »Hör zu, diese Frau ist von Weinstein-Juwelen, wo Wink mir letzte Woche ein wunderschönes Armband gekauft hat.« Sie hielt den Arm hoch, damit er es betrachten konnte.

»Weinstein-Juwelen? Was Sie nicht sagen.« Tucci starrte Tess an, die hoffte, er würde sie nicht als die verschwitzte Radlerin aus dem Durban's wiedererkennen. In den drei Dekaden, die Wink und er sich kannten, mussten Winks Amouren und Möchtegern-Amouren ja wohl ineinander gesuppt sein. »Was haben Sie gesagt, wann war Wink bei Ihnen?«

»Das weiß ich nicht mehr genau, aber erst vor Kurzem. Letzte Woche.«

Tucci sah Lea an. Sie schaute nicht gerade glücklich, aber deutlich fröhlicher als vorhin, als sie Tess geöffnet hatte. Lea schaute das Armband zufrieden wie ein Kind an. Über ihren Kopf hinweg warf Tess Tucci einen bittenden Blick zu. Ja, ich hab etwas wirklich Mieses angestellt, aber nehmen Sie es ihr nicht weg. Lassen Sie sie glauben, dass ihr Mann etwas Nettes für sie getan hat, bevor er starb.

»Hübsche Arbeit«, sagte er. »Hat Klasse. Vielleicht komm ich mal bei Weinstein vorbei und such was für den Geburtstag meiner Mutter aus.«

»Rufen Sie vorher an, dann nehme ich mir Zeit für Sie.«

»Davon will ich ausgehen«, versicherte Tucci.

15

Tess verließ gerade Cotswolds, als sie eine Verkehrsdurchsage im Radio hörte. »Nach einem Unfall auf der linken Spur des Beltway staut sich der Verkehr von Providence bis Security«, verkündete ein gut gelaunter Mann, der offensichtlich in einem Hubschrauber saß. »Umfahren Sie die Strecke weiträumig, wenn Sie nicht gerne im Stau stehen.«

Dieser Tag wurde immer schlechter. Tess seufzte, schaltete das Radio aus und begann genervt, durch kleine Straßen nach Hause zu fahren. Sie dachte immer noch an die Wynkowskis. Würde Tucci Lea sagen, wer sie wirklich war? Wie gut musste man mit jemandem befreundet sein, um einen eigenen Haustürschlüssel zu bekommen?

Ihr fiel gar nicht auf, dass sie sich auf der Route 40 befand, sie war plötzlich nicht einmal eine Meile vom Haus ihrer Eltern entfernt – fast, als würde ihr Wagen ferngesteuert. Vielleicht hatte wenigstens der Toyota nur das Beste für sie im Sinn: Überraschungsbesuche waren in ihrer Familie viel wert. Und ihre Mutter hatte im Krankenhaus schon wieder begonnen sich zu beklagen. Wenn Tess mal kurz vorbeischaute und es geschickt anstellte, dann könnte sie leicht all ihre anderen Mängel ausbügeln.

Die Monaghans lebten in einem zu großen Haus in

Ten Hills, einer Gegend, in der es zahlreiche katholische Großfamilien gegeben hatte, als Tess klein war. Sechs Kinder, acht Kinder, zehn, elf, zwölf. Das war normal; Patrick und Judith Monaghan mit nur einem Kind waren die Ausnahme. Tess' Klassenkameraden gingen davon aus, dass die Monaghans nicht mehr Kinder hatten, weil sie nicht miteinander schliefen, und eine solche Abstinenz fanden die Jugendlichen bei ihren Eltern bewundernswert. Tess hatte keinen Grund gesehen, ihren Freunden zu widersprechen. Wie peinlich wäre es gewesen, wenn sie herausgefunden hätten, dass ihre Eltern es andauernd miteinander trieben. Aber jetzt, wo sie groß war, war sie insgeheim stolz, dass die Ehe ihrer Eltern immer noch voll Leidenschaft war.

Judith saß am Küchentisch und las dabei die Morgenzeitung. Eine Sekunde lang sah Tess sie, wie der Rest der Welt sie sehen musste – nicht als ihre wahnwitzig monochromatische Mutter, sondern als gut aussehende, sogar hübsche Frau. Einen Moment lang war sie beides, ihr Gesicht war glatt und noch frei von den Sorgenfalten, die ihre Tochter so oft auslöste.

»Tess!«, rief Judith, als sie ihre Tochter sah. Und dann, fast schon reflexhaft: »Dein *Haar.*«

Tess hob eine Hand an die Stirn, sie war nicht sicher, welches Vergehen ihr Haar sich diesmal geleistet hatte. Sie trug es offen, was ihre Mutter normalerweise besser fand als andere Frisuren – den langen geflochtenen Zopf über dem Rücken, den tiefsitzenden Pferdeschwanz. Ach, das war das Problem. Sie hatte ein altes Plastikhaarband benutzt, um es hinten zu halten, eines mit einem Perlmuttmuster. Ihre Mutter hielt gar nichts von Haarbändern bei Frauen über vierzehn. Judith trug ihr braun glänzendes Haar in einem kurzen, dichten Pagenschnitt, den sie jeden Morgen genau 25 Minuten lang föhnen musste. Und auch heute war ihr Outfit wieder perfekt, wenn auch nicht unbedingt modisch. Blaue Schuhe, die sie gerade ausgezogen hatte, blaue Strumpfhose, blauer Rock, weiße Seidenbluse, blaues Jackett. Ihre Ohrringe waren Lapislazulis, dunkel genug, um zum Jackett zu passen, und eingefasst in Silber, das mit den silbernen Perlen um ihren Hals harmonierte.

»Wenn eine Frau dreißig wird, sollte sie keine *Mähne* mehr haben«, bemängelte Judith. »Du musst dir die Haare mal schneiden lassen.«

»Ich hatte es heute Morgen eilig. Ein Sonderauftrag.«

»Als ... Ermittlerin?« Ihre Mutter war mit ihrem Job bei Tyner bestenfalls lauwarm geworden. Als Tess arbeitslos gewesen war, hatte sie behauptet, jeder Job sei in Ordnung. Jetzt wünschte sie sich, dass Tess irgendetwas Anständiges täte, etwas mit normalen Arbeitszeiten, einem dicken Gehalt und einem dünnen Ehegatten.

»Ja, als Ermittlerin, obwohl dies ein Einzelauftrag ist. Aber ich muss das vertraulich behandeln, wie ein Anwalt.«

Das Wort »Anwalt« hatte, selbst beiläufig erwähnt, beruhigende Auswirkungen auf ihre Mutter. Wenn Tess in einer Anwaltskanzlei arbeitete, würde sie ja vielleicht bald noch Jura studieren und dann zu jemandem werden, mit dem Mrs. Monaghan angeben konnte, wenn auch nur ganz nebenbei. Oder vielleicht lernte sie ja auch bei einem großen Gerichtsverfahren einen Arzt kennen. Tess wusste, was ihre Mutter dachte.

»Möchtest du etwas trinken, wo du schon hier bist? Eine Cola? Tee?«

Sie war immer noch prallvoll von ihrem Mittagessen bei Marconi's, wusste aber, dass es ein einfaches Mittel wäre, ihre Mutter glücklich zu machen. »Ein Tee wäre schön. Lass uns doch zusammen eine Tasse trinken.«

Die Küche war vor drei Jahren umgebaut worden. Sie spiegelte Judith Monaghans Wunsch nach Einfarbigkeit. Fast alles war weiß – Wände, Schränke, Küchengeräte, Kachelboden –, nur da und dort waren sorgfältig ein paar rote und blaue Akzente gesetzt. Als das Wasser in dem knallblauen Teekessel zu kochen begann, nahm Tess zwei feuerwehrrote Becher herunter. Die Alltagslöffel hatten blaue Holzgriffe. Eine leuchtend rote Kasserolle von Le Creuset stand auf der hinteren Herdplatte. Wenn es Frühling würde, stünden rote und blaue Blumen in einer weißen Vase auf dem weiß lackierten Tisch. Die provozierende Tess wünschte sich manchmal, ihrer Mutter rosa Tulpen mitzubringen oder etwas Gelbes, nur um zu sehen, ob Judith diese ungewünschten, störenden Farben aushalten könnte.

»Forsythien«, sagte sie laut, und ihre Mutter schaute durchs Fenster in den Vorgarten auf eine Reihe alter Forsythien, die zu knospen begannen.

»Ich habe deinen Vater letzten Herbst gebeten, sie zurückzuschneiden, aber ich glaube, er hat es ein bisschen zu gut gemeint. So sieht es doch sehr kümmerlich aus, findest du nicht?« Und dann sagte sie ohne Übergang oder besondere Betonung: »Schon wieder dieser Wagen.«

Ein brauner Wagen, an dem immer größere lachsfarbene Stellen sichtbar wurden, fuhr langsam die Straße entlang. Es war der Buick, der Tess schon am Abend zuvor verfolgt hatte. Verdammt, mein Wagen steht draußen. Aber es war unwahrscheinlich, dass sie ihr heute gefolgt waren. Sie hätten sich in der Innenstadt an sie dranhängen und ihr dann auf ihrer ziellosen Reise durch das Wirrwarr von Cotswolds folgen müssen. Behielten sie einfach alle im Auge, die Spike nahestanden?

»Wieder. Du hast gesagt, ›*wieder* dieser Wagen‹. Hast du ihn schon mal gesehen?«

»Am Samstag war er hier, als wir aus dem Krankenhaus zurückkamen. Er ist ein paar Mal hin- und hergefahren, also habe ich die Nachbarschaftswacht angerufen. Da hat es wenigstens mal ein Gutes, dass die Leute des Bürgermeisters in diese Gegend ziehen. Es passiert etwas, wenn etwas passiert.«

»Die Leute des Bürgermeisters« war der Euphemismus ihrer Mutter für berufstätige Schwarze. Tess korrigierte Judiths Rassismus normalerweise, aber die Erleuchtung konnte diesmal warten. Der Buick hielt, er parkte am Bürgersteig.

Tess duckte sich hinter die Kochinsel; sie versuchte, eine Position zu finden, in der sie den Wagen durch das Küchenfenster sehen konnte, ohne selbst gesehen zu werden. Die vordere Beifahrertür öffnete sich, und ein paar Sekunden später kam ein Mann den Weg entlang. Ein dicker kleiner Mann in einer Lederjacke, mit unauffälligem Gesicht. Ein rasiertes Oval unter buschig braunem Haar, die dunkle Brille verbarg die Augen. Ein gutes Gesicht für einen Kriminellen, dachte Tess, als die Türglocke ertönte.

»Mutter …«, ihre Stimme klang drängend genug, um Judith innehalten zu lassen, als sie sich vorbeugte und ihre Schuhe wieder anzog.

»Wahrscheinlich will er irgendetwas verkaufen«, sagte sie zu Tess. »Ich schicke ihn weg, dann trinken wir unseren Tee.«

»Sag ihm nicht, dass ich hier bin.«

Judith konnte manchmal schrecklich langsam sein, aber diesmal verstand sie sofort. »Hat das etwas mit deiner Arbeit zu tun?«

»Ja.« Es war sinnlos, ihren Eltern erklären zu wollen, dass es um die undurchsichtigen Bereiche von Spikes Tätigkeit abseits der Bar ging. »Dieser Mann ist sehr wütend auf mich. Lass ihn nicht herein. Was auch immer er sagt, lass ihn nicht rein. Ich stehe am Telefon und wähle sofort 911, wenn es nötig ist. Aber das tue ich erst, wenn es keine andere Wahl mehr gibt.«

Ihre Mutter betrachtete Tess. Sie wusste, dass sie überlegte, ihrer Tochter eine Lektion über das unorthodoxe Leben zu verabreichen und dieses Gefühl der Gemeinsamkeit zu genießen. Wieder ertönte die Türglocke. Sie ging mit jenem schnellen Schritt zur Tür, der die Herz- und Wortfrequenz der Typistinnen in ihrer Abteilung der National Security Agency erhöhte. Tess kauerte sich neben das Wandtelefon und belauschte das Gespräch.

»Spike Orrick hat mir gesagt, er würde etwas für mich bei Ihnen hinterlassen«, sagte der Mann zu Judith. »Wissen Sie etwas davon?«

»Da sind Sie wohl beim falschen Haus«, entgegnete sie. Tess konnte hören, dass sie versuchte, die Tür ins Schloss zu drücken, ohne sie zuzuknallen, aber es war nur ein gedämpfter Schlag zu hören. Der Mann musste seinen Schuh zwischen Tür und Türrahmen geschoben haben.

»Vielleicht lassen Sie mich besser reinkommen, damit ich mich umsehen kann.«

»Ich denke nicht. Ich werde die Polizei rufen, wenn Sie Ten Hills nicht sofort verlassen.« Dann hörte Tess ein Geräusch, das sie nicht einordnen konnte, es folgten ein scharfer Atemzug und ein leiser Fluch. Die Tür fiel ins Schloss, und der Riegel wurde vorgeschoben. Als Judith in ihren blauen Pumps zurück in ihre Küche marschierte, stürzte sich Tess auf die Küchentür und schloss sie ebenfalls ab, nur falls die Männer versuchten, hintenherum einzudringen. Der Buick entfernte sich dröhnend vom Bürgersteig. Er klang asthmatisch, wie ein Wagen, der bald einen neuen Auspufftopf brauchte. Gut, also konnte sie ihn kommen hören.

»Wie hast du ihn dazu gebracht zu verschwinden?«, fragte Tess.

»Ich hab ihm meinen Absatz auf den Fuß gerammt.« Judith lachte, sie war zufrieden mit sich. »Er ist nicht der erste Mann, der seinen Fuß in die Tür geschoben hat. Aber was hat das mit deinem Job zu tun? Dieser Mann wollte etwas von *Spike.* Wolltest du deswegen nicht gleich die Polizei rufen, weil Spike etwas damit zu tun hat?«

Der Teekessel pfiff, sodass Tess eine Antwort erspart blieb. Sie goss Wasser über die Teebeutel – gute alte Liptons, bloß nichts Aromatisiertes oder Neumodisches für Judith – und fragte sich, wieso die Männer hierhergekommen waren. Spike würde sich niemals bei irgendeiner Wettgeschichte auf ihre Eltern beziehen, immerhin überprüfte ihr Vater im Dienst der Stadt die Ausschanklizenzen. Und doch waren sie schon zum zweiten Mal innerhalb von vier Tagen hier.

»Am Samstag haben sie versucht, in Dorothys Haus einzudringen, aber sie hat nicht mal die Kette abgemacht«, sagte ihre Mutter. »*Ihr* haben sie erzählt, dass sie nach einem Hund suchen. Weißt du, was ich glaube? Ich habe im Fernsehen etwas über Einbrecher gesehen, die einem irgendeine Geschichte erzählen, nur um ins Haus zu gelangen, damit sie sehen können, was für Wertgegenstände man hat. Und dann kommen sie mit dem Laster, kaum dass man zur Arbeit geht, und holen alles ab.«

Tess verbrühte sich fast, als sie mit dem Teekessel in der Hand herumwirbelte.

»Sie haben nach einem *Hund* gefragt?«

»Das war die Geschichte am Samstag, bei Dorothy.«

»Haben sie gesagt, was für ein Hund?«

»Sie hatten keine Zeit dazu. Dorothy hat ihnen mit der Trillerpfeife ins Gesicht geblasen und die Tür zugeknallt.«

Der Windhund – natürlich, sie wollten den Windhund. Aber warum? Warum würde irgendjemand unter allen Umständen diesen Hund haben wollen?

»Esskay«, sagte sie.

»Du willst ein Würstchen? Ach, Schätzchen, du weißt doch, dass dein Vater und ich diese fettigen Sachen nicht mehr essen. Aber lass mich mal schauen, was ich für dich als Snack dahabe.«

»Tut mir leid«, sagte Tess und stellte ihre Teetasse auf den Küchentisch. »Ich muss los.«

»Warum?«, rief ihre Mutter hinter ihr her. »Was ist los?«

Sie dachte an den einzigen Grund, den ihre Mutter akzeptieren würde. »Mir ist gerade eingefallen, dass ich mein Bügeleisen angelassen habe.«

Es fuhr kein braun-rosafarbener Wagen die Bond Street entlang, es wartete keiner in der Gasse vor ihrer Wohnung. Esskay lag mit Crow im Bett und schlief. Tess stand da, schaute sie an und empfand eine merkwürdige Mischung aus Zärtlichkeit und Verantwortungsgefühl für beide. Ich wollte das nicht, dachte sie. Ich schaffe das nicht.

Crows Atem ging ruhig und gleichmäßig. Der Atem der Hündin war schnell und kurz. Ihre Lippen rollten sich auf und gaben ihre Zähne frei, ihre Beine zuckten, als jagte sie im Traum Hasen. Crow umschlang die zuckende Hündin, selbst im Schlaf kümmerte er sich um sie. Tess zog ihre Sachen aus und kuschelte sich hinter Crow. Sie war dabei einzuschlafen, erwachte aber wieder ruckartig, als sie einen Wagen langsam durch die Straße fahren hörte. Sie stand auf, schaute zum Fenster hinaus, trank ein Gläschen Bourbon. Im Bett hatte sie sich gerade wieder an die nicht unangenehme Mischung aus warmer Haut und warmem Pelz gewöhnt, als das Telefon klingelte und alle verschlungenen Glieder zum Leben erwachten.

»Hallo«, flüsterte Crow ihr verträumt zu, als sie über ihn hinweg nach dem Telefon griff. Er drückte zur Begrüßung ihren Schenkel.

»Hallo?« Jack Sterlings Stimme klang zögerlich und schüchtern.

»Ja«, sagte sie zu beiden Männern, noch ein bisschen benommen, weil sie beinahe schon geschlafen hatte.

»Tut mir leid, dass ich Sie zu Hause anrufe, aber ich muss zugeben, ich konnte nicht mehr länger warten. Haben Sie mit Lea Wynkowski gesprochen?« Crow rollte sich zu ihr herüber und schob sein Bein zwischen ihre Beine, als versuchte er, sich zu wärmen.

»Ja, ich habe mit ihr gesprochen«, sagte Tess und schämte sich plötzlich, als sie zurückdachte an ihren herzlosen Trick.

»Gibt sie der Zeitung die Schuld? Glaubt sie, wir hätten ihren Mann umgebracht?«

Was hatte Jack Sterling nur an sich, dass sie ihm sagen wollte, was immer er zu hören wünschte? »Im Augenblick ist der Einzige, dem sie wirklich die Schuld zu geben scheint, Wink.«

»Hat er sie angerufen, bevor er ... es getan hat?«

Jetzt war sie hellwach. »Nein, das letzte Mal hat sie am Freitag mit ihm gesprochen. Da war er gut drauf. Er hat gesagt, er ginge davon aus, der Deal würde klappen.« Sie warf Crow, der sie erwartungsvoll anschaute, so wie Esskay manchmal den Küchentisch, selbst wenn nichts zu essen darauf stand, einen Blick zu. »Sie hat von der Story erst Sonntagabend erfahren.«

»Na immerhin. Aber selbst wenn sie uns keine Vorwürfe macht, bin ich nicht sicher, ob ich das auch kann. Hat sie noch etwas gesagt? Irgendetwas? Sie müssen mich nicht schonen, Tess.«

»Eigentlich nicht. Ist das in Ordnung? Oder heißt das, ich muss zurückkommen und sechs Stunden am Tag im Büro sitzen?«

Sterling lachte. »Sie können tun, was immer Sie wollen. Ich hab Colleen gesagt, dass ich Ihnen eine Sonderaufgabe gegeben habe.« Dann änderte sich seine Stimmlage, sie wurde ein wenig wärmer. »Tess?«

»Mmmmm?«

»Sie klangen eben ein wenig heiser, als hätten Sie geschlafen. Sind Sie im Bett?«

»Ah-hah.«

Er zögerte. »Sind Sie allein?«

Wieder sagte sie ihm, was er hören wollte; was sie wollte, dass er es hören wollte. »Ah-hah.«

»Gehen Sie wieder schlafen, Nancy Drew.« Er legte auf, Tess ebenso. Aber schlafen ging sie nicht. Es war erst sieben Uhr. Sie rollte sich hinüber zu Crow, und sie schliefen miteinander wie ein lange verheiratetes Paar, schnell und still, mit kleinen, effizienten Bewegungen, die das Bett kaum in Schwingung versetzten. Esskay döste ungestört weiter, sie jagte immer noch Hasen.

Als sie fertig waren, zog Crow seine Jeans an und ging pfeifend in die Küche, um das Abendessen vorzubereiten. Tess hatte nie einfach nur an die Decke starren können, aber nun betrachtete sie ihren altmodischen Lampenanschluss über dem Bett, als hätte sie ihn nie zuvor gesehen. Irgendetwas Besorgniserregendes geisterte in ihrem Kopf herum. Nein, nicht nur etwas. Drei Sachen.

Erstens: Die Männer in dem Kack-Lachs-Wagen waren hinter Esskay her, die Spike bei Tess in Sicherheit wähnte. Also musste sie einen sicheren Ort für die Hündin finden, der in keinerlei Beziehung zu Spike stand. Und dann musste sie Tommy dazu bringen, ihr zu verraten, was er wusste.

Zweitens: Crow und sie, die sich normalerweise beide so kontrolliert verhielten, hatten heute Abend überhaupt nicht an Safer Sex gedacht.

Und drittens: Das war ihr bis eben gar nicht aufgefallen, weil sie die ganze Zeit an Jack Sterling gedacht hatte.

16

Hast du ihre Decke?«, fragte Tess Crow am nächsten Morgen. »Und das Trockenfutter? Was ist mit ihrem Teddybär?«

»Ich hab alles«, versicherte er ihr und knallte den Kofferraum seines Volvo zu. »Sogar den Teddybär. Ich weiß, dass Esskay ihn als ihr ganz persönliches Boy-Toy-Spielzeug ansieht.«

»Jeder braucht so was, Crow. Und es heißt Toy-Boy. Wir Mädels *haben* eben Toy-Boys. Denk mal drüber nach.«

Kluge Toy-Boys waren durchaus nützlich. Als die besorgte Tess gestern Abend zum dritten Mal ans Fenster getreten war, um auf der leeren Straße nach dem zweifarbigen Buick Ausschau zu halten, hatte Crow eine Erklärung verlangt. Und er war es gewesen, der auf die Idee gekommen war, einen von Tess' Freunden um Hilfe zu bitten, jemanden, der sich für immer in ihrer Schuld wähnte. Das war Plan eins. Tess war auf Plan zwei gekommen: wie man Tommy dazu bringen könnte zu reden.

Sie fuhren schweigend in Richtung Süden, Richtung Annapolis, dann wechselten sie auf die Route 2, bis sie eines der alten Sommerdörfchen an der Westküste der Chesapeake Bay erreichten. Diese Dörfchen waren früher abgelegen gewesen, man flüchtete nur im August aus Washington und Baltimore hierher. Inzwischen hatten die Häuser Pendlerentfernung zu beiden Städten, und viele waren abgerissen worden, damit an ihrer Stelle millionenschwere Villen errichtet werden konnten. Ein paar einfache Hütten standen immer noch an den Flüssen im Süden und Westen, aber man musste schon ganz schön hartgesotten sein, um im Winter dort wohnen zu wollen. So wie »Rock«. Darryl »Rock« Paxton, Ruderer in der Nationalmannschaft, den Tyner stets als Tess' Vorbild anpries, war praktisch die Definition von hartgesotten.

Manche Leute versuchten, nah bei der Arbeit zu wohnen; Rock hatte sich für die Nähe zu seiner Fitnessstätte entschieden. Er hatte die Bleibe vor ein paar Monaten entdeckt und von seinem Ersparten gekauft. Das Haus musste gründlich saniert werden – neues Dach, neue Verkleidung, Doppelfenster, damit es nicht mehr zog. Auf dem langen, kurvigen Weg von der Hauptstraße lag kaum mehr Kies, es war eigentlich nur noch ein Pfad. Aber all das konnte warten. Rock hatte bisher nur Zeit gefunden, den zugewachsenen Weg zu seinem Steg freizuschlagen. Es tat Tess weh, als ihr klar wurde, dass sie Rock jetzt nicht mehr an Sommermorgenden auf dem Patapsco sehen würde, weil er jetzt hier wohnte.

Rock hatte sein tägliches Training schon hinter sich und wartete in der Küche auf sie, einem heimeligen Raum mit einem Tisch, zwei Stühlen und allerlei Kaffeezubehör. Obwohl Tess und Crow schon unterwegs einen Kaffee getrunken hatten, nahmen sie Rocks Angebot auf eine frisch gebrühte Tasse gerne an. Rock war berühmt für seinen Kaffee.

»Heute gibt es Jamaican Blue Mountain, den wir in einer French Press zubereiten«, sagte er. Wenn er jemals seine Arbeit als Forscher bei Johns Hopkins verlor, könnte er mühelos bei Donna's anfangen, Baltimores Antwort auf Starbucks. Wenig später standen alle drei mit ihren dampfenden Tassen da und schauten zu, wie Esskay durch die verschiedenen Zimmer streifte. Es gab in seinem Häuschen nur vier Räume, und viel war da nicht, an dem eine Hündin schnüffeln konnte, obwohl Rocks Futon sie eine Weile interessierte. Nach dem Ende der Inspektion kehrte Esskay zurück und stellte sich zwischen Crow und Tess. Schlicht, aber nicht schlecht, schien sie zu sagen. Und jetzt können wir wieder los.

»Sie wird bei dir schlafen wollen«, sagte Tess zu Rock. »Sie springt zu mir ins Bett, und das ist einen halben Meter hoch. Man kann sie nicht davon abhalten, außer, man schließt sie in einem anderen Zimmer ein, und dann jault sie.«

»Kein Problem. Sie kann mich wärmen.«

»Und wir haben ihr noch keine Leine gekauft, um die Kette auszuwechseln. Wenn du das tust, zahle ich sie dir natürlich. Habe ich dir gesagt, dass sie Müll zerfetzt, wenn sie sich einsam fühlt? Und man muss diese wunden Stellen eincremen, zumindest noch eine Weile lang.« Tess hatte ein merkwürdiges Gefühl im Hals, und ihre Augen begannen zu brennen. Crow nahm ihre Hand.

»Es ist nicht für immer«, sagte er.

»Ich wette, du holst sie vor dem ersten Rennen im Frühjahr wieder ab«, sagte Rock. Auf Rockisch war das die kürzeste denkbare Zeitspanne.

Tess umarmte ihren Freund, und wie immer fiel ihr

dabei auf, wie passend sein Spitzname war. In jeder Beziehung war er der kräftigste Mann, den sie kannte. Seine Muskeln waren steinhart und schienen ihn zu allem zu befähigen, was Menschen oft zu dem Fehlschluss verleitete, dass er nichts von anderen brauchte: Er war Rock, er war eine Insel. Tess, die mehr, als sie wollte, über die Umstände seiner aufgelösten Verlobung im letzten Herbst wusste, glaubte, dass Esskay zumindest kurzfristig eine gute Gesellschaft für ihn sein könnte. Und wenn die Hündin hierblieb, hatte Tess wenigstens auch endlich einen Grund, ihn zu besuchen, was sie vernachlässigt hatte, seit er aus der Stadt weggezogen war.

Rock und Esskay standen auf der hinteren Veranda, als Tess und Crow in den Volvo stiegen. Tess gab sich alle Mühe, sich nicht umzudrehen, und erlaubte sich nur einen letzten klitzekleinen Blick in den Spiegel. Die Hündin blickte erstaunt drein, erst schaute sie Tess und Crow im Wagen an, dann hoch zu Rock, der seine Hand auf ihr Halsband gelegt hatte. Ganz langsam begann Esskay in ihrem kleinen Hirn zu begreifen, dass etwas nicht stimmte. Wahrscheinlich würden sie den Kiesweg hinter sich gelassen haben, bevor sie es ganz begriff. Wenn sie Baltimore erreichten, hätte sie sicher schon vergessen, dass sie jemals jemand anderen gekannt hatte als Rock.

»Er muss einen Zaun aufstellen oder sie die ganze Zeit angeleint lassen«, murmelte Tess mehr zu sich selbst als an Crow gerichtet.

»Sie könnte nirgendwo besser oder sicherer untergebracht sein. Und das weißt du auch.«

Esskay legte den Kopf zur Seite, als fragte sie: »Was? Was?«

Sei nicht so eine Memme. Du warst noch nie wild auf Tiere. Fang jetzt nicht damit an.

Rocks Hand lag auf dem Halsband der Hündin, aber er hatte seine Finger nicht um das Leder gekrümmt. Und deswegen konnte er nichts gegen Esskays Schnellstart tun, als der Volvo die Zufahrt hinunterrollte. Rock war stark und fit, aber er war kein Kurzstreckenläufer, und sicher nicht so schnell wie Esskay, die jetzt hinter dem Volvo herlief. Die Hündin lief wohl so dreißig Stundenkilometer, schätzte Tess. Vielleicht fünfunddreißig. Auf jeden Fall klebte sie direkt an ihrer Stoßstange.

»Windhunde können bis zu sechzig Stundenkilometer erreichen«, sagte Crow.

»Mich interessiert eher, wie schnell du jetzt fahren kannst.«

»Auf diesem Weg nicht schneller. Aber mach dir keine Sorgen. Wenn wir erst mal auf dem Highway sind, wird sie aufgeben.«

Der Wagen fuhr jetzt knapp fünfzig. Esskay hielt mit. Sie wirkte weder ärgerlich noch wütend, nur entschlossen. Die Zunge hing ihr aus dem Maul, sodass sie ein wenig dumm aussah, aber sie genoss die Jagd. Die Hündin hatte entschieden, dass dies ein Spiel war. Sie würden sie doch nie zurücklassen. Sie sah ein wenig wie ein Känguru aus, so hoch flogen ihre Hinterbeine. Sie absolvierte die Kurven des Wegs besser als der Volvo, denn sie schnitt die Windungen instinktiv ab.

»Halt an, Crow.«

»Keine Sorge, ich kann sie sehen, ich überfahr sie nicht. Wir sind schon fast auf der Hauptstraße.«

»Halt den Wagen an!«

Der Volvo rollte noch, als Tess schon die Beifahrertür aufriss und raushechtete. Esskay sprang an ihr hoch, sie legte ihre Pfoten auf Tess' Schulter und wollte für ihre Leistung gelobt werden. Crow brachte den Wagen zum Stehen, aber Esskay ignorierte ihn, sie leckte bloß begeistert Tess ab. Rock kam ein paar Sekunden später, er keuchte wesentlich heftiger als die Hündin.

»Da krieg ich ja gleich ganz neue Ideen fürs Crosstraining«, sagte er, als er wieder zu Atem gekommen war. »Ich nehm sie mit zurück zum Haus, und ihr könnt los. Ich verspreche, diesmal halte ich sie ordentlich fest.«

»Sie liebt dich«, sagte Crow verwundert, und Tess konnte ein wenig Bitterkeit in seiner Stimme hören. »Sie liebt dich.«

Die Hündin leckte sie vom Kinn bis zu den Augenbrauen. Ihr Atem stank ganz schrecklich, aber Tess hatte sich mittlerweile daran gewöhnt. Es gefiel ihr beinahe.

»Hör mal, wenn Esskay unbedingt bei mir bleiben will, dann denke ich, ich muss sie wieder mit nach Hause nehmen. Wir können sie nach Einbruch der Dunkelheit ausführen, wir können das Flachdach für sie frei machen, wir können ihr einen Bodyguard suchen. Uns wird schon was einfallen. Wenn Spike wollte, dass ich mich um seine Hündin kümmere, dann muss es einen Grund geben.«

Zufrieden nahm die Hündin ihren Platz auf dem Rücksitz ein, wobei sie stehen blieb, wie beim ersten Mal, als Tess sie nach Hause gefahren hatte. Aber diesmal hatte Esskay einen festeren Stand, sie hielt sich in den Kurven gut. Vor einer Woche, vor einem Tag, selbst noch vor fünf Minuten, war Tess überzeugt gewesen, dass Hunde nicht lächeln konnten. Aber diese Hündin strahlte geradezu vor Freude.

»So viel zu Plan eins«, sagte sie zu Crow. »Bleiben wir trotzdem bei Plan zwei?«

»Klar«, sagte er und schaute auf die Straße. »Aber ich finde es nicht fair.«

»Plan zwei?«

»Dass sie dich mehr liebt als mich. Du hast praktisch nichts für sie getan. Ich habe Bücher gelesen und ihr Essen gekocht und ihr Knochen aus dem Hals gezogen. Sie sollte mich lieben. Aber so ist das wohl manchmal.«

»Manchmal«, gab Tess zu.

Crow parkte vor dem Lieferanteneingang des Point. Er klingelte, und Tess kauerte sich hinter den Wagen. Nach ein paar Minuten kam Tommy raus, kniff die Augen zusammen und schaute in die Morgensonne. Obwohl er noch seine Schlafsachen zu tragen schien – ein ausgeleiertes weißes T-Shirt und eine blaue Trainingshose, deren Schritt ihm in den Knien hing –, hatte er sich die Zeit genommen, seine Stiefeletten anzuziehen, die mit den Reißverschlüssen, die ihm nicht von den dünnen Knöcheln glitten.

»Bei uns gibt's erst in ein paar Stunden was, Alter?«, sagte er gähnend zu Crow. Glücklicherweise hatten sie einander nie getroffen, nur Spike hatte Crow unter die Lupe genommen, als Tess anfing, mit ihm auszugehen. »Du und deine Kumpels, ihr müsst nach zwölf wiederkommen.«

»Aber Mr. Orrick, Sie haben bei unserer Bruderschaft-Tombola einen Fernseher gewonnen«, sagte

Crow mit großer Fröhlichkeit. Tess war beeindruckt. Sie hatte nicht gewusst, dass er so gut lügen konnte.

»Ich habe einen Fernseher gewonnen?«

»Großbildschirm«, sagte Crow zufrieden. Tommy konnte man schon mit einem Walkman oder einem alten Transistorradio ködern. »Sie sind doch Spike Orrick, oder? Ich war an dem Abend nicht da, als Sie das Los gekauft haben, aber die Mitglieder meiner Bruderschaft sagten, ich könnte Sie hier antreffen.«

»Ah, klar, klar«, sagte Tommy aufgeregt. »*Jetzt* erinnere ich mich.«

»Wir haben das Gerät bei uns in der Bruderschaft stehen. Ich dachte, ich könnte Sie mitnehmen, dann können Sie ihn heute schon holen. Haben Sie jetzt Zeit?«

Tommy rannte praktisch zum Wagen und machte es sich auf dem Beifahrersitz bequem. Esskay, die sich letztlich doch auf der Rückbank ausgestreckt hatte, steckte nun ihren Kopf zwischen den Vordersitzen hindurch und leckte ihn am Hals.

»Hey, wo haben Sie den Hund …« Bevor Tommy zu Ende sprechen konnte, glitt Tess zur Beifahrertür herein und ließ sich auf Tommys Schoß sinken, dann legte sie den Sicherheitsgurt über ihn und sich hinweg an. Crow röhrte vom Parkplatz des Point wie ein erfahrener Fluchtwagenfahrer.

»Was zur Scheiße soll das, Tess? Das ist Kidnapping!« Dann, als Nachsatz: »Verdammt, du bist ganz schön schwer, weißt du das?«

»Wir nehmen dich mit zum Haus meiner Tante Kitty, und wir behalten dich da, bis du uns sagst, was Spike zugestoßen ist und was Esskay damit zu tun hat.« Sie legte ihre Hände über seine, damit er sie nicht kneifen oder kitzeln konnte. Tommy war sich für solche dreckigen Tricks nicht zu schade.

»Ich weiß überhaupt nichts?«, wimmerte er und legte den Kopf zur Seite, damit er Atem holen konnte. Esskay leckte mit steigendem Interesse seine Stirn. Vielleicht versuchte sie zu entscheiden, ob Tommy ein guter Ersatz für den Teddybär wäre, der bei Rock zurückgeblieben war. Auf jeden Fall war er größer, also gab es mehr Oberfläche abzulecken.

»Das ist Kidnapping?«, wiederholte Tommy. »Das ist strafbar?«

»Glücklicherweise geht Kitty gerade mit niemandem von der Copschule, also wen interessiert's? Und da dein einziger Freund im Koma liegt, *wen interessiert's*? Erinnerst du dich, dein guter Freund Spike, dessen Großbildfernseher du dir gerade unter den Nagel reißen wolltest.«

»Den wollte ich bloß für die Bar, damit die Geschäfte besser laufen? Außerdem ist es auch noch Folter? Der Hund stinkt?«

»Wie du selber mal so schön gesagt hast, Tommy, wer dreimal lügt, dem glaubt man vielleicht nicht.«

17

Tommy war nicht stark, aber er war stur, und das konnte unter den richtigen Umständen genauso gut sein. Den Morgen über saß er stumm und trotzig in Kittys Küche. Tess hatte das Gefühl, dass er sich durch ihren Plan beleidigt fühlte, da er voraussetzte, dass Tommy kein ernsthafter Gegner war. Damit er sich besser fühlte, band sie ihn mit Kittys Seidentüchern an den Stuhl, obwohl sie bezweifelte, dass er versuchen würde abzuhauen, und wusste, dass sie ihn auch dann noch leicht erwischen würde. Seine Reißverschlussstiefeletten würden ihn auf dem Kopfsteinpflaster von Fells Point doch ein wenig behindern.

»Möchtest du was essen?« Crow, der eigentlich schon mit Donuts vollgestopft war, hatte trotzdem ein großes Frühstück mit Rührei und Speck zubereitet, da er hoffte, dass der Essensduft Tommy zum Reden bringen würde. Aber Essen hatte Tommy noch nie interessiert. Er aß nur, um seinen Bierkonsum auszugleichen.

»Nein, danke, alles bestens?«, sagte er und schaute Tess verletzt an. Laurence Olivier hätte den Satz nicht betroffener sagen können.

»Ein Koma ist eine ernste Sache«, sagte Crow zu Tommy und schob ihm den Teller mit Eiern ein wenig näher.

»Ja? Wie ein Herzinfarkt?«, sagte Tommy ungerührt.

»Und was ist, wenn Spike nicht mehr zu sich kommt?«, fragte Crow. »Diese Typen werden nicht verschwinden. Vielleicht tun sie Tess etwas an, oder ihren Eltern. Sie scheinen ganz schön gefährlich zu sein.«

»Abschaum?«, stimmte Tommy zu.

Tess flüsterte Crow ins Ohr: »Das ist sinnlos. Wir müssen härtere Geschütze auffahren.«

Crow verließ die Küche, und Kitty nahm seinen Platz ein, ihre roten Locken hüpften auf und ab, ihre roten Absätze klackerten über den Holzfußboden. Tommy musste sie nur anschauen, um dunkler anzulaufen als ihre Schuhe. Er hatte niemals mit Kitty gesprochen – das hatte er sich nie getraut. Aber Tess wusste, dass sie ihm aufgefallen war. Wie allen Männern.

»Guten Morgen, Tommy«, sagte Kitty, als wäre es für sie ganz normal, dass er an einen Stuhl gebunden in ihrer Küche saß. »Ich habe gehört, dass du dich in Spikes Abwesenheit ganz großartig um das Point kümmerst.«

Tommy nickte zur Bestätigung. Selbst mit seinem vom Schlaf zerzausten Haar und der ausgebeulten babyblauen Trainingshose war er nicht ganz würdelos.

»Er wird stolz auf dich sein, wenn er das hört.« Kitty beugte sich zu Tommy herunter, ihr Mund geriet gefährlich nah an sein Ohr. Ihr langer Rock streifte seine Knöchel wie eine liebevolle Katze. »Ich möchte wirklich hoffen, dass er wieder aufwacht, dass er zu uns zurückkehrt. Menschen erwachen aus Komas, weißt du, und manchmal gibt es kaum Nachwirkungen. Es gibt so viel, was wir noch nicht über das Hirn wissen.«

»Das habe ich auch gelesen?«, sagte Tommy, und sein nachdenklicher Tonfall deutete darauf hin, dass er diese medizinischen Neuigkeiten aus dem *New England Journal of Medicine* hatte, und nicht aus der *Weekly World News.*

»Was mir Sorgen macht, ist, wie Spike es finden wird, wenn er erfährt, dass du dich geweigert hast, Tess zu sagen, was sie wissen muss«, sagte Kitty. »Bestimmt glaubst du ihn zu schützen, indem du Tess nichts von seinen Geheimnissen verrätst, aber ich kann mir nicht vorstellen, dass Spike wollte, dass Tess in Gefahr gerät.«

Tommy schaute besorgt und verwirrt. Plötzlich hatte das Gespräch eine Richtung genommen, die ihm nicht gefiel.

»Aber sie hat mich gekidnappt?!«, protestierte er. »Sie hat brutale Gewalt angewendet?!«

»Nur weil du nicht mit ihr reden wolltest, als sie dich letztes Mal im Point aufgesucht hat. Und jetzt folgen ihr diese Männer, weil sie glauben, dass sie im Besitz von irgendetwas ist, von was auch immer. Vielleicht weil du es ihnen gesagt hast.« Kitty war jetzt auf Augenhöhe mit ihm, ihr Mund so nah an seinem, dass es schon fast schmerzhaft sein musste. »Was ist, wenn sie ihr so weh tun wie Spike? Willst du ihm das erklären müssen? Willst du *mir* erklären müssen, dass meiner Nichte etwas zugestoßen ist?«

Tommy schaute Kitty an und leckte sich über die Lippen, er war voll und ganz in ihrem Bann. »Okay«, sagte er schließlich. »Aber ich werde Spike sagen, wie Tess mich reingelegt hat? Es wird ihm gar nicht gefallen, dass sie mich fast platt gedrückt hat wie einen Käfer? Ich wär beinahe erstickt?«

Kitty küsste ihn auf die verschwitzte Stirn, dann

kehrte sie zurück in den Laden, und Tess löste die Schals an Tommys Handgelenken und Knöcheln. Er machte eine große Show daraus, sich die Handgelenke und Unterarme zu reiben, als wären seine Fesseln Seile gewesen und nicht Seidenschals.

»Also, wo kommt Esskay her?«, fragte Tess.

»Ich schwöre bei meiner Mutter, dass ich das nicht beantworten kann? Vor zwei Wochen ist Spike mit dem Hund aufgekreuzt, und der sah aus wie falscher Hase von letzter Woche?«

»Wie bitte?«

»Du weißt schon? Er war ganz grau und knotig? Hat gesagt, er hätte sich mit diesem Typen getroffen, den er kennt, und der wollte, dass er den Hund nimmt?«

»Was für ein Typ?«

»Jimmy Parlez? Ein französischer Name? Wie in ›Parlez-vous Englisch‹, verstehst du?«

»Warum hat Monsieur Parlez ihm einen Windhund gegeben?«

Tommy schüttelte den Kopf. »Spike wollte mir nichts sagen? Er meinte, wenn ich nichts weiß, mach ich kein' Scheiß?«

»Heiß. Was du nicht weißt, macht dich nicht heiß.«

»Bist du sicher?« Tommy legte die Stirn in Falten, während er darüber nachdachte. »Wie auch immer, er hat mir nur von den Zahlen erzählt?«

»Zahlen? Ich *wusste* doch, dass es mit der Buchmacherei zu tun hat.«

Tommy schüttelte den Kopf. »Mh-mh. Spike hat keine Wetten mehr angenommen? Lohnt sich nicht, wenn der Staat schon Pick 3, Pick 4 und all diese Sofortgewinnspiele anbietet? Er hat auf Sport umgesattelt, ein bisschen was in Pimlico?«

»Und Hunderennen?«

»Tess, es gibt Typen, die kommen ins Point und wetten drauf, was ein Sack Krabben am 4. Juli kosten wird, aber hier in der Gegend wird niemand auf ein Windhundrennen in Florida oder New Hampshire setzen? Sag dem Hund mal, er soll zu mir kommen?«

Er wackelte mit den Fingern, aber Esskay ignorierte ihn, bis Tess ein Stückchen Speck in Tommys Hand legte. Vorsichtig hielt er der Hündin das knusprige Stückchen hin, die aber mit einer solchen Wucht zuschnappte, dass Tommy fast eine Fingerkuppe einbüßte. Er kletterte auf seinen Stuhl, aber Esskay fand das nur spannend und sprang wild um ihn herum, bis Tess ihr noch ein Stückchen Speck gab.

»Ich hab ein bisschen Angst vor Hunden?«, gab Tommy unnötigerweise bekannt.

»Keine Sorge, sie ist harmlos, solange sie nicht glaubt, dass du was zu essen bist«, versicherte Tess.

Er stieg vom Stuhl herunter und begann zögerlich, Esskay hinter den Ohren zu kraulen. Als die Hündin sich zu entspannen begann, bog er ihr linkes Ohr zurück und stülpte das Innere nach außen, legte die blasse Innenhaut frei, als würde er einen Lederhandschuh umkrempeln.

»Alle Rennhunde haben hier Tätowierungen, Identifikationsnummern? So kann man sie nicht verwechseln? Aber die Nummern bedeuten auch, dass man sie zu ihren Trainern zurückverfolgen kann?«

»Warum sollte man das wollen?«, fragte Tess.

»Weil ein paar üble Trainer nicht anständig mit ihnen umgehen, wenn die Hunde keine Rennen mehr laufen können? Die wollen sie einfach umlegen und die Kadaver in die Ecke schmeißen? Aber mit den tätowierten Ohren ist das schwierig?«

»Und wer war Esskays Trainer? Was können wir mit ihrer Nummer anfangen?«

»Nichts? Das sag ich dir ja?« Tommy fuhr mit dem Finger über die weiche Haut innen im linken Ohr der Hündin. »Jemand hat diesem Hund ein neues Tattoo verpasst, wie im Knast? Siehst du? Da, wo die Nummern standen, sind jetzt nur noch diese roten Xe? Als ob man die Seriennummer an einem Auto oder Fernseher herausfeilt? Kann man nicht mehr zurückverfolgen?«

Tess schaute sich die hässlichen Markierungen im Inneren beider Ohren an. Sie waren leuchtend rot, aber man konnte sie leicht übersehen, es sei denn, man suchte nach ihnen oder spielte verdammt lange an den Hundeohren herum, was Tess nicht vorhatte. Esskays Atem hatte sogar Crow davon abgehalten, mit seiner Nase dem Kopf der Hündin zu nahe zu kommen. Die Tätowierungen wirkten noch ein bisschen wund, es gab sogar einige kleine Schorfstellen – es musste wehgetan haben, mit einem Taschenmesser ein Tattoo eingeritzt zu bekommen, das dann wohl mit Kugelschreiber gefärbt wurde. Kein Wunder, dass Esskay am Anfang so furchtsam gewesen war.

»Okay, also übersticht man die Tätowierung der Hündin, und keiner weiß mehr, wem sie gehört hat. Ganz schön viel Arbeit, um einen Rennhund loszuwerden.

Und diese Hündin ist sogar noch am Leben. Was bedeutet das alles?«

»Das«, seufzte Tommy, »weiß Spike und nur Spike? Und du siehst ja, was es ihm eingetragen hat? Weißt du was? Er *hat* gesagt, ›Wenn ich nichts weiß, mach ich kein' Scheiß‹? Und ›Kein' Scheiß ist heiß‹, genau das hat er gesagt, als ich das letzte Mal mit ihm gesprochen hab?«

Bewaffnet mit Tommys lächerlichen Hinweisen, begab sich Tess zum *Beacon,* denn sie hoffte, dass die Datenbanken ihr bei der Suche helfen könnten. Aber Tommys Informationen führten nirgendwohin. Im Nexis-Zugang des *Beacon* suchte Tess nach »Windhund« und »Ohren« in verschiedenen Kombinationen, fand aber nur ein paar Geschichten aus den großen Zeitungen des Landes, meistens über erfolgreiche Rettungsaktionen. In den Gerichtsunterlagen gab es keinen Jim Parlez, ganz egal, wie sie ihn schrieb, und es gab keine mögliche Erklärung, warum sich jemand solche Mühe geben würde, die Tätowierung eines Windhunds zu verändern.

Und was den MVA anging, so gab es keine lachsfarbenen Buicks in Maryland und zu viele braune, um sie zu zählen. Das überraschte sie nicht: Der Wagen war wahrscheinlich gestohlen und dann eilig überlackiert worden, sodass er genauso wenig zurückzuverfolgen war wie der Windhund, den seine Insassen suchten. Das Einzige, was ihr noch blieb, war, zum Gericht zu gehen und Parlez' Namen dort in die Computer einzugeben. Vielleicht tauchte er in Akten auf, die im System des *Beacon* nicht erfasst waren, denn das reichte nur zurück bis Ende der Achtziger. Spikes Kumpels waren normalerweise irgendwann einmal mit dem Justizsystem der Stadt aneinandergeraten, obwohl Spike selbst es geschafft hatte, nie bei irgendetwas Illegalem erwischt zu werden.

Baltimores Gerichtsgebäude Clarence Mitchell ist ein unsagbar trauriger Ort, eine Erinnerung in Kalkstein und Marmor daran, wie unschuldig die Stadt einst gewesen war. Man stelle sich ein öffentliches Gebäude mit Eingängen an allen vier Seiten vor, als könnte man den Menschen vertrauen zu kommen und zu gehen, wie sie wollten, ohne sich durch Metalldetektoren zu zwängen und den bewaffneten Wächtern Aktentaschen und Handtaschen hinzuhalten.

Tess reichte dem Sicherheitsbeamten ihr Taschenmesser. Jetzt musste sie nur noch herausfinden, wo sie hinmusste. Normalerweise hätte sie sich von Feeney durch die computerarchivierten Gerichtsakten lotsen lassen. Aber irgendein Neuling, den sie nicht kannte, ersetzte Feeney, während der weiterhin Basketbälle und Millionäre verfolgte. Tess war also praktisch auf sich allein gestellt.

Sie fütterte Parlez in das Computersystem für Strafrecht ein. Kein Treffer. Dann versuchte sie es im System des Zivilrechts; wieder nichts. Aber Tommy hatte den Namen wahrscheinlich sowieso völlig verstümmelt. Vielleicht suchte sie in Wahrheit nach Hervé, St. Tropez oder Parsley.

»Ma'am? Ma'am?«

Tess war nicht daran gewöhnt, als Ma'am angeredet zu werden, also reagierte sie nicht auf die junge Stimme, bis jemand ihr zögernd auf die Schulter tippte. Sie wandte sich um und sah einen nervösen jungen Mann mit langen braunen Haaren, die ihm bis zur Hüfte reichten. Obwohl es kaum fünf Grad hatte, trug er nur eine Jeansjacke über einem ausgewaschenen schwarzen T-Shirt.

»Ich arbeite nicht hier«, entgegnete Tess kurz angebunden. Wieso glaubten die Leute immer, eine Frau sei eine Bedienstete, die nur darauf wartete, ihnen zu helfen?

»Oh.« Er schaute besorgt den Computer neben ihrem an. »Ich dachte bloß, sie könnten mir vielleicht sagen, ob man hier auch Scheidungen finden kann. Ich möchte meine Frau nachschlagen.«

»Sollten Sie nicht wissen, ob Ihre Frau geschieden ist?«

»Ja, klar – wenn es von mir wäre. Ich muss herausfinden, ob sie sich von ihrem *ersten* Mann hat scheiden lassen. Ich bin ihr zweiter Mann. Sie ist jetzt Mrs. Roger Hehnke.« Er zeigte mit seinem Zeigefinger auf seine Brust. »Ich bin Mr. Roger Hehnke.«

Sein Stolz über seine Frau entwaffnete Tess, und deshalb zeigte sie Mr. Roger Hehnke, wie er nach der Akte suchen konnte. Sie bereute es nicht, denn kurz darauf hörte sie sein erleichtertes Kichern, als er feststellte, dass seine Frau tatsächlich daran gedacht hatte, die erste Ehe zu beenden, bevor sie eine zweite einging – zumindest rechtlich.

»Hier, ihre erste Ehe endete am zweiten April letzten Jahres, und wir haben erst am fünften April geheiratet. Und unser Baby wurde erst im Mai geboren, also ist alles cool.«

»Gratuliere.« Mr. Roger Hehnke sah aus, als wäre er noch nicht alt genug, um Auto zu fahren, aber man brauchte ja in Maryland weder einen Führerschein noch einen Highschool-Abschluss, um Vater zu werden. Es sei denn, man wollte heiraten, dann musste man mindestens achtzehn sein. Oder wenigstens sechzehn, und dann mussten die Eltern zustimmen. Insofern war Mr. Roger Hehnke geradezu altmodisch.

»Danke. Hey, Sie wissen doch, dass man zum ersten Jahrestag Papier verschenkt? Gelten auch Tickets? Ich dachte, wenn im Hammerjacks eine Band spielt, könnten wir da hingehen.«

»Klingt nicht schlecht, aber ich finde, Sie sollten auch mit ihr essen gehen.«

»Oh, natürlich. Wir gehen ins Chi-Chi's. Und wir nehmen die *goldenen* Margaritas, die mit dem *guten* Tequila. Die kosten fünf Dollar!« Mr. Roger Hehnke hob die Hand, und Tess klatschte ihre dagegen. Sie dachte: Ich hoffe, es hält für immer. Aber ich gebe euch höchstens drei Jahre.

Wen hätte sie mit achtzehn geheiratet? Joel. Joel Goodwin. Einen Jungen aus der Nachbarschaft, den sie sich ausgesucht hatte, weil er so zuverlässig wirkte. Jemand, mit dem man Sex und Liebe üben konnte, bevor man aufs College ging. Sie würde ihn wahrscheinlich nicht einmal mehr erkennen, wenn er auf der Straße an ihr vorbeiginge.

Wie lange waren Wink und seine erste Frau verheiratet gewesen? Das musste sie nicht kümmern; sie hatte ihre Vereinbarung mit Sterling getroffen und musste sich nicht mehr um Wink scheren. Aber trotzdem tippte Tess Wynkowskis Namen ein, und sei es nur, weil sie endlich einmal einen Treffer in diesem verdammten Gericht landen wollte. Sie war sicher, Winks Name würde sie nicht enttäuschen.

Und natürlich gab es gleich ein Dutzend Akten, die meisten davon waren die Zivilgerichtsverfahren, die Feeney aufgelistet hatte. Wink hatte geklagt und war verklagt worden, dieses endlose Spiel, das manche faulen Geschäftsleute spielten. Tess musste fast fünfzehn Jahre zurückgehen, um die Akte zu finden, die sie suchte, *Wynkowski gegen Wynkowski.* Sie schrieb sich die Nummer auf und bat dann einen Gerichtsdiener um die vollständige Akte.

Die Akte war dick, aber am Ende verriet sie nur wenig über die Ehe oder den Grund für ihr Ende. Linda hatte die Scheidung aufgrund unüberbrückbarer Differenzen und psychischer Grausamkeit eingereicht, erwähnte aber Winks Gewalttätigkeit nicht. Damals waren hohe Unterhaltszahlungen allerdings auch noch üblich, vielleicht musste Linda Wink nicht durch den Dreck ziehen, um die erwünschte finanzielle Einigung zu erzielen. Obwohl die beiden keine Kinder hatten, bekam sie fünfhundert Dollar im Monat, solange sie lebte. Aber so viel war das gar nicht. Worüber hatte Lea sich beschwert?

Tess blätterte in der Akte. Vor fünf Jahren war eine neue Unterhaltsfestsetzung erfolgt, der Unterhalt stieg auf 20 000 Dollar im Monat. Und in der Änderung war auch festgehalten, dass Linda nach Winks Tod aus seinem Erbe diese Summe aus einem Treuhandfonds erhalten sollte, unabhängig von jeder Lebensversicherung. Also ging es der ersten Mrs. Wink besser als der zweiten, nachdem Wink sich umgebracht hatte.

Sie schaute aufs Datum. Etwa zu der Zeit, als Wink wieder geheiratet hatte. Hatte Wink befürchtet, dass seine erste Frau die Ehe mit Lea verhindern würde, wenn er ihr nicht gab, was sie wollte? Hatte die erste Mrs. Wynkowski seine Gewalttätigkeit benutzt, um ihn zu höheren Zahlungen zu erpressen? Und als diese Gewalttätigkeiten öffentlich wurden, sah Wink dann keinen Grund mehr, den Zahlungen nachzukommen?

Tess schlug Winks Namen im Strafrecht-System nach. Keine Vorstrafen wegen Tätlichkeiten, aber das war nicht überraschend. Erst seit Kurzem wurden Fälle verfolgt, in denen die Frauen nicht gegen ihre gewalttätigen Männer aussagten. Die Polizeibehörde hatte bis 1994 noch nicht einmal eine gesonderte Statistik über eheliche Gewalt geführt. Während Winks erster Ehe hatten die Cops, die auf die Anrufe reagiert hatten, eheliche Gewalt wahrscheinlich noch nicht einmal als Verbrechen angesehen. Sie hatten vermutlich Mrs. Winks Aussage aufgenommen, und dann mit Wink ein Bier getrunken und gemeinsam gelacht. Tussen. Bräute. Wahrscheinlich hatte sie ihre Tage.

Was war wirklich zwischen Wink und seiner ersten Frau vorgefallen? Kitty, die in den Zwanzigern genau sechs Wochen lang verheiratet gewesen war und darüber nur selten sprach, es sei denn, sie hatte zu viel getrunken, sagte gern, dass es nur zwei Menschen gab, die die Wahrheit über eine Ehe wussten.

In Winks Fall gab es nur noch einen.

18

Im Telefonbuch von Baltimore waren nur zwei Wynkowskis aufgelistet, und die erste kannte Tess schon. Die zweite, Linda Stolley Wynkowski, lebte in Cross Keys, einem der ersten bewachten Viertel der Stadt. Cross Keys war eine edle Ansammlung von Stadthäusern und Wohnanlagen am nördlichen Ende der Stadt und hatte mit den Jahren so unterschiedliche Typen wie John Dos Passos, den ehemaligen NACP-Regisseur Ben Chavis und – was Tess am meisten beeindruckte – die *Romper Room*-Lehrerin Miss Nancy angezogen. Tess stand immer noch auf diese Kindersendung, auch wenn der magische Spiegel nie eine Tess sah, noch nicht einmal eine Theresa, und das in all den Jahren, die sie zugeschaut hat.

Sie rief nicht vorher an. Es ist so viel schwerer, einem Gesicht Nein zu sagen als einer Stimme, vor allem einem so harmlos aussehenden wie Tess'. Ihre Mutter hatte vielleicht etwas gegen ihre Frisur und ihre Klamotten, aber der leicht heruntergekommene Look funktionierte für Tess ziemlich gut. Sie sah aus wie eine Sportlerin, vielleicht ein Jockey, und die Leute hielten Jockeys für ziemlich dämlich. Es war zwar nicht schmeichelhaft, wenn die Leute annahmen, man sei blöd, aber oft von Vorteil.

Natürlich war der Pförtner – Karl, der Pförtner, laut

Namensschild – ganz begeistert, als Tess ihn bat, bei Mrs. Wynkowski anzurufen.

»Ich hätte einen Termin machen sollen, aber ich war in der Gegend, und es ist sehr dringend«, sagte sie. Dann senkte sie die Stimme. »Es geht um das Testament ihres Ex-Mannes.«

Wie sie gehofft hatte, gehörte der Pförtner zu den jungen Leuten, die gerne ins Vertrauen gezogen wurden.

»Sie haben sie gerade verpasst«, sagte er vertrauensvoll und ließ seine Augenbrauen tanzen, um anzudeuten, dass eigentlich alles, was er sagte, leicht ironisch gemeint sei. »Mittwoch ist Octavia-Tag.«

»Wie bitte?«

»Zumindest glaube ich, dass es Octavia-Tag ist. Oder ist es Ruth-Shaw-Tag? Ich kann die nicht auseinanderhalten.«

»Sie wechselt ab zwischen Octavia und Ruth Shaw«, sagte der Türsteher, der vor dem Regen Schutz suchte und am Tisch lehnte. »Octavia oder Ruth Shaw am Mittwoch, Jones & Jones am Donnerstag, Schuhladen am Freitag, Betty-Cooke-Juwelen aus dem Store Ltd. am Samstag. Ich weiß das, weil sie sich die Sachen immer liefern lässt, und ich muss sie dann hoch in ihre Wohnung tragen.«

»Und am siebten Tag ruht sie«, sagte Karl. »Aber nur, weil die Läden in Cross Keys am Sonntag geschlossen sind.«

»Die Einkaufszentren sind offen«, sagte Tess. »Wenn sie so ein Shopaholic ist, dann findet sie doch bestimmt jede Menge anderer Läden.«

»Theoretisch stimmt das«, sagte Karl, der Pförtner.

»Aber praktisch verlässt Fräulein Hexenhausen Cross Keys niemals. Sie hat die Anlage seit Jahren nicht verlassen, soweit ich weiß. Sie sagt, alles, was man braucht, gibt es hier – Läden, Restaurants, Tennisplatz. Sie braucht keine Tankstelle, weil sie den Wagen nie aus der Garage holt. Und wahrscheinlich ist sie der einzige Mensch in ganz Amerika, der keinen Videorekorder hat, weil man nämlich in Cross Keys keine Videos leihen kann. Gott sei Dank für Kabel und Pay-TV, sonst wüsste sie nicht mal, wer Brad Pitt ist, und das wäre doch wirklich tragisch.«

Tess betrachtete ein gerahmtes Weihnachtsbild von Karl, einer dicklichen Frau und fünf Kindern, die nach ihm kamen – sie waren schlank und sahen aus, als könnten sie ganz schön austeilen.

»Ich habe den Eindruck, dass Sie Mrs. Wynkowski nicht besonders mögen«, sagte sie.

»Moi? Jemanden nicht mögen? Wieso, ich liebe diese Frau, vor allem zu Weihnachten, wenn sie mir *ganze zehn Dollar* gibt, für all die kleinen Extras, die sie das Jahr über erwartet. Laufen Sie nur rüber zu Octavia, dann werden Sie ja selbst sehen, wie charmant Fräulein Jagdgewehr sein kann.«

Das Einkaufszentrum im Herzen von Cross Keys war klein und befand sich an einem offenen Platz, ein Bau, der im Zeitalter der Indoor-Malls absolut veraltet wirkte. Tess hatte keine Ahnung, wie man sich in diesem Dutzend Läden einen ganzen lang Tag beschäftigen konnte, ganz zu schweigen von sechs Tagen die Woche.

Bei Octavia waren keine Kunden, und die Verkäuferinnen waren zu frustriert von dem düsteren Regentag, um sich Tess aufzudrängen. Sie hielt ein schlichtes schwarzes Kleid vor sich, dann schaute sie aufs Preisschild. Ein bisschen teuer für ihren Geschmack, aber andererseits bekam sie ja auch nicht für den Rest ihres Lebens 20000 Dollar im Monat. Sie hängte das Kleid zurück auf die Stange, als eine eisige Blondine in einem knalltürkisen Hosenanzug auf Strümpfen aus der Umkleidekabine gestakst kam.

»Marianna«, jammerte die Blondine. »Marianna, das sitzt nicht richtig. Die Jacke sollte an der Taille enger sein, finden Sie nicht?«

»Sollen wir es Ihnen ändern, Mrs. Wynkowski? Sie wissen, das machen wir gerne für Sie.«

»Ich weiß nicht. Ich bin auch bei der Farbe nicht sicher. Und es ist ganz schön schwer für Sommerwolle.« Unzufrieden marschierte sie zu einer Kleiderstange und begann, sich brutal durch die Klamotten zu wühlen, als wollte sie die Kleider dafür bestrafen, nicht genau so zu sein, wie es ihr gefiel.

Tess betrachtete sie und bekam erneut das Gefühl, dass Wink seine Frauen in der falschen Reihenfolge geheiratet hatte. Diese hier war eigentlich eine zweite Ehefrau – künstlich blondiert, verwöhnt, ein einziges Klischee. Wenn man etwas anmalen, hochziehen oder mit Plastik füllen konnte, Linda Wynkowski hatte es getan. Und im Gegensatz zu Lea waren ihre Augen auch nicht rot geheult mit dunklen Ringen. Sie hatte in letzter Zeit keinen Schlaf verloren.

»Keins von denen passt«, murmelte die erste Mrs. Wink vor sich hin. »Ich hasse diese Ostereierfarben, die es dieses Jahr gibt.«

»Was ist mit dem hier?« Tess hielt ein schwarzes Kleid hoch, dessen einzige Besonderheit der Preis war. »Das würde Ihnen gut stehen.«

Die erste Mrs. Wink riss Tess das Kleid aus den Händen. »Nicht schlecht«, stimmte sie zu. »Aber ich hab schon ungefähr fünfzehn schwarze Kleider. Ich bin nicht sicher, wozu ich noch eins brauchen würde.«

Fünfzehn schwarze Kleider, aber sie verlässt Cross Keys niemals? Wozu braucht sie dann auch nur ein einziges?

»Sie sind Linda Wynkowski, oder?«, fragte Tess. »Ich war auf der Suche nach Ihnen. Wir müssen miteinander reden.«

Linda runzelte die Stirn, dann zwang sie ihr Gesicht wieder zur Glätte, als würde ihr bewusst, dass zu viel Mimik Falten verursachte.

»Worüber?«

»Über den Treuhandfonds, der Ihren Unterhalt sichert, jetzt, wo Wink tot ist.«

»Sind Sie von der Versicherung? Sie sollten mit meinem Anwalt reden, nicht mit mir. Er wird Ihnen erklären, wie das funktioniert. Egal, wem Wink sonst noch was schuldet, ich bekomme mein Geld. Das ist der Sinn der ganzen Sache.«

Tess ließ das Missverständnis so stehen. »Seine Frau sagt …«

»Die kleine Brutmaschine? Sie ist verrückt. Man könnte glauben, ich hätte ihr den Mann gestohlen statt andersrum, so eifersüchtig ist das Mädchen auf mich.« Ohne Scham begann Linda, sich mitten im Laden auszuziehen, sie knöpfte das türkise Jäckchen auf und enthüllte einen königsblauen Slip mit Spitzeneinsatz. »Hören Sie, wenn Sie weiter mit mir reden wollen, dann kommen Sie besser mit in die Umkleide.«

Tess folgte Linda in ein Würfelchen mit Vorhang, in dem ein chintzbezogener Stuhl stand und mindestens ein Dutzend Kleider zerknüllt auf dem Boden lagen.

»Was für ein Problem haben Sie mit Lea?«, fragte Tess, während Linda sich schnell bis auf Unterhemd und Strumpfhose auszog. Sie war zwar dünn und chirurgisch nachgebessert, aber ihr Körper wirkte dennoch weich und ölig wie Brie bei Zimmertemperatur.

»Ihre Ehe mit Wink war doch längst vorbei, als sie auftauchte.«

»Ich habe kein Problem mit ihr. *Sie* hat ein Problem mit *mir.*« Linda schaute Tess von oben bis unten an. »Sind Sie eine von ihren Anwältinnen, versuchen Sie rauszukriegen, wie sie um die Zahlungen herumkommen? Verschwenden Sie nicht Ihre Zeit. Es ist wasserdicht. Außerdem ist es nicht meine Schuld, dass Wink sich selbst das Lebenslicht ausgeblasen hat und sie nichts von der Versicherung kriegt. Vielleicht hätte sie ihn glücklicher machen sollen, Sie wissen schon, was ich meine, dann hätte er auch nicht so schnell die Einbahnstraße mit dem Mustang eingeschlagen.«

Tess entschied, dass es ihr zu kompliziert war, eine Identität vorzugeben. »Ich bin keine Anwältin, und ich bin auch nicht von der Versicherung. Ich arbeite für den *Beacon,* wo ich … einige Fakten über Ihren Mann noch einmal überprüfe. Ich habe festgestellt, dass Ihr Unterhalt mehrere Jahre nach der ursprünglichen Scheidungsvereinbarung noch einmal erhöht wurde. Das ist sehr ungewöhnlich, und ich dachte, dafür gäbe es eine Erklärung.«

Linda zog einen Rollkragenpullover aus Kaschmir über den Kopf, dann stieg sie in einen knielangen karierten Rock, offenbar ihren eigenen. »Sagen wir mal, Wink hat mir endlich Gerechtigkeit widerfahren lassen. Vor ungefähr fünf Jahren wurde bei mir Agoraphobie diagnostiziert, und ich konnte nicht mehr arbeiten. Er war da für mich. Ich bat ihn, den Treuhandfonds einzurichten, weil ich immer die Befürchtung hatte, Wink könnte vor mir sterben. Aber ich habe nicht erwartet, dass es so bald wäre.«

»Lea hat mir gesagt, für sie und Wink wäre es finanziell wirklich eng. Sie glaubt, Sie hätten ihn vielleicht irgendwie gezwungen, diese Vereinbarung zu unterschreiben.«

»Lea sollte nicht versuchen zu denken«, sagte Linda. »Sonst kriegt sie Beulen auf ihrer hübschen jungen Stirn.«

»Hat Wink Ihnen gedroht, Sie nicht mehr zu bezahlen, nachdem die Story erschien und die Geheimnisse Ihrer Ehe ans Licht kamen? Hat er Ihnen gesagt, dass Ihre Vereinbarung jetzt nichts mehr wert ist?«

Linda Wynkowski lächelte schief. »Wenn überhaupt, dann war der Einsatz noch höher, nachdem die Story herauskam.«

»Haben Sie mit dem *Beacon* gesprochen? Waren Sie eine der Quellen?«

Linda schaute weiterhin ihr Spiegelbild an. »Wink und ich haben uns darauf verständigt, unsere Ehe niemals mit irgendjemand anderem durchzukauen. Ich habe *meinen* Teil eingehalten. Ich hab auch dieser anderen

Frau vom *Beacon* gesagt, dass ich keinen Kommentar abgeben würde.«

»Im Artikel stand, dass Sie die Vorwürfe nicht entkräften wollten.«

»Das ist halb richtig. Ich habe ihr gesagt, ich würde nichts bestätigen oder entkräften, was sie mich über meine Zeit mit Wink fragt. Lustig, wie sich die Bedeutung ändert, wenn man ein paar Wörter auslässt. Ich habe Miss Ruiz angerufen, um mich zu beschweren, und sie hat mir gesagt, der Fehler sei in die Story hineinredigiert worden, und sie würde um eine Korrektur bitten. Aber ich hab mein ganzes Leben in Baltimore verbracht, ich weiß, wie arrogant der *Beacon* ist.«

Eine der Verkäuferinnen zog den Vorhang auf und stieß unwillkürlich einen Schrei aus, als sie Linda und Tess bis zu den Knöcheln in den Hunderte von Dollar teuren Klamotten stehen sah. »Oh, Mrs. Wynkowski, könnten Sie die Kleider nicht wenigstens auf den Stuhl legen? Sie wissen doch, dass ich sie gerne wieder für Sie aufhänge, wenn Sie fertig sind, aber sie dürfen doch nicht auf dem Boden liegen.«

Tess beobachtete überrascht, wie sich Linda brutal an der jungen Frau vorbeidrängte, sie an die Wand stieß und ihr dann energisch auf den Fuß trat.

»Der Kunde ist König«, rief sie über die Schulter, als der Verkäuferin die Tränen in die Augen traten. »Hat Ihnen das niemand beigebracht?«

Auf dem Rückweg zum *Beacon* dachte Tess über das nach, was Linda Wynkowski ihr erzählt hatte. Obwohl sie eine Antipathie gegen Rosita hatte, wusste sie doch, dass Redakteure tatsächlich Fehler in Geschichten hineinarbeiteten. Und die Leute beschwerten sich oft, falsch zitiert worden zu sein, wenn sie in Wirklichkeit einfach das Gesagte bereuten. Wahrscheinlich hatte Rosita Linda mit einem Haufen Reporter-Jargon durcheinandergebracht: Hintergrundinformationen, *off the record*, ohne Namensnennung. Wenn man bedachte, dass sich nicht einmal die meisten Reporter darauf einigen konnten, was diese Termini bedeuteten, dann war es für einen Zivilisten praktisch unmöglich, sie zu verstehen. Aber Linda war ausgesprochen sicher gewesen, dass sie Rosita gesagt hatte, sie könnte weder bestätigen noch entkräften. Sie hatte recht: Ein Wort wegzulassen veränderte das Zitat vollständig. Sie hatte »keinen Kommentar« von sich gegeben, und Rosita hatte es so verdreht, wie es ihr passte.

Als Tess im dritten Stock aus dem Fahrstuhl trat, stieg Feeney ein. Er schaute sie kaum an. Sie flitzte im letzten Augenblick zurück, die Fahrstuhltüren prallten von ihren Schultern ab.

»Komisch, Feeney. Du bist einer von zwei Leuten, die ich in diesem Gebäude kenne, und du bist derjenige, von dem ich nie etwas sehe oder höre. Whitney schickt mir wenigstens elektronische Grüße und schaut ab und zu mal vorbei.«

Feeney sah auf seine Schuhe. Schlichte Slipper, wie immer. Keine Socken, wie immer. »Diese Basketball-Story hat mein Leben aufgefressen. Sie ist wie eine glitschige Boa constrictor. Sie windet sich, sie dreht sich, und gerade wenn ich glaube, sie besiegt zu haben, stellt sich raus, dass die Schlange *mich* schlucken will.«

»Hat Baltimore denn immer noch die Chance auf eine Mannschaft?«

»Vielleicht. Der Deal hat natürlich an Schwung verloren, seit Wink tot ist, aber jetzt, wo die Tuccis sich entschieden haben, die Sache zu übernehmen, ist das Ganze sogar solider finanziert. Unter Pauls Führung ist seine Familie bereit, deutlich mehr zu investieren als bisher. Aber Geld ist nicht alles. Wink hat vielleicht keine Riesensummen mitgebracht, aber er hatte Mut und Charisma. Damit kann Tucci nicht dienen. Er ist nicht gerade das hellste Licht am Weihnachtsbaum. Was glaubst du, warum er noch immer kein gleichberechtigter Partner im Geschäft seines Vaters ist?«

Der Fahrstuhl hatte das Erdgeschoss erreicht. Tess ging mit Feeney zusammen hinaus, sie wollte ihr Gespräch fortsetzen. Sie wollte ihn nach seinem getürkten Alibi fragen, der Lüge, die sich zu ihrer eigenen geölten Boa constrictor gewandelt hatte, aber sie wusste, dass sie nicht zu direkt vorgehen dürfte.

»Was für einen Unterschied eine Woche machen kann. Als wir das letzte Mal miteinander sprachen, hast du noch die Grabrede auf deine Karriere gehalten. Erinnerst du dich?« Das war die Nacht, von der du vorgelogen hast, sie mit mir verbracht zu haben. Die Nacht, in der du mich in diesen ganzen Mist hineingezogen hast.

Feeney stieß ein ersticktes Geräusch aus, halb grunzend, halb lachend.

»Und dann kommt das, was dein Herausgeber eine ›ungeplante Veröffentlichung‹ nennt, und – wumms – alles passt. Die erste Geschichte führt zu dem Anruf von dem Typen in Georgia, und plötzlich hast du die Story deines Lebens.«

»Und Wink ist tot.«

»Wie bist du an dem Abend, an dem Wink starb, so schnell dort hingekommen, wie hast du die Geschichte noch in die Zeitung bekommen? Das muss doch verdammt knapp gewesen sein.«

»Ich hab sie aus einer Telefonzelle vor einem Royal Farm an der Reisterstown Road diktiert.«

»Aber in der Geschichte steht, dass die Cops erst um halb elf da waren, also musst du direkt nach ihnen gekommen sein. Wer hat dir den Tipp gegeben? Die Polizei? Der Leichenbeschauer? Ein Krankenwagenfahrer?«

»Ich kam nicht gleich nach den Cops, Tess. Ich war vor ihnen da.«

Tess blieb am Fuße der breiten, niedrigen Stufen vor dem *Beacon* stehen und packte Feeney am Arm, zwang ihn, ebenfalls stehen zu bleiben und sie anzuschauen.

»Wink? Wink hat dich angerufen?«

»Er hat meinen Beeper angewählt und seine Telefonnummer hinterlassen. Ich hab die Nummer erkannt – ich hab sie fast jeden Tag gewählt, wenn auch nur, um von ihm ›Kein Kommentar‹ zu hören – oder von seiner Frau ›Stirb doch‹. Ich hab zurückgerufen, keine Antwort. Ich dachte mir, wenn Wink bereit wäre, mit mir zu reden, sollte ich mir das nicht entgehen lassen, also bin ich rübergefahren. Die Garage war abgeschlossen, aber die Haustür war offen, als hätte er die ganze Zeit auf mich gewartet. Und irgendwie hat er das wohl auch getan. Wink hat schon seinen eigenen Stil gehabt.«

»Was hast du getan?«

»Ich hab aus dem Haus die Cops angerufen. Und dann habe ich meinen Notizblock rausgeholt, alle Informationen aufgeschrieben und meine Story durchtelefoniert wie ein braver Junge.«

»In der Geschichte stand, die Polizei hätte die Leiche gefunden.«

»Nein, da waren wir etwas ungenau. Ich wollte es eigentlich reinschreiben – ich fand, das wäre ein hübscher kleiner Scherz. Du weißt doch, dass die Redakteure Sätze lieben wie ›Der *Beacon* hat erfahren …‹ oder ›Wie der *Beacon* zuerst berichtete‹. Ich habe diktiert: ›Der *Beacon* hat letzte Nacht die Leiche von Wink Wynkowski entdeckt, offenbar Opfer eines Selbstmordes.‹ Colleen und Jack haben mich überstimmt.«

»Es *ist* ein bisschen melodramatisch.«

»Hast *du* schon mal eine Leiche gesehen?«, fragte Feeney, aber dann errötete er, als ihm einfiel, was Tess schon alles gesehen hatte. Er stopfte die Hände in die Taschen und begann, die Eutaw in Richtung Norden zu gehen. Sie hielt mit ihm Schritt. Sie war zu versessen auf dieses Gespräch, um sich von seiner Unhöflichkeit abschrecken zu lassen.

»Du solltest dich nicht schuldig fühlen, Feeney. Ich wette, Rosita hat auch keine Schuldgefühle, und sie ist genauso verantwortlich wie du.«

»Rosita ist jung. Sie ist wahrscheinlich sauer, dass er nicht *sie* angepiept hat. Rosita hat immer geglaubt, sie könnte die ganze Story knacken, wenn sie nur ein paar Minuten mit Wink hätte. Und sie schafft es tatsächlich, dass die Leute sich ihr öffnen, das muss ich zugeben. Keine Ahnung, wie sie das macht.«

Ich weiß es. Sie lässt sich von Zitaten einfach nicht in ihrer Story beirren.

»Wie viel hat sie zu der ersten Story beigetragen? Ohne deine Hilfe, meine ich.«

»Die meisten persönlichen Sachen über Wink, die Details über seine Ehe und seine Kindheit. Sie war auch diejenige, die der Typ angerufen hat, der ihn aus der Montrose kannte. Sie wollte das Interview alleine führen, aber Sterling war skeptisch. Er wollte ein Guter-Cop / Böser-Cop-Team hinschicken, nur um sicherzugehen, dass er nicht bloß ein Irrer ist. Rosita machte einen auf mitleidig, ich war das Arschloch. Aber der Typ war echt, und meine Gerichtsquelle hat das verifiziert.«

»Hat dein Informant im Gericht dir auch bei der ersten Story geholfen? Gehört er zu denen, die du nicht nennen wolltest?«

»Ja, er hat uns über die Jahre viel wissen lassen. Es wäre Wahnsinn, ihn zu verbrennen. Aber der Schlüssel war ein anderer Informant … Sagen wir mal, ein ehemaliger Geschäftspartner, dessen kreative Buchhaltungstricks für Wink ihm durchaus eine Gefängnisstrafe eintragen könnten. Jetzt ist er wiedergeboren, hat drei kleine Mädchen, ist Fußballtrainer und Elternsprecher. Ich hab seinen Namen noch nicht mal in meinen Notizblock geschrieben, um ihn zu schützen. Er war bloß U.B. – der ›Unbekannte Bürger‹.«

Tess schmeckte plötzlich Gin, sie hörte wieder den Lärm im Brass Elephant, sie sah Feeneys rotes Gesicht vor sich, als er ein paar Gedichtzeilen nuschelte.

»*Das* hast du mir in der Bar vorgetragen, ich konnte es nur nicht einordnen. Audens ›Der unbekannte Bürger‹. *Bin ich glücklich? Bin ich frei?*«

»Habe ich?«, fragte Feeney unglücklich. »Ich kann mich nicht daran erinnern.«

»Deine letzten Worte«, erinnerte ihn Tess. »Als du um acht Uhr losgestürmt bist und mich allein gelassen hast mit deiner offenen Rechnung.« Er wand sich ein bisschen, so wie sie es erwartet hatte, so wie sie es wollte. Gut: Jetzt wussten sie beide um die Lüge zwischen ihnen, dass er Tess benutzt hatte.

»Tja, er ging mir durch den Kopf«, behauptete Feeney. »So wie es mir ging, bin ich überrascht, dass ich nicht auch noch seinen Namen raustrompetet habe.«

»Du kannst ihn ja wenigstens jetzt raustrompeten. Wir sind doch lange befreundet, du kannst mir vertrauen.« Tess' Gedanken galoppierten: Wenn Rosita auch einige der Gespräche mit dem »Unbekannten Bürger« geführt hatte, dann hatte sie seine Aussagen vielleicht genauso verdreht wie Lindas. Das sollte man unbedingt überprüfen.

Feeney schaute nachdenklich, so wie manchmal, bevor er ein Gedicht aufsagte, obwohl er im Moment ganz offensichtlich nüchtern war.

»Tess, solange du für die Chefredaktion arbeitest, bist du nicht meine Freundin, und ich traue dir nicht. Und wenn du dieses Gespräch weiterführen möchtest, dann sollten wir meinen Gewerkschaftsvertreter aufsuchen.«

Er wandte sich ab und ging eilig in Richtung der Saint Jude Shrine davon. Tess stand an der Straßenecke, sie war atemlos, als hätte er sie gerade in den Bauch geboxt. Wieso war für Feeney alles so verdreht? Sie war doch hier, weil er gelogen hatte, weil er sie als Alibi angegeben hatte, und wenn es ihr nicht gelang zu beweisen, dass

Rosita aus lauter Ehrgeiz die Story ins Blatt gerückt hatte, dann würde Feeney vielleicht dran glauben müssen. Typisch Feeney, in die Offensive zu gehen, wenn er sich eigentlich entschuldigen müsste.

»Leck mich am Arsch, Kevin Feeney«, rief sie ihm hinterher, obwohl er schon zu weit weg war, um sie zu hören. »Kümmer dich doch um dich selbst.«

Der Eisregen hatte endlich aufgehört, aber dafür war es windiger geworden und eiskalt. Nur deswegen tränen meine Augen, redete Tess sich ein, als sie zurückging. Wegen des Windes.

19

Tess verließ den *Beacon* entmutigt und genervt um 16:30 Uhr, sie hatte die Medien gründlich satt, aber als sie zu Hause ankam, erwischte sie noch den Schluss einer Pressekonferenz bei FRAUEN UND KINDER ZUERST. Alle vier Regionalfernsehsender drängten sich in Kittys Buchladen, dazu noch der Reporter vom *East Baltimore Guide,* einer Lokalzeitung, und jemand von der alternativen Wochenzeitung der Stadt. Sie starrten alle die zitternde Esskay an, die Kitty auf Hochglanz gekämmt und der sie grünes Samt durchs Halsband geflochten hatte, um sie zu verschönern. Unklar war, wer zuerst die Kontrolle über den Harndrang verlieren würde – Esskay oder Tess, die gar nicht glauben konnte, dass Kitty so eine Nummer abzog.

»Ja, diese Hündin hat viele Rennen gewonnen«, beantwortete Kitty gerade irgendeine Frage. »Letztes Jahr beispielsweise war sie auf ihrer Rennbahn in Juarez die Siegerin. Aber der Besitzer hat sich entschieden, dass sie in Ehre abtreten dürfte, und so wurde sie zum offiziellen Maskottchen von FRAUEN UND KINDER ZUERST. Esskay – das ist ihr Spitzname, in Wahrheit heißt sie Sylvia Quérida – wird zudem Modell stehen für ein Kinderbuch, das ich über die Rettungsbemühungen für Windhunde schreiben und zeichnen werde.«

Ein Buch zeichnen? Das war neu für Tess. Kitty

kriegte nicht mal mithilfe eines Lineals ein Strichmännchen hin.

»Wie soll ein Rennhund wie der hier ausreichend Bewegung bekommen, wenn Sie nicht mal einen richtigen Garten haben?«, fragte ein Reporter – ein Skeptiker in der Fernsehbranche.

»Wie einige von Ihnen wissen, nehmen die Anwohner des Patterson Park jeden Abend ihre Hunde mit auf einen Rundgang, um Prostitution und drogenbedingte Verbrechen zu verhindern. Wir werden Esskay in diese nächtliche Patrouille eingliedern. Und einige alte Freunde von mir haben sich bereit erklärt, sie morgens auszuführen.«

Kitty winkte mit den Fingern in Richtung von zwei Muskelmännern in Spandexhosen und engen T-Shirts. »Diese Polizeibeamten werden mit Esskay zusammen als Teil ihrer Ausbildung joggen. Aber wenn es noch lange so kalt bleibt, müssen wir Esskay einen Pullover stricken – sie verfügt nicht über genug Körperfett, um sich zu schützen. Aber das gilt für die Officer ja ebenfalls.«

Die Reporter lachten, als die Polizisten rot anliefen. Kitty fischte einen Hundekuchen aus einer Schachtel, die neben ihrer Kasse stand, stieg auf den Tresen und hielt das Leckerli mit ausgestrecktem Arm etwa zwei Meter über den Boden. Mit einem eleganten Sprung schnappte Esskay den Hundekuchen aus Kittys Hand.

»Wunderbares Bild«, murmelte Tess vor sich hin. »Das läuft heute Abend auf allen Kanälen.«

Und so war es auch. Aber was folgte schnitten die Sender weg: Esskay kauerte sich über ihren Hundekuchen, schaute dann auf und sah vier Fernsehkameras näher kommen. Die Hündin stieß ein gequetschtes Jodeln aus, machte eine Pfütze auf den Boden, wie Tess es vorhergesehen hatte, und raste dann so schnell sie konnte aus dem Zimmer.

»Was du nicht verstecken kannst, zeig vor«, erklärte Kitty Tess und Crow am Abend nach einem Essen, das zwar den Winter-Blues vertrieb, sich aber an den Hüften ablagerte: Maiscremesuppe mit Sherry, Hühnchen-Reis-Auflauf, Crows selbst gebackene Brötchen sowie Ingwerbrot mit warmer Karamellsoße und frisch geschlagener Sahne. Vollgefressen saßen sie in Kittys Küche und hörten zu, wie der Wind um das Haus pfiff, als suchte er nach jemandem, auf den er schon lange sauer war. Kitty und Tess tranken Kaffee mit einem ordentlichen Schuss Kahlua, Crow reichte das reine Koffein. Er musste Esskay noch zu ihrem ersten Besuch bei der Patterson-Park-Patrouille abliefern.

»Okay, also haben wir Esskay vorgezeigt«, sagte Tess. »Und gleichzeitig auch eine Anzeige geschaltet für unsere Freunde mit dem Kack-Lachs-Wagen: Hey, Jungs! Holt sie euch. Der Hund, nach dem ihr sucht, wohnt an der Ecke Bond und Shakespeare Street.«

»Sie hätten dich sowieso irgendwann gefunden, wenn sie nicht schon wissen, wo du wohnst«, sagte Kitty. »Jetzt, wo Esskay berühmt ist, müssen diese Männer, die dir nachschnüffeln – kleiner Scherz am Rande –, wesentlich vorsichtiger sein. Sie werden sich nicht an zwei Polizisten rantrauen, die mit dem Hund Trainingsläufe absolvieren. Und auch nicht an ein Rudel Hunde, das mit den Nachtwächtern im Patterson Park umherstreift.«

»Und was ist mit den Sachen, die du dir ausgedacht hast, wie zum Beispiel ihren Rennsiegen?«, fragte Crow. »Was passiert, wenn die Reporter das überprüfen?«

»Selbst wenn jemand darauf kommt, bei der Hunderennbahn in Juarez anzurufen, glaube ich, dass es ein kleines Sprachproblem geben wird.«

Crow lachte, Tess seufzte. »Ich wünschte mir trotzdem, du hättest nicht die Cops dazugeholt. Vergiss nicht, wir wissen nicht, woher Spike die Hündin hat oder inwieweit er in diese Sache mit dem neuen Tattoo involviert ist. Je weniger die Cops wissen, desto besser.«

»Daran habe ich schon gedacht«, schnurrte Kitty. »Die ›Cops‹ sind Barkeeper-Kumpel von Steve. Die Reporter glauben, dass es Polizisten sind, weil ich es behauptet habe. Schein ist wichtiger als Sein.«

»Mein Gott, du bist ja nur am Sprücheklopfen. Wann erzählst du uns was von ›Morgenstund hat Gold im Mund‹? Oder ›Wer den Penny nicht ehrt‹, Tante Kitty? Wie wär's denn damit?«

Kitty warf ein übrig gebliebenes Brötchen nach Tess, das Esskay sich schnappte und sofort herunterschlang. »Ich dachte jetzt eigentlich eher an geschenkte Gäule und deren Körperöffnungen, die man sich nicht anschauen soll. Was mich direkt auf deine schöne Nachahmung eines anderen, rückwärtigen Teils der Pferdeanatomie bringt.«

»Mädels, Mädels.« Crow wusste immer noch nicht, was er davon halten sollte, wie Tess und Kitty miteinander herumzankten, selbst wenn alles doch nur lustig gemeint war. Seine Eltern, die aus Boston stammten und sich dann in Charlottesville, Virginia, niedergelassen hatten, um dem Winter zu entfliehen, waren fast schmerzhaft zivilisiert im Umgang miteinander. Esskay immerhin gefiel der spaßige Streit, und sie kam angelaufen, um nachzusehen, ob vielleicht noch ein bisschen Essen herumfliegen würde.

Crow befestigte die Leine am Halsband der aufgeregten Hündin. »Ich habe keine Lust, die warme Küche zu verlassen, aber wir können es genauso gut hinter uns bringen, Mädchen. Vielleicht freundest du dich ja sogar mit den anderen Hunden an.«

»Sprich nicht mit Fremden«, riet ihm Tess halb im Ernst.

»Machen wir nicht. Und wir nehmen von Fremden auch keine Hundekuchen.«

Eine Stunde später absolvierte Tess Stretchingübungen auf dem Schlafzimmerfußboden, als sie Crow und Esskay die Treppe hochkommen hörte. Ihre Muskeln waren verspannt – sie hatte nach ihren Work-outs keine Cooldown-Phase eingelegt, und dieses Versäumnis rächte sich an ihr, ein sicheres Zeichen des Alters. Sie war erst 29, aber das war auch schon ein gewisses Alter. Mit 29 konnte man beispielsweise nichts mehr für die Knochendichte tun, man konnte nur noch beschützen, was man hatte, indem man viel Kalzium zu sich nahm, Sport trieb und jeden Tag Pillen schluckte. Mit 29 hatten die Babyöl-Sonnenbäder aus der Highschool-Zeit die Haut schon irreparabel geschädigt. Und mit 29 war es auch zu spät, um ein Kind zu bekommen, damit man mit geringerer Wahrscheinlichkeit an Brustkrebs erkrankte. Tess hatte das Gefühl, als könnte sie spüren, wie ihr Körpermotor immer langsamer lief, Tag für Tag verbrannte er weniger Kalorien. Sie würde entweder mehr Sport machen oder weniger essen müssen. Ersteres schien unmöglich, Letzteres äußerst unwünschenswert. Sie überschlug schnell: Eine Meile mehr am Tag zu laufen verbrannte hundert Kalorien zusätzlich, dadurch konnte sie zehn Pfund Gewichtszunahme pro Jahr verhindern. Eine Meile, nicht mal zehn Minuten. Das könnte sie vielleicht doch noch reinquetschen.

Esskay wälzte sich mit ihrem kalten Fell und der noch kälteren Nase über Tess, wodurch ihre Übungen beendet wurden. Tess rollte sich zu einem Ball zusammen, und die Hündin nahm ihren Zopf in den Mund, als wäre er ein Spielzeug, und schüttelte das Ding wie wild.

»Mann, ist die aufgekratzt«, sagte Tess und rettete ihr Haar, als Crow sich stöhnend aufs Bett fallen ließ. »Sie muss sich echt amüsiert haben.«

»Viel zu sehr. Mir ist vorher gar nicht aufgefallen, wie aggressiv sie mit anderen Hunden umgeht. Sie hat versucht, sich mit einem Rottweiler anzulegen, um Gottes willen. Er hat nach ihr geschnappt, und sie ist zurückgezuckt, aber trotzdem musste ich ganz schön an ihrer Leine zerren.«

»Hast du irgendwelche Prostituierten im Park gesehen?«

»Ein paar ganz tapfere, aber sie hatten nichts zu tun. Und ich glaube, das ist nicht das Verdienst der Pudelpatrouille. Wenn man heute Nacht irgendwas aus der Hose holt, dann bricht's einem ab.«

Crow hatte keinen Wintermantel, deswegen war er nach dem Zwiebelprinzip gekleidet – Lederjacke und Wolljacke über drei Pullovern und einem Thermo-

Unterhemd. Als er sich jetzt bis aufs Unterhemd auszog, griff er in die Lederjacke und zog einen langen Umschlag aus der Brusttasche. »Hab ich fast vergessen. Das klemmte an deinem Wagen, als wir zurückkamen. Ich dachte erst, es wäre ein Ticket.«

»Wahrscheinlich irgendein neuer Werbequatsch von einer der Megabars«, sagte Tess und riss den Umschlag auf. Darin steckten Fotokopien, außerdem zwei Blatt cremefarbenes Briefpapier, an dessen oberem Ende in Schwarz ein Name prangte.

Rosita Ruiz.

»Was ist das?«, fragte Crow.

»Rositas Lebenslauf.« Tess war erstaunt. »Und ihr Bewerbungsschreiben. Dazu Kopien der Geschichten, die sie für die Zeitung in San Antonio geschrieben hat, ihre ganze Bewerbung beim *Beacon.* Das ist ihre Personalakte; die ist höchst vertraulich. Crow, hast du vielleicht gesehen, wer das an meinem Wagen hinterlassen hat?«

Er schüttelte den Kopf. »Ich hab nur den Umschlag unter deinem Scheibenwischer entdeckt.«

Tess schaute noch einmal in den Umschlag und fächerte dann die Blätter auf. »Kein Absender. Na, offensichtlich war es nicht Colleen, und Sterling würde mir die Sachen einfach geben. Also muss es einer der Untergebenen gewesen sein, Hailey oder Whitman. Aber wozu? Ich kann hier nichts Alarmierendes entdecken.«

»Redakteure als anonyme Quellen? Dieser Auftrag wird immer merkwürdiger, Tess.«

Tess dachte immer noch an die Extrakalorien, welche die Dreißiger ihr aufbürdeten, und entschied, dass sie besser in Zukunft alle zwei Tage ins Fitnessstudio ginge, bis es wieder warm genug war zu rudern. Am nächsten Morgen hielt sie also beim Durban's und gönnte sich eine lange Einheit an den Geräten.

Für das Gerätetraining brauchte man ruhige Disziplin, perfekte Bewegungsabläufe und Konzentration – das waren nicht gerade Tess' Stärken, vor allem, wenn es um ihren Unterkörper ging, dessen knirschende Gelenke fanden, dass Laufen, Radfahren und Rudern doch wirklich genug waren, besten Dank. Sie schwitzte in dem überheizten Saal ein wenig, lag auf dem Bauch auf der Maschine und machte Leg Curls. Sie zog die Hacken mitsamt der gepolsterten Hebel in Richtung Hintern. Rechte Seite, linke Seite. Aufwärts bis zwei zählen, abwärts bis vier. Was könnte noch langweiliger sein? Wenigstens war es morgens ruhig im Durban's, ein gelangweilter Aufseher war der einzige andere Mensch im Raum.

Sie machte ein zweites Set, dann stellte sie den Knopf auf höheren Widerstand. Wie immer fühlte sie sich bei den ersten drei Wiederholungen unverwundbar, bei den nächsten fünf immer sterblicher, bei den letzten beiden fast schon tot. Die allerletzte Wiederholung machte sie ein klein bisschen schneller. Und dann bemerkte sie, dass sich ihr irgendjemand näherte. Aber bevor sie den Oberkörper von der Bank heben konnte, drückte ein schwerer Männerkörper sie auf das Vinyl. Sie drehte mühsam das Gesicht zur Seite und befürchtete, einen der Männer aus dem Kack-Lachs-Wagen zu sehen.

»Wie laufen die Juwelengeschäfte?«, fragte Paul Tucci.

»Im Moment nicht so gut.« Tess versuchte, den Kopf zu heben, aber Tucci drückte die Hand auf ihr Ohr und presste ihren Kopf auf die Bank, bis sie das Meer rauschen hörte. Er lastete so schwer auf ihrem Rücken, dass es ihr nicht einmal gelang, die Füße unter den Polstern herauszuziehen, ohne sich das Knie zu verrenken. Fitnessmaschinen, die auch als Folterwerkzeuge herhalten konnten – das war doch mal Crosstraining. Und wo war eigentlich der Durban's-Aufseher?

Tucci bewegte die Hand nicht, verlagerte aber sein Gewicht, bis er bequemer auf Tess' fleischigeren Körperteilen ruhte.

»Ich hab 'ne Weile gebraucht, bis mir einfiel, woher ich Sie kannte«, sagte er. »Aber dann wusste ich ja, wo ich Sie finde. Was sollte das, warum haben Sie sich bei Lea mit diesem albernen Armband eingeschlichen? Und Sie waren auch bei Linda. Was haben Sie der für eine Lüge erzählt?«

»Ein Bekannter von mir sorgt sich um Lea.« Das war die Wahrheit, mehr oder weniger. »Alle möglichen Leute sorgen sich um sie. Man müsste ja ein Herz aus Stein haben, um sich nicht um eine Witwe mit drei Kindern unter fünf Jahren zu sorgen. Linda war … Sie fiel mir dann auch ein. Sie hat auch jemanden verloren.«

»Hören Sie, wenn Sie von einem von Winks Gläubigern kommen, dann müssen Sie sich hinten anstellen. Und wenn Sie für irgend so einen Schlaumeier von Anwalt arbeiten, können Sie es ganz vergessen.«

»Anwalt?«, fragte sie mit hoffentlich unschuldiger Stimme, aber wenn einem jemand die Handfläche aufs Ohr drückt, dann klingt eigentlich alles, was man hervorbringt, lächerlich und defensiv.

»Jeder verfluchte Versicherungsanwalt in der ganzen

Stadt hat jemanden zu Lea geschickt, obwohl die anderen nicht ganz so gerissen waren wie Sie. Die glauben, da muss doch irgendjemand mit tiefen Taschen zu verklagen sein. Ein Psychiater, dem nicht klar war, dass Wink selbstmordgefährdet war? Wink hatte keinen Psychiater. Kaputter Garagentüröffner? Es ist ja nicht so, als hätte er versucht, im letzten Augenblick das Ding aufzumachen, und es hätte nicht funktioniert. Er wollte die Garage nicht aufmachen. Alkohol und Drogen? Mann, steht schon auf der Packung, dass man die nicht zusammen nehmen soll. Und man soll dann auch keine schweren Geräte bedienen, was uns zurück zum Wagen bringt. Was wollen Sie machen, die Ford Motor Company verklagen, weil es im 67er Mustang keine Automatik gibt, die ihn ausschaltet, wenn jemand sich umbringen will?«

»Woher wissen Sie, dass er Drogen genommen hatte?«, fragte Tess. Tucci lockerte seinen Griff ein wenig, aber sie konnte immer noch das Blut durch ihr Ohr pulsieren hören. »Die Blutwerte sind noch nicht zurück, und in der Zeitung stand nichts davon, dass die Cops am Tatort Drogen gefunden hätten. Sie haben in der Nacht nur auf Alkohol getestet.«

Tucci griff sich mit beiden Händen ihren Zopf und zog ihren Kopf hoch, so wie Esskay es am Abend zuvor getan hatte, nur nicht so spielerisch. »Ich kenne Wink. Er hätte es nicht zu Ende gebracht, wenn er nicht völlig von Sinnen war. Er hätte den Mut verloren und im letzten Augenblick aufgehört. Letztlich war er doch ein feiger Hund. Die Cops haben Lea gesagt, dass er an dem Abend eine neue Flasche Jack Daniels aufgemacht hat, zwei, maximal drei Gläser hat er getrunken. Sein Blutalkohol war nicht mal bei 0,1 Promille, er hätte sogar fahren dürfen. Das stand in der Zeitung. Also muss er wohl irgendwas genommen haben, damit's schneller ging. Oder was meinen Sie?«

»Klar.« Sie würde allem zustimmen, was Tucci sagte, solange er sie in den Fängen hatte. Aber wieso war ihm so wichtig, dass sie zustimmte? Wieso klang das alles so, als probte er eine Geschichte, die er vielleicht noch mal anderswo aufsagen wollte?

»Gut. Und-jetzt-sag-doch-mal-was-du-von-Lea-und-Linda-wolltest?«

Mit jedem Wort hüpfte er auf und ab. Tess war dankbar, kein Frühstück auskotzen zu können.

»Sie haben echt zugenommen, seit Sie mit Lacrosse aufgehört haben«, sagte sie. »Wie viel haben Sie jetzt mehr auf den Rippen? Zwanzig Pfund? Dreißig? Und alles am Arsch und am Bauch, so wie sich's anfühlt.«

Tucci stand auf, zog den Bauch ein, strich sein Hemd vorne glatt und betrachtete sein Profil in der Spiegelwand. »Nichts, was nicht mit ein paar Sit-ups in den Griff zu kriegen wäre«, sagte er, und das gab Tess die Gelegenheit, ihre Beine zu befreien, sich auf die Seite zu rollen und zu zielen. Hatten die Ärzte ihm gerade das rechte Knie ausgewechselt? Ja. Tucci schrie und ging zu Boden, er krümmte sich vor Schmerz.

»Du kleine Fotze«, keuchte er. »Deinetwegen muss ich jetzt wieder am Stock gehen.«

Den Rest von Tuccis Selbstdiagnose schenkte sich Tess. Sie rannte die Treppe hinunter auf die Straße, wo sie den Durban's-Aufseher eine Zigarette rauchen sah.

Immerhin war er anständig genug, peinlich berührt zu schauen, als er sie sah.

»Er hat gesagt, er wollte nur mal in Ruhe mit Ihnen reden«, verkündete der Aufseher blöde, und er wusste, dass es keine Entschuldigung war, nicht im Durban's, wo Spikes Nichte vor jedem Männergespräch zu schützen war. »Er hat mir zwanzig Eier gegeben, damit ich mal entspannt eine rauchen gehe. Ich hab gedacht, das kann nicht so schlimm sein.«

»Na, vielleicht gibt er dir noch zwanzig, damit du einen Arzt rufst. Er hat sich was am Knie getan.«

»Wie hat er das denn geschafft?«

»Ich hab vergessen, ihm bei den Leg Curls zu helfen.«

»Bei Leg Curls braucht man auch keine Hilfe«, bemerkte der Aufseher.

»Vielleicht war das das Problem.«

Er brauchte einen Augenblick. »Großer Gott, Tess, was glaubst denn du, was du da tust? Dein Onkel Spike hat sich ja schon mit ein paar schrägen Typen eingelassen, aber selbst er war klug genug, sich nicht mit den Tuccis anzulegen. Weißt du eigentlich, was du da tust?«

»Nicht genau.«

20

Rosita Ruiz.

Der Name strahlte Tess vom oberen Teil des edlen Briefpapiers entgegen – schwere, teure Seiten. 24 Punkt groß, vielleicht 36, so schwarz und intensiv wie Rositas Augen. Tess starrte die Seiten an. Sie versuchte immer noch herauszubekommen, was ihr rätselhafter Besucher ihr mithilfe dieser Ausschnitte sagen wollte. Es waren vor allem Sportgeschichten, dazu ein kurzer Lebenslauf. Rositas berufliche Laufbahn bestand aus dem Schulbesuch in Roxbury, der Boston University (Abschluss in Geschichte cum laude), einem Sommerpraktikum bei einer kleinen Zeitung in Massachusetts, einem weiteren Praktikum beim *San Antonio Eagle* und einem Preis, dem zweiten Platz der Society of South Texas Journalists. Wie hatte Rosita mit diesem doch eher schlanken Lebenslauf einen Job bei einer der Top-20-Zeitungen des Landes ergattert? Tess war fünf Jahre beim *Star* gewesen und hatte beim *Beacon* keine Chance gehabt.

Klar, dachte Tess unzufrieden. Der Name! Ruiz. Und dann auch noch eine Frau, die über Sport schrieb. Gleich zwei Pluspunkte in der wundervollen Welt der Spontaneinstellungen der Zeitungen. Nicht, dass entsprechend unqualifizierte weiße Männer keine festen Jobs bekamen. Für jede unterqualifizierte Minderheit oder Frau gab es wenigstens drei weiße Männer, die ebenso unfähig waren, das war das Ergebnis der Minderheitenförderung: Die Standards für alle sanken. Davon abgesehen waren Rositas akademische Erfolge makellos – wenn sie stimmten.

Die Sekretärin der Boston University bestätigte Rositas Abschlussfach und -datum, nachdem Tess sich als *Beacon*-Angestellte ausgab, die einen Lebenslauf überprüfte. Und ungefähr das war sie ja auch, oder?

»Eine Kleinigkeit«, sagte die Sekretärin. »Sie hat sogar ein *magna* cum laude. Die Leute machen diesen Fehler normalerweise nicht, aber vielleicht wurde das ›magna‹ versehentlich aus ihrem Lebenslauf gestrichen.«

»Vielleicht«, wiederholte Tess, war aber nicht überzeugt. Es passte nicht zu Rosita, dass sie ihre Erfolge herunterspielte.

Sie breitete den Inhalt des Umschlags auf ihrem Schreibtisch aus, damit sie alles auf einmal sehen konnte. Vielleicht bildeten die Teile dann ein Ganzes. Bildete das, was man ihr hinterlassen hatte, ein Muster? Nein, es schien eher so, als hätte jemand sich einfach gegriffen, was da war, es in einen Umschlag gestopft und unter den Scheibenwischer ihres Wagens geklemmt. Jetzt konnte sie selber herausfinden, was sie damit anfangen sollte. Forderte sie jemand heraus, der sie wie Whitney oder Tyner anschieben wollte? Das würde auf Jack Sterling hindeuten. Oder stammte der Umschlag von irgendjemand Faulem, Verzweifeltem, der hoffte, dass Tess etwas finden könnte, was zuvor keiner gesehen hatte? Dann würde die Beschreibung auf alle Redakteure zutreffen.

Sie las zum zweiten Mal Rositas Artikel durch. Ein

Rätsel immerhin war gelöst: Hier fand sich die Atemlosigkeit, hier standen die albernen Klischees, die in Feeneys Arbeiten auftauchten, seit die beiden zusammen schrieben. Merkwürdig, auch in San Antonio hatte sie mit jemandem zusammengearbeitet, einen dieser Ausschnitte hatte sie beigefügt. Von Rosita Ruiz und Alann J. Shepard. Es war die einzige Seite-eins-Story in dem Stapel, eine dieser haarsträubenden Sonntags-Geschichten, die einem über irgendetwas mehr erzählten, als man je wissen wollte, aber gleichzeitig erfuhr man nichts Neues. Ein Profi-Baseballspieler, der direkt aus dem Getto von San Antonio zu den Texas Rangers aufgestiegen war, hatte sich auf der Fahrt nach Hause an eine Undercover-Polizistin herangemacht, die als Prostituierte posierte. »Wie wär's mit ein bisschen halb und halb?«, hatte er sie gefragt. Wäre das alles gewesen, hätte er ja noch behaupten können, dass er in Wahrheit nach Milch für seinen Kaffee fragte. Aber auf dem Band der Cops war auch sein nächster Satz deutlich zu hören. »Ich zahl dir vierzig Eier.« Nicht einmal an der Tankstelle musste man so viel für eine Milch hinblättern.

Aber es war trotzdem ein alberner Vorwurf, den ein beliebter Sportler oder Schauspieler mühelos überlebt, wenn er sich ein paar Mal öffentlich entschuldigt. Aber die Polizistin war weiß und der Baseballspieler ein Latino, das hatte die Sachlage deutlich dramatisiert. Man hatte der Polizei vorgeworfen, eine rassistische Verschwörung gegen den Spieler zu betreiben, es genau auf ihn abgesehen zu haben, um ihn in die Knie zu zwingen. Aber die Mutter des Baseballspielers schien den Cops durchaus zu glauben. »Männer!«, hatte sie den Reportern auf Spanisch versichert. »Was erwartet ihr? Sie können ihn nun mal nicht in der Hose lassen. Er spielt besser, wenn er happy ist, so viel steht fest.«

Ein Interview auf Spanisch? Das hatte wahrscheinlich Rosita geführt. Neugierig wählte Tess erneut die Nummer des *San Antonio Eagle,* und sie wurde nur zweimal durchgestellt, bevor sie Rositas ehemaligen Partner an der Strippe hatte.

»A. J. hier.«

»Wie in Alann Shepard?«

»Bitte keine Astronautenwitze, ja? Die hab ich alle schon gehört.«

»Ich bin Tess Monaghan vom *Beacon* in Baltimore, und ich überprüfe den Hintergrund von Rosita Ruiz.«

Wenn sein Gesicht zu seiner Stimme passte, dann musste er das größte Grinsen der Welt zeigen. »Wo ist sie jetzt wieder reingetreten?«

Der Feeney des *Lone Star.* Tess fand Gefallen an ihm, aber dann fiel ihr ein, dass sie derzeit schon mit dem Original ihre Probleme hatte.

»Soweit ich weiß, in nichts. Es ist reine Routine. Ich frage mich nur, was für Erfahrungen Sie bei der Zusammenarbeit mit ihr gemacht haben.«

»Ein ›Reine Routine‹-Hintergrundcheck, sechs Monate nachdem sie bei euch angefangen hat und weniger als zwei Wochen nach ihrer ersten großen Story? Aber sicher. Und wenn sich Dinge wiederholen, dann wird sie die Story benutzen, um zu einer anderen Zeitung zu springen, und der *Beacon* kann hinter ihr aufwischen. Hoffen wir nur, dass der *Boston Globe* oder die

Washington Post klug genug ist, diese Fragen zu stellen, *bevor* sie auf der gepunkteten Linie unterschreibt.«

»Ich hab mit Ed Saldivar gesprochen, aber er hat mir nur die Daten ihrer Beschäftigung bestätigt.«

»Junge, ihr da oben seid ja wirklich weit vorne. Man sagt euch ›Kein Kommentar‹, und ihr hört auf zu graben. Und ich hab geglaubt, ich müsste eifersüchtig sein, als Rosita weiterzog.«

»Jetzt spreche ich doch mit Ihnen«, sagte Tess scharf. »Ganz offensichtlich habe ich nicht aufgehört zu graben. Und Sie sind offensichtlich wild darauf, mir etwas zu sagen, wieso reden wir also nicht einfach?«

Es folgte eine lange Pause. Als er wieder sprach, war der lustige Tonfall völlig verschwunden, seine Stimme klang leiser und trauriger.

»Es gibt viel, was ich Ihnen erzählen möchte. Ich möchte Ihnen von Klagen wegen Verletzungen der Privatsphäre erzählen, die mühelos genauso viel Ärger machen wie Schadenersatzklagen. Ich möchte Ihnen von einem kleinen Mädchen mit großen Augen erzählen, das zu beinahe analphabetischen Mexikanerinnen geht und sagt: ›Oh, ich weiß, Sie reden nicht mit Reportern, aber darf ich vielleicht auf ein Glas Eistee reinkommen? Es ist so ein heißer Tag.‹ Ich möchte Ihnen erzählen, wie Klatsch und Tratsch bei den Zeitungen funktioniert – in Texas lassen sie die Finger von Rosita, aber ein paar Zeitungen im Osten haben hier keine Kontakte, also kennen Sie die ganze Geschichte nicht. Ich möchte Ihnen erzählen, dass, wenn eine Zeitung jemanden wegen übler Nachrede auszahlt, die unter zwei Namen erschienen ist, der schuldlose Schreiber nicht mehr tadellos dasteht. Ich möchte Ihnen all das erzählen, aber die außergerichtliche Einigung war nur möglich im Zuge einer Verschwiegenheitsvereinbarung, und ich könnte meinen Job verlieren, weil ich Ihnen all das schon ›nicht‹ erzählt habe.«

»Können Sie mir nicht mehr sagen? Ein paar Details, ein paar Namen?«

»Hören Sie, überprüfen Sie einfach die Geschichten, die sie für Sie geschrieben hat. Sprechen Sie mit den Leuten, die sie interviewt hat, schauen Sie sich die Dokumente an, die sie benutzt hat, vollziehen Sie ihre Schritte nach. Ich wette, Sie werden in Baltimore schon so viel finden, dass Sie sich keine Sorgen machen müssen, was hier passiert ist.« Kurze Pause. »Ist sowieso 'ne alte Geschichte.«

Tess hörte eine Stimme aus dem Hintergrund rufen. »Hey, Erde an A.J. Du hast noch einen Anruf, kannst du den nehmen, oder soll ich ihn in die Umlaufbahn schießen, bis du wieder runterkommst?«

»Ich muss weiter«, sagte A.J. erschöpft.

»Darf ich Sie zurückrufen?«, fragte Tess.

»Mich zurückrufen? Junge Frau, ich hab nie von Ihnen gehört.«

Rositas Geschichten überprüfen. Ohne es sich vorgenommen zu haben, hatte Tess das die ganze Zeit getan. Sie hatte mit den beiden Mrs. Winks gesprochen, sie hatte Feeney ausgequetscht, was Rosita eigentlich zu der ursprünglichen Story beigetragen hatte. Sie hatte die Akten in der Scheidungssache Wynkowski durchgesehen, sie hatte nach Polizeiberichten gesucht, die eheliche Gewalt bestätigen könnten. Bei all der Angeberei hatte

Rosita sogar eine praktische Checkliste von allem mitgeliefert, was sie getan hatte, und Feeney hatte sie bestätigt. *Feeney hat die ganzen Geldsachen rausgekriegt, aber von mir ist das über seine Ehe und seine Spielsucht. Es ist mein Teil der Story, über den die ganze Stadt spricht.*

Tess zog eine Linie in der Mitte ihres Blocks und richtete zwei Kategorien ein – Ehe und Spielsucht. Lea hatte geschworen, dass Wink kein Spieler war, aber Ehefrauen wussten auch nicht alles. Dann rief sie die archivierte elektronische Kopie der berühmten ersten Story auf, sie wollte die Namen von Rositas Quellen notieren und dort anrufen.

Kein Wunder, dass Jack und Lionel ein Problem mit der Story gehabt hatten: Im ganzen Bericht war nicht eine einzige Quelle genannt, es sei denn, die Information war so belanglos, dass sie ohnehin überflüssig war. (*»Alle lieben Wink«, sagt sein alter Freund Paul ›Tooch‹ Tucci. »Selbst wenn sie gegen ihn verlieren, lieben sie ihn.«*) Feeney hatte wenigstens eine Reihe Gerichtsakten, die seine Behauptung stützten, dass Wink nicht liquide sei; Rosita hatte bloß *einen Freund, der Wink nahestand*, oder *jemanden, der dem Paar nahestand*. Es würde unmöglich sein, irgendetwas davon zu überprüfen. Was wahrscheinlich genau der Sinn der Sache war. Wenigstens eins hatte Rosita gelernt, nachdem sie San Antonio verlassen hatte: wie sie ihre Spuren verwischen konnte.

Tess las die Story noch einmal, hoffte auf eine Spur, der sie folgen könnte, irgendetwas. Da stand eine Kleinigkeit über Wink und Lindas Bungalow in Violetville, der Gegend, die Jack Sterling so unpassend für einen Möchtegern-Gangster gefunden hatte.

Der Holzbungalow in der MacTavish sieht aus wie eine typische Flitterwochen-Unterkunft, mit den gerade gepflanzten Grünanlagen und dem frischen Anstrich. Aber eine dem Paar nahestehende Quelle sagte, die Flitterwochen seien vorüber gewesen, kaum dass die beiden die Schwelle übertreten hatten: Wynkowski habe seine frisch gebackene Ehefrau wiederholt geschlagen.

Der *Beacon* stellte Tess freundlicherweise einen Stadtplan und ein Melderegister zur Verfügung. Endlich eine Spur. Die Hälfte der Bewohner in der MacTavish Avenue, die kaum zwei Blocks lang war, hatte dort schon gelebt, als Wink und Linda noch dort wohnten, glaubte man der Liste. Die Nachbarn wussten wahrscheinlich am allermeisten über die Ehe des Paares, dachte Tess. In hölzernen Bungalows mit ihren dünnen Wänden konnte man Geheimnisse schlecht für sich behalten.

21

Hatten in Violetville jemals Veilchen geblüht? Das konnte man sich jetzt kaum vorstellen. Der Stadtteil befand sich in der südwestlichsten Ecke des Industriegebiets, gerade noch innerhalb der Stadtgrenzen, ein wichtiger Umstand, denn Baltimore war ein Stadtstaat ohne County. Die Stadt war allein, als sie reich war, und jetzt war sie allein in ihrer Armut. Violetville war eine dieser merkwürdigen Inseln, die man an den Rändern vorfand.

Aber verzweifelt hielt der Stadtteil an seinem Mittelstand-Status fest. Straßen mit Namen wie MacTavish, Sharon-Leigh, Benson, Clarenell, Haverhill – Namen, die Tess aber auch gar nichts sagten – sahen nach John Waters anno *Pink Flamingos* aus. Kleine Häuser, verrostete Vordächer, metallene Verandastühle, kitschige Vorgartenkunst, die nicht wusste, dass sie kitschig war. Selbst das Licht war wie in Waters Frühwerken – ausgewaschen, ungemütlich, kühl. Das alte Wynkowski-Haus – die »Flitterwochen-Unterkunft« – war das heruntergekommenste Gebäude in der MacTavish, als hätten Wink und Linda all ihr schlechtes Karma zurückgelassen.

Tess arbeitete sich erst in Richtung Norden, dann auf der gegenüberliegenden Straßenseite nach Süden durch die Ziegelreihenhäuser, dann wieder nach Norden, bis sie beim direkten Nachbarn der Wynkowskis landete. Tatsächlich konnten sich einige Anwohner noch an die verräterischen Anzeichen einer wilden Ehe erinnern: Lärm, vor allem im Sommer, wenn die Fenster offen standen und die Stimmen weit hallten. Aber sonst nichts. Alle freuten sich, mit ihr zu reden – Tess hatte das Gefühl, dass sie seit Langem das Aufregendste war, was in der MacTavish passierte –, aber die Erinnerungen waren verwaschen, unscharf, und über Rosita hatten sie nur Gutes zu sagen. »So eine nette junge Frau.« Als Tess das letzte Haus erreichte, war sie gelangweilt und wollte eigentlich weiterziehen. Sie hoffte beinahe, dass ihr niemand aufmachte.

Ein verschrumpeltes Wesen in einem verblichenen blauen Bademantel machte die Tür auf, kaum dass sie geklopft hatte. Tess starrte auf rosa Kopfhaut und schütteres weißes Haar herunter, was hübsch mit einem hellblauen Bademantel und passenden Hausschuhen kontrastierte. Von hier oben war unmöglich zu sagen, ob das Wesen, das ihr gegen das Brustbein starrte, männlich oder weiblich war. Das Haar war dünn, aber lang und unordentlich. Ein Mann, der einen Haarschnitt mehr als nötig hatte – oder eine Frau, die sich längst keine Mühe mehr mit ihrem Erscheinungsbild gab?

»Was kann ich für Sie tun?« Nicht mal die Stimme verriet das Geschlecht. Das Raspeln eines Rauchers, weder hoch noch tief.

»Ich führe einen Faktencheck für den *Beacon* durch.« Das war eine von mehreren Geschichten, die Tess erzählt hatte, während sie von Tür zu Tür strich, und die sie variierte, um sich nicht zu langweilen. »Ich bin Teil unseres neuen ›Alles immer richtig‹-Programms. A-I-R. Wir wollen die Leser wissen lassen, dass wir alles daransetzen, die Fakten korrekt darzulegen.«

Der Gnom schaute hoch in Tess' Gesicht. Das Geschlecht war immer noch unklar. Das Haar hatte etwas Männliches an sich, aber es gab nur ein paar Kinnhaare, was nun wieder besser zu einer älteren Frau mit schlechter Sehkraft passte.

»Das is' ein bisschen verkehrt rum, nich' wahr, die Fakten zu checken, nachdem sie schon gedruckt sind?«

»Oh, wir überprüfen sie auch vorher. Ich überprüfe sie nur erneut, könnte man sagen, falls uns trotz aller guten Absichten mal etwas durchrutscht. Miss, Miss … Entschuldigung, ich habe Ihren Namen nicht verstanden.«

»Athol. Bertie Athol.« Toll. Selbst der Name war asexuell.

Der/die bärtige Bertie bat Tess in ein dunkles Wohnzimmer, in dem anscheinend seit dem Geiseldrama im Iran nicht mehr sauber gemacht worden war. Ein Mann, dachte Tess. Nur ein Mann konnte sich so wenig um den Haushalt kümmern.

Oder eine kurzsichtige Frau, setzte sie hinzu, als Bertie an den fleckigen Eichentisch neben ihrem/seinem Sessel stieß, einem Polstersessel, dessen verblichener Goldton den Umriss von Berties Klumpkörper in sich trug wie ein Wasserzeichen.

»Also, was wollen Sie mich fragen? Ich sage Ihnen eins, ich hasse die neuen Aktienkursübersichten. Zu klein gedruckt, da kann ich meine Fonds nicht nachschauen. Und auch nicht die Sportergebnisse. Alles zu klein. Ist bei Ihnen das Papier knapp?«

»Genau genommen bin ich nicht hier, um über die Fonds oder Sportergebnisse zu reden, obwohl ich Ihre Bedenken selbstverständlich weitergeben werde. Heute interessiert uns Ihr Eindruck von den Geschichten über Wink Wynkowski.«

»Der Wynkowski-Junge? Er hat gleich hier rechts gewohnt. Hat er schon wieder irgendwas verbrochen?«

»Äh, er ist tot.«

»Was Sie nicht sagen.« Bertie begann zu lachen, ein trockenes Gackern. »Ich veralbere Sie doch nur. Ich weiß natürlich, was mit Wink passiert ist. Ich hab mit diesem Mädchen geredet, als es hier war. Wir haben ganz schön viel Zeit miteinander verbracht.«

»Hat sie irgendetwas verwendet, was Sie ihr berichtet haben?«

»Aber sicher, ich bin die Quelle, die der Familie nahesteht! Sie wissen schon, da steht …« Bertie machte eine Pause und nahm sich die Zeit, die richtigen Worte aus der Erinnerung zu pflücken. »Da steht: *Aber eine dem Paar nahestehende Quelle sagte, die Flitterwochen seien vorüber gewesen, kaum dass die beiden die Schwelle übertreten hatten: Wynkowski habe seine frisch gebackene Ehefrau wiederholt geschlagen.* Das hat sie sehr elegant formuliert. So gut hätte ich das nie sagen können.«

Tess starrte den alten Mann/die alte Frau skeptisch an. »Sie sind diese Quelle? Standen Sie Wink und Linda wirklich so nahe?«

Bertie deutete mit seinem/ihrem Kinn in Richtung des ehemaligen Hauses der Wynkowskis. »Ich weiß nicht, wie viel näher man ihnen stehen könnte. Von meinem Küchenfenster bis zu ihrem Schlafzimmer sind's kaum drei Meter. Wenn ich im Sommer abgewaschen habe, konnte ich sie in vielen Nächten loslegen hören.«

»Haben Sie das auch Rosita Ruiz erzählt?«

»Ja, dem Mädchen von der Zeitung, Rosie. Ich hab hier auch noch irgendwo ihre Karte.« Bertie begann, auf den Taschen des Bademantels herumzuklopfen, als könnte die Karte sich vielleicht materialisieren, aber es kamen nur ein paar benutzte Taschentücher zum Vorschein.

»Sind Sie ganz sicher, dass es auch zu Gewalttätigkeiten kam, Bertie? Viele Leute schreien sich an.«

»Ja, aber sie werfen nicht mit Möbeln nacheinander. Und sie rufen auch keinen Arzt.«

Das war neu. »Einen Arzt?«

»Ja. In der Nacht. Nachts kann man den Notarztwagen gut sehen. Natürlich war Mr. Athol damals noch am Leben, und ich weiß noch, dass wir darüber geredet haben, wie traurig es ist, dass ein junges Paar so oft unglücklich ist.«

Immerhin war jetzt das Rätsel von Berties Geschlecht gelöst.

»Ja. Das ist wahr. Können Sie sich an noch irgendetwas bei diesen Streitigkeiten erinnern? Wenn der Notarzt kam, musste er dann Mrs. Wynkowski auf einer Trage mitnehmen, oder konnte sie selbst gehen? Konnten Sie sehen, wie schwer sie verletzt war? Waren es vielleicht Verletzungen, die von einem Unfall stammen könnten?«

Bertie schloss die Augen und lehnte sich zurück, als durchlebte sie einen besonders packenden Traum. Das war sehr dramatisch, aber nicht besonders nützlich.

»Ich kann mich nicht erinnern«, sagte sie nach ein paar Sekunden. »Ich erinnere mich nur an die Lichter. Ich hab ja nicht die ganze Nacht dagestanden und durch die Vorhänge gelinst.«

Ich möchte wetten, genau das hast du getan, bis alle weg waren. »Vielen Dank, Mrs. Athol, wir freuen uns, feststellen zu können, dass Ihr Teil der Geschichte korrekt wiedergegeben wurde. Sie waren sehr hilfreich.«

»Und wie viel Geld kriege ich jetzt?«

Tess war verwirrt. »Zeitungen bezahlen nicht für Informationen, Mrs. Athol. Das ist unethisch.«

»Das andere Mädchen hat das aber auch getan. Wissen Sie, erst erinnerte ich mich nur daran, dass der Krankenwagen einmal da war. Sie hat mich gefragt, ob ich mich vielleicht irre, ob der vielleicht dreimal da war, nicht nur einmal, oder zumindest zweimal, ob es ein Muster gäbe. Das war das Wort, das sie gesagt hat, Muster. Sie hat mir fünfzig Dollar gegeben, und ich hab mich erinnert, dass es vielleicht auch dreimal war.«

Tess' Magen schlug einen Salto; sie fühlte sich zugleich hoffnungsvoll und unglücklich. A.J. Shepard hatte ihr gesagt, dass es leicht sein würde, aber sie konnte kaum glauben, dass Rosita so dämlich war. »Sind Sie sicher?«

»Natürlich bin ich sicher. Glauben Sie, ich vergesse es, wenn mir jemand fünfzig Dollar gibt? Aber heute, heute war mehr ein Zwanzig-Dollar-Interview, finden Sie nicht?«

»Sie wollen Geld?«

»Bloß zwanzig Dollar«, bettelte Bertie.

»Dazu bin ich nicht autorisiert.«

»Vielleicht Rabatt auf mein Abo?«

»Nein, Bertie. Nicht mal die Reporter bekommen Rabatt.«

Bertie schob schmollend die Unterlippe vor, was vor vielleicht dreißig Jahren sogar niedlich ausgesehen haben könnte. Aber jetzt, wo ihr die Hautfalten an Kiefer und Hals herunterhingen, sah sie eher aus wie eine Bulldogge.

»Wozu brauchen Reporter denn auch Rabatt? Die wissen doch sowieso schon, was in der Zeitung steht.«

Als Einzelkind hatte Tess keine große Erfahrung mit Petzen. Sollte sie Sterling sagen, was sie über die Bestechung von Bertie Athol herausgefunden hatte? Sollte sie weitermachen und herauszufinden versuchen, ob es noch mehr solche Schwachstellen in Rositas Reporterarbeit gab? Immerhin bezahlte sie die Leute und nannte ihre Namen nicht.

Sterling würde das wissen wollen, da war sie sicher. Scheckbuch-Journalismus war so ekelerregend, dass selbst einige der Boulevard-Fernsehsender das nicht mehr praktizierten. Aber Tess war unangenehm bewusst, dass sie aus anderen, weniger korrekten Gründen mit Sterling sprechen wollte. Sie wollte, dass er sie lobte, dass er sie anlächelte und sagte: »Gute Arbeit!« Sie war verknallt. Sie war verknallt wie ein verdammtes Schulmädchen.

Na, immerhin lag Violetville nicht unweit von Saint Agnes. Sie konnte genauso gut bei Spike vorbeischauen und ihrem Geist und den Hormonen die Gelegenheit geben, sich abzuregen.

Sie war froh, als sie einen der Boxer aus dem Durban's im Flur aufpassen sah. Wenigstens etwas lief wie geplant. Tess ging hinein, und Tommy saß schon da, er hatte sich einen Stuhl an Spikes Bett gerückt. Zwar durften nur Familienmitglieder zu Spike, aber da man im Krankenhaus offenbar den Eindruck hatte, dass Tommy Spikes Lebenspartner war, nicht nur sein Geschäftspartner, hatte man ihn in diese Gruppe aufgenommen. Er hatte eine Schachtel Pralinen im Schoß, ein merkwürdiges Geschenk für einen Mann im Koma. Tommy hatte es wahrscheinlich ausgesucht, weil er wusste, dass er es dann selbst plündern konnte. Er hielt Tess zerknirscht die Schachtel hin, aber die Pralinen mit den Nüssen hatte er schon alle gegessen, also lehnte sie ab.

»Hi, Onkel Spike.« Er war so still. Aber was hatte sie erwartet – dass er schlief wie ein Cartoonmännchen oder wie einer der *Stooges*, dass seine Brust sich betont hob und senkte und ein leises Pfeifen aus den verschiedenen Schläuchen drang? Tess glaubte, seine Augenlider flattern und seinen Mund zucken zu sehen. Wunschdenken.

»Was sagen die Ärzte?«

»Mir gar nichts«, schmollte Tommy, und seine schlechte Laune ließ ihn das übliche Fragezeichen vergessen. Es würde eine Weile dauern, bevor er Tess das letzte Treffen verziehen hatte. War das wirklich erst gestern Morgen gewesen?

»Waren meine Eltern hier?«

Er grunzte, dann tirilierte er: »Nicht, dass wir ihn nicht genauso sehr lieben wie du, Tommy. Aber wir haben viel Arbeit.«

Tess lachte. Er konnte Judith sensationell gut nachmachen.

»Ich vermisse ihn?«, setzte er in seiner eigenen Stimme hinzu.

»Das tun wir alle.«

»Nein, tut ihr nicht, nicht so wie ich?«, sagte er so ärgerlich und laut, dass der Durban's-Bodyguard den Kopf hereinsteckte, um sicherzugehen, dass alles in Ordnung war.

Tommy senkte die Stimme, aber er zitterte immer noch vor lauter Wut. »Wenn er stirbt, dann wärst du traurig, aber du würdest ihn nicht jeden Tag vermissen, jede Minute, so wie ich? Du würdest ihn vermissen, wenn du mit deinen Freunden im Point vorbeischauen möchtest, wenn du darüber kicherst, wie hässlich der Laden ist? Oder du würdest ihn bei Familientreffen vermissen? Aber nicht jeden Tag, nicht mehr als den Karneval?«

»Tommy, seit Jahren gab es keinen Karneval mehr in der Stadt.«

»Genau? Und wann hast du das letzte Mal daran gedacht?« Er stand auf, stellte die Pralinenschachtel auf einen Stuhl und marschierte zur Tür hinaus.

Tess war nicht sicher, ob Tommy recht hatte oder nur nervig war. Oder ob er nervte, weil er recht hatte. Sie trat ans Fenster, von dem aus man den Parkplatz und die Auffahrt vor der Notaufnahme sehen konnte. Diese Auffahrt hatten ihre Eltern in ihrer Jugend so oft genommen, wenn Tess wieder mal nach irgendeinem Unfall blutend auf dem Rücksitz lag. Sie hatte ein Glas mit Glühwürmchen fallen lassen, und eine Scherbe hatte sie an der Wade erwischt. Ein gebrochener Knöchel, als sie aus ihrem Schlafzimmerfenster gesprungen war, weil sie Rapunzel spielte. Ein langer dünner Schnitt, mittlerweile verborgen in der Kurve ihrer Augenbraue, wo der Lacrosse-Schläger des Nachbarjungen sie getroffen hatte. Und dann war da noch diese Highschool-Nacht gewesen, in der Brechwurzel zu gute Arbeit geleistet hatte. Sie hatte gespuckt und gespuckt, bis sie gefährlich dehydriert war, ihr Körper wollte sich noch immer entleeren, lange nachdem die Familien-Pizza und das große Minz-Schokoladen-Eis draußen waren. Ihre Eltern hatten wahnsinnige Angst und kauften ihr daher die Geschichte ab, dass sie die Brechwurzel versehentlich genommen hatte, weil sie glaubte, sie helfe gegen Erkältungen. Damals wussten sie nicht, dass sie regelrechte Saufgelage veranstaltete, wie hätten sie also vermuten können, dass sie einen Cleanse durchführte?

Aber sie hatten nie einen Krankenwagen gebraucht, nur einen Waschlappen, um ihn gegen die neueste Wunde zu pressen, während ihr Vater auf der Wilkens Avenue Mario Andretti spielte. Krankenwagen holten Menschen mit schwereren Verletzungen, die Sauerstoff oder erste Hilfe brauchten. Tess hatte nie das Bewusstsein verloren, nicht nachdem sie die ganze Nacht gekotzt hatte, nicht einmal, als sie im Unterholz auf eine zerbrochene Flasche gestürzt war und unerwartet Einblick in die Innereien ihres Knies erhielt, bis auf den Knochen, wie eine Illustration im Biologiebuch.

Sie schaute zu, wie ein junger Mann einer Frau aus einem alten Dodge half. Er könnte derselbe Mann sein, den sie im Gerichtshaus getroffen hatte, der so lächerlich stolz auf seine gültige Ehe und sein beinahe eheliches Kind war. Die Frau hielt ihren Arm vor sich hingestreckt, als wäre er ein Stück Treibholz, das sie am

Strand gefunden hatte. Der Mann – eher ein Teenager – legte seinen Arm um ihre Schultern, als wäre sie aus Porzellan. Warum hast du sie dann zerbrochen, wollte Tess fragen, denn sie hatte keinen Zweifel daran, dass er derjenige war, der sie hier wortwörtlich herbefördert hatte. Klar, wieso sie im Moment an eheliche Gewalt dachte.

Nur zwei Menschen wissen die Wahrheit über eine Ehe, sagte Kittys Stimme streng zu ihr. Niemand wusste wirklich, was in Violetville geschehen war. Wink war tot und Linda sagte nichts. Aber Bertie hatte einen Krankenwagen gesehen, selbst wenn es nur einmal gewesen war. Es war falsch von Rosita gewesen, für diese Information zu bezahlen, und das Geld hatte Bertie wahrscheinlich dazu gebracht zu übertreiben, aber Tess bezweifelte nicht, dass die Aussage grundsätzlich stimmte. Wenn man seine Frau einmal schlug, war man ein Schläger. Und fast kein Mann schlug nur einmal. Vielleicht wenn er sich Hilfe holte, eine Therapie machte – aber sie konnte sich nicht vorstellen, dass Wink sich Hilfe gesucht hatte, um seinen Jähzorn unter Kontrolle zu bekommen, denselben Jähzorn, der ihn dazu gebracht hatte, einen alten Ladenbesitzer zusammenzuschlagen. Montrose hatte ihn nur gelehrt, wie er seinen Jähzorn verbergen konnte, wie er seine Opfer besser auswählte. Wink war viel zu beschäftigt damit, ein Geschäft aufzubauen – von A bis Z, wie Feeney so schön gesagt hatte –, als dass er sich um so etwas Gedanken machte. Rosita hatte die Fakten vielleicht falsch wiedergegeben, aber dennoch hatte sie die Wahrheit zu fassen bekommen.

Nein, wenn Tess Rositas Arbeit nachprüfen wollte, dann sollte sie sich wahrscheinlich auf den Vorwurf der Spielsucht konzentrieren. Ihre beste Quelle für derartige Fragen war zwar gleich hier, aber Spike würde ihr nicht so bald helfen können. Wenn er überhaupt jemals wieder zu Bewusstsein kam, dann hatte sie wahrscheinlich drängendere Fragen an ihn. Warum will dich jemand wegen eines Windhunds umbringen, wenn er sogar umtätowiert ist? Sie betrachtete seinen geliebten spitzen Kopf und wünschte sich, sie könnte hineinsteigen und durch seine Erinnerungen wandern. Aber da das unmöglich war, ging sie.

Ein Krankenwagen fuhr sie fast über den Haufen, als sie die Straße überquerte. Das wäre ja mal ein interessanter Rechtsstreit. In diesem Augenblick erwachten ihre eigenen Erinnerungen zum Leben, wie ein Flipper, bei dem die Lichter angingen. Nicht Winks Firmen reichten von A bis Z. Es waren die Rechtsstreitigkeiten, die Rechnungen, die er nie bezahlt hatte, von Ambulanter Notdienst bis Zippys Druckerei. Wenn man einen Krankenwagen rief und dann nicht dafür bezahlte, gab es Papierkram, und darin könnte vielleicht stehen, wem was zugestoßen war. Und wenn jemand diesen Papierkram hatte, dann konnte er einen damit bedrohen, denn es war ein echter Beweis dafür, was für ein übler Kerl man war. Wieso hatte Feeney daran nicht gedacht? Wieso hatte sich Rosita, die in der MacTavish Avenue Fünfziger verteilte, nicht die Zeit genommen, Beweise zu suchen, die viel stichhaltiger waren als das durchlöcherte Gedächtnis irgendeiner Tratschtante?

Tess schaute auf die Uhr und versuchte, sich an die Einkaufsliste zu erinnern, die der Pförtner von Linda Stolley Wynkowskis Wohnanlage heruntergebetet hatte. Wenn sie sich recht erinnerte, war Donnerstag Jones & Jones-Tag. Oder doch Ruth Shaw?

22

Linda Wynkowski stand vor einem Ganzkörperspiegel. Sie trug ein königsblaues Kleid mit einem Rock, dessen Saum so zerfetzt war, dass es keinesfalls weniger als fünfhundert Dollar kosten konnte. Aus der Ferne, durch die Fenster von Jones & Jones betrachtet, war sie hübsch, das blaue Kleid kontrastierte gut mit ihrem blassen Körper und den blauen Augen, es verbarg die Tatsache, dass der Körper zu weich und der Blick zu hart war. Tess wäre gern in dieser Entfernung geblieben.

»Sie wieder«, seufzte Linda.

»Ich komme gerade aus der MacTavish Avenue.«

»Nett, was?«

Tess war nicht sicher, ob sie MacTavish oder das Kleid meinte.

»Nicht so schlecht«, sagte sie, und die Antwort erschien ihr angemessen für beides.

»Nein, es sei denn, man hätte mehr erwartet. Oder mehr erwarten dürfen. Wink hat so groß dahergeredet, dass ich dachte, wir würden in einem hübschen neuen Haus draußen in Owings Mills wohnen. So wie das, in dem er mit seiner zweiten Frau wohnte. Aber dafür hat er erst genug verdient, als wir getrennt waren. Wir haben die ganze Zeit über Geld gestritten. Wenn ich bei Hoschild's fünfzehn Dollar für ein Kleid ausgegeben habe, ist er ausgerastet.«

»Haben die Streitigkeiten deswegen begonnen? Wegen Geld?«

Linda stellte sich auf die Zehenspitzen und drehte sich in ihrem Kleid einmal im Kreis, sie schaute in den Spiegel. »Ich hab Ihnen doch schon gesagt, Wink und ich haben uns darauf geeinigt, nicht über unsere Ehe zu reden. Was immer auch geschehen ist, geht nur uns beide etwas an.«

»Wink ist tot. Wenn Sie nicht versprochen haben, seine Geheimnisse mit in Ihr Grab zu nehmen, schulden Sie ihm gar nichts.«

»Haben Sie Ohrringe, die dazu passen, Tara?«, rief Linda der Verkäuferin über die Schulter zu, einem hübschen jungen Mädchen, das sich wie eine schicke Europäerin kleidete, was nicht vielen in Baltimore gelang. Tara kam mit Kristallkugeln angelaufen, die an verschieden langen Kettchen aus Sterlingsilber hingen, wie dicke Fliegen, die sich im feinen Netz einer Spinne verfangen hatten.

»Die passen gar nicht«, sagte Linda und warf sie dem Mädchen wieder hin. »Dieses Kleid braucht etwas Größeres – Sie wissen schon, dramatischer.« Tara eilte davon.

»Ich habe mit Ihrer Nachbarin in der MacTavish gesprochen«, sagte Tess. »Bertie Athol.«

»Bertie, die Tratschtante.«

Tess senkte die Stimme, denn ihr war klar, dass Tara wahrscheinlich hinter dem Ausstellungsglaskasten die Ohren spitzte, weil sie und die ältere Verkäuferin verdächtig still waren. »Bertie hat mir berichtet, dass sie Sie hat streiten hören und dass sie eines Nachts einen Krankenwagen gesehen hat. Sie ist die Einzige, die davon weiß, nicht wahr, selbst wenn sie gar nichts weiß? Bertie, die Ärzte. Und Sie.«

Linda Wynkowski nahm ihr blondes Haar und türmte es auf ihren Kopf. So sah es besser aus, aber wozu sollte man mit Frisuren und Accessoires für ein Kleid herumspielen, das sie sowieso nie tragen würde, für ein Kleid, das bloß in ihrem begehbaren Kleiderschrank landen würde? Sie war am Ende. Und 20 000 Dollar im Monat schienen plötzlich nicht so viel dafür, jemanden in eine Puppe zu verwandeln, eine Puppe, die Angst hatte, ihr Puppenhaus zu verlassen.

»Wissen Sie, er hat immer geweint.« Sie klang ganz nüchtern, als würde sie von der Vorliebe ihres ehemaligen Ehemannes für grüne Bohnen berichten. »Hinterher, meine ich. Er hat geweint und gesagt, dass er mich trotzdem liebt. Als wir getrennt waren, war er derjenige, der es nicht offiziell machen wollte, weil er mich so sehr liebte, dass er sich nicht scheiden lassen wollte. Zumindest hat er mich geliebt, bis er sie traf, dann war ich ihm egal.«

»Aber Sie hatten etwas gegen ihn in der Hand, etwas Konkretes«, gab Tess vor. »Krankenwagenrechnungen, die er nicht bezahlt hatte, oder Versicherungsbelege, in denen genau stand, was passiert ist. Sie haben alles aufgehoben, und als er wieder heiraten wollte, haben Sie die Dokumente benutzt, um den Unterhalt erhöhen zu lassen.«

»Ja. Ja, so war das.« Linda schien vor dem Spiegel fast in Trance zu fallen, ihr Blick war auf ihr eigenes Spiegelbild fixiert.

»Kann ich die sehen? Kann ich sehen, was Sie hatten,

um« – sie wollte das Wort »erpressen« nicht benutzen – »um Wink zu überzeugen?«

»Bertie wusste es also die ganze Zeit, ja? Hat sie sonst noch jemandem davon erzählt?«

»Da Wink tot ist, glaube ich nicht, dass noch jemand kommen wird, um sie zu fragen.«

Linda hob den langen, zerfransten Rock ihres Ballkleides und lief in Strümpfen aus dem Laden hinaus. Tara, die Verkäuferin, war klüger als Marianna bei Octavia, sie schaute ihr einfach nach und seufzte leise.

»Wenn sie in zwanzig Minuten nicht wiederkommt«, sagte die ältere Verkäuferin, »packen wir ein, was sie zurückgelassen hat, und schicken es in ihre Wohnung, zusammen mit der Rechnung für das Kleid. Es wäre nicht das erste Mal.«

Tess folgte Linda aus dem Laden hinaus; sie vermutete, sie würde zu ihrer Wohnung laufen, einfach geradeaus, nicht einmal hundert Meter entfernt. Stattdessen bog sie aber nach rechts und lotste Tess zu einer Bank mitten in dem kleinen Einkaufszentrum.

»Ich bewahre alle meine wichtigen Unterlagen in einem Schließfach in der Bank hier in Cross Keys auf.« Linda war merkwürdig erregt, als hätte sie schon vor langer Zeit jemandem diese Geschichte erzählen wollen, es aber niemals gewagt – erst aus Furcht, dann, weil sie bezahlt wurde. »Das ist das Wunderbare an Cross Keys. Hier gibt es einfach alles. Es ist so praktisch.«

Linda drückte die Doppelglastür der Bank auf. Niemand zog auch nur die Augenbrauen hoch, weil sie in einem Ballkleid, aber ohne Schuhe auftauchte; die Bankangestellten mussten sie genauso gut kennen wie die Verkäuferinnen. Wenig später öffnete sie ihr Schließfach auf einem Tisch hinter der Sicherheitstür, Tess stand neben ihr.

»Wissen Sie, lange Zeit war mir gar nicht klar, dass ich etwas zu erzählen hatte«, sagte sie, als Tess gierig nach den Fotokopien griff, die vor so langer Zeit vorsichtig gefaltet worden waren, dass die Falze sich grau verfärbt hatten. »Als dann diese dumme Story erschien, ärgerte mich, dass alle dachten … Aber 20 000 Dollar im Monat. Das entschädigt für vieles.«

Tess überflog die Krankenhausformulare, die verkürzten Kommentare zu den verschiedenen behandelten Verletzungen. Ein gebrochenes Schlüsselbein. Fleischwunden. Eine Gehirnerschütterung. Eine gebrochene Nase. O Gott, das musste die Nacht gewesen sein, in der der Krankenwagen gekommen war. Verbrennungen ersten Grades durch heißes Fett, und die Milz war so schwer verletzt, dass die Ärzte das Organ beinahe hatten entfernen müssen. Und dennoch hatte das Krankenhaus nicht einmal den Anstand bewiesen, Linda ihren eigenen Namen auf den Formularen zuzugestehen. Sie hatten sie als Gerard S. Wynkowski aufgeführt. Sein Besitz. Sein Weibchen. Er konnte mit ihr tun, was er wollte. Gerard S. Wynkowski. Nicht einmal »Mrs.«. Man könnte glauben, Wink sei der Patient gewesen.

»Ich kann nicht glauben, dass sie immer wieder den Namen falsch geschrieben haben. So oft, wie Sie da waren.«

»Ach, niemand kann Wynkowski schreiben. Ich hab Jahre dafür gebraucht.« Linda schaute Tess über die Schulter. »Aber er stimmt doch. Gerard S. Wynkowski. Das S ist für Stanislaus. Er hasste das, dass die im Krankenhaus ihn Gerard statt Wink nannten und sein Mittelinitial angaben. Er sagte, das wäre das Schlimmste an den Krankenhausbesuchen gewesen, dass sie seinen vollen Namen in der Notaufnahme ausrufen.«

»Seinen Namen? Wieso würden sie seinen Namen ausrufen?«

»Na, wenn die Ärzte Zeit für ihn hatten. Waren Sie noch nie in einer Notaufnahme?«

»Aber da rufen sie doch den Namen des Patienten …« Und endlich verstand Tess.

»Aber Sie haben doch gesagt, Sie wüssten es«, jammerte Linda Stolley Wynkowski und drückte Tess gegen die Reihe der Metallschränkchen. Es war ein ungeduldiger, unbeherrschter Stoß, wie von einem wütenden Kind. Aber im Gegensatz zum Stoß eines Kindes war er sehr kraftvoll: Tess' Schultern trafen die Wand schmerzhaft genug, dass sie blaue Flecken davontragen würde, und sie dachte zurück an die verängstigte Verkäuferin bei Octavia, der Linda die Hacke auf den Fuß gerammt hatte. »Sie haben gesagt, Bertie hat alles erzählt. Bertie hat alles erzählt!«

Tess saß auf dem Parkplatz von Eddie's in der Charles Street und mampfte ein halbes Pfund von Eddie's Peanutclustern weg, ihr Mittagessen. Sie hatte sich nach schokoladenumhüllten Nüssen gesehnt, seit Tommy ihr seine halb leer gegessene Pralinenschachtel hingehalten hatte, und sie war der Überzeugung, dass man solchem Verlangen nachgeben sollte. Sie fand, wenn es schon einen Teil ihres Körpers gab, der wirklich wusste, was er wollte, dann hatte er auch verdient, es zu bekommen.

Nach dem Besuch bei Linda Wynkowski war sie direkt zu Eddie's Lebensmittelladen gefahren. Ihr Wagen schien geradezu automatisch auf die nächste Quelle von Peanutclustern zuzusteuern. Ein halbes Pfund waren etwa ein Dutzend Stückchen. Zwischendurch trank sie gierig aus ihrer großen Cola. Aber die ganze Süße, die sie sich einverleibte, konnte nicht den üblen Nachgeschmack der Geschichte überdecken, die Linda Wynkowski erzählt hatte, als ihre Wut abgeebbt war. Und sie war schnell abgeebbt, denn Tess hatte das Einzige getan, was Wink sich offensichtlich nie getraut hatte – sie hatte Linda eine Ohrfeige verpasst, sie an den Schultern gepackt und sie geschüttelt, bis sie sich beruhigte.

»Beim ersten Mal waren wir sechs Wochen verheiratet, und er ging mit seinen Kumpels was trinken, mit diesem Drecksack Paul Tucci. Er kam erst um vier Uhr morgens wieder, er rief nicht mal an. Ich war hysterisch, habe ihn gefragt, wo er gewesen sei, warum er nicht angerufen hatte. Ich hatte Angst, vor die Tür zu gehen, ich hatte Angst, allein zu sein. Aber er zuckte bloß mit den Achseln, wissen Sie, so wie Männer das machen, wenn sie eigentlich finden, man sei bloß ein kleiner Käfer, dem sie gerade nicht zuhören können, also hab ich den Aschenbecher genommen – damals haben wir noch beide geraucht – und damit nach ihm geworfen. Ich hab nicht gut gezielt, aber sein Gesicht getroffen, und er hatte einen dicken blauen Fleck auf der Wange.«

Mit ein bisschen Musik dazu hätte man einen Countrysong. Wenn man Wile E. Coyote und Road Runner statt

Wink und Linda einsetzte, hätte man einen Warner-Brothers-Cartoon. Und mit ein paar Handpuppen ein Kasperle-Theater.

»Wink hat einfach nicht zurückgeschlagen. Ich weiß nicht, warum. Vielleicht weil ich eine Frau bin, vielleicht weil er nie vergessen konnte, was mit diesem alten Mann passiert ist. Er ist nicht mal weggelaufen, er ist einfach nur in sich zusammengesackt. Das hat mich so wütend gemacht, dass er gar nicht streiten wollte. Ich bin komplett durchgedreht und hab ihm immer mehr wehgetan. Hab versucht, irgendeine Reaktion aus ihm rauszuholen, es aber nie geschafft. Schließlich hat er gesagt, wir könnten nicht mehr zusammenleben, er hätte das Gefühl, nächstes Mal würde ich ihn vielleicht umbringen. Er hat mir Unterhalt gezahlt, und ich konnte mich wirklich nicht beklagen. Aber dann wurde er reich und wollte wieder heiraten. Also habe ich ihm gesagt: Du gibst mir so viel Geld, wie ich will, oder ich erzähle allen, dass Wink Wynkowski, der knallharte Kerl, ein kleiner Schlappschwanz ist, der sich von seiner Frau hat zusammenschlagen lassen. Er hat mir gezahlt, was ich wollte, und ich bin hierhergezogen. Hier ist die Welt noch in Ordnung.«

Wie surreal es gewesen war, in der kleinen Kammer mit den Schließfächern zu stehen und zuzuhören, wie die affige Linda ihre Geschichte erzählte. Eine Geschichte, die erstaunlicherweise das Gegenteil von dem war, was der *Beacon* geschrieben hatte. Wann haben Sie aufgehört, Ihre Frau zu schlagen, Mr. Wynkowski? Eigentlich hat sie mich geschlagen. Aber sicher, Mr. Wynkowski. Selbst der Teil mit Lindas Agoraphobie war verdreht. Sie verließ Cross Keys nur deshalb nie, weil sie eine faule Exzentrikerin ohne Freunde war.

Wink war tot, und Tote konnte man zumindest in Maryland nicht verleumden. Aber als die Story erschien, hatte er noch gelebt. Vielleicht konnte Wynkowskis Witwe deshalb trotzdem noch ein Verfahren anstrengen. Unglücklicherweise arbeitete Tess aber nicht für Wynkowskis Witwe, sondern für den *Beacon,* und dem gehörten alle ihre Informationen, selbst solche, die gar nichts damit zu tun hatten, wie eine bestimmte Story nun in die Zeitung gelangt war, sondern nur bewiesen, wie schwachsinnig sie war.

Rositas Scheckbuch-Journalismus war ekelhaft, aber nicht illegal. Trotzdem, Geld zu zahlen und die Geschichte dann noch total verkehrt zu erzählen – das konnte Tess nicht für sich behalten. Herrje, wenn Bertie nur die Wahrheit gekannt hätte, hätte sie so viel mehr verlangen können. Vielleicht nicht 20 000 Dollar im Monat, aber bestimmt mehr als fünfzig Eier. Doch Bertie hatte ja nur im Dunkeln durch die Vorhänge gespäht, und sie hatte gesehen, was sie zu sehen erwartete, und Rosita hatte entdeckt, was sie zu entdecken erwartete.

Sie schlürfte ihre Cola leer, dann legte sie den Gang ein. Obwohl sie fast hundert Gramm reinen Zucker konsumiert hatte, fühlte sie sich schlapp und hatte immer noch einen Brackwassergeschmack im Mund, den nicht mal die Cola wegwaschen konnte. Merkwürdig, sie hatte immer gedacht, ein Sieg würde süß schmecken.

Tess fand Jack Sterling in der Kantine im Keller des *Beacon.* Die Brötchenautomaten, die einzigen Nahrungsspender im Hause, gaben dem Ausdruck »Der

Hunger treibt's rein« eine ganz neue Bedeutung. Olivenbrot-Sandwiches, Gulasch in Dosen, jede Menge Schweinekrusten und steinharte Gummibärchen. Und wenn man den Lämpchen am Getränkeautomaten glaubte, waren die einzigen anwählbaren Getränke neonfarben – Orange, Weintraube und Diät-Zitrone.

Sterling starrte sehnsüchtig ein paar staubige Schokoriegel auf den Metallregalen des Süßigkeitenautomaten an, seufzte und wählte dann resigniert eine Tüte Honig-Senf-Brezelstückchen. Ganz der Gentleman, bot er Tess etwas davon an, aber sie schüttelte den Kopf.

»Ich habe gerade gegessen«, sagte sie.

»Ich hoffe, es war etwas Herrliches und Fettes. Einen so wunderbaren Stoffwechsel wie Ihren darf man auf keinen Fall vergeuden.«

»Na ja, ich hab's bei Eddie's geholt«, gab sie zu. »Hören Sie, Sie haben mich doch gebeten, mit Wynkowskis Witwe zu sprechen.«

»Natürlich, Tess. Ich habe Ihnen schon gesagt, wie dankbar ich Ihnen dafür bin und was für eine Erleichterung es war zu erfahren, dass sie uns keine direkte Schuld gibt. Vielleicht habe ich meine Dankbarkeit nicht deutlich genug zum Ausdruck …«

»Nein, nein, ich bin nicht auf Komplimente aus. Es ist nur … Na ja, ich habe nicht an dem Punkt aufgehört. Ein paar Dinge, die sie gesagt hat, haben mich neugierig gemacht, und deswegen habe ich einen Blick in Winks Scheidungsakte geworfen. Und darin fiel mir etwas Merkwürdiges auf, also bin ich losgezogen und habe mit der ersten Mrs. Wynkowski gesprochen.« Sie entschied sich, die Tatsache auszulassen, dass Rositas Personalakte plötzlich auf ihrer Windschutzscheibe gelegen hatte. Das würde ihn nur verwirren. »Und wenig später bummelte ich über die MacTavish Avenue in Violetville, weil ich herausfinden wollte, wer Rosita von dem ehelichen Missbrauch erzählt haben könnte, denn die erste Mrs. Wynkowski war es nicht.«

Sterling versuchte, ruhig und gelassen zu klingen, aber Tess merkte schon, dass er plötzlich sauer war. »Ich habe dafür gesorgt, dass Sie kommen und gehen können, wie Sie wollen, damit Sie den Überfall auf Ihren Onkel untersuchen können, nicht damit Sie sich in eine Geschichte einmischen, die der *Beacon* weiter verfolgt. Was zum Teufel haben Sie sich dabei gedacht? Sie hätten unsere Berichterstattung behindern oder – schlimmer noch – versehentlich eingestehen können, dass die erste Story unabsichtlich publiziert wurde.«

Tess verschränkte die Arme vor der Brust, abwehrend und frustriert. So viel zu der Kopfstreicheleinheit, die sie verdient zu haben meinte. »Rosita hatte in San Antonio ein paar Probleme. Jemand dort hat angedeutet, wenn ich ihren Schritten hier folgen würde, könnte ich dasselbe Muster entdecken. Also hab ich das getan, und er hatte recht. Wink hat seine Frau nie geschlagen, Jack, *sie* hat *ihn* geschlagen. Rosita hat jemanden für Informationen bezahlt, und sie hat sich nicht die Mühe gemacht, sie zu überprüfen. Ich meine, sie bekam ein ›Kein Kommentar‹, aber selbst das hat sie so gedreht, als hätte Linda Wynkowski nur Angst, die Story zu bestätigen …«

Sterling hob eine Hand. »Immer mit der Ruhe, Tess. Atmen Sie tief durch. Fangen Sie von vorne an, und erzählen Sie mir alles in chronologischer Reihenfolge, okay?«

Und das tat Tess – beinahe. Immer noch ließ sie die Kleinigkeit mit dem Umschlag aus, den sie auf ihrem Wagen gefunden hatte. Vielleicht weil das ein bisschen schmierig wirkte, als hätte jemand Unbekanntes sie manipuliert, dessen Interesse immer noch unklar war.

»Ich weiß, dass ich all dies nicht tun sollte«, schloss sie. »Aber manchmal bin ich einfach verdammt neugierig. Sie sind derjenige, der mich gefragt hat, was ich von der Story halte, aus dem Bauch heraus, und damals hatte ich nicht wirklich eine Antwort darauf. Inzwischen glaube ich, dass die Kombination aus anständiger Reportage und brutalem Tratsch dafür gesorgt hat, dass sie irgendwie merkwürdig wirkte. Rositas Arbeit hat Feeneys Teil an jeder Ecke unterminiert.«

»Feeney ist ein Freund von Ihnen, nicht wahr, Tess?«

Oh, oh! »Baltimore ist eine kleine Stadt, 650 000 Leute. Da kennt eigentlich jeder jeden.«

»Kennen Sie ihn genauso gut wie Jonathan Ross?«

»Nein!« Scheiße, sie wurde rot. »Ich meine, wir sind Freunde. Dann und wann trinken wir was zusammen, das ist alles.«

»Finden Sie es nicht ein bisschen fragwürdig, dass Sie den Job angenommen haben, wenn man Ihre Beziehung zu ihm in Betracht zieht?«

»Ja, etwas schon.« Irgendetwas an Sterlings Freundlichkeit führte sie in die Versuchung, die Wahrheit zu sagen – es würde sich so wunderbar anfühlen, diese Lügen endlich einmal auszumerzen. Außerdem hatte sie nicht mehr länger das Gefühl, Feeney beschützen zu müssen, nicht nach seinem Auftritt gestern. Aber trotzdem, wenn sie von der offiziellen Version abwich, würde es schwierig werden.

»Man hat mir gesagt, dass er ein absolut wasserdichtes Alibi für den Abend hat, also war das kein Thema.«

»Man hat Ihnen das also gesagt. Hübsche kleine Unschärfe.«

»Was tut denn das jetzt zur Sache?«, fragte sie. Sterlings Fragen machten sie nervös. Plötzlich wurde ihr klar, wie gut er damals als Reporter gewesen sein musste. »Zeigt das, was ich heute erfahren habe, nicht sehr offensichtlich, dass Rosita diejenige war, die die Story ins Blatt gerückt hat? Sie ist absolut hemmungslos.«

Sterling stand auf, zerknüllte seine Brezeltüte mit einer Hand und warf sie elegant in den Müll, glatte zwei Punkte. »Ihre Informationen geben keinerlei Auskunft über den ursprünglichen Zwischenfall. Aber ich möchte, dass Sie jetzt mit mir mitkommen und Lionel davon erzählen.«

»Warum?«

»Weil ich glaube, dass Rosita Ruiz' Tage beim *Beacon* gezählt sind.«

23

Am Freitagmorgen schneite es. Es war schwerer, nasser Schnee, dicke Flocken, die nur am Gras klebten, aber es reichte, um den morgendlichen Verkehr praktisch zum Erliegen zu bringen. Die Wagen gerieten ins Schleudern, nur weil ihre Fahrer davon ausgingen, ins Schleudern zu geraten, und die Schulen kündigten an, dass sie eine Stunde später die Türen öffneten, dann zwei Stunden später, schließlich gar nicht. Tess hatte versucht, mit dem Bus zum *Beacon* zu fahren, in der Hoffnung, das wäre vielleicht ein wenig schneller, aber der Bus war zur Seite gerutscht, was in den meisten Stadtteilen als eine Art Glücksfall angesehen wurde, und es stiegen Leute ein, bis es nur noch Stehplätze gab. Schließlich kam ein junger Sicherheitsaufseher an Bord und hielt die Türen zu, während Passanten das Gefährt umkreisten und gegen die Scheiben schlugen. Tess drückte sich zur hinteren Tür hinaus, wobei noch ein paar Leute hineinschlüpften, und winkte ein Taxi heran. Ihr Nacken und ihre Schultern schmerzten, aber sie hatte das Gefühl, dass der *Beacon* die Ursache dafür war, nicht der öffentliche Nahverkehr.

Sie kam zwar zwanzig Minuten zu spät, aber das Meeting im Konferenzraum hatte noch nicht begonnen. Eins-Sechzig und Lionel Mabry, die weit draußen in den Vororten wohnten, waren noch unterwegs, und Sterling unterhielt sich unter vier Augen mit Rosita. Colleen Reganhart saß genervt an einem Tisch mit Guy Whitman, dessen Gesicht sich aufhellte, als Tess hereinkam.

»Schnee, und dieses Wochenende ist Palmsonntag. Wirklich ein merkwürdiger Winter«, machte Whitman Konversation. »Ist Freitag jetzt ein guter Tag zum Kündigen oder ein schlechter? Oder weder noch? Ich komme da immer durcheinander. Was meinen Sie, Tess?«

Tess, der man an einem Mittwoch gekündigt hatte, fand, dass jeder Tag ein schlechter Tag dafür sei. Wie unerwartet das gekommen war, wie unvorbereitet sie alle gewesen waren, als die Herausgeber des *Star* die Belegschaft gebeten hatten, sich nach Abschluss der Arbeiten an der Nachmittagsausgabe im Nachrichtenraum zu versammeln. Zu allem Überfluss hatten die Besitzer des *Star* den Mitarbeitern noch nicht einmal erlaubt, eine letzte Ausgabe zu erstellen, in der sie über die Einstellung ihrer Zeitung berichteten. Tess' letzte journalistische Arbeit waren vier Absätze über einen Wasserrohrbruch in der Innenstadt gewesen.

Whitman beantwortete seine eigene Frage. »Es gibt da verschiedene Ansichten, wie man Angestellte terminieren sollte. Wenn man fürchtet, dass der Angestellte emotional schwer getroffen sein könnte, dann wäre Freitag ungeschickt, denn der Angestellte könnte sich am Wochenende Leid antun. Andere halten Montag aus Managersicht für den besten Tag, jemandem zu kündigen, denn sonst würde die Aufgabe dem Manager die ganze Woche über bevorstehen, sodass er unnötig abgelenkt ist. Und man darf auch die Möglichkeit der Gewalttätigkeit nicht vernachlässigen. Als die *Los*

Angeles Times an einem einzigen Nachmittag die Belegschaft um über hundert Personen reduzieren musste, gab die Firma die Dienstanweisung aus, dass …«

»Ach, halt verdammt noch mal die Klappe, Guy«, blaffte Colleen, stand auf und streifte mit ihrer Zigarette durch den Saal.

»Du weißt, dass du hier drinnen nicht rauchen sollst«, konterte er.

»Im Augenblick bin ich hier die Ranghöchste.«

»Im Augenblick.«

Hier hat alles angefangen, dachte Tess, und jetzt wird es hier zu Ende gehen. Jack hatte ihr versprochen, dass der *Beacon* den Rest ihres Vertrages auszahlen würde, wenn sie sich bereit erklärte, hier heute aufzutauchen und notfalls ihre Notizen über Rositas Reportermethoden vorzulegen. Sie konnte zwar nicht beweisen, dass Rosita die Story ins Blatt gehoben hatte, aber Lionel und Eins-Sechzig waren davon überzeugt, dass sie die Übeltäterin war. Letztlich würde sie jedoch ins Gras beißen müssen, weil sie Bertie bezahlt hatte. Das kam Tess zwar sehr ungewöhnlich vor, vielleicht sogar illegal, aber sie war so wild darauf, den *Beacon* loszuwerden, dass sie mit fast allem einverstanden gewesen wäre.

Eins-Sechzigs Sekretärin öffnete die Tür und sagte: »Sie sind unterwegs.« Colleen sog den letzten Rest Nikotin aus dem hintersten Teil ihrer Zigarette, öffnete dann das Fenster und warf die Kippe hinunter auf die Straße. Sie hatte das Fenster gerade wieder zugeknallt, als Eins-Sechzig auftauchte, gefolgt von einem gut gelaunten Lionel Mabry, der geistesabwesend ein kleines Liedchen pfiff. Tess brauchte ein paar Takte, um es zu erkennen: »There Is A Rose In Spanish Harlem«. Zweifelhafter Geschmack. Ihm schien das auch klar zu werden, und er hörte mit dem Pfeifen auf, als Sterling und Rosita hereinkamen.

»Setzen Sie sich, Rosita.« Sterlings Stimme war entwaffnend sanft, aber Tess vermutete, dass er von den Anwesenden vielleicht sogar am wütendsten war. Rosita nahm Platz am Ende des Tischs, gegenüber von Eins-Sechzig. Der große Stuhl schien sie zu verschlucken, und Tess bekam beinahe Mitleid mit ihr – bis sie Rositas harten, arroganten Gesichtsausdruck bemerkte. Die kleine Reporterin hatte auf ihr Recht verzichtet, einen Gewerkschaftsvertreter zu dem Treffen mitzubringen. Sie hatte dem Gewerkschaftsvertreter genau genommen sogar verboten, sie zu begleiten. Sie war sicher, niemanden nötig zu haben. Sie glaubte nicht, dass sie Feeney brauchte, um die Story zu kriegen, und sie glaubte nicht, dass sie die Gewerkschaft brauchte, um ihren Job zu behalten.

Sterling schaute auf einen leeren Block hinunter, als er sprach. »Ich habe Sie bereits über die Beweise in Kenntnis gesetzt, die Tess Monaghan über Ihre, äh, Methoden zusammengetragen hat. Wir haben zudem eine unterschriebene Aussage Bertie Athols vorliegen, dass sie für Informationen in der Wynkowski-Story bezahlt wurde. Informationen, die sich als übertrieben und falsch herausstellten. Und wir können Fotokopien von Unterlagen bekommen, die Miss Monaghan gestern eingesehen hat und die beweisen, dass Wink Wynkowski das Opfer in seiner Ehe war, nicht der Täter. Wir sind der Überzeugung, dass die Gesamtheit der Tatsachen Ihre fristlose Entlassung rechtfertigt. Aber wir sind bereit, Ihnen sechs Monate Abfindung zu zahlen – normalerweise stünden Ihnen nur zwei zu – und Ihnen dabei zu helfen, einen neuen Arbeitgeber zu finden. Einige von uns denken – ich denke –, dass wir unsererseits auch nicht glücklich agiert haben. Vielleicht könnten Sie sich bei einer kleineren Zeitung, wo der Druck nicht so groß ist, auf die Grundlagen Ihrer Arbeit konzentrieren, die Sie bislang in Ihrer Karriere übersprungen zu haben scheinen.«

Rosita besänftigte weder sein Hilfsangebot noch die großzügige Abfindung. »Diese Unterlagen, wenn wir mal davon ausgehen, dass sie nicht gefälscht sind, beweisen vielleicht, dass Wink verletzt war, aber sie können nicht beweisen, dass er Linda nie geschlagen hat«, sagte sie kühl. »Es könnte genauso gut sein, dass es weitere Krankenhausunterlagen gibt und sie sich einfach entschieden hat, sie Tess nicht zu zeigen. Ich stehe zu meiner Geschichte.«

»Lass den Scheiß, Rosita.« Colleen zog eine Zigarette aus ihrem Päckchen, wollte sie anzünden, zerdrückte sie dann aber mit zitternden Fingern, als hoffte sie, das Nikotin mit ihren schweißigen Handflächen aufzunehmen. Tess war nicht sicher, wieso sie so wütend war. Vielleicht weil Rosita ihr Schützling gewesen war, vielleicht weil Rosita eine Frau war? Oder weil Colleen jetzt unter Rositas Fehlern würde leiden müssen?

»Wir sind hier nicht im Debattier-Club einer Highschool, und du kriegst keine Punkte für diese gottverdammte Haarspalterei. Du hast dir den Scheiß ausgedacht. Und zwar völlig unnötigerweise, denn die Story war ohnehin schon stark genug. Du wolltest einfach nur auch was drin stehen haben. Hattest du Angst, dass wir deinen Namen nicht drüberschreiben, wenn du nichts ranschaffst? Oder brauchtest du einen sexy Ausschnitt für den nächsten Job?«

»Ich habe bloß einen kleinen Fehler gemacht«, behauptete Rosita.

Tess war durchaus beeindruckt von ihrer Selbstsicherheit. Aber andererseits, wenn Rosita wirklich eine pathologische Lügnerin war, dann hatte sie ihr ganzes Leben ja schon so gelebt.

»Ja, ich habe Bertie Athol fünfzig Dollar gegeben – sie kriegt Sozialhilfe, sie konnte ein bisschen Geld brauchen. Aber ich habe das nach dem Gespräch getan, um ihre Zeit zu vergüten, nicht, um sie dazu zu bringen zu übertreiben. Wo ist denn da der Unterschied, mit jemandem bei Tio Pepe oder im Maryland Inn essen zu gehen? Das machen wir dauernd, und keiner beschwert sich. Ich habe Mrs. Athol nicht gesagt, sie solle lügen oder so tun, als wisse sie mehr, als sie tut. Sie hat mir erzählt, die Wynkowskis hätten sich sehr heftig gestritten und dass Linda mehrere Male mit dem Rettungswagen abgeholt wurde. Okay, ich habe einen Fehler gemacht, aber es war kein großer. Sie aber wollen mich plattmachen. Sie nutzen diese Sache aus, um mich loszuwerden, denn ich stehe kurz vor meinem größten Durchbruch in der ganzen Wink-Story. Viel größer als alles, was bisher ans Licht gekommen ist, und Sie wollen einen anderen Reporter darauf ansetzen. Aber wenn ich gehe, dann nehme ich meine Geschichte und meine Quellen mit.«

Sterlings Neugier siegte. »Wovon reden Sie, Rosita?

Wissen Sie etwas, was Sie uns nicht gesagt haben? In der Nachrichtenübersicht steht nichts von einem neuen Aspekt der Story.«

»Ich sage Ihnen ja auch nicht alles«, köderte ihn Rosita. »Aber ja, es deutet alles darauf hin, dass Wink nicht Selbstmord begangen hat. Er wurde ermordet, wahrscheinlich von jemandem, der noch mehr zu verlieren hätte als Wink, wenn die Basketball-Geschichte nicht zustande käme.«

»Von wem haben Sie das?«, unterbrach Whitman sie ungeduldig. »Es gibt noch keinen offiziellen Bericht des Leichenbeschauers, und bei den Cops oder im Leichenschauhaus hat niemand angedeutet, dass es kein Selbstmord gewesen sein könnte.«

»Sie erfindet schon wieder Mist.« Colleens Stimme war schrill, fast schon hysterisch vor Wut. »Winks Tod hat dieser Basketball-Sache geschadet, also warum sollte ihn jemand deswegen töten? Ich glaube überhaupt nichts mehr, was sie sagt, es sei denn, sie hat es auf Video. Und selbst dann wäre ich mir nicht sicher.«

Rosita schüttelte den Kopf wie eine sture Zweijährige. »Ich sage gar nichts mehr, bis Sie mir meinen Job garantieren. Das ist der Deal. Lassen Sie mich bleiben – ich akzeptiere Probezeit, ich nehme sogar ein paar Tage unbezahlten Urlaub – und Sie kriegen die Story. Wenn ich gehe, verschwindet die Story mit mir.«

Alle, selbst Eins-Sechzig, wandten sich an Lionel. Diese Entscheidung würde er treffen müssen. Er schaute Rosita mit großen, sorgenvollen Augen an, dann erhob er sich, entfaltete sich langsam. Es war, als wäre jemand Neues ins Zimmer getreten, der den schlappen Lionel ersetzte, den Tess kannte, den Lionel, der so geknickt und unscharf wirkte, dessen Knochen nur eine Sammlung verbogener Kleiderhaken zu sein schienen, auf denen seine Klamotten hingen. Er stand aufrecht und gerade, er hatte den Kopf in den Nacken geworfen. Das also war der Löwenkönig.

»Sie befinden sich nicht in der Position, Forderungen zu stellen, Miss Ruiz«, sagte Mabry, die Stimme streng und doch mitleidsvoll, als wäre sie eine Tochter, die ihn enttäuscht hatte. »Sie haben bei jeder Gelegenheit Ihren absoluten Mangel an Ethik, Gerechtigkeitssinn und Professionalität unter Beweis gestellt. Sie haben nicht nur Ihre Glaubwürdigkeit aufs Spiel gesetzt, sondern auch die Glaubwürdigkeit meiner Zeitung. Ist Ihnen nicht klar, dass Rosita Ruiz für sich völlig unbedeutend ist? Es ist Rosita Ruiz, die *Beacon*-Reporterin, die Beamte ans Telefon bekommt, die Privatleute davon überzeugen kann, Geheimnisse mit ihr zu teilen. Aber Sie scheren sich nicht um diese Institution, Sie interessieren sich nur für sich selbst, und doch sind Sie nichts ohne die Institution. Sie haben Ihre Fähigkeiten am Computer genutzt, um Ihre Story ins Blatt zu bringen, denn Sie wussten, dass sie niemals den Bedenken standhalten würde, die Jack Sterling und ich hatten. Sie verkörpern durch Ihre Haltung alles, was heutzutage schlecht ist am Journalismus.«

»Ich verkörpere, was schlecht ist am Journalismus?« Rosita sprang auf, und obwohl das nicht ganz so dramatisch war wie Mabrys Performance, reichte es doch immerhin zu einer Art trotziger Würde. »Und was ist mit Ihnen, Sie Relikt, Sie Dinosaurier? Welche Story haben

Sie denn als Letztes geschrieben, die Grippe-Epidemie von 1908? Sie sitzen doch bloß in Ihrem Eckbüro, erzählen Ihre Kriegsgeschichten und hoffen, dass die Zeitung aus reinem Glück einen Pulitzer gewinnt. Wenn ich hier zur Tür rausgehe, dann nehme ich nicht nur eine preisverdächtige Story mit, sondern auch noch ein paar andere Geschichten: über diesen gottverfluchten Laden, über sexuelle Belästigung, offensichtliches Missmanagement, krasse Interessenkonflikte, Chefredakteure, die mit Reporterinnen schlafen …«

»Whitman, du verfluchter Hurensohn!« Colleen wandte sich ihm zu, und er sank in sich zusammen, als hätte er Angst, dass sie ihn tätlich angreife. »Kannst du nicht *einmal* in deinem Leben deinen verfluchten Reißverschluss zu lassen?«

»Ich schwöre, ich habe keine Ahnung, wovon sie redet«, wimmerte er nicht sonderlich überzeugend. »Ich hab keine Ahnung.«

Lionel ließ sich von diesem Drama nicht ablenken.

»Sagen Sie doch mal, Miss Ruiz, wo sollen Ihre Geschichten denn erscheinen? Welches verantwortungsbewusste Nachrichtenmedium wird einer entlassenen Reporterin glauben, ohne zumindest ihre Vorwürfe zu überprüfen? Ich hoffe sehr, dass es nicht allzu viele Reporter gibt, deren Moral und Standard so lax sind wie Ihre.«

Bevor Rosita etwas entgegnen konnte, betraten zwei Sicherheitsmänner den Konferenzsaal, einer trug eine Kiste mit Notizbüchern, Akten, Wörterbuch, Stilbuch und einer nicht ganz sauberen Kaffeetasse. Das Innenleben eines Reporterschreibtisches, erkannte Tess. Aber brauchten sie wirklich zwei kräftige Männer, um eine kleine Frau hinauszubefördern, selbst wenn sie so wütend war wie Rosita?

»Wir haben uns die Freiheit genommen, Ihren Arbeitsplatz räumen zu lassen, während Sie hier bei uns waren, Miss Ruiz«, sagte Mabry. »Wir haben uns entschieden, Sie alle Ihre Unterlagen und Akten behalten zu lassen, obwohl wir darauf bestehen könnten, dass sie Eigentum der Zeitung sind. Ich hoffe, Ihre große Story befindet sich in einem dieser Notizbücher, obwohl ich befürchte, dass sie vor allem in Ihrer Phantasie besteht.«

Tess bewunderte durchaus, dass Rosita nicht in Tränen ausbrach, um eine weitere Chance bettelte oder sich wand, um nun wenigstens Sterlings Angebot anzunehmen, sich bei der Jobsuche helfen zu lassen. Stattdessen riss sie dem Aufseher den Karton aus den Händen und verließ den Saal so schnell, dass die Security-Männer laufen mussten, um sie einzuholen.

Nein, es war Colleen, die Tränen in den Augen hatte, während Whitman weiterhin stammelnd seine Unschuld beschwor. Sterling starrte mit aschfahlem Gesicht auf den langen Tisch, und selbst Eins-Sechzig wirkte verstört. Nur Lionel freute sich über seinen Sieg, seine pissgelben Locken umflorten sein Haupt, und seine gelben Zähne leuchteten inmitten seines Gesichts.

»Zurück an die Arbeit«, sagte er. »Trotz allem müssen wir eine Zeitung herausbringen. Jack, suchen Sie bitte Feeney, und erzählen Sie ihm von Miss Ruiz' Geplapper, falls doch ein klein wenig Wahrheit darin stecken sollte. Whitman, rufen Sie in der Personalabteilung an, und sagen Sie, dass sie Miss Ruiz einen letzten Scheck schicken sollen. Und Colleen, ich möchte dich sofort in meinem Büro sprechen, um mit dir über die Auswahl deiner Schützlinge zu diskutieren.«

Whitman krümmte sich fast, als er aus dem Saal rannte, er war dankbar für die Chance, noch einen Tag in Angst leben zu dürfen. Colleen riss sich zusammen, war aber totenblass, als sie hinter ihm her stakste, und Eins-Sechzig versuchte, Mabry mannhaft auf die Schulter zu klopfen, schaffte es aber nur bis in die Nierengegend. Schließlich blieb nur Sterling, der immer noch auf den leeren Block starrte, der vor ihm lag.

»Ich frage mich, was sie tun wird«, sagte er.

»Sich einen neuen Job suchen und von vorne anfangen. Was sonst kann sie tun?«

»Sie könnte dagegen angehen, wenn sie klug wäre. Sie könnte Beschwerde bei der EEOC einlegen und sagen, sie sei gekündigt worden, weil sie eine Minderheit oder eine Frau ist.«

»Ich glaube, die Tatsachen, die zu Rositas Kündigung führten, lassen sie nicht gerade zur idealen Kandidatin für ein solches Verfahren werden.«

»Aber es war so ekelhaft, so bösartig«, sagte Sterling. »So etwas habe ich noch nie erlebt, nicht in all meinen Jahren in diesem Geschäft. Ich habe versucht, sie darauf vorzubereiten, aber ich glaube, sie hat die Ernsthaftigkeit der Situation nicht begriffen. Sie dachte, ich könnte sie retten, konnte ich aber nicht, wirklich nicht.«

»Das konnte niemand. Außerdem war es am Ende Lionels Entscheidung, nicht Ihre.«

»Aber ich war Teil davon. Wir alle waren Teil davon.

Wenn Rosita ein Monster ist, dann sind wir Dr. Frankenstein.«

Tess wollte ihn so gerne trösten, ihn daran erinnern, dass er ein guter Mensch in einer bösen Branche war. Sie versuchte, ihm den Arm um die Schultern zu legen, aber das war merkwürdig, sie langte um den gepolsterten Ledersessel herum, und am Ende drückte sie ihre Wange an seine. Sie konnte kaum glauben, wie heiß sein Gesicht war, wie hart sein Puls in der Schläfe schlug.

Sterling war derjenige, der sich von ihr löste. »Jetzt sind Sie uns los.«

»Bin ich wohl. Und ich brauche weder einen Aufseher noch einen Karton, um meinen Schreibtisch zu räumen. Ich habe nie etwas hineingetan.«

»Es wird wahrscheinlich Wochen dauern, bevor Sie Ihren Scheck bekommen. Wir bezahlen unsere unabhängigen Vertragspartner nicht besonders pünktlich.«

Das war sie also für ihn. Eine unabhängige Vertragspartnerin.

»Kein Problem.« Sie griff nach den Riemen ihres Rucksacks und wollte fliehen. Sie hatte keinen Grund mehr, ihn zu sehen, wurde ihr klar. Auch das war Teil des Handels, auf den sie sich eingelassen hatte.

Sterlings Stimme ließ sie innehalten, bevor sie die Tür erreicht hatte.

»Tess – wofür ist Tess die Abkürzung?«

»Theresa.«

»Whitney nennt Sie manchmal Tesser.«

»Whitney und Sie reden über mich?« Sie hatte keine Ahnung, ob ihr das schmeicheln oder Sorgen machen sollte.

»Bevor wir Sie engagiert haben, hat sie mich über Sie informiert. Wissen Sie noch, wie ich Sie am Anfang beschrieben habe? Whitney hat mir den Großteil dieser Informationen verraten.«

»Dann war sie Doppelagentin. Dasselbe hat sie bei mir mit Ihnen getan. Jedenfalls habe ich als kleines Kind meinen Namen so gesagt: Tesser, für Theresa Esther.«

Das schien ihn ein wenig aufzuheitern, aber dann wurde er wieder deprimiert. »Alle waren mal Kinder, rein und hoffnungsvoll. Sie. Rosita. Wink. Niemand will alles vermasseln, oder?«

»Ich will es nicht, aber ich rechne damit.«

Gut, sie hatte ihn zum Lachen gebracht, diesmal bekam er wirklich gute Laune. Merkwürdig, seine Ambivalenz Rosita gegenüber ließ ihn für sie noch attraktiver erscheinen. Er war heute der Einzige hier – Rosita eingeschlossen –, der zu verstehen schien, dass es für Rosita wahrscheinlich keine zweite Chance mehr geben würde, keine Hoffnung, noch einmal neu anzufangen. Sie war mit 24 schon angeschlagen. Sie konnte natürlich Jura studieren oder sich irgendeinen anderen Beruf suchen, wo es nicht so wichtig war, wie man mit der Wahrheit umging, aber sie würde wahrscheinlich nie wieder als Reporterin arbeiten.

Sterling erhob sich. »Auf Wiedersehen, Tess. Viel Glück. Alles, was ich gesehen habe, deutet darauf hin, dass Sie eine tolle Ermittlerin sein werden. Ich wette, Sie waren auch eine verdammt gute Reporterin.«

»Danke. Ich würde gern sagen, es hat Spaß gemacht, aber …«

»Ich weiß. Hat es nicht.« Er klimperte mit dem Kleingeld in seiner Tasche, plötzlich wirkte er unsicher. »Sagen Sie, ich möchte nicht, dass Sie glauben, ich sei so wie Whitman – allerdings habe ich auch keine Frau und fünf Kinder zu Hause –, aber hätten Sie irgendwann Lust, mit mir zu Abend zu essen?«

»Klar.« Sie wartete ab, ob er daraus eine konkrete Einladung machte oder bloß höflich sein wollte.

»Samstagabend?«

»Ich hab nichts vor.« Und nachdem sie das gesagt hatte, musste sie auch dafür sorgen.

Tess fand eine Menge Gründe, am Nachmittag nicht nach Hause zu gehen. Sie erledigte alle möglichen Kleinigkeiten in Tyners Büro, dann ging sie ins Durban's, wo sie sich fünf Meilen auf dem Laufband vornahm und am Ende sieben lief. Schließlich aber konnte sie nirgendwo anders mehr hin.

Als sie in die Wohnung kam, beschäftigte Crow sich auf der Terrasse, er war fast lächerlich perfekt: der postmoderne Freund, der Stiefmütterchen eintopfte und leise dem besten Freund des Menschen vorsang. Esskay klebte an seinem Ellenbogen, schnupperte an Mulch und Blumenerde und verlangte, selbst während er arbeitete, seine Aufmerksamkeit. Es blieb jetzt länger hell, und das Dämmerlicht ließ die neuen violetten Strähnen in seinem Haar strahlen. Er sieht aus wie ein kleiner Junge, der Matschkuchen backt, dachte Tess, oder wie Martha Stewart als Punkrocker. Erstaunlich, dass man ihn nicht aus dem Smith & Hawken-Katalog bestellen kann. Die Wahrheit war, er sah aus wie das, was er war, was er immer gewesen war – ein freundlicher, liebevoller Kind gebliebener Mann. Genau der Typ, nach dem sie sich im College gesehnt hatte. Er war bloß sieben Jahre zu spät aufgetaucht.

»Es ist zu früh, selbst für Stiefmütterchen«, sagte sie ein bisschen zu unfreundlich. »Heute Morgen hat es geschneit, hast du das vergessen? Bis April wird es bestimmt noch zwei- oder dreimal frieren.«

»Ich will sie reinstellen, hinter die Terrassentür. Da haben sie gutes Licht. Außerdem dachte ich, hier könnte man im Sommer toll Tomaten ziehen, mit der ganzen Sonne. Und ich möchte einen kleinen Kräutergarten anlegen. *Parsley, Sage, Rosemary, and Thyme.*« Diese Zeile sang er. »Und Basilikum, sodass wir den ganzen Sommer über *linguine alla cecca* essen können. Das ist Pasta mit gehackten Tomaten, frischem Basilikum, Olivenöl und Cayennepfeffer. Das Beste, was du je gegessen hast.«

Tess grunzte unentschieden. Sie hatte keine Lust, im März Sommermenüs zu planen. Im Moment wollte sie mit Crow sowieso gar nichts planen. Verloren in seine Träume von Veilchen und Geranien, streute er eine Handvoll Mulch über die Blumenerde, dann klopfte er sie vorsichtig fest. Alles, was er berührte, berührte er mit umfassender Liebe und Sorge. Einen Augenblick lang versuchte Tess, auf dieser Basis einen Einwand gegen ihn zu finden, aber nicht einmal sie konnte so gehässig sein. Crow liebte sie, er war gut zu ihr, er war ein guter Mensch. Traurig war nur, dass nichts davon sie dazu zwang, ihn wiederzulieben.

»Weißt du, was am April so toll ist?«, fragte er.

»Der erste Baseball-Spieltag? Das Wetter? Ostereier-Jingles im Radio, bis man durchdreht?«

»Im April sind wir sechs Monate zusammen. Am 23. April. Weißt du, wie ich das gerne feiern würde?«

»Mit einer Reise nach Lourdes?«

Er war viel zu glücklich über seine Pläne, um ihr zuzuhören. »Mit einem HIV-Test. Und wenn wir dann unsere Ergebnisse bekommen, könnten wir uns zueinander committen.« Er legte seine Schaufel hin und kam, um sie zu umarmen, er roch nach Erde und Mulch. »Nichts Offizielles. Es würde nur ein bisschen formalisieren, was wir schon ohnehin tun.«

»Ich möchte ja sagen«, murmelte Tess in sein Schlüsselbein. »Ich möchte ja sagen wollen, möchte ich wirklich.«

Crow löste sich von ihr. »Was sagst du da, Tess?«

»Es ist das, was ich nicht sage, Crow. Ich sage nicht ja. Ich sage nicht, dass ich bereit bin, mich zu ›committen‹. Manchmal glaube ich, dass wir uns ein bisschen zu schnell auf das Ganze eingelassen haben. Im letzten Herbst war so viel los. Im Moment ist so viel los. Und wenn du von Sommer und Tomaten und Linguine und AIDS-Tests redest – Crow, ich werde diesen Sommer dreißig.«

»Was hat denn dein Alter mit irgendwas zu tun?«

»Alles – wenn man dein Alter auch bedenkt.«

»Aber mit der Zeit wird unser Altersunterschied immer kleiner erscheinen.«

»Vielleicht. Aber ich habe das Gefühl, dass er erst mal größer werden wird, bevor er kleiner wird.«

Crow schaute sie erstaunt an, dann ging er hinein in die Wohnung. Sie hörte Schubladen aufgehen, dann klapperten Plastik-CD-Hüllen aneinander, als er die gemeinsame Musik sortierte. Schwere Schritte auf der Treppe, dreimal insgesamt, während er seine Sachen in seinen Wagen trug. Esskay schaute ängstlich durch die Terrassentür, sie war völlig verwirrt, wie immer, wenn etwas Ungewöhnliches geschah. Crow klopfte der Hündin lange auf den Rücken, als er wieder heraus auf die Terrasse kam. Sein Ausdruck war genauso sorgenvoll und entgeistert wie der der Windhündin.

»Ich werde wahrscheinlich bei Kitty kündigen. Wollte ich sowieso machen, weil es mit der Band immer besser läuft.«

»Das ist okay. Sie ist daran gewöhnt, dass Leute kommen und gehen.«

»Und du? Bist du daran gewöhnt, Tess?«

Darauf hatte sie keine Antwort.

»Ich hab dich geliebt.« Das war keine Frage, kein Versuch, sie dazu zu bewegen, es sich anders zu überlegen, nur eine Feststellung. Und wieder hatte Tess keine Antwort, abgesehen von »Ich weiß« – und das wäre gemein gewesen.

»Du bist ein guter Mensch«, sagte sie schließlich. »Du bist einer der nettesten Menschen, die ich je kennengelernt habe.«

»Ich habe für Esskay zum Abendessen Gemüse gedämpft.« Dann war er weg.

Jetzt war es dunkel, es wurde kalt auf der Terrasse, genau, wie Tess es prophezeit hatte. Sie zerrte die schweren Töpfe mit Stiefmütterchen in die Wohnung, suchte sich Esskays Kette – Crow hatte es noch nicht geschafft, ihr eine vernünftige Leine zu kaufen, na also, das hatte er vermasselt – und ging mit ihr aus, vor allem, um irgendwas zu tun. Sie gingen zum Steg am Ende des Broadway, von dort aus konnte Tess übers Wasser gucken, und Esskay konnte Tauben und Möwen jagen.

Sie dachte, sie würde sich besser fühlen – Trennungen waren normalerweise unglaublich befreiend, wenn sie von einem selber ausgingen. Und wenn jemand anders mit einem Schluss machte, dann konnte man immerhin mal schnell zehn Pfund abnehmen. An diesem Abend hatte sie immer noch Hunger, aber war sie *happy*, war sie frei? Wie Feeneys Freund Auden gesagt hatte, war die Frage schon absurd. Sie war deprimiert, hungrig und ungewöhnlich traurig.

Esskay legte ihren Kopf auf Tess' Knie, sie schaute sie seelenvoll an, was hieß, »Streichle mich«, es sei denn, es wäre Essen in der Nähe, dann hieß es, »Füttere mich«. Tess kratzte sie unter dem Kinn und an der Nase und entfernte ein paar Mulchstückchen von der langen Hundeschnauze. Der leicht säuerliche Geruch ließ sie sehnsüchtig an Narzissen und Tulpen denken, die bald überall in der Stadt blühen würden. Und dann die Blumenbeete ihrer Mutter, mit den roten, weißen und blauen Blumen in ordentlichen, rechteckigen Beeten rund um das Haus. Sie lächelte, als sie an Onkel Spike dachte, der mit dem Wintermulch ihrer Mutter auftauchte, zehn ganze Säcke voll, gerade als der Frühling vor der Tür stand. So viel Mulch brauchte Judith nicht einmal in einem Jahrzehnt. Was hatte Spike sich nur gedacht?

Was hatte sie nur gedacht? Nein, das Problem war,

dass sie gar nichts gedacht hatte. Und ihre Mutter und ihr Vater auch nicht. Der Grund, weshalb Spike zusammengeschlagen worden war, hatte die ganze Zeit vor ihrer Nase gestanden.

24

Tess hatte es zu eilig, um sich Zeit zu nehmen, Esskay drei Stockwerke die Treppe hochzutreiben und dann mit Wasser, Abendessen und einem kleinen Nachtisch zu versorgen. Freitagabend wurde im Monaghan-Haushalt eingekauft, ein zeitaufwendiges Ritual, bei dem Judith und Patrick sich Gang für Gang durch den Giant-Supermarkt arbeiteten und über fast jedes Teil stritten. Dosenmais, pro oder kontra? Gab es wirklich einen Unterschied zwischen Markentoilettenpapier und No-Name-Produkten? Aber jetzt war es schon fast acht, was bedeutete, dass Tess weniger als eine Stunde blieb, bis ihre Eltern zurückkehrten. Sie sollte besser finden, was Spike versteckt hatte, es mitnehmen – und abhauen, sodass ihre Eltern nichts davon erfuhren.

Sie parkte auf der Straße und ging die Einfahrt hoch. Esskay trottete fröhlich neben ihr her, ganz begeistert, an diesem Abenteuer teilnehmen zu dürfen. Die Garage war verschlossen, aber der Seiteneingang, hinter dem ihre Mutter ihre Eintopf-Bank und die Gärtner-Ausrüstung aufbewahrte, wurde nie abgeschlossen.

Im Inneren nützte die nackte Sechzig-Watt-Birne auch nicht viel, die Ecken der Garage waren bloß graue Schatten, die alles finster und verdächtig wirken ließen. Zehn Plastikmülltüten standen hinten wie große, fette Giftpilze. Sie öffnete eine Tüte und schnupperte. Der

Duft war stechender als von dem, den Crow benutzt hatte, aber dies war definitiv Mulch. Und jetzt?

Sie ließ den Arm bis zum Ellenbogen darin verschwinden, dann bis zur Schulter, sie wackelte mit den Fingern und suchte nach etwas, das kein Mulch war. Es könnte fest oder weich sein, groß wie ein Goldbarren oder klein wie ein Diamantring. Wieder und wieder, achtmal insgesamt, vollführte sie diese Übung, aber das brachte ihr nichts ein als einen Ärmel voll Rindenstückchen. Aber in der neunten Mülltüte war der Mulch nur eine weiche, dünne Decke für etwas Festeres. Eine Handvoll kleiner Dreiecke, hart getrocknet, wie deformierte Tortillachips.

Neugierig zog sie ein paar heraus. Esskay schnupperte interessiert, dann zuckte sie zurück und wimmerte besorgt. Tess hielt die Dreiecke ins Licht. Nein, es waren keine Chips, sie waren auch nicht essbar, höchstens für Hunde-Kannibalen. Die Dreiecke bestanden aus Fleisch und Haaren, und obwohl sie zusammengeschrumpelt waren, konnte man die tätowierten Nummern noch gut erkennen.

Die Ohren. *Die Tore.* Die *Ohren* hatte Spike gesehen, nicht die *Tore.*

Tess ließ sie zu Boden fallen und schrak zurück, als sie leise auf den Betonboden klapperten. Sie wollte weglaufen, als könnte sie durch Flucht die Entfernung zwischen sich und einer Welt erhöhen, in der jemand methodisch die Ohren von Windhund-Leichen abschnitt, damit sie niemals aufgespürt werden konnten, und in der man ihren Onkel zusammenschlug, damit er nicht erzählen konnte, was er gesehen hatte, oder weitergeben konnte, was er gefunden hatte.

Aber sie konnte nicht einfach weglaufen. Sie musste die Beweise wieder aufsammeln, so schrecklich das war, und sie irgendjemandem übergeben. Der Polizei? Den Tierschützern? Darüber würde sie sich später Gedanken machen. Jetzt griff sie erst mal nach der Harke ihrer Mutter, schob die Ohren zu einem Haufen zusammen und ließ sich dann auf die Knie sinken, um sie wieder in ihr Mulchbett zurückzustopfen. Esskays Wimmern eskalierte zu einem hohen Jaulen, einem Abgesang auf ihre gefallenen Kameraden. Ru-ru-ru-ru.

Vielleicht war es dieses Jaulen, das die Schritte in der Einfahrt übertönte. Jedenfalls erhob sich Tess erst, als die Tür hinter ihr quietschte. Sie drehte sich um, aber bevor sie einen Laut von sich geben konnte, legte sich die Lederjacke eines Mannes über ihr Gesicht – die Lederjacke von jemandem mit breiten Schultern und mindestens 1,90 m Größe.

»Na endlich«, knirschte eine bekannte, grabestiefe Stimme hinter diesem Mann, der ihren Kopf gerade weit genug in den Nacken drückte, um sie wissen zu lassen, dass er ihr das Genick brechen könnte, wenn er nur wollte.

»Ist es nur die eine Tüte?«, fragte ihr Fänger.

»Sieht so aus, aber wir nehmen besser alle mit, vorsichtshalber. Vielleicht haben wir ja Glück und finden auch noch das andere Ding.«

»Wir könnten danach suchen. Es könnte ja auch irgendwo anders hier sein.«

»Keine Zeit. Aber wir nehmen sie mit, vielleicht fällt ihr ja was ein.«

Die Lederjacke ließ Tess' Hals langsam etwas lockerer und stopfte ihr ein Taschentuch in den Mund. Seine schwieligen Hände rochen nach Zwiebeln und Motoröl. Sie dachte daran, ihm in die Hand zu beißen, aber das schien sinnlos und zudem hygienisch nicht ganz unbedenklich. Jemand trat hinter sie und suchte in ihren Taschen nach den Wagenschlüsseln.

»Los«, sagte die Grabesstimme. Die Männer hakten sie rechts und links unter, als wäre sie Dorothy und würde mit dem Dosenmann und der Vogelscheuche die Yellow Brick Road entlangmarschieren. Sie machte sich ganz weich und zwang die Kerle, sie wenigstens zu tragen, aber dann piekte ihr jemand mit etwas Hartem in die Rippen – möglicherweise einer Pistole, aber sie wagte nicht, das herauszufinden. Wo war die Ten-Hills-Nachbarschaftspatrouille, wenn man sie wirklich brauchte? Warum glotzte jetzt keine der neugierigen Freundinnen ihrer Mutter aus dem Fenster und beobachtete alles? Esskay trabte neben ihnen her, denn sie wollte auf jeden Fall weiter dabei sein.

»Gefällt dir der neue Wagen?«, fragte die Grabesstimme, als sie auf den Rücksitz eines schwarzen Oldsmobile gestopft wurde – ein wesentlich diskreterer Wagen als seine beiden Vorgänger. Esskay hopste hinter ihr herein. Ein weiterer Mann in Lederjacke drückte ihren Kopf runter auf den Sitz, seine Achselhöhle war praktisch eine Schraubzwinge, eine ledrige, schweißige Schraubzwinge. »Wir haben gemerkt, dass man den anderen ein bisschen zu leicht erkennt, also haben wir ihn ausgetauscht.«

Tess' gedämpfte Stimme klang beinahe zuversichtlich. »Meine Eltern kommen bald nach Hause, und wenn sie meinen Wagen vor dem Haus stehen sehen, dann werden sie die Polizei sofort nach mir suchen lassen.«

»Was glaubst du, warum wir deine Schlüssel haben wollten?«, fragte die Grabesstimme vom Vordersitz. »Unser Freund wird uns in deinem Wagen folgen. Es wird kein Wagen am Bürgersteig stehen, wenn deine Eltern nach Hause kommen, und es gibt auch keine Mulchtüten oder Hunde mehr. Sie werden nie erfahren, dass du da warst, und ich glaube nicht, dass die Cops auf der Suche nach zehn Tüten Baumrinde ausrücken.«

»Herr im gottverdammten Himmel!« Der Mann, der Tess festgehalten hatte, lockerte seinen Griff, er ließ sie Atem holen, und gleich konnte sie etwas noch weniger Appetitliches als das schlecht gealterte Leder seiner Jacke riechen. Esskay hatte ganz überwältigt ihre Blase auf den Wagenboden entleert. Die Achselhöhle kehrte zurück und zog Tess in ihre ranzige Welt.

Sie murmelte in seine Ellenbogenbeuge hinein: »Wenn ich verspreche, meinen Kopf in den Schoß zu legen, wäre das okay?«

Keine Antwort, aber der Arm ließ locker, und sie drückte ihr Gesicht auf die Oberschenkel. Ihre schwarze Wollhose roch schwach nach Mottenkugeln. Mottenkugeln, und es war schon fast wieder Zeit, sie wegzuhängen. Das deprimierte sie, ein weiteres Anzeichen ihrer Inkompetenz.

Sie konnte spüren, wie der Wagen zweimal rechts abbog und dann einmal links, dann fuhr er eine lange Strecke geradeaus, aber es gab jede Menge Kreuzungen, denn etwa alle 30 Meter hielten sie an, und noch häufiger gab es Schlaglöcher. Das waren wahrscheinlich wichtige

Informationen, aber Tess hatte keine Ahnung, was sie mit ihnen anfangen sollte. Außerdem verfügte das Oldsmobile über schlechte Stoßdämpfer, und ein paar leere Dosen Miller Lite rollten auf dem Boden herum. Esskay wimmerte bei jedem Stoß.

»Hören Sie, Sie haben doch die Ohren«, sagte sie. »Wenn Sie die behalten, kann Ihnen doch niemand etwas anhaben. Was wollen Sie denn noch? Was wollen Sie mit meinem Hund?«

Grabesstimme sagte: »Das Letzte, was wir brauchen, ist noch ein beschissener Hund.«

Der Mann neben ihr schüttelte sich lautlos vor Lachen; Tess spürte das, weil sich ihre Hüften berührten. Dann wurde es still im Wagen, und schließlich hielten sie am Ende einer möglicherweise langen Auffahrt an.

Tess brauchte ein paar Sekunden, um wieder gerade stehen zu können, als sie den Wagen verlassen hatte. Sie tat steifer, als sie war, sodass sie die Gelegenheit hatte, sich in der Gegend umzusehen, während sie sich streckte und mit den Füßen stampfte, als wären sie eingeschlafen. Große viktorianische Häuser, weit ab von der Straße. Riesige Rasenflächen, Vorstadt, aber nicht allzu schlimm. In einem Block Entfernung konnte sie das Glimmen der Straßenlampen einer belebten Straße sehen. Das Rauschen des Verkehrs war immer noch deutlich zu hören, und sie konnten nicht mehr als zwanzig Minuten unterwegs gewesen sein. Catonsville, nur ein paar Meilen westlich vom Haus ihrer Eltern. Entweder war diesen Typen egal, ob Tess wusste, wo sie war, oder sie gingen davon aus, dass sie sowieso keine Gelegenheit mehr hätte, es irgendjemandem zu erzählen.

Sie zerrten sie in ein vor langer Zeit großzügig angelegtes Haus, das aber nach mehreren Monaten Leerstand erkennbar heruntergekommen war. Im Wohnzimmer gab es eine hohe Decke und einen altmodischen Lüster, und ein Mann saß in einem etwas angeschrammten Morris-Sessel, dem einzigen Möbelstück im Raum. Er hielt einen kleinen Hund auf dem Schoß. Tess erkannte den Mann nicht, aber sie erinnerte sich an den kleinen Kläffer von dem Treffen in der South Street. Charlton? Carleton? Irgend so was. Der Hund hatte seidig rotgoldenes Haar und ein hässliches Rattengesicht. Der Mann hatte braune Haare und auch ein hässliches Rattengesicht.

»Wir haben versucht dir klarzumachen, dass dein Onkel etwas hat, was ihm nicht gehört«, sagte der Mann im Sessel. »Ich weiß nicht, wieso du uns nicht schneller helfen konntest, unser Eigentum wiederzubekommen.«

»Ich hatte keine Ahnung, was Sie suchen. Ich habe die ... sie ... nur durch Zufall gefunden.« Sie wollte nicht laut aussprechen, was sie gesehen, was sie berührt hatte.

»Aber er hat unserem Arbeitgeber noch etwas anderes gestohlen, und auch das müssen wir unbedingt finden.«

»Vielleicht würde es helfen, wenn Sie mir sagen, wonach Sie suchen. Die ganze Zeit dachte ich, Sie wollen meinen Windhund.«

Sesselmann schüttelte den Kopf. Sein Gesicht war lang und dünn, die Wangen waren eingefallen, sodass er wie tot aussah.

»Dieser Hund gehört in ein früheres Programm, das zu ... äh, arbeitsintensiv war. Er interessiert uns nicht, und Sie interessieren uns ehrlich gesagt auch nicht. Aber ich denke, Sie werden eine Weile unser Gast sein. Vielleicht kann sich der Freund deines Onkels, der kleine Tellerwäscher, daran erinnern, wo unsere Sachen sind, wenn es was zu gewinnen gibt.«

»Tommy hat keine Ahnung.« Tess war verzweifelt, als sie daran dachte, dass ihr Schicksal in Tommys Händen lag. Sie stellte sich vor, wie Tommy eine Schachtel mit ihrem Zeigefinger darin öffnete. Wahrscheinlich würde er ihn frittieren und irgendjemandem während der Happy Hour andrehen. »Wissen Sie, als ich heute Abend losging, habe ich meiner Tante gesagt, sie soll die Polizei anrufen, wenn ich nicht in einer Stunde wieder da bin.«

Die Männer lachten. Tess hatte keine Ahnung, ob sie ihr nicht glaubten oder einfach nur der Meinung waren, dass es egal sei. Verärgert ließ sie Esskays Leine ein wenig lockerer, sie hoffte, dass die Hundin irgendjemandem ans Bein pinkeln würde. Aber die Windhündin starrte einfach nur den Sesselmann mit leuchtenden Augen an, die Gedanken ihres kleinen Hirns waren praktisch hörbar. Abendessen, Abendessen, Abendessen. Tess wäre auch hungrig gewesen, wenn sich ihr Magen nicht vor lauter Angst zusammengekrampft hätte.

»Sie werden nicht nach einer Stunde zurückkehren«, sagte der Sesselmann. »Sie werden überhaupt nicht zurückkehren, bis der Freund Ihres Onkels uns hilft.«

Sein Schoßhund sprang zu Boden und schnüffelte an den Schuhen seines Besitzers. Glänzende Slipper, wie lederne Hausschuhe. Und er trug einen ledernen Blazer, der sein dunkelblaues Polyester-Sporthemd um eine Fingerlänge überragte. Die Männer waren alle mehr oder weniger gleich angezogen. Lederjacken oder Blazer, Strickhemden, Polyesterhosen, glänzende, weiche Slipper. Tess fragte sich allen Ernstes, wo die eigentlich einkaufen gingen.

»Sind Sie denn ganz sicher, dass Sie keine Ahnung haben, wo Ihr Onkel sonst noch etwas versteckt haben könnte?«

Der kleine Hund sah irgendetwas in der Nähe des Kamins – eine Kakerlake, eine Ratte, einen Schatten – und rannte aufgeregt kläffend los. Tess spürte das Brennen in ihrer Hand, als ihr Esskays Metallkette durch die Finger glitt. Der Windhund hatte sich der Jagd angeschlossen. Aber Esskay wollte nicht die Beute des kleinen Hündchens. Sie wollte das kleine Hündchen, das sie schnell in eine Ecke trieb.

»Charlton!«, schrie der Sesselmann und stemmte sich hoch. Aber es war zu spät. Esskay versenkte ihre Zähne im weichen Bäuchlein des Hundes und schüttelte es wild von rechts nach links. Das Rennen war gewonnen! Und Esskay hatte den Hasen gefangen, was kein anderer Hund auf der Rennbahn je geschafft hatte. Sie war fast irre vor Freude und stolzierte begeistert durch den Raum.

Der Sesselmann stieß ein furchtbares Stöhnen aus. Die drei anderen Männer näherten sich dem Windhund, dann traten sie wieder zurück; sie hatten keine Ahnung, was sie tun sollten. Esskay hielt den kleinen Hund weiter fest im Maul und schüttelte ihn, als wäre er ein kleiner Staubwedel. Tess begann sich in Richtung Tür zu verdrücken, blieb aber stehen, als sie einen der Männer, den großen, der sie zuerst gepackt hatte, in die Jacke greifen und eine Pistole hervorholen sah.

»Sind Sie verrückt?«, schrie sie, drängte sich an ihm vorbei, packte Esskay an der Schnauze und klappte ihre Kiefer mühelos auseinander. Sie war doch kein Pitbull oder Rottweiler. Hier war keine Stärke, keine Gefahr, nichts zu fürchten, außer Mundgeruch. Der kleine Hund wand sich am Boden, wahrscheinlich panisch erschrocken, aber die einzigen Verletzungen waren zwei kleine Pünktchenwunden am Bauch.

»Charlton«, wimmerte der Sesselmann, als sie den kleinen Hund hochnahm und ihm zurückgab.

»Nicht weit von hier gibt es einen 24-Stunden-Tierarzt«, sagte Tess, die selbst überrascht war, dass sie Mitleid mit diesem Mann und seinem albernen kleinen Hund haben konnte. »An der Route 40.« Die drei Fänger starrten sie bloß mit leerem Blick an, während der Sesselmann Charlton in den Armen wiegte.

»Wahrscheinlich ist das die Straße, auf der Sie mich hergebracht haben«, erklärte sie. »Zumindest glaube ich, dass es die Straße ist, es sei denn, wir kamen über die Frederick Road. Route 40 geht vom Beltway ab, parallel zur Frederick, die kann man nicht verpassen. Der Tierarzt ist gegenüber vom Toys R Us.«

»Du bleibst hier bei ihr«, sagte der Sesselmann zu Lederjacke Nummer eins, dem Großen, der sich Tess in der Garage ihrer Eltern gegriffen hatte. Dann lief er hinaus, gefolgt von Grabesstimme und Lederjacke Nummer zwei.

»Er liebt den Hund«, erklärte der verbliebene Fänger und legte seine Pistole auf das Kaminsims, als wollte er Tess daran erinnern, dass er sie immer noch in Reichweite hatte. »Wenn ihm irgendwas zustößt, ist dein

Hund tot. Eigentlich sollte man den sowieso einschläfern, fies, wie der ist.«

Er sagte das ohne jede Ironie, dieser Schläger, der sie gekidnappt hatte, der ihren Onkel verprügelt hatte, der Esskay hatte erschießen wollen.

»Ich denke, mit Charlton ist alles in Ordnung. Das sind nur zwei kleine Piekser.« Sie ließ sich in den leeren Morris-Sessel sinken, ihre Knie waren ein bisschen wackelig. Esskay schob ihr die Nase unter den Ellenbogen, sie suchte nach der Belohnung, von der sie fand, dass sie sie verdient hätte.

»Ich wünschte, hier wäre ein Fernseher«, sagte er. »NCAA-Basketball läuft.«

Kein Baltimore-Akzent, aber irgendwas aus der Nähe. Und doch kannten sie die Stadt nicht, wenn sie sich die Route 40 erklären lassen mussten. Philadelphia? Wilmington? Spike hatte behauptet, der Mulch für ihre Mutter käme von der Rennbahn in Delaware. Und Spike log nicht gerne kompliziert, er ließ lieber einfach etwas weg, wenn er die Wahrheit vermeiden wollte. Was war das andere, das sie wollten? Wie konnte sie es herausfinden?

»Ich weiß, wie wir uns die Zeit vertreiben können. Wissen Sie, wie man Botticelli spielt?«

»Ist das Italienisch für Flaschendrehen?«

»Nein, es ist wie ›Wer bin ich‹. Sie sagen einen Buchstaben – sagen wir mal S –, und ich stelle Ihnen Fragen über Leute, deren Namen mit S beginnt. Sagen wir mal, Ihr Mensch wäre Mike Schmidt …«

»Der beste dritte Baseman aller Zeiten.«

Definitiv aus Philadelphia, entschied Tess. Jemand

von hier würde immer Brooks Robinson nennen. »Wie auch immer. Also, wenn Ihr Buchstabe S ist, könnte ich fragen: ›Sind Sie ein klassischer Komponist?‹ Wenn Ihnen keine Antwort einfällt – zum Beispiel Strawinsky –, kann ich eine Ja-Nein-Frage über Ihre Person stellen, bis ich genug weiß, um die Identität richtig zu raten. Verstanden?«

Lange Pause. »Yeah.«

»Gut. Um es jetzt ein bisschen interessanter zu machen, wieso sagen Sie mir nicht den Buchstaben von dem, was Sie suchen, und dann spielen wir.«

»Ich weiß nicht …«

»Ach, kommen Sie. Wie groß ist schon die Chance, dass ich es wirklich errate?«

Wieder tiefes Nachdenken, als würde er tatsächlich ausrechnen, wie groß ihre Chancen waren. »Da haben Sie ’nen Punkt.«

»Gut. Also, was ist Ihr Buchstabe?«

»Ich schätze, ein V. Könnte auch ein C sein … Nein, es ist V, definitiv ein V.«

»Okay. Sind Sie ein Schriftsteller aus dem 20. Jahrhundert mit Kultfans?«

»Willst du mich verarschen?«

Tess imitierte das Geräusch eines Quiz-Summers. »Sie sind nicht Kurt Vonnegut. Jetzt kann ich eine Ja-Nein-Frage stellen. Sind Sie – hat das Ding, nach dem Sie suchen, mit Wetten zu tun?«

»Kann ich auch halbwegs sagen?«

»Eigentlich nicht.«

»Aber ich sag halbwegs. Es hat halbwegs mit Wetten zu tun, aber nicht richtig. Peripher sozusagen.«

»Na gut. Nächste Frage. Sind Sie der Erfinder von Lolita?« Nach den richtigen Regeln war klar, dass man nur Nachnamen benutzen durfte, aber Tess hatte das absichtlich ausgelassen.

»Ich bin nicht … ich bin nicht … ich bin nicht Valentine? Volare? Irgend so ein griechischer Gott, oder?«

»Guter Versuch. Vladimir Nabokov. Haben Sie einen Geldwert?«

»Nein. Ich meine, könnte schon sein, aber nur für ein paar Leute. Man könnte es nicht hinten aus 'nem Lastwagen verkaufen, aber ein paar Leute würden viel Geld dafür bezahlen.«

»Okay. Sind Sie der Wohnort des Papstes?«

Ihr Gegner schaute beleidigt. »Ich bin nicht der Vatikan.« Er bekreuzigte sich.

»Gut. Sehr gut.« Eine richtige Antwort würde ihn entspannen, entschied sie, obwohl sie eigentlich nicht vorgehabt hatte, ihn etwas zu fragen, was er wusste. »Sind Sie ein UN-Bediensteter mit Nazi-Vergangenheit?«

Ein leerer Blick

»Kurt Waldheim«, sagte sie mit deutschem Akzent. Er würde nicht wissen, wie der Name geschrieben wurde. »War das Ding jemals am Leben? Oder Teil von etwas Lebendigem?«

»Das sind zwei Fragen. Aber nein zu beiden.«

»Das ist ja wohl ein gutes Zeichen.« Esskay schob ihr den Kopf in den Schoß und wollte geliebt werden. Tess rieb die Hündin unten am Hals, sie dachte über ihre nächste Frage nach. Botticelli mit Dingen war schwieriger als mit Personen. Esskays Fell war unter dem Halsband flach gedrückt und abgeschubbert. Sie konnte ihm eine Frage über Voltaire oder Venus stellen. In den Windhund-Büchern stand, dass man eine Nylonleine verwenden sollte, aber sie hatte nie Zeit gehabt, diese Kette auszuwechseln, Spikes Improvisation. Sid Vicious? Dick Van Dyke? Sie spielte am Halsband herum, klickte den Verschluss auf und zu, die ganze Zeit zog sie die Hündin nah an sich heran.

»Komm schon, stell mir noch 'ne Frage. Das macht Spaß.«

»Sind Sie ein Idiot?«, fragte Tess.

»Moment, das weiß ich. Ein Komiker, oder? Der Typ, der in all seinen Filmen Idioten spielt. Ich bin nicht … Ich bin nicht …«

Tess sprang aus dem Sessel auf und schlug mit der Kette nach ihm, sie traf ihn ins Gesicht. Er war nicht schnell genug, um die potenziell tödliche Leine zu packen, und er war nicht nahe genug, um sie selbst zu fassen zu kriegen. Tess entfernte sich von ihm, sie bewegte sich in Richtung Tür, weg vom Kamin, auf dessen Sims immer noch seine Waffe lag. Er kam hinter ihr her, er wollte ihr unbedingt die Kette wegnehmen, sodass er gar nicht auf die Idee kam, zurückzugehen und seine Waffe zu schnappen.

»Blöde Natter«, keuchte er. »Das wird dir« – wieder versuchte er, nach Tess zu greifen – »noch leidtun.« Er bekam ihr linkes Handgelenk zu fassen, aber Esskay schnappte zu und grub ihre Zähne in seine Hand. Sie hatte nicht viel Druck, aber konnte durchaus Schaden anrichten. Er schrie und ließ los, dann hastete er hinüber auf die andere Zimmerseite, wo seine Pistole wartete, aber in diesem Augenblick erreichten Tess und Esskay schon die Tür. Tess riss sie auf, ließ Esskay vorlaufen und das Tempo bestimmen und betete, dass die Hündin klug genug wäre, in Richtung der Straßenlampen zu laufen, nicht in die Gässchen, wo man sie schlechter sehen konnte. Ihr Kidnapper war vielleicht kräftig genug, Tess bei einem Sprint zu überholen, aber sie war zuversichtlich, auf längere Entfernung die bessere Kondition zu haben. Und sie war ziemlich sicher, dass er in dieser Vorortstraße nicht mit seiner Pistole schießen wollte.

Esskay rannte locker und fröhlich, sie ließ ihre Hinterbeine im mittlerweile bekannten Kängurustil hochsausen. Tess folgte ihr atemlos. Als sie das erste Mal anhielten, waren sie an der Royal Farm, eine Viertelmeile von der Frederick Road entfernt, und ihr Kidnapper war weit hinter ihnen, wenn er überhaupt versucht hatte, ihr zu folgen. Tess hatte nicht zurückgeschaut. Sie rief von einer Telefonzelle aus die Polizei, dann überredete sie den Aufseher bei Royal Farm, sie und Esskay bei ihm im Büro warten zu lassen, wo der Windhund endlich die lang ersehnte Belohnung bekam – zwei Scheiben Fleischwurst und drei ihrer Namensvetter-Hotdogs. *Schmeck den Unterschied der Ka-walität*. Wie wahr.

25

»Haben Sie ihn wirklich mit der Hundekette geschlagen?«

»Glauben Sie etwa nicht alles, was in Ihrer eigenen Zeitung steht?«

»Die Story steht erst morgen in ›meiner Zeitung‹. Wir haben nicht rechtzeitig für die heutige Ausgabe von Ihrem kleinen Abenteuer letzte Nacht erfahren. Es liest sich gut, aber ich bin schon ein bisschen nervös, dass ich jetzt mit einer Frau zu Abend esse, die Männer mit Hundeketten verprügelt.«

Jetzt war Tess diejenige, die errötete, während Sterling darüber lächelte.

Sie saßen im Joy America Café, dem Restaurant im obersten Stockwerk des American Visionary Art Museum. Das Essen im Joy America war zwar so visionär und ungewöhnlich wie die erstklassige Museumsausstellung über Outsider-Kunst, aber für Tess' Geschmack ein bisschen überkreativ. Mit Zitrussaft und Kürbiskernen marinierte Antilope an Virginiaschinken und Butternut Squash. »Interkulturelle Mischküche« nannte Whitney solche Kreationen. Tess dachte daran, diese Bezeichnung als ihre eigene auszugeben, fürchtete dann aber, dass sie Sterling beleidigen würde. Er konnte manchmal ein bisschen ernst sein.

»Ist Ihnen aufgefallen, dass die Leute dies immer noch

das ›Neue Visionary Museum‹ nennen, obwohl es schon seit zwei Jahren steht?«, fragte sie stattdessen; sie verließ sich auf das sichere Konversationsthema des Spotts über ihre Heimatstadt.

»Hier gibt es Leute, die den Inner Harbor immer noch als neu betrachten, und der wurde vor fast zwanzig Jahren angelegt. Und ich werde auch für den Rest meiner Karriere beim *Beacon* der Neue sein.« Sterling nahm einen vorsichtigen Schluck von der Suppe, die vor ihm stand. Sie war von dunklem Terrakottarot, mit einem Spritzer Avocadogrün, wie das Zorro-Zeichen. »Chili und Koriander in Mangosuppe. Nicht schlecht, aber ich schmecke hier auch etwas Sahne, obwohl der Kellner mir das Gegenteil versichert hat.«

Tess versuchte, keine Grimasse zu schneiden. Sie aß grüne Bohnen mit Himbeervinaigrette, im Joy America eine prosaische Wahl. Dem Kellner hatte das gar nicht gefallen. Aber das war in Ordnung, ihr hatte der Kellner auch nicht gefallen. Obwohl ihr durchaus klar war, dass sie sich in einem der besten Restaurants der Stadt befand, sehnten sich ihre Geschmacksnerven insgeheim nach einem etwas weniger trendigen Ort. Antilope war kein guter Ersatz für Hausnner's Kartoffelpfannkuchen oder einen Teller Tortellini im Brass Elephant. Aber man konnte ja nicht gegen die Wahl des Gastgebers Einspruch einlegen, und vom Joy America aus hatte man wenigstens einen atemberaubenden Blick auf den Hafen – das National Aquarium und das Columbus Center, die Rudervereine und die Kirchen Little Italys dahinter. Sie konnte sogar das Ufer von Fells Point sehen, die Lichter schimmerten durch die Samstagnacht.

»Wenn Tag wäre, könnten Sie meine Terrasse sehen«, sagte sie und deutete mit der Gabel in Richtung der Fenster.

»Klingt großartig.«

»Nur wenn man es für großartig hält, über einem Laden zu wohnen. Aber es ist nett, und Tante Kitty nimmt nicht allzu viel Miete.«

»Kitty?« Sterling schaute von seiner Suppe auf. »War sie nicht auf dem Foto, das neben Ihrer Story stand?«

»Äh, ja.« Wieder stahl ihre Tante, die der *Beacon*-Fotograf unbedingt mit drauf haben wollte, ihr die Schau.

»Sagen Sie ...« Jetzt ging's los. Er würde sie nach Kittys Nummer fragen, um herauszukriegen, ob sie noch frei war. »Machen Sie sich keine Sorgen, dass diese Typen es noch einmal bei Ihnen versuchen?«

Sie lachte beinahe vor Erleichterung. »Nur einer ist entwischt. Die Cops haben sich die anderen drei geschnappt, während sie noch im Wartezimmer des Tierarztes saßen. Der vierte ist mit meinem Wagen zum Maryland House Rastplatz an der I-95 gefahren, hat sich dort einen anderen Wagen gegriffen und den am Stadtrand Philadelphias stehen lassen. Die Cops sind der Meinung, der wäre ausreichend damit beschäftigt, nicht wieder in einen Staat zurückzukehren, wo er wegen Kidnapping gesucht wird.«

»Aber es hört sich trotzdem an, als hätten diese Leute im Auftrag von jemand anderem gehandelt. Was soll denjenigen daran hindern, ein paar neue Schläger zu schicken, um sich zu holen, was er will?«

»Keine Ahnung. Der Mann, der abgehauen ist, hat

immerhin die Ohren mitgenommen. Man kann also die Spuren der getöteten Hunde nicht mehr verfolgen.«

»Wahrscheinlich getöteten.« Sterlings Korrektur kam automatisch, die Angewohnheit eines Redakteurs.

»Stimmt – vielleicht laufen irgendwo auch jede Menge ohrlose Windhunde herum, aber was bringt das?«

Der Kellner räumte ab. Die Mangosuppe war für Sterling zu reichhaltig gewesen, er hatte nach ein paar Löffeln aufgegeben.

»Auf jeden Fall hat sich Warhols Prophezeiung für Sie erfüllt. Tut mir leid, dass Sie nicht noch größer rauskommen. Ich fand die Story gut genug als Aufmacher, aber dann habe ich die Entscheidung abgegeben, weil ich einen Interessenkonflikt empfand.« Kurze Pause. »Ich hoffe jedenfalls, dass es zu einem kommt.«

Tess hatte das Gefühl, als stünde sie direkt am Rand der glücklichen Normalität, die sie sich seit so vielen Jahren wünschte. Ausgehen am Samstagabend. Ein netter Mann mit einem ordentlichen Job statt einer Band. Alles war perfekt. Und dann klingelte etwas in Sterlings Jackentasche.

»'tschuldigung«, sagte er und zog sein Handy hervor. »Ich muss für die Zeitung immer erreichbar sein.«

Die Verbindung musste schlecht sein, denn er musste fast schreien, damit man ihn verstand, und die anderen Gäste starrten ihn missbilligend an. »Wer? Was? Wo bist du?«

»Vergessen Sie nicht, wann und warum«, scherzte Tess, als Sterling ihr das Telefon reichte.

»Es ist Whitney. Sie sagt, es sei ein Notfall.«

Whitney klang, als würde sie in einem Windkanal stehen und brüllen, in einem Windkanal, in dem laute Musik und Gelächter abgespielt wurden. »Ich habe hier ein Problem, bei dem du mir helfen musst«, sagte sie ohne Einleitung. »Ich bin im Working Man's Bar and Grille.«

»Feeney?«

»Fast. Colleen Reganhart ist hier, und wenn sie so weitermacht, holen die Cops sie ab, aber sie sagt, sie will unbedingt mit dir reden.« Whitney machte eine Pause. »Ich weiß, mein Timing ist scheiße. Aber es wird ja noch andere Dates geben, oder?«

»Woher weißt du von …« Sie wollte Sterlings Namen nicht erwähnen, solange er zuhörte, oder das Wort »Date« wiederholen, weil beides mädchenhaft und peinlich geklungen hätte. »Woher wusstest du, wo du mich findest?«

»Bei Zeitungen gibt es keine Geheimnisse, Tess. Hast du das nicht mittlerweile gelernt?«

The Working Man's Bar and Grille war die bekannteste Megabar in Fells Point, ein riesiges Gebäude am Wasser. Die Terrasse, auf der japanische Laternen hingen, bildete einen Teil der hübschen Lichter, die den Ausblick vom Joy America so schön machten. Aus der Nähe verschwand dieser Eindruck schnell. Das möchtegernmarxistische Dekor der Bar – Maschinenteile aus der Papier-Recycling-Vergangenheit des Gebäudes, Dreißiger-Jahre-Poster von muskulösen Arbeitern und echte Demo-Banner von den berühmten Streiks in Baltimore – war uneinheitlich und im Zusammenhang mit Bier für fünf Dollar und Margaritas für siebenfünfzig fast schon beleidigend. Die College-Kid-Kundschaft fand es ohnehin altmodisch, mit den eigenen Händen zu arbeiten, wohingegen sie es offenbar vollkommen normal fand, in der Öffentlichkeit zu pinkeln und auf den Dächern der am Bordstein geparkten Wagen herumzutrampeln.

Whitney saß an einer mit Gummi überzogenen Bar, die aussehen sollte wie ein Fließband. Colleen Reganhart lag mehr oder weniger auf dieser Bar, sie hatte die Arme wie bei einer Kreuzigung gespreizt, mit dem Gesicht nach unten, und ihr schwarzes Haar hing in die Soße eines halb leer gegessenen Tellers Buffalo-Hähnchenflügel.

»Sie sieht doch ganz lieb aus«, sagte Tess.

»Pass auf.« Whitney klopfte ihr auf den Arm. »Colleen, findest du nicht, wir sollten mal los?«

Colleen hob den Kopf ein paar Zentimeter, schaute Whitney mit blutunterlaufenen Augen an und sagte: »Fick dich ins Knie, Talbot. Du bist der letzte Mensch, den ich heute Nacht sehen will.«

»Tess ist hier. Wolltest du nicht mit ihr reden?«

Colleen schaffte es, ihren Oberkörper von der Bar zu lösen und sich in Tess' Richtung zu drehen. »Wollte ich? Ach, fick dich doch auch.«

Der Barkeeper kam. Es war Steve. Kittys letzte Eroberung. Aber Kitty hatte ihn schon wieder fallen lassen, also sah er keinen Vorteil darin, nett zu ihrer Nichte zu sein.

»Hör mal, Tess, ich geb ihr schon seit 'ner halben Stunde nichts mehr. Aber sie will nicht gehen, und wir kriegen immer mehr Kundschaft. Die Braut hier kann nicht so 'nen tollen Platz belegen und alle anschnauzen, die in ihre Nähe kommen. Blondie hier hat gesagt, du kümmerst dich darum.«

Whitney zog eine Augenbraue hoch. Sie fühlte sich kein bisschen schuldig, das war Tess klar. Vielleicht genoss sie sogar, dass sie das Abendessen mit Sterling hatte stören können.

»Mein Wagen steht draußen«, sagte sie entschlossen. »Du musst mir helfen, sie zu tragen, dann fahren wir sie in ihre Wohnung und bringen sie ins Bett.«

»Wieso warst du denn mit ihr hier?«, fragte Tess und schob eine Hand unter Colleens Achselhöhle, während Whitney dasselbe auf der anderen Seite tat. Colleen leistete keinen großen Widerstand, sie murmelte bloß lauter Flüche, als sie sie zur Tür schleiften.

»Noch eine Gefälligkeit für Lionel Mabry. Er hat es lieber, wenn seine Chefredakteure nicht wegen unzüchtigen Verhaltens in der Öffentlichkeit verhaftet werden. Sie hat ihn vor 'ner Stunde aus der Telefonzelle hier angerufen, sie hat ihm erst gedroht zu kündigen, und dann hat sie ihn bedroht. Er hat sie dazu gebracht, ihm zu sagen, wo sie war, dann hat er mich angerufen und gebeten, mich darum zu kümmern.«

»Mit meiner Hilfe.«

»Ich konnte ja schlecht jemanden von der Zeitung anrufen.« Whitney warf Tess einen Blick zu, beäugte den guten Wintermantel, die Strumpfhose, die hochhackigen Schuhe, die Föhnfrisur. »Aber Sterling hätte natürlich gerne mitkommen können. Überhaupt, wie war das Essen? Seid ihr bis zum Dessert gekommen? Hattest du dieses kleine Wirbelwind-Ding, das es da gibt, mit Schokolade und Zimt?«

»Lass uns das hier einfach hinter uns bringen, okay?«

Manchmal fragte Tess sich, ob es in Baltimore eine

einzige Fabrik gab, in der noch richtig gearbeitet wurde. Colleen wohnte in Henderson's Wharf, was ursprünglich mal ein Lagerhaus für B & O Railroad gewesen war. Es befand sich am Ende der Fell Street, nur einen kurzen Fußweg vom Working Man's Bar and Grille entfernt, sofern man noch zu Fuß gehen konnte. Colleen hätte das niemals auf ihren hohen Hacken geschafft – das Kopfsteinpflaster der Thames Street hätte sie nach ein paar Schritten umgelegt. Sie schlief auf der fünfminütigen Fahrt ein, sodass Whitney und Tess die Chefredakteurin wie einen Sack Dreckwäsche ins Haus schleppen mussten.

»Sie wohnt im sechsten Stock«, sagte Whitney. »Natürlich Hafenseite.«

»Natürlich«, wiederholte Tess.

Aber das Domizil, das sie dann betraten, war letztlich nur eine teurere Ausgabe von Rositas spartanischer Wohnung: Praktisch keine Möbel, nirgends hing ein Bild an der Wand, aber immerhin standen zwei in braunes Papier eingewickelte Rechtecke an einer Ziegelmauer. Noch eine Frau, die stets unterwegs war, dachte Tess. Eine, die sich so darauf konzentrierte, irgendwohin zu gelangen, dass sie niemals innehielt, um festzustellen, wo sie überhaupt gerade war.

»Sollen wir versuchen, sie ins Bett zu legen?«

»Ich hab keine Lust, sie die Treppe hochzutragen«, sagt Whitney. »Lassen wir sie doch auf dem Sofa liegen und schnappen uns ihren Bourbon. Ich hab das Gefühl, wir werden in Colleens Küche einen finden.«

Colleen hatte keinen Bourbon, aber sie hatte guten Scotch und eine volle Tüte Mint Milanos. Whitney öffnete beide mit einem breiten Grinsen, dann nahm sie zwei nicht zueinander passende Gläser aus einem Küchenschrank.

»Das haben wir uns verdient«, sagte sie zu Tess, als sie sich auf den Teppich setzten, wo der Esszimmertisch hätte stehen können, wenn Colleen einen gekauft hätte.

»Ein weiterer Gefallen für Lionel.« Tess dachte noch einmal über diesen Satz nach. Plötzlich schien er etwas zu bedeuten. »Und was war die erste Gefälligkeit?«

Whitney schaute Tess an. Sie kannten einander so gut. Tess konnte sehen, wie Whitney nachdachte, sie versuchte auszurechnen, wie viel Tess sich schon zusammengereimt hatte, woraus sie folgern würde, wie viel sie zugeben musste.

»Dich dazu zu bringen, für ihn zu arbeiten, natürlich.«

»Und der zweite? Es gab doch noch eine zweite Gefälligkeit, nicht wahr?«

Whitney sagte nichts.

»Ich denke mal, die zweite Gefälligkeit bestand darin, den Umschlag mit Rositas Personalakte auf meinem Wagen zu platzieren. Lionel wollte, dass ich die zu Gesicht bekomme, aber er wollte nicht, dass jemand wusste, wo sie herkam. Was sollte ich da drin finden, Whitney?«

»Etwas. Irgendwas.« Whitney ging in die Küche und kam mit einem Steakmesser zurück, mit dem sie ein Milano öffnete wie eine Auster. Dann leckte sie die Schokolade aus dem Inneren. »Er hatte keine Ahnung, dass du es so gut machen würdest, wie es letztlich lief. Er war sehr zufrieden damit, wie schnell du sie am Haken hattest. Lionel hat immer schon vermutet, dass Rosita für Ärger sorgen würde.« Sie legte den sauber geleckten

Keks beiseite, dann öffnete sie einen weiteren und begann, auch aus dem die Schokolade zu lecken. »Ich habe ihm gesagt, du würdest gute Arbeit leisten.«

»Das Ganze hatte also gar nichts mit Feeneys Story zu tun, nicht wahr? Es war bloß eine Entschuldigung, um sich über Rosita herzumachen. Mabry wollte sie loswerden, er wollte die Gewerkschaft umgehen, und dies war eine ideale Gelegenheit. Häng ihr die Story an oder irgendwas ähnlich Peinliches, dann konnte er sie feuern oder rausekeln.«

»Rosita machte nichts als Ärger, das war Lionel ziemlich schnell klar. Er hat versucht, sie Bürodienst schieben zu lassen, aber sie faselte von Rassismus und Sexismus und jedem anderen Ismus, der ihr einfiel. Also ließ er sie von Colleen mit Feeney zusammensperren, weil er hoffte, dass sie nicht allzu viel Mist bauen könnte, wenn ein anderer Reporter dabei war. Aber sie hat es geschafft. Du kennst doch korrupte Cops? Rosita ist ein korrupter Reporter. Sie würde alles tun für eine Seite-eins-Story. Lionel musste sie loswerden, und er hatte nicht die Zeit, ihre Entlassung von der Gewerkschaft absegnen zu lassen. Es war nur eine Frage der Zeit, bevor der *Beacon* richtig übel verklagt werden würde. Teufel, es wäre ja fast so weit gekommen, Tess. Wenn Wink sich nicht umgebracht hätte, hätte er die Zeitung wegen der ersten Story verklagen können.«

»Aber das hätte er nicht getan. Wink hat seiner Ex-Frau Hunderttausende bezahlt, damit sie niemandem je sagte, was geschehen ist. Er war gedemütigt.«

Whitney zuckte mit den Achseln. »Vielleicht hätte er es jetzt trotzdem riskiert, denn es hätte auch alles andere unterminiert, was über ihn in der Zeitung gestanden hatte, selbst die wahren Sachen. Ich bin überrascht, dass er nicht daran gedacht hat, bevor er sich umbrachte.«

»Rosita sagt, er wurde umgebracht.«

»Wenn Rosita ›Guten Tag‹ sagt, würde ich es überprüfen. Sie lügt andauernd, bei jeder Kleinigkeit, nur um in Übung zu bleiben. Ich schwöre dir, ich habe sie schon bei den peinlichsten Ungereimtheiten erwischt. Was sie studiert hat, beispielsweise. Wo in Boston sie aufgewachsen ist. Wer lügt denn bei so was? Sie ist verrückt.«

»Verrückt«, nickte Tess, aber sie würde sich von Whitney nicht so leicht ablenken lassen. »Und kannst du jetzt nach Japan gehen, weil du Lionels Lieblingsredakteurin bist? War das der Deal?«

Whitney hob das Kinn, auf das ein wenig Schokolade gekleckert war. »Es schadet jedenfalls nicht. Hey, du musstest dir keine Gedanken machen, weil ich dir nichts davon erzählt habe. Du hast wunderbare Arbeit geleistet und gutes Geld damit verdient. Was ist dein Problem?«

»Mein Problem ist, dass du mich angelogen hast.«

»Ach was. Ich hab nur hier und da ein paar Kleinigkeiten ausgelassen.«

»Und was ist mit Feeneys Alibi?«

Wieder wartete Whitney darauf, was Tess wusste oder erraten hatte. Sie nahm sich einen dritten Milano, war aber immerhin erschüttert genug, um ihn wie ein normaler Mensch zu essen.

»Hat Feeney dir wirklich gesagt, dass er den Abend mit mir verbracht hätte, oder hast du damit nur dafür sorgen wollen, dass ich den Job übernehme, weil ich mir solche Sorgen um ihn machte, dass ich ihn schützen wollte?«

»Ich habe Feeney gefragt, wo er an dem Abend war, und er hat gesagt, er hätte sich mit dir getroffen.« Aber Whitney konnte ihr nicht länger in die Augen schauen. Sie wandte sich sogar noch ein wenig weiter von Tess ab. »Er konnte sich aber nicht mehr erinnern, wann er gegangen war. Er kann sich an überhaupt nicht viel aus dieser Nacht erinnern. Er hat mehr oder weniger eine Gedächtnislücke. Ich wusste, wenn du glaubtest, dass er dich als Alibi braucht, hätte ich dich. Du hattest immer schon was für ihn übrig.«

Tess sah Feeney auf der Eutaw gen Norden gehen, nachdem sie ihr letztes wütendes Gespräch beendet hatten. Er war sauer auf sie gewesen, unglaublich wütend.

»Und was hast du ihm erzählt? Ich meine, du musstest ja dafür sorgen, dass Feeney und ich uns nicht abgleichen, nicht wahr? Wie hast du das hinbekommen?«

Jetzt war Whitneys Stimme kaum mehr hörbar. »Ich hab ihm gesagt, dass du das Geld brauchst und er sich von dir fernhalten solle, weil du den Chefs gegenüber behauptet hättest, ihn nicht zu kennen. Ich hab ihm auch gesagt, dass du alle Möglichkeiten offen hältst, wer es gewesen sein könnte, und du würdest keine Gnade walten lassen, wenn du glaubtest, er wäre es. Aber er war es ja nicht, also hat's ja nicht geschadet.« Sie trank ihren Scotch aus. »Ich denke, jetzt habe ich dir alles gestanden. Vergibst du mir? Oder willst du mir eine Strafe auferlegen?«

Tess war schwindelig wie einem Kind, das sich endlos im Kreis gedreht und dabei himmelwärts geschaut hatte.

Schlimm genug, dass Lionel sie benutzt und manipuliert hatte. Aber Whitney war seine willige Helferin gewesen, sie hatte Freunde gegeneinander ausgespielt, nur um ein Büro in Tokio zu bekommen. Es war eine Sache, die Fahrstuhl-Technik einzusetzen, aber eine ganz andere, alle auf die Fahrt mitzunehmen.

»Wieso hast du mich heute angerufen? Du hättest das locker alleine machen können.«

»Vielleicht hab ich gedacht, das wäre meine letzte Chance zwischen altem und neuem Freund. Oder leistest du dir jetzt beide, hast du den kleinen Jungen zu Hause, während du dich von Sterling ausführen lässt?«

»Du bist eifersüchtig.«

»Auf Sterling? Nein, beim Squash gegen ihn zu verlieren, ist in Ordnung, aber mehr würde ich für meine Karriere nicht tun. Nicht dass er je gefragt hätte. Aber mach dir keine Sorgen, Tesser, ich bin sicher, du wirst noch ein Date mit ihm haben. Du kriegst immer noch ein Date. Ich, ich habe meinen Job. Und wenn ich Glück habe, dann werde ich Auslandskorrespondentin, und dann komme ich als leitende Redakteurin zurück. Nur sehr wenige Frauen leiten Zeitungen. Ich habe vor, eine von ihnen zu werden.«

»Warum? Damit du so endest wie Colleen hier, die Samstagabend ohnmächtig in einer leeren Wohnung ohne Freunde und Familie auf dem Sofa liegt?«

»Colleen ist *sui generis.* Die anderen Chefredakteure haben Familien, ein Leben, andere Interessen.«

»Die anderen Chefredakteure sind Männer. Sieh dich doch um, Whitney. Es ist nicht nur Colleen. Du bist auch so. Rosita ist so. Arbeit ist alles, was ihr habt. Herrgott, du lebst immer noch bei deinen Eltern, weil du dir nie die Zeit genommen hast, eine eigene Wohnung zu suchen. Die meisten deiner Beziehungen halten zwei Wochen, bis den Typen klar wird, dass der Freitagabend reserviert ist für *Washington Week In Review,* und der Sonntagmorgen für *Meet The Press.* Was wirst du tun, wenn du ein Baby haben willst – Tim Russert fragen, ob er Samenspender sein will?«

Whitney stand auf und klopfte Kekskrümel von ihrer Tweedhose. »Hör mal, ich muss los. Soll ich dich zu Hause absetzen, oder willst du zu Fuß gehen?«

»Ich gehe.«

»Gibt's noch irgendwas an mir, was du bemängeln willst? Ich hab schon gesagt, dass es mir leidtut.«

»Nein, das ist so ziemlich das Einzige, was du heute Abend nicht gesagt hast.«

»Dann sage ich es jetzt. Es tut mir leid. Und willst du mir jetzt nicht vielleicht irgendwas entgegnen?«

»Ja, ja, das will ich.« Tess winkte mit den Fingern. »Sayonara, Whitney.«

26

Tess blieb bei Colleen Reganhart, bis es dämmerte. Sie war nach Whitneys Abgang nicht gleich aufgebrochen, damit sie einander nicht im Fahrstuhl oder auf der Straße begegneten. Dann, als sie gerade gehen wollte, begann Colleen zu würgen. Ihre alten Uni-Instinkte setzten ein; es war einfach unmenschlich, jemanden in diesem Zustand allein zu lassen. Glücklicherweise hatte sich Tess durch Esskay daran gewöhnt, hinter anderen herzuwischen. Es war fast schon angenehm, sich mit Dreck zu beschäftigen, gegen den man nicht viel mehr als ein paar Papierhandtücher und etwas Lysol brauchte.

Sie wischte das Sofa und Colleens Gesicht sauber, dann half sie ihr die Treppe hoch in ein Schlafzimmer, das genauso nackt war wie die Zimmer unten – ein Bett, ein Nachttisch, mehrere Stapel Zeitungen. Immerhin fühlte sich die schlichte weiße Bettwäsche teuer an, und die Bettdecke war aus echten Gänsedaunen. Sie brachte Colleen ins Bett, stellte einen Plastikmülleimer daneben, dann ging sie wieder runter, bereitete sich eine Kanne Kaffee und stellte sich auf eine lange Nacht ein. Glücklicherweise war Reganharts Küchenschrank nicht ganz leer – sie hatte ein Pfund Jamaican-Blue-Kaffee und zehn Päckchen Merits im Gefrierfach, einen fast leeren Karton Kaffeesahne im Kühlschrank und eine Großpackung Mikrowellen-Popcorn auf dem Tresen.

Tess verzichtete auf das Popcorn, aß aber die Milanos auf, während sie eines von Colleens Büchern las, eine Sammlung der Kolumnen von Molly Ivins. Im *Beacon* hatten die Arbeiten der kessen Texanerin nie gestanden, was schade war. »Zu lustig und zu klug, was Politik angeht«, hatte Whitney erklärt. »Frauenkolumnen sollten sich um den Uterus drehen. Wenn Frauen Witze machen, könnte der nächste schon einer über Penisgröße sein, und so weit darf es gar nicht erst kommen, klar?«

Sie lächelte trotz allem und fragte sich, wie lange Whitneys Stimme in ihrem Kopf weiterleben würde, wie oft sie etwas Lustiges oder Treffendes denken würde, nur um sich dann darüber klar zu werden, dass der Satz von Whitney stammte. Vielleicht war es ganz gut, dass Whitney ihre Seele verkauft hatte, wobei sie allerdings noch ein paar andere mit sich gerissen hatte, um den Job in Tokio zu bekommen. Baltimore war zu klein für zwei Freundinnen, die keine mehr sein konnten.

»Kann ich auch Kaffee haben?«

Colleens Stimme klang rau, wie man es von jemandem erwarten konnte, der in den letzten zwölf Stunden beide Seiten einer Tequilaflasche genau in Augenschein genommen hatte, aber sonst war sie freundlich. Tess fand einen *Beacon*-Becher in der Spüle, wusch ihn ab und goss ihr eine Tasse ein.

»Ich hab leider die Kaffeesahne aufgebraucht.«

»Das ist in Ordnung, ich trinke ihn schwarz.« Colleen kippte den Kaffee herunter, als wäre er Medizin, die sie runterzwingen musste. »Wo ist Talbot? Hat sie Sie zwangsverpflichtet, hierzubleiben?«

»Sie ist zuerst gegangen, und ich wollte gerade los, aber

Sie … Ihnen ging es nicht besonders gut. Ich dachte, es sollte lieber jemand hierbleiben, nur falls Sie Edgar Allan Poe spielen wollen. Obwohl es ja mittlerweile heißt, er sei an Tollwut gestorben, nicht am Suff.«

»Nett von Ihnen«, sagte Colleen in einem Ton, der klarstellte, dass Nettigkeit ihr keinerlei Respekt abnötigte. »Aber ich kann mich an die letzte Nacht nicht mehr erinnern, abgesehen vom Kündigen. Das hat Spaß gemacht.«

»Whitney hat gesagt, Sie hätten Lionel Mabry auch bedroht.«

»Ihn bedroht? Ich hab höchstens einen Haufen großer, unförmiger Sachen aufgezählt, die ich ihm in eine bestimmte Körperöffnung schieben möchte. Das hat Lionel sicher schockiert, aber ich möchte bezweifeln, dass er um sein Leben gefürchtet hat.«

»Unter Umständen könnten Sie vielleicht Ihre Kündigung sogar zurücknehmen.«

»Will ich aber nicht. Es ist besser, jetzt zu gehen, als darauf zu warten, dass Lionel mich rausekelt. Die *Washington Post* hat mit mir geflirtet, vielleicht kann ich mit denen einig werden, bevor sich der spektakuläre Absturz meines Protegés herumspricht. Ich wäre dann zwar kein Managing Editor, aber es ginge trotzdem voran.«

Auf Colleens Gesicht war das Make-up verschmiert, an ihren schwarzen Haaren klebte noch Dip, und ihr rotes Wollkleid war so verknittert und befleckt, dass auch keine Reinigung mehr helfen würde. Und trotzdem sah sie glücklich aus, als wäre es eine Erleichterung für sie, nicht mehr um ihren Job kämpfen zu müssen. Sie war so damit beschäftigt gewesen, ihre Position zu schützen, dass sie ganz aus den Augen verloren hatte, dass sie noch andere Möglichkeiten hatte. Es war, als beobachtete man einen Blinden, der plötzlich wieder sehen konnte.

»Dann gehe ich wohl mal nach Hause.«

»Die Leute werden glauben, Sie hatten eine viel interessantere Nacht, als sie es in Wirklichkeit war«, sagte Colleen und deutete auf Tess' Samstagabend-Garderobe. »Hey – hab ich gestern Nacht irgendwas gesagt?«

»Nein, außer ein paar Mal, dass ich mich ins Knie ficken soll.«

»Habe ich … nach jemandem gefragt?«

»Whitney hat gesagt, Sie wollten mit mir sprechen, aber als ich kam, konnten Sie nicht mehr sprechen.« Tess nahm den leeren Kaffeesahnekarton, schüttelte ihn vor Colleen hin und her und warf ihn dann in den Müll. »Aber jemand, der den Kaffee schwarz trinkt und davon eine Schachtel herumstehen hat, erwartet dann und wann Besuch.«

»Man kann auch damit kochen«, entgegnete Colleen.

»Klar, super Soße für Mikrowellen-Popcorn.«

Colleen kniff die Augen zusammen und starrte Tess an. »Sie sind eine ganz schön gute Detektivin – auch wenn Sie nie rausgekriegt haben, wer diese Story in die Zeitung gebracht hat.«

»Alle gehen davon aus, dass es Rosita war.«

»Ich weiß, dass sie es nicht war.«

»Wie können Sie da so sicher sein?«

Colleen öffnete das Tiefkühlfach und holte ein frisches Päckchen Zigaretten heraus, dann beugte sie sich über den Gasherd, um eine anzuzünden. Eine Crack-Süchtige hätte nicht glücklicher dreinschauen können, als sie den ersten Zug nahm.

»Weil ich es war.« Noch ein Zug, wieder ein kleiner orgasmischer Seufzer. Aber sie genoss Tess' Entsetzen sogar noch mehr als das Nikotin.

»Aber Sie sind Managing Editor, wieso müssen Sie sich so billiger Tricks bedienen? Sie haben doch das Sagen.«

»Das möchte man glauben, nicht wahr? Aber Eins-Sechzig wollte die Story einstampfen, und Lionel war bereit, alles zu tun, was Eins-Sechzig glücklich machte. Sie dachten, es wäre schlechte PR, wenn wir die Basketball-Geschichte platzen lassen. Eins-Sechzig hat sogar genau das zu mir gesagt: ›Wir wollen doch keine schlechten Bürger sein.‹ Als ob er in der Handelskammer säße. Und Sterling war keine Hilfe, er laberte bloß immer irgendeine Scheiße. ›Glaubst du nicht an die Erneuerung, Colleen? Glaubst du nicht, dass Männer sich ändern können?‹ Aber das tue ich nicht. Es tut mir wirklich leid, dass Wink sich umgelegt hat, aber wir haben das Richtige getan. Die Menschen haben …«

»Bitte sagen Sie jetzt nicht ›das Recht, es zu erfahren‹, sonst bin ich dran mit Kotzen.«

»Haben sie aber«, verteidigte sich Colleen. »Am Ende zahlen die Steuerzahler für die ganze Geschichte, wie immer. Mein Gott, mit wie viel weiteren Sportmannschaften will diese Stadt noch ins Bett gehen? Als wenn Vier-Dollar-Hotdogs, die jemand verkauft, der dreifünfzig die Stunde kriegt, die städtische Wirtschaft retten.«

Tess hörte Colleen nicht wirklich zu. Sie dachte zurück an den *Beacon*, an Dorie Starnes Ellenbogen, als sie

Tess durch den Ablauf geführt hatte; sie hatte ihr gezeigt, wie der Trick vollbracht worden war. Die Story hatte Übersatz, deswegen mussten die letzten fünf Zeilen gekürzt werden. Und dann Leslie Brainerd, der sich über seinen Chefredakteur beschwerte: »Er kürzt einfach von hinten.«

Natürlich.

»Ich hätte gleich draufkommen müssen, dass es jemand aus der Chefredakteur-Etage war. Sie haben die Story von hinten gekürzt, damit sie reinpasste. Das würde kein Reporter mit seinem eigenen Text machen, nicht einmal Rosita. Und Sie wollten mich immer nur feuern, weil Sie sich sorgten, dass ich es herausfinden würde, wenn ich lange genug bliebe.«

Colleen war nicht mehr ganz so gut gelaunt. »Das ist nicht schlecht gedacht, aber es beweist gar nichts, und wenn Sie irgendjemandem was erzählen, werde ich sagen, dass Sie lügen. Außerdem haben wir Vertraulichkeit vereinbart, erinnern Sie sich?«

»Das hindert mich nicht daran, zu Sterling zu gehen oder zu Lionel Mabry.«

»Lionel ist das egal – er ist zwei nervige Frauenzimmer zum Preis von einem losgeworden.« Daran hatte Tess nicht gedacht. Könnte Lionel vielleicht noch gerissener sein, als sie vermutete? »Und Sterling wird viel zu beschäftigt damit sein, mein Büro zu beziehen, um sich Gedanken darüber zu machen, wie es dazu kam.«

Colleen trank ihren Kaffee. Sie war offensichtlich zufrieden mit sich. Tess wurde klar, dass dies kein zufälliges Geständnis in einem schwachen, verwundbaren Augenblick war. Und das Geheimnis hatte sie auch nicht um den Schlaf gebracht. Colleen wollte einfach nur das letzte Wort haben, ein letztes Mal über Tess triumphieren.

»Fühlen Sie sich nicht einmal schlecht, dass Ihre selbst gebaute Seite eins indirekt Rositas Karriere beendet hat, wohingegen Sie makellos weiterziehen können?«

Colleen lachte. »Wenn ich über sowas nachdenken würde, dann hätte ich schon vor Jahren den Job gewechselt.«

Es gab einen Menschen, den es kümmern würde. Vielleicht auch zwei – Tess fühlte sich Sterling nahe genug, um zu wissen, dass die Wahrheit ihn interessieren würde, selbst wenn er nichts mehr ändern konnte. Aber es erschien ihr nicht besonders dringlich, sie ihm zu erzählen. Er war klug. Er wusste wahrscheinlich, wie gnadenlos Colleen und wie gerissen Lionel war, auch wenn er nicht jedes kleine Detail ihrer hinterhältigen Pläne kannte.

Aber es gab jemanden, der es tatsächlich wissen musste, oder wissen wollte, jemand, dem sie es erzählen konnte, ohne gegen die Vertraulichkeit zu verstoßen. Tess hielt ein Nickerchen, dann fuhr sie zum Büro des *Beacon.* Ihr Ausweis galt immer noch, obwohl das auch egal war, denn das Security-System war wieder mal ausgeschaltet. Der Aufseher hatte einfach die Tür aufgelassen und sich verdrückt.

Selbst am Sonntagmorgen saß Systemmanagerin Dorie Starnes in ihrem Büro und tippte vor sich hin.

»Brauchen Sie was?«, fragte sie, ohne vom Monitor aufzuschauen. »Ich dachte, Ihre Arbeit hier wäre getan. Ich hab Ihre Dateien schon gelöscht.«

»Es war nicht Rosita, die im Computer die Wink-Story in die Zeitung geschoben hat. Es war Colleen Reganhart.

Sie hat es mir selbst gesagt, und sie hat gesagt, sie würde es nie jemand anderem gegenüber zugeben. Sie will sich einen neuen Job suchen, also glaubt sie wahrscheinlich, sie könnte nichts mehr verlieren.«

»Wirklich?« Dorie tippte schneller. Das Klappern klang jetzt zielgerichteter. »O je. Ich habe gerade versehentlich Colleen Reganharts Lebenslauf aus ihrem persönlichen Verzeichnis gelöscht. Und auch ihren Computer-Rolodex. Ich Dummerchen. Ich hoffe nur, sie hatte Sicherheitskopien, aber ich habe irgendwie das Gefühl, dass all meine Warnungen sie nie beeindruckt haben. Und was war das? Ich habe gerade versehentlich all ihre Nachrichten ausgedruckt, inklusive einiger von Guy Whitman. ›Doggie style?‹ Keine Ahnung, worum es da gehen könnte. Oh, und ich habe ihre Nachrichten auch noch auf jedem verdammten Drucker im ganzen Haus ausgedruckt. Die landen jetzt wahrscheinlich zwischen den Tagesübersichten.« Sie schüttelte gewollt enttäuscht den Kopf. »Dorie, Dorie, Dorie, du bist so ein kleines Dummerchen.«

Whitman war also Mr. Kaffeesahne. »Wie lange haben die schon eine Affäre?«

»Hin und wieder, seit sie hier ist. Dann und wann erwischt sie ihn, wie er an jemand anderem rumschnuppert, und dann trennen sie sich in wilden E-Mails. Aber er kommt immer zurück. Er muss – sie ist der Boss.«

»Hat er auch mit Rosita geschlafen? Sie hat so etwas angedeutet, als ihr gekündigt wurde, und Colleen ging davon aus, dass es Whitman war.«

»Was glauben Sie, was ich hier tue, den ganzen Tag Leuten hinterherspionieren?«

»Genau. Vor allem wenn Sie vermuten, dass jemand im System herumspukt. Ich wette, Sie haben Rositas Dateien alle durchgesehen und nach Hinweisen gesucht.«

»Touché.« Diesmal war Dories Aussprache makellos. »Aber wenn Rosita es mit Guy getrieben hat, dann hat sie keine Spur hinterlassen. Sie war überhaupt ziemlich vorsichtig, muss ich sagen. Ich habe alle Dateien gelöscht, nachdem sie sie am Freitag gefeuert haben. Sie waren nicht zu entziffern – keine Namen, keine Telefonnummern. Ich konnte nichts damit anfangen. Und auf der Festplatte hatte sie nichts gespeichert.«

»Ich schätze, wenn man sich was ausdenkt, dann bleibt man besser ein bisschen unscharf. Gibt's im System noch Kopien von ihren Notizen?«

»Es ist Standardvorgehen, dass diese Unterlagen gelöscht werden. Die sind lange weg. Wieso wollen Sie die sehen?«

»Neugier, denke ich. Ich will gerne wissen, ob sie wirklich etwas über Winks Tod in Erfahrung gebracht hat ober ob sie einfach nur gelogen hat, um ihren Job zu retten.«

Dorie griff in den Kragen ihres Ravens-Sweatshirts und zog eine lange Kette mit einem kleinen Schlüssel am Ende hervor, mit der sie ihre unterste Schublade aufschloss. Tess sah ein Dutzend Manila-Ordner voller Dokumente. Dorie zog einen heraus, dann knallte sie die Schublade wieder zu.

»Ich hab Ausdrucke gemacht«, sagte sie. »Gewohnheit. Wenn sie es je auf mich abgesehen haben, dann weiß ich, wie ich meinen Job rette.«

»Ich wusste gar nicht, dass man auf der Mergenthaler Vo-Tech auch Erpressung lernt.«

»Sagen wir einfach mal, dass ich im Leben ein paar Sachen gelernt habe, die ich für keinen Harvard-MBA hergeben würde.«

Tess reichte Dorie eine ihrer Visitenkarten. »Bleiben wir in Verbindung. Ich hab das Gefühl, dass ich Ihr Wissen noch brauchen kann.«

Dorie scannte die Karte in ihren Computer, dann zerriss sie sie in Viertel und warf sie in den Mülleimer. »Papier ist so gefährlich«, erklärte sie.

27

Rositas Aufzeichnungen waren praktisch nicht zu dechiffrieren. Sie hatte den Leuten Nummern gegeben – Wink war offensichtlich »Nr. 1«, der Rest ein großes Durcheinander, obwohl »Nr. 2« jemand war, der ihm nahestand und den Rosita, wenn man ihren Notizen glauben konnte, im Verdacht hatte, ihn getötet zu haben. Und sie hatte tatsächlich ein gutes Szenario für einen Mord konstruiert. Sie hatte die bekannten Fakten immer wieder und wieder anders angeordnet, bis sich Folgendes ergab: Wink war betrunken und danach von jemandem, den er kannte, unter Drogen gesetzt worden, dann hatte man ihn in den Wagen geschleppt, wo er ohnmächtig wurde. Das Problem bestand darin, dass Rosita noch viel glaubwürdiger bewiesen hatte, dass sie eine pathologische Lügnerin war. Wie könnte Tess jetzt irgendetwas trauen, was von ihr stammte, selbst wenn es ihre privaten codierten Aufzeichnungen waren?

Garagentür abgeschlossen, hatte Rosita geschrieben.

Aber war die Tür zwischen Garage und Haus abgeschlossen? Wenn Nr. 2 die Nr. 1 aus dem Haus in den Wagen zog, hätte Nr. 2 durchs Haus verschwinden können. Cops nach Schleifspuren fragen. Alarmanlage an? Nr. 3 fragen, wer Schlüssel zum Haus hat. Den Leichenbeschauer fragen, ob man wissen kann, ob

Nr. 1 bewusstlos war, bevor Kohlenmonoxid aufgenommen wurde. Schulunterlagen checken.

Schulunterlagen? Jetzt begriff Tess gar nichts. Aber vielleicht hatte auch Rosita keine Ahnung mehr, denn sie hatte diese Dateien nicht mitnehmen können, als sie ging. Wenn Tess ihr die Ausdrucke anbot, würde sie ihr dann im Gegenzug den Code erklären? Es war den Versuch wert. Wenn Rosita tatsächlich an einer ordentlichen Story arbeitete, dann wäre das eine interessante Information für Feeney, praktisch ein Friedensangebot, auch wenn keiner von ihnen beiden den Krieg angefangen hatte. Vielleicht war es mal wieder Zeit für einen Überraschungsbesuch bei Rosita.

Sie fuhr die Charles Street Richtung Innenstadt, und ihr fielen Leute auf, die mit Palmwedeln in der Hand aus den Kirchen kamen. Konnte denn unter so bleiernem Himmel Palmsonntag sein? Eine Menge Osterhüte und festliche Klamotten würden verstauben, wenn das Wetter sich nicht im Laufe der nächsten Woche deutlich besserte. So oder so gefiel Tess die Jahreszeit gar nicht. Im April würde sie wieder zu rudern beginnen, und es war immer schwierig, sich wieder an einen Wecker zu gewöhnen, der um 5:30 Uhr klingelte, vor allem direkt nachdem die Zeitumstellung einem noch eine Stunde gestohlen hatte. Schlimmer noch, um diese Jahreszeit musste man sowohl beim Ostersonntagsdiner der Monaghans auftauchen als auch beim Pfingstfest der Weinsteins, und man hatte zwischendurch nur wenig Zeit, sich zu erholen.

In Rositas Wohnhaus war es nicht schwierig, sich

wieder unter die anderen Bewohner zu mischen und mit ihnen durch die Haustür und in den Fahrstuhl zu marschieren. Im achtzehnten Stock klopfte sie – erst höflich, dann lauter, schließlich trommelte sie gegen die Tür. Keine Antwort. Tess drehte den Knauf, und die Tür öffnete sich. Wunderbar. Vielleicht war Rosita unten im Keller, im Waschraum, oder sie holte mal eben die Sonntagszeitungen beim Deli auf der anderen Straßenseite. Sie würde sich bloß ein wenig umsehen.

Die Wohnung hatte sich nicht verändert, abgesehen von einer Pizzaschachtel und einer leeren Flasche Chardonnay auf dem Küchentresen. Es herrschte dieselbe unpersönliche Aura, und dieselbe Kit-Kat Klock zeigte die Zeit an. Tess schaute sich um. Ihr Blick blieb an der Pizzaschachtel hängen. Sie konnte nicht anders – sie liebte kalte Pizza, und sie hatte seit den Mint Milanos in Colleens Wohnung nichts mehr gegessen. Sie betrachtete die Seite der Schachtel, sie wollte wissen, von welcher Pizzeria sie stammte, dann öffnete sie den fettfleckigen Deckel. Salami, ihre Lieblingssorte. Sie nahm eines der kleinen Stückchen und steckte es in ihren Mund. Igitt! Putensalami. Furchtbar. Was für eine traurige fettarme Entschuldigung für Wurst. Tess fand, man sollte die Dinge richtig machen. Wenn man versuchte, alles unter einen Hut zu bekommen, brachte einem das nur Ärger. Diese Weisheit würde sie mit Rosita teilen.

Nachdem sie nun schon ein wenig von Rositas Teller genascht hatte, sah sie sich in der kleinen Wohnung um, sie suchte nach den Umzugskartons mit Akten, die Rosita am Freitag mit nach Hause genommen hatte. Vielleicht befand sich darin der Schlüssel zu ihren Notizen.

Sie betrachtete den Schrank im Flur, schaute unter den ausgeleierten Federn des Sofas nach, öffnete Küchenschränke. In der Wohnung war es ungewöhnlich still, das einzige Geräusch stammte vom hin- und herschwingenden Schwanz der Kit-Kat Klock, der sich genauso schnell bewegte wie die weit aufgerissenen Augen. Lustig, Rosita hatte keinen Computer – das schien bei jemandem ihres Alters und Berufs praktisch undenkbar. Vielleicht hatte sie in ihrem Schlafzimmer ja eine Büroecke eingerichtet.

Überrascht bemerkte Tess den kalten Luftzug, als sie die Schlafzimmertür öffnete. Die Schiebetür zu dem kleinen Balkon stand offen, die Gazevorhänge wehten im Wind beinahe parallel zum Boden. Tess ging hinüber und wollte die Tür schließen, aber dann trat sie hinaus; sie hatte einen merkwürdig beißenden Geschmack im Mund.

Für manche Menschen fühlt sich Angst an wie ein freier Fall zwanzig Stockwerke tief, andere haben das Gefühl, als würde plötzlich ein Kolibri in ihrer Brust herumschwirren. Für Tess waren Furcht und Angst immer ein bitterer Geschmack gewesen, wie von einer verschrumpelten Erdnuss in einer Tüte frisch gerösteter. Oder ein Stück Putensalami, wenn man richtige erwartete.

Sie beugte sich über das Balkongeländer, sie war nicht sicher, was sie aus dieser Höhe sehen würde, nicht sicher, wonach sie Ausschau hielt. Alles dort unten war so braun und leblos, selbst das Unterholz in dem Graben, der hinter dem Wohnhaus entlangführte. Die einzigen Farbtupfer waren Hunderte von blauen Plastikeinkaufstüten, die sich in den trockenen Ästen verfangen hatten und aussahen wie aufgeblähte Wildblumen. Und dann war da ein weißer Fleck, umgeben von etwas Beigem, nur ein wenig heller als der Erdboden.

Als der Leichenbeschauer Rosita Ruiz aus dem Graben zog, trug sie Fahrradhosen und dasselbe Meerjungfrauen-T-Shirt wie letztes Mal, als Tess sie besucht hatte. La Sirena. Nun, La Sirena hatte ihr letztes Lied gesungen.

Tess rief Sterling aus Rositas Wohnung an, und er kam, während die beiden Ermittler der Mordkommission sie noch befragten. Die Detectives gingen sehr höflich und vorsichtig mit Tess um, die ein bisschen grün aussah, aber ihr war klar, dass sie kein großes Interesse daran hatten, Rositas Ableben als Mord zu behandeln, weil das dann bedeutete, dass sie auch Winks Tod als Mord ansehen mussten. Sie müssten einen Fehler zugeben, sie müssten einen Fall weiterbearbeiten, den die Cops eigentlich abschließen wollten, sobald die letzten Untersuchungsergebnisse vorlagen. Wenn es einen wütenden Liebhaber oder Ex-Liebhaber gäbe, jemanden, der einen Groll auf Miss Ruiz hegte – ja, da wären sie ganz Ohr. Aber es war für sie unvorstellbar, dass Winks Mörder Rosita vom Balkon gestoßen hatte, denn es war für sie unvorstellbar, dass Wink ermordet worden war.

»Das ist ein wenig weit hergeholt, Miss Monaghan, vor allem, wenn man berücksichtigt, dass Miss Ruiz am Freitag entlassen wurde«, sagte Detective Tull, ein schmaler, kleiner Mann mit erstaunlich winzigen Füßen und starken Aknenarben. Die verliehen seinem hübschen Gesicht eine rührende Verletzlichkeit. Ihm gaben sie bestimmt die reuigen Täter, dachte Tess, die weinenden Frauen, die unbedingt etwas gestehen wollten.

»Sehen Sie, Miss Monaghan, es ergibt viel mehr Sinn, wenn sie gesprungen ist – vor allem auch, wenn man die leere Flasche Weißwein in Betracht zieht. Alkohol drückt auf die Stimmung, und sie war vermutlich ohnehin schon deprimiert, nicht wahr? Sie trinkt, sie isst ein wenig Pizza, sie denkt über ihr Leben nach, sie tritt hinaus auf den Balkon, und dann schreitet sie ins Nichts. Der Leichenbeschauer wird natürlich nach Anzeichen eines Kampfes suchen – Haut unter ihren Fingernägeln, Kratzer an ihrem Körper, die uns mehr darüber verraten könnten, wie es zu dem Sturz kam. Aber für mich deutet hier alles auf Selbstmord hin. Ein kleiner Hocker steht auf dem Balkon, sodass sie über das Geländer klettern konnte. Die offene Balkontür. Niemand hat letzte Nacht oder früh heute Morgen einen Schrei gehört, und niemand hat letzten Abend jemanden in ihr Appartment gehen sehen.«

»Hier bekommt doch überhaupt keiner irgendetwas mit«, protestierte Tess. »Außerdem war Schreiben ihr Beruf, oder zumindest hat sie das gedacht. Sie hätte doch einen Abschiedsbrief hinterlassen.«

»Abschiedsbriefe sind viel seltener, als man glaubt. Eine ganze Flasche Wein ist viel, wenn man so klein ist wie sie und nicht viel gegessen hat – es fehlen nur zwei Stücke Pizza. Ich möchte vermuten, dass der Leichenbeschauer feststellen wird, dass sie stark betrunken war.« Tull wandte sich an Sterling. »Wissen Sie, wie wir die Angehörigen ausfindig machen können? Die müssen wir benachrichtigen.«

»Wir sollten in der Zeitung eine entsprechende Telefonnummer haben.«

Tull erhob sich, um zu gehen. Sein Partner, ein groß gewachsener, eleganter Schwarzer, der aussah wie ein Tänzer, hatte die ganze Zeit gestanden; er lehnte am Küchentresen, als wäre er nur ein unbeteiligter Beobachter.

»Normalerweise geben wir die Namen der Opfer nicht an die Presse weiter, bis wir diesen Anruf erledigt haben«, sagte Tull. »Wir können Sie in diesem Fall zwar nicht daran hindern zu drucken, was Sie wissen, aber es wäre besser, wenn Sie warten, bis wir mit ihren Eltern gesprochen haben.«

»Unter den gegebenen Umständen werden wir gar nichts drucken. Wir berichten nicht über Selbstmorde, es sei denn, sie finden in der Öffentlichkeit statt oder es handelt sich um Personen des Zeitgeschehens.«

»Nun, im Moment ist es noch nicht offiziell ein Selbstmord.« Tull schaute Tess an, und sie wusste, dass er das nur ihretwegen sagte. »Darüber wird der Leichenbeschauer entscheiden. Wir werden jetzt im Haus herumfragen, ob irgendjemand etwas gehört oder gesehen hat. Sie können hier gern noch eine Weile bleiben, Miss Monaghan, wenn Ihnen noch nicht nach fahren ist.«

Tess lächelte Tull müde an. Ihr war tatsächlich ein wenig schwindelig. Rositas zerschmetterter Körper hatte erstaunlich friedlich ausgesehen, im Schlaf auf Zweigen und blauen Einkaufstüten. Für Selbstmord sprach die merkwürdige Ruhe in ihrem Gesicht: Sie war im Tod entspannter, als sie es je im Leben gewesen war.

Kaum waren die Detectives gegangen, stand Sterling

auf und kam mit einem Glas Wasser und zwei Ibuprofen-Tabletten aus Rositas Medizinschränkchen zurück.

»Ich habe keine Ahnung, ob die helfen, aber ich möchte irgendetwas für Sie tun«, sagte er. »Sie hatten einen ziemlich harten Tag.«

Mal ganz abgesehen von einer harten Nacht. Sie dachte daran, ihm von ihrem Gespräch mit Colleen Reganhart zu erzählen, aber das schien jetzt nicht so wichtig zu sein. Ihr Hirn klemmte im ersten Gang, und es gab die ganze Zeit Vollgas. Sie schaute sich in der Wohnung um – der strafende Blick der Kit-Kat Klock, der schemenhafte Cowboy, die Pizzaschachtel auf dem Tresen, die leere Weinflasche, die Stapel aus Büchern und Zeitungen.

»Pizza!«

Sterling schaute überrascht, dass sie jetzt etwas essen wollte. »Natürlich. Wir können Pizza holen, wenn Sie möchten.«

»Nein, es ist die Pizzaschachtel. Da ist kein Lieferschein dran. Wenn man sich eine Pizza liefern lässt, klebt ein Zettel auf der Schachtel – glauben Sie mir, ich verstehe was davon. Rosita war barfuß, sie trug eine kurze Hose und ein T-Shirt. Jemand hat ihr diese Pizza mitgebracht, Jack – er hat sie benutzt, um unten zur Tür reinzukommen, damit ihn niemand genauer anschaut.«

»Und dann hat er sich mit ihr hingesetzt, ein Stück Pizza mit ihr gegessen und sie vom Balkon geworfen?« Sterling schüttelte den Kopf. »Ich verbünde mich in dieser Sache nicht gern mit den Detectives, Tess, aber das ergibt keinen Sinn. Sie könnte doch auch selbst die Pizza geholt und sich dann umgezogen haben.«

»Okay, und wo ist dann die Kiste, die Kiste mit den Notizbüchern und persönlichen Sachen, die sie von der Arbeit mit nach Hause gebracht hat? Sie ist nicht hier, also muss jemand sie mitgenommen haben. Und warum würde sie jemand mitnehmen? Weil die Notizen der Schlüssel zu dem Mord an Wink sind.«

Sterling durchsuchte die Wohnung, genau so, wie sie es getan hatte, er öffnete Schubladen und Schranktüren, schaute unter die durchgesessenen Federn des Sofas. Dann nahm er die Pizzaschachtel in die Hand und drehte sie langsam hin und her, als würde der Lieferschein vielleicht doch noch erscheinen. »Ich gehe Detective Tull holen«, sagte er schließlich.

Sterling kehrte ins Büro zurück, wo er auf Tulls Anruf warten würde. Tess fuhr heim und versuchte zu schlafen, aber sie war zu aufgedreht, also landete sie im Brass Elephant. Obwohl sie neugierig darauf war, was die Polizei herausbekommen hatte, konnte sie nicht im Nachrichtenraum sitzen, von dem sie wusste, dass die letzten Sonntags-Reporter dort verstört herumgeistern würden. Journalisten hatten keine Sprache für ihre eigenen Tragödien. Wenn es um einen der ihren ging, konnten sie sich nicht hinter bitteren Witzen oder krassen Rationalisierungen verstecken, und sie konnten auch keine Verwandten mit der uralten Begründung anrufen: Vielleicht hilft es Ihnen, darüber zu sprechen. Und sie konnten auch niemanden, den sie gekannt hatten, auf eine Reihe bedeutungsloser Phrasen reduzieren, wie man sie für Fremde benutzte. Klug und doch bodenständig, ambitioniert und liebevoll zugleich. Ein stiller Mensch. Nein, all diese Worte passten nur auf

Fremde. Wie auch immer man maß, Rosita Ruiz war kein guter Tod.

Es war fast acht Uhr, als Feeney Tess fand. Vor ihr stand ein leerer Teller. Sie konnte sich nicht daran erinnern, die Tortellini gegessen zu haben. Aber sie erinnerte sich an die Martinis eins und zwei, mittlerweile war sie bei Martini drei, und mit den verbliebenen Zahnstochern malte sie Bilder auf das Leinentischtuch. Kurvige Zweien, die nach wenigen Augenblicken verschwanden, wie die magnetischen Linien auf diesen »magischen« Zeichentabletts, die Kinder haben.

»First things first«, sagte Feeney. »Dein Onkel ist wach.«

»Und?« Ihr Herz schlug rasend, dann blieb es fast stehen. Feeney spielte gute Zeiten, schlechte Zeiten mit ihr.

»Mehr weiß ich nicht. Kitty hat in der Zeitung angerufen, sie hat dich gesucht. Sie hat gesagt, Spike sei wach. Er redet ein bisschen nuschelig und kann auf der rechten Seite nicht viel fühlen, aber er ist wach. Kitty sagt, er redet immer noch von den *Toren*?«

»Den *Ohren*«, korrigierte Tess abwesend. »Und was ist mit Rosita?«

»Die Kiste mit ihren Sachen stand im Kofferraum ihres Wagens, und da drin ist nichts zu finden, nichts Wichtiges jedenfalls. Und in Rositas Magen befand sich Pizza.«

»Sie wurde ermordet, Feeney, ich weiß es. Von Nummer zwei.«

»Nummer zwei?«

»Ich hab ihre Notizen im Computer gesehen – frag

mich nicht, wie es dazu kam, ich würd's dir sowieso nicht sagen. Aber da war jemand, den sie Nummer zwei nannte. Sie dachte, derjenige hätte Wink umgebracht, obwohl sie bislang noch kein Motiv gefunden hatte.«

»Und wer ist Nummer zwei?«

»Ich hab keine Ahnung. Es könnte Lea sein – sie ist Frau Nummer zwei, obwohl die Notizen eher darauf hindeuten, dass sie Nummer drei ist. Oder seine erste Frau – wenn Wink Nummer eins ist, dann könnte Linda ja Nummer zwei sein. Wenn Wink gedroht hat, die Unterhaltszahlungen einzustellen, weil er mehr Geld brauchte … Und dann war da noch etwas über Schulunterlagen, und immerhin waren Wink und Linda ja zusammen in der Schule …«

Feeney legte seine Hand auf Tess' rechte, die mit dem Zahnstocher. Ohne es zu bemerken, hatte sie wieder Nummern gemalt, während sie sprach.

»Sie hat sich umgebracht, Tess. Es ist nicht deine Schuld, aber du wirst vielleicht trotzdem immer glauben, dass es so wäre.«

»Ich würde nicht sagen, dass Rosita ermordet wurde, nur weil ich mich schuldig fühle.«

»Warum nicht? Ich wollte ganz bestimmt, dass irgendjemand Wink umbringt. Ich war derjenige, der Rosita ermutigte zu überprüfen, ob ihn jemand vielleicht betrunken gemacht und dann in den Wagen gesetzt hat. Aber wie bringt man jemanden dazu, sich ins Koma zu saufen, Tess? Und wenn ihn jemand umgebracht hat, wieso sollte der Mörder dann meinen Pager anwählen und Winks Nummer angeben?«

»Du hast alle möglichen Leute für die Story interviewt,

die hatten alle deine Pager-Nummer. Außerdem sind die Blutwerte noch nicht zurück. Wenn ihm jemand eine Droge gegeben hat – ich hab von diesen Tranquilizern aus Mexiko gehört, der Date-Rape-Droge –, dann hätte er dadurch das Bewusstsein verlieren können. Oder vielleicht einfach nur ein starkes Schlafmittel. Er war nicht groß. Für den hätte man nicht viel gebraucht.«

Feeneys Ausdruck war unerträglich mitfühlend, als er ihre Hand drückte.

»Tess, ich weiß. Ich weiß, wie es sich anfühlt, wenn man indirekt den Tod eines Menschen verursacht hat. Ich weiß, wie es ist, ihn zu finden – oder sie. Ich weiß auch, dass alle konspirativen Theorien der ganzen Welt nichts mehr ändern werden. Du brauchst Hilfe in dieser Sache. Vielleicht professionelle Hilfe, aber auch Hilfe von deinen Freunden. Mach nicht den Fehler, den ich gemacht habe, die Leute wegzujagen.«

»Es gibt nicht viele Leute, die ich wegjagen könnte. Ich hab mich von Crow getrennt, und Whitney und ich sprechen auch nicht mehr miteinander.«

»Das hat sie mir erzählt. Sie hat mich heute angerufen und alles erzählt. Was auch immer du letzte Nacht zu ihr gesagt hast, es war ein Volltreffer. Aber Whitney ist kein schlechter Mensch, sie ist bloß egozentrisch. Sie hat sich in ihrem Wunsch nach etwas verloren und einen bösen Fehler gemacht, einen Fehler, aus dem sie gelernt hat.« Feeney nahm ein Stück Brot aus dem Korb auf dem Tisch und wischte damit durch die reichhaltige Soße, die Tess übrig gelassen hatte. »*Und da ist Rosmarin, das ist fürs Andenken.* Du weißt, dass sie eifersüchtig auf dich ist.«

Tess hatte nur leise und abschätzig grunzen wollen, aber die Martinis hatten ihr die Feinheiten geraubt, und das Geräusch, das sie ausstieß, klang mehr wie ein alter Mann, der sich die Nase putzte. »Klar.«

»Du bist ein Freigeist, während Whitney so viele Bürden mit sich herumträgt. Ihr Familienname, ihr Geld, was alle von ihr erwarten. Sie hat noch nicht gelernt, ihr Leben zu leben. Vielleicht ist dieser Zeitpunkt jetzt gekommen.«

Der Barkeeper schaute herüber, und Tess bestellte einen Kaffee. Feeney nahm ein Bier und griff sich noch ein Stück Brot. »Ich weiß nicht, ob ich dir das sagen sollte, aber die Geschichte Rositas hat einen traurigen kleinen Anhang. Sie ist nicht Rosita Ruiz.«

»Bitte?«

»Einer der Gründe, warum Detective Tull so lange gebraucht hat, heute Abend zurückzurufen, ist, dass die Notfallnummer in Rositas Akte zu einer Familie namens Rodrigue in New Bedford, Massachusetts, gehört. Sie haben darauf bestanden, noch nie von einer Rosita Ruiz aus Boston gehört zu haben, aber sie hätten eine Tochter namens Rosemary, etwa gleichen Alters, die bei einer Zeitung in Baltimore arbeite. Sie könne aber keine Journalistin sein, sagten sie, denn sie hätte ihnen niemals irgendwelche Geschichten gezeigt. Ich musste erst an den Computer gehen, um draufzukommen. Die Social-Security-Nummern passten – die von Rosemary Rodrigue begann vor ungefähr zwei Jahren als Rosita Ruiz' Nummer aufzutauchen, direkt nach dem Uni-Abschluss. Aber es gab noch eine Rosita Ruiz an der Boston University – andere Social-Security-Nummer, jetzt in der Ausbildung bei einer Bank in New York. Stellt sich heraus, dass Rosita – Rosemary – nach dem Abschluss ganz legal ihren Namen hat ändern lassen, identisch mit dem einer ehemaligen Klassenkameradin, einer Latina mit erstklassigen Noten. Wenn Arbeitgeber ihren Uni-Abschluss überprüften, passte er. Das erklärt auch, warum sie manchmal sich selbst widersprach – sie bekam ihre beiden Identitäten durcheinander.«

Ein längst vergessenes Detail bahnte sich in Tess' Martini-Hirn den Weg an die Oberfläche. »Beispielsweise in ihren Lebenslauf zu schreiben, dass sie *cum laude* abgeschlossen hat, während die richtige Rosita – Rosemary – ein *magna* hatte?«

»Ja, das würde passen.«

»Und wieso? Ich meine, warum sollte sie ein eher ödes Leben stehlen?«

»Sie hatte ja keinen Journalismus-Abschluss und keinerlei Zeitungserfahrung. Vielleicht glaubte sie, wenn sie sich in eine unterprivilegierte Latina aus Roxbury verwandelte, würde das ihrer Karriere auf die Sprünge helfen.«

»Wenn Rosita – Rosemary – wirklich klug gewesen wäre, dann hätte sie sich umoperieren lassen und sich den Namen und den Lebenslauf eines Harvard-Jungen geschnappt. Als Roger Smith, Rhodes-Absolvent, wäre sie noch schneller vorangekommen.«

»Touché, Tess. Touché.«

Lustig, wie Worte widerhallen, wie sich ihre Echos verändern. Dorie hatte dasselbe erst vor zwei Stunden gesagt. Touché. Too-Shay-Tooch-Tooooooooch. Two. Die Nummer zwei in Winks Mannschaftsbesitzer-Team, sein ständiger Begleiter. Sie sah ihn in das Haus der Wynkowskis hinken, offensichtlich im Besitz eines eigenen Schlüssels. Sie spürte seinen schweren Wanst auf ihrem Rücken. »Wink hätte es nicht zu Ende gebracht, wenn er nicht völlig von Sinnen war. Letztlich war er ein feiger Hund.« War nicht Paul Tucci am Ende derjenige, der am meisten von Winks Tod profitierte? Für Linda hatte sich nichts verändert, und Lea hatte so viel verloren, dass sie fast wieder zurück nach Atlantic City gehen könnte. Mit drei Kindern am Hals würde sie wahrscheinlich den erstbesten Kerl heiraten, der versprach, sich um sie zu kümmern. Und dann war da Paul Tucci, der Mann, der sie Wink vorgestellt hatte, der Mann, der immer in Winks Schatten gestanden hatte, und jetzt plötzlich stand er im Mittelpunkt, im Scheinwerferlicht. Bald würde er eine Basketballmannschaft besitzen.

»Fährst du mich nach Hause?«, fragte Tess Feeney. »Ich nehme morgen früh den Bus und hole meinen Wagen.«

»Klar.« Er schaute sie an. »Der Frieden wird kommen, Tess. Ich weiß nicht, wann – ich warte selber noch drauf –, aber du wirst dich bald besser fühlen, wenn du akzeptierst, was wirklich geschehen ist.«

»Ich fühle mich schon jetzt besser«, sagte sie wahrheitsgemäß.

28

Das Erste, was Tess auffiel, als Lea Wynkowski am nächsten Morgen die Eingangstür öffnete, war das verdammte Goldarmband an ihrem Handgelenk – obwohl Lea um elf Uhr vormittags noch ihren Bademantel über dem Nachthemd trug und ihr braunes Haar wild vom Kopf abstand. Offensichtlich war sie von der Schlaflosigkeit der Trauer in das Immer-schlafen-Stadium übergegangen, auch eine Art Fortschritt.

»Tooch hat gesagt, ich soll nicht mit Leuten reden, die ich nicht wirklich kenne«, sagte sie nervös und spielte mit dem Armband.

Das möchte ich wetten. »Aber es ist wichtig, Lea. Ich glaube, Ihr Mann wurde ermordet, aber Sie müssen mir helfen rauszukriegen, warum und wer es war.«

Lea drehte das Armband um ihr schlankes Handgelenk und starrte darauf, als wäre es eine Kristallkugel, die die richtigen Antworten enthüllen würde, wenn man sie nur oft genug drehte, in die richtige Richtung.

»Ich weiß nicht«, sagte sie. »Am Samstag war die Zeitungsreporterin hier und hat dasselbe gesagt, aber ich habe nichts mehr von ihr gehört.«

Also wusste sie nicht, dass Rosita – Rosemary, Tess würde sich nie daran gewöhnen, Rositas richtigen, posthumen Namen zu verwenden – tot war. Die Medien berichteten nicht über Selbstmorde von Privatleuten.

»Was hat sie Ihnen am Samstag gesagt?«

»Nicht viel. Sie dachte auch, Wink wäre ermordet worden. Aber sie brauchte Beweise. Also gab ich ihr, was sie wollte, und Tooch war so wütend, als ich es ihm erzählt habe. Sehen Sie, ich dachte, es wäre gut, wenn Wink ermordet worden wäre – also, nicht gut, aber besser, und nicht nur, weil wir dann Geld von der Versicherung bekämen. Es würde auch bedeuten, dass er uns nicht verlassen hat, mich und seine Kinder, verstehen Sie? Aber Tooch hat gesagt, die Reporterin sei eine Lügnerin, die uns nur noch mehr Ärger machen und es überhaupt nur deswegen haben wollte.«

»Sie wollte was haben, Lea? Was haben Sie Rosita gegeben?«

»Das Jahrbuch, das ich Ihnen gezeigt habe.« Lea senkte die Stimme, als könnte sie irgendjemand belauschen, obwohl es keinerlei Anzeichen von irgendjemand anderem in dem großen Haus gab. »Ich habe zuerst die Seite rausgerissen, die Sie gesehen haben. Ich war diejenige, die das … das Wort darauf geschrieben hat. Ich weiß, ich hätte es nicht machen sollen, aber ich habe sie so gehasst. Sie hat das ganze Geld nicht verdient. Aber die Reporterin hätte vielleicht gedacht, dass Wink es getan hat, so wie Sie – also habe ich die Seite rausgerissen und in den Müll gestopft.«

Schulunterlagen checken. Rositas Memo an sich selbst. Am Freitag hatten die Schulen wegen der Frühjahrsferien geschlossen, aber stattdessen hatte sie das Jahrbuch aufgetrieben. Sie hatte es als Abkürzung zu etwas oder jemandem benutzt. Aber das Buch war nicht in Rositas Wohnung gewesen, da war Tess sicher.

»Wissen Sie, ob Tooch – Mr. Tucci – mit Wink auf der Junior High war?«

»Tooch? Nein, der war auf einem Internat – er nennt es seine sechzehn Jahre im Katholenknast. Die Brüder in der Mount Saint Joe haben damals die Jungs tatsächlich geschlagen.« Lea riss die Augen auf, als sie das erzählte, es schien ihr genauso fern wie die industrielle Revolution. »Können Sie sich das vorstellen, dass jemand kleine Jungen schlägt?«

Tess konnte. Schlimmer noch, sie konnte sich vorstellen, was aus diesen kleinen Jungs daraufhin wurde.

Spike schlief, als Tess später im Krankenhaus ankam.

»Sie können bei ihm sitzen, wenn Sie ihn nicht stören«, sagte die Krankenschwester. »Und wenn er zu sich kommt, nerven Sie ihn nicht mit Fragen. Die Polizei hat ihn sehr angestrengt.«

»Das ist in Ordnung«, sagte Tess. »Ich glaube sowieso nicht, dass er die Antworten kennt, nach denen ich suche.«

Sie starrte zum Fenster hinaus, wünschte sich eine Eingebung, wie letztes Mal, als sie hier gestanden und auf den Parkplatz und die Krankenwagen hinabgeschaut hatte, den Einfall, der zu Rositas Kündigung geführt hatte. Und jetzt war Rosita tot. Wegen ihres Einfalls. *Schulunterlagen checken.* Tess war in der Pratt Library gewesen, aber im normalerweise sehr zuverlässigen Maryland Department gab es keine Jahrbücher von Junior High Schools. Und die Schulverwaltungen in der North Avenue hatten, genau wie die Schulen, in den Frühjahrsferien zu. Tess war sicher, wenn sie nur jemanden fände, den sie fragen könnte, dann würde sie feststellen, dass Paul Tucci bis zur achten Klasse mit Wink auf der Rock Glen Junior High gewesen war, auch wenn er jetzt mit seinem Internatsaufenthalt prahlte. Wahrscheinlich war er in die Katholische Schule versetzt worden, als Wink auf der Montrose landete – direkt nach dem Raubüberfall, bei dem der Ladenbesitzer zu Tode gekommen war. Aber sie wollte sich nicht schon wieder an Linda Wynkowski wenden. Die könnte wissen, ob Tucci Nummer zwei war – der zweite Junge bei diesem lange zurückliegenden Überfall; der mit dem mächtigen Vater, der ihn vor der Strafe bewahren konnte, die dem vaterlosen Wink aufgebrummt wurde.

Als seine Vergangenheit aufgekocht wurde, musste Wink entschieden haben, dass auch Tucci gedemütigt werden sollte. Oder vielleicht hatte er auch geglaubt, dass Tucci die Quelle der *Beacon*-Reporter gewesen war – dass er ihn reinreiten wollte, um sich selbst die Geschäfte unter den Nagel zu reißen. Es wäre leicht für Tucci gewesen, Winks Getränk mit Percodan zu versetzen, oder was auch immer er gegen seine Knieschmerzen bekam. Und selbst mit einem Hinkebein wäre Tucci kräftig genug, einen Zwerg wie Wink in seinen Wagen zu schleppen, in das Cabrio zu setzen und dann drauf zu warten, dass das Kohlenmonoxid seine Arbeit tat.

»Da ist ja mein Mädchen.« Spikes Lider flatterten über seinen braunen Augen, als er zu sich kam. Er nuschelte leise, als hätte er keine Zähne, aber er war wach, er würde überleben.

Sie erinnerte sich an die Anweisungen der Krankenschwester, also fragte sie ihn nichts anderes als: »Wie fühlst du dich?«

»War schon besser.«

»Ich hab die Ohren gefunden.«

Er schaute schmerzlich berührt. »Das wollte ich nicht.«

»Na ja, wenn ich dich endlich verhören kann, will ich mehr darüber wissen.«

»Ich erzähl dir alles, was ich den Cops gesagt habe.«

»Ich schätze, das ist nicht viel.«

Spike lächelte, schloss die Augen und schlief wieder ein.

»Gute Nacht, Onkel Spike. Ich muss mich mit einem Hund unterhalten. Einem von der menschlichen Sorte.«

»Keine schlechte Theorie«, sagte Sterling am Abend vorsichtig, als Tess in seinem Büro auf und ab lief und die Möglichkeiten durchging, die ihr in Spikes Krankenhauszimmer in den Sinn gekommen waren. Sie konnte die Skepsis in seiner Stimme hören, und das tat ihr weh. Sie hatte sich darauf verlassen, dass er der Einzige sein würde, der sie nicht für verrückt erklärte.

»Aber auch keine gute, oder?«

Sterling war kein talentierter Lügner. Obwohl er versuchte, sie ermutigend anzulächeln, machte sein Blick klar, dass er ihre Idee bestenfalls für halb gar hielt. Tess wandte sich von ihm ab und schaute durch das Glasfenster seines Büros in den Nachrichtenraum. Es dämmerte, und Schnee war vorhergesagt, deswegen waren die Deadlines vorgezogen und die Produktionszeit verkürzt worden, um die Zeitungen pünktlich ausliefern zu können. Die Lokalreporter und -redakteure wirbelten panisch herum und erlitten ihre eigene Schneesturm-Panikattacke. Da half es auch nicht, dass sie versuchten, über etwas zu berichten, was noch gar nicht eingetreten war.

»Sie glauben, dass ich durchdrehe. Dass ich nur versuche zu beweisen, dass Rosita ermordet wurde, um nicht an ihrem Tod schuld zu sein«, sagte sie geradewegs. »Sie glauben, ich hätte lieber bei meinem Onkel Spike im Krankenhaus bleiben sollen, statt mich auf die Suche nach einem Highschool-Jahrbuch zu machen.«

»Jedenfalls liegen noch nicht genügend Informationen vor, um mit Ihrer Theorie zur Polizei zu gehen. Sie müssen warten, bis die Schulen am Montag wieder aufmachen, um sicherzugehen. Und ich weiß nicht mal, ob die Schülerlisten öffentlich zugänglich sind.«

»Oh, an die komme ich schon irgendwie ran. Ich habe einen Onkel bei der Behörde, dem alle Welt Gefälligkeiten schuldet. Ich kann diese Informationen gleich morgen haben, wenn ich es wirklich darauf anlege.«

Sterling spielte mit einer Büroklammer, bog sie gerade, formte dann ein Dreieck. »Wir könnten die Sache vorantreiben, wenn Sie bereit wären mitzuspielen.«

»Immer«, sagte Tess. »Wie ist der Plan?«

»Sie haben doch gesagt, Lea hätte eine Seite aus dem Jahrbuch gerissen, bevor sie es Rosita gab. Aber wenn Tucci das Buch hat, dann weiß er nicht unbedingt, wieso da eine Seite fehlt.«

»Und?«

»Denken Sie mal nach, Tess. Wie war Lindas Mädchenname?«

»Was ist das jetzt, eine Aufnahmeprüfung? Lindas Mädchenname war Stolley.«

»Wie viele Schüler kann es zwischen Stolley und Tucci in der achten Klasse der Rock Glen Junior High gegeben haben?«

Tess stellte sich die Seite vor. Die Bilder waren klein, damit fünf quer auf die Seite passten, acht Reihen übereinander, vierzig insgesamt. Linda war in der Mitte der Seite gewesen. Rock Glen war eine große Schule, es gab bestimmt jede Menge Achtklässler zwischen ST und TU. Aber es war möglich – sogar wahrscheinlich.

»Wenn Tucci also glaubt, dass diese Seite irgendwo versteckt ist …«

»Dann könnte er versuchen, sie sich zu beschaffen. Und selbst wenn sein Klassenfoto gar nicht auf der Seite war, könnte er glauben, dass noch eine andere Seite aus dem Buch gerissen worden ist, auf der sein Bild in irgendeinem Schulclub zu sehen ist, wenn wir die Sache nur vage genug formulieren.«

Tess hielt den Atem an, als Sterling nach dem Telefonhörer griff, die Nummer der Import-Export-Firma Tuccis erfragte und sie dann wählte.

»Paul Tucci, bitte«, sagte er nach acht- oder neunmal Klingeln. »Ich bin sicher, dass er mit mir sprechen wollen wird. Sagen Sie ihm, es ist … jemand von der Jahrbuch-AG seiner alten Schule. Seiner wirklichen alten Schule.«

Das ist ein Mann, wie ich ihn mag, dachte Tess fröhlich.

»Mr. Tucci, ich habe die Jahrbuch-Seite, nach der Sie, glaube ich, suchen. Doch, ich bin ganz sicher, dass Sie genau wissen, wovon ich rede. Ich kann Ihnen die Seite zu einem gewissen Preis anbieten. Wieso treffen wir uns nicht und sprechen darüber, und zwar besser früher als später? Am Tennisplatz im Leakin Park in einer Stunde. Kommen Sie allein, Mr. Tucci. Ich werde allerdings nicht allein sein, und ich werde die Seite auch nicht bei mir haben, nicht heute Abend. Sie ist in Sicherheit.« Er schwieg und ließ Tucci sagen, was er zu sagen hatte. »Heute Abend, Mr. Tucci. Keine zweite Chance.«

Er legte den Hörer auf, und Tess konnte sehen, dass er zufrieden mit sich war. »Ich werde Lionel bei Detective Tull anrufen lassen. Er soll ihm erklären, was wir vorhaben«, sagte er. »Aber erst im letzten Augenblick.«

»Und Feeney«, sagte Tess. »Den sollten Sie auch warnen, damit er von Anfang an die Story hat.«

»Nein, dagegen hätte die Polizei sicher etwas einzuwenden. Und wie sollte man das Tucci erklären? Feeney wird später Zeit genug haben, die Geschichte aufzurollen. Immerhin wird er diesmal mindestens zwei erstklassige, äußerst kooperative Quellen haben. Jetzt lassen Sie mich kurz Lionel sagen, was wir vorhaben, und ihm Detective Tulls Nummer geben.«

»Klar«, sagte Tess und betrachtete ihr Handgelenk so wie Lea Wynkowski, obwohl sie kein goldenes Armband hatte, an dem sie herumspielen konnte. Es kam ihr nicht richtig vor, dass Feeney alles verpassen sollte. Kaum war Sterling verschwunden, setzte sie sich an seinen Computer, meldete sich an und schickte Feeney eine Nachricht:

Hier tippt Tess. Leakin Park in 30 Minuten, Story deines Lebens. ERNSTHAFT!!!!!!!!

Die Nachricht ging durch, was bedeutete, dass Feeneys Computer im Gericht an war, aber er antwortete nicht. Vielleicht war noch Zeit, ihn anzupiepen ...

»Hacken Sie wieder? Ich hoffe, Sie schicken keine Nachrichten unter meinem Usernamen raus«, sagte Sterling von der Tür aus. Seine Stimme klang scharf, aber er lachte, als sie zusammenzuckte.

»Nein, nein, keine Nachrichten. Ich hab den Wetterbericht nachgeschaut, ich wollte wissen, wie schlimm es noch wird.«

»Ich mach nur Spaß. Lionel findet unseren Plan ein bisschen unorthodox, aber er wird uns helfen. Er sagt, er ruft die Polizei genau rechtzeitig an. Also, sind Sie eine McDonald's-Frau oder eine Burger-King-Loyalistin?«

»Roy Rogers, Partner.«

Nur ein paar kleine Flöckchen segelten vom Himmel, als sie auf den Kiesparkplatz neben der Windsor Mill Road bogen, aber das hatte die anderen Autofahrer nicht daran gehindert, sich zu benehmen, als hätte ein vollwertiger Blizzard die Stadt im Griff. Bei Roy Rogers gab es keine Hamburgerbrötchen mehr – jede Menge Roastbeef und Hackfleisch-Burger, aber nichts, auf die man sie tun konnte –, also gab Tess sich mit einem Kartoffelsalat zufrieden, Sterling nahm die Baked Beans. Das war gar kein schlechtes Abendessen, aber ihr Magen schlug die ganze Zeit Salto, und sie fragte sich, wie wütend Sterling würde, wenn Feeney auftauchte. *Falls* Feeney auftauchte – sie konnte nicht einmal sicher sein, dass er ihre Nachricht gelesen hatte.

»Lassen Sie uns doch im Schnee picknicken«, sagte Tess, stieg aus und setzte sich dann auf den Kofferraum von Sterlings Wagen, eines neu aussehenden Honda Accord. Sie wollte ihn testen, sie wollte wissen, wie panisch besorgt er um seinen Wagen war. Das hielt sie nämlich bei einem Mann für ein schlechtes Zeichen.

Sterling wühlte im Handschuhfach herum, dann setzte er sich neben sie auf den Kofferraum.

»Was zum Aufwärmen?«, fragte er und hielt ihr eine kleine Flasche bernsteinfarbenen Whisky und einen Ausziehbecher hin, wie er in schicken Picknickkörben steckt. Whitney und sie hatten mit diesen Dingern und einer Thermoskanne mal Mint Juleps zu irgendeinem Jägertreffen mitgeschmuggelt.

»So was haben Sie in Ihrem Wagen? Ich bin entsetzt, Mr. Sterling, entsetzt.«

»Haben Sie nie von diesen alten Zeitungs-Chefredakteuren gehört, die immer eine Flasche in ihrem Schreibtisch haben? Na, ich habe *überall* Flaschen versteckt. Meine Art, die Tradition zu erhalten.«

Tess lachte und griff nach der Flasche und dem Becher, der silbern im Mondlicht glänzte. Neue Freunde gewinnen, alte behalten. Sterling rieb sich sein Handgelenk, sein Karpaltunnelsyndrom. Aus irgendeinem Grund erinnerte sie das an Lea und wie sie ihr Armband berührt hatte, als wäre es ein Amulett, das sie vor allem beschützen konnte. *Eins ist silbern / Aber das andere gold. Du bist golden, Wink*. Wink war also Gold gewesen, Tucci Silber. Na ja, vielleicht versilbert. Oder auch Sterlingsilber.

Sterling. Er war ein guter Kerl. Sie fühlte sich jetzt schlecht, weil sie seinen Anweisungen nicht Folge geleistet hatte. Was würde er sagen, wenn Feeney auftauchte? »Hören Sie, wegen Feeney ...«

Sterling tippte auf das Handy in seiner Brusttasche

unter dem Kamelhaarmantel. »Keine Sorge, ich werde ihn die große Story nicht verpassen lassen. Für mich kommt die Zeitung immer an erster Stelle.«

Immer? Plötzlich glitten Tess der Becher und die Flasche aus den Händen, sie schüttete den Whisky in ihren Schoß, und die Flasche rutschte unter den Honda, bevor Sterling sie zu fassen bekam, sodass der restliche Bourbon versickerte,.

»Verflucht!«, sagte er wütend, dann wurde er wieder freundlicher. »Tut mir leid, ich hab mir bloß grade die Hose aufgerissen, als ich auf dem Kies herumgekrochen bin. Und ich muss zugeben, ich hätte auch gerne einen kleinen Schluck gehabt.«

»Ich bin wohl ein bisschen nervös. Meine Hände zittern.«

»Keine Sorge. Ich kümmere mich schon um Sie.« Er breitete die Arme aus, als wollte er sie umarmen.

»Wie meinen Sie das genau?«

Sterling warf ihr einen merkwürdigen Blick zu.

»Egal.« Sie schaute zur Straße, um zu sehen, ob dort Autos fuhren – keine zu sehen, aber auf der anderen Straßenseite gab es einen Wohnblock, keine dreißig Meter entfernt.

»Wissen Sie was, ich glaube, er kommt nicht«, sagte sie. »Und wenn er nicht in fünfzehn Minuten hier ist, dann sollten wir die Sache abblasen und es morgen wieder versuchen. Was halten Sie davon?«

»Sie sind ein kluges Mädchen«, sagte Sterling. Er streckte die Hand aus und streichelte mit seinem Handschuh ihre Wange, dann beugte er sich vor, als wollte er sie küssen.

»Jack, warten Sie …«, setzte sie an. Doch er boxte ihr so brutal in den Bauch, dass sie zusammenklappte und zu Boden ging. Der Kies brannte unter ihren Händen.

»Mein Gott.« Sie war nicht sicher, ob sie das laut gesagt hatte oder nur im Geiste schrie. Sie versuchte, sich auf alle viere hochzustemmen, aber Sterling trat ihr in die Rippen, sodass sie flach hinfiel. Am richtigen Fuß konnte sich ein Bass-Weejun-Schuh wie ein Totschläger anfühlen.

»Aber … ich … hab … nichts … getrunken«, keuchte sie. Und wenn man den Drogen-Drink nicht trank, dann wurde man auch nicht ohnmächtig, und wenn man nicht ohnmächtig wurde, konnte Jack Sterling einen auch nicht in einen Wagen mit laufendem Motor setzen oder vom Balkon werfen und dann seinen Starreporter anpiepen. Darauf war sie inzwischen gekommen. Warum also lag sie jetzt am Boden und hatte das Gefühl, kleine Feuer überall in ihrem Körper lodern zu spüren – in den Knien, an den Handflächen, in der Magengrube, im Gesicht?

»Im Jack Daniels war tatsächlich ein bisschen was, um dich auszubremsen, aber drei Selbstmorde wären dann doch Overkill gewesen – kleiner Scherz am Rande«, sagte Sterling und setzte sich rittlings auf ihren Rücken. Er bohrte seine Absätze in ihre Hüfte, als wäre sie ein Pferd, das er einzureiten versuchte.

»Aber es ist keineswegs unwahrscheinlich, dass du ermordet aufgefunden wirst, Tess. Immerhin bist du ja auch mit diesen Kidnappern aneinandergeraten. Das stand sogar in der Zeitung, schon vergessen? Ich hab dir gesagt, dass ich mir Sorgen mache, einer könnte zurückkommen. Ich habe diese Sorge auch mit anderen geteilt – Feeney, Whitney, sogar Lionel. Dem ist sogar aufgefallen, wie gern ich dich mochte.« Er trat ihr wieder in die Rippen, dann beugte er sich herunter, packte ihren Kragen und riss ihren Kopf so brutal nach hinten, dass sie fürchtete, ohnmächtig zu werden.

Tess konnte kaum glauben, wie schnell er sich bewegte, und wie geschickt. Dann dachte sie an den Ladenbesitzer in West Baltimore, dessen Herz aussetzte, nachdem ein Junge ihn zusammengeschlagen hatte – ein Junge, der zu diesem Mann heranwuchs. Wink konnte niemals jemandem wehtun, hatte Lea geweint. Er hat nie zurückgeschlagen, hatte Linda geklagt. Stimmt, Winks größte Scham war gewesen, dass er niemandem wehtun konnte. Aber er hatte dabeistehen und zusehen können, wie ein Mann starb.

»Sie waren Winks Komplize«, sagte sie. Ihre Rippe, an- oder durchgebrochen, erschwerte das Sprechen. Sie hatte das Gefühl, als wäre sie eine lange Treppe hinuntergestürzt, und das Ende war noch nicht erreicht. »Sie sind der auf der Jahrbuch-Seite. Wenn ich die noch mal zu Gesicht bekommen hätte, wäre es mir aufgefallen.«

»Ich bin auf der gegenüberliegenden Seite. Und Raymond Sterling war so dick, und seine langen Haare hingen ihm ins Gesicht, dass du ihn wahrscheinlich nicht erkannt hättest. Aber ich konnte es trotzdem nicht riskieren.«

»Raymond?« Wenn sie nicht solche Schmerzen gehabt hätte, hätte sie gelacht.

»Raymond J. Sterling. Ich habe angefangen, meinen zweiten Vornamen zu benutzen, als meine Eltern mich in die Militärschule in Indiana schickten. Das war der Deal, den mein Vater mit dem Richter machte – Militärschule statt Montrose. Ich hatte immerhin noch nie zuvor Probleme gemacht. Wink stand als der Böse da. Und Wink war ja sogar schlecht darin, böse zu sein – ich wurde nur ein einziges Mal erwischt, und zwar mit Wink. Das ist der echte Unterschied zwischen den Bösen und den Guten, verstehst du? Nur die Bösen werden erwischt.«

Sie versuchte erneut sich hochzustemmen, aber er trat ihr in den Rücken und kniete sich dann über sie. Sein Mund war nah an ihrem Ohr, seine Stimme war sanft, die ermutigende Stimme des Mannes, von dem sie gedacht hatte, ihn zu kennen. »Ich muss dich ein paar Mal schlagen, Tess, damit es realistisch aussieht. Nur noch ein paar Mal, dann erschieße ich dich, ich versprech es. Ein schneller sauberer Schuss in den Kopf, okay?«

Er tätschelte ihre Wange, dann schlug er so kraftvoll zu, dass ihre Zähne die Wangeninnenseite aufrissen und ihr Blut übers Gesicht lief. Es war ein merkwürdiges Gefühl, nass, kalt und heiß gleichzeitig.

»Silber und Gold«, keuchte sie und spuckte bei jedem Wort Blut. »Sterling und Wink.«

»Ja, das bin ich«, entgegnete er. Ihm war nicht klar, dass sie immer noch die Teile zusammensetzte. Das Handy in seiner Tasche, der Anruf bei Feeney, als Wink starb, damit der *Beacon* die Story bringen konnte. Sein Tonfall, als er sie vorhin an seinem Computer erwischt hatte. So hatte er nur einmal zuvor mit ihr gesprochen – als sie ihm gestanden hatte, dass sie bei Linda Wynkowski gewesen war. Putensalami auf Rositas Pizza, seine ständige Suche nach fettarmem Essen. Kleinigkeiten, aber in einem einzigen Augenblick fügten sie sich in völliger Klarheit zusammen. Wäre dieser Augenblick doch nur an einem weniger einsamen, besser beleuchteten Ort gekommen.

Sterling zog eine schmale, beinahe elegante Pistole aus der Manteltasche. Selbst Tess, die keine Ahnung von Feuerwaffen hatte, wusste, dass dies genau die Art Waffe war, die die Windhund-Gang eingesetzt hätte. Sterling war gründlich, er dachte die Dinge zu Ende.

»Rosita?«, fragte sie. Sie wollte es wirklich wissen.

»Ist gesprungen«, sagte er »Wirklich. Wir waren ... eine Weile zusammen, als ich zur Zeitung kam. Zwei Erwachsene, die sich halt irgendwann einvernehmlich wieder getrennt haben. Aber sie hat versucht, sich damit ihren Job wieder zu verschaffen. Sie hat gesagt, sie würde zu Lionel gehen und sich beschweren, dass ich sie belästigt hätte. Noch so eine Erpresserin, wie Wink. Sie ist auf das Balkongeländer geklettert, sie hat gesagt, sie würde springen, wenn ich sie nicht wieder einstellte. Als hätte ich das gekonnt, nach allem, was sie angestellt hat.«

Nach allem, was *sie* angestellt hat?

»Ich will bloß mein Leben leben«, sagte er, fast als erwarte er Mitleid. »Das ist alles, was ich je wollte.«

Die Scheinwerfer eines Wagens glitten über den Parkplatz, und Sterling ließ seine linke Hand zur Seite sinken, sodass die Pistole nicht zu sehen war. Feeney, dachte Tess gleichzeitig hoffnungsvoll und verzweifelt. Sterling würde auch ihn einfach töten.

Aber der Wagen, der zwanzig Meter entfernt im Leerlauf stehen blieb, war ein teurer Geländewagen. In so einem Ding würde Feeney sich nicht mal tot erwischen lassen. Tess hörte die Tür aufgehen und zuschlagen, sie hörte einen Schlüssel im Schloss klicken, hörte die Federung eines Kofferraums quietschen.

»Lustig, euch zwei hier zu treffen.« Whitneys Stimme, so klar und selbstsicher, als wäre sie ihnen im Restaurant oder Museum begegnet.

»Pistole«, sagte Tess oder versuchte es zumindest. Ihre Nase blutete, und ihre Zunge war schwer wie Blei. Sterling ging rückwärts, bis sein Wagen sich zwischen ihm und Whitney befand. Tess hörte einen Schuss, dann einen gedämpften, überraschten Schrei. Herrgott, er hatte sie umgebracht. Sie wünschte sich beinahe, lange genug am Leben zu bleiben, um zu erfahren, wie Sterling diesen »Unfall« nun wieder erklären würde. *Bizarrer erweiterter Selbstmord zweier College-Mitbewohnerinnen im Leakin Park: Langjährige Beziehung wird vermutet.* Es würde ihre Mutter umbringen.

Ein zweiter Schuss, wesentlich lauter als der erste. Tess konnte immer noch nichts sehen – Whitneys Scheinwerfer standen auf Fernlicht und blendeten sie. Wie hatte Sterling überhaupt zielen können? Hatte er nicht. Sterling taumelte vorwärts, die rechte Hand auf seine Schulter gepresst, wo sich eine schmierige Masse, die im Scheinwerferlicht lilaschwarz schimmerte, über seinen Kamelhaarmantel ausbreitete. Er ließ seine Pistole fallen und kippte vornüber.

»Das ist das Problem mit Jagdgewehren«, sagte Whitney und ging auf Sterling zu, der neben Tess in den Kies gefallen war. »Auf diese Entfernung zerfetzen sie einfach alles. Wahrscheinlich bleibt von der Schulter nicht viel übrig, Sterling. Squash spielen kannst du jetzt vergessen.«

Sterling gab nicht so schnell auf. Er versuchte, zu seiner Waffe zu kriechen und angelte mit seiner rechten Hand danach. Aber er war Linkshänder, und seine Verletzung ließ ihn langsam und ungeschickt agieren.

»Oh, Sterling, lass das bitte.« Whitney schlug ihm mit dem Gewehr kräftig gegen den verletzten Arm, und er schrie wieder auf. Es war ein selbstmitleidiger, hoher Ton. Zur Sicherheit, oder vielleicht auch nur aus Spaß, drehte Whitney das Gewehr um und knallte Sterling den Griff auf die Nase, die mit einem üblen Krachen zerbrach, fast so laut wie einer der Schüsse.

»Es ist jetzt sehr wichtig, dass du still liegen bleibst«, erklärte sie ihm, als wäre er ein kleines Kind und sie sein Babysitter. »Ich habe genug von dir.«

Die Beifahrertür von Whitneys Jeep öffnete sich. Tess lag immer noch am Boden, sie sah zwei sockenlose Knöchel, rot und schuppig in der Winternacht. Es war der schönste Anblick aller Zeiten.

»Ich habe 911 übers Autotelefon angerufen«, sagte Feeney. »Und gesagt, wir brauchen einen Krankenwagen.«

»Feeney«, sagte Tess. »Whitney?« Sie fragte sich, ob sie jemals wieder in vollständigen Sätzen sprechen würde, ob sie jemals wieder die Arme über den Kopf heben könnte. Aber Feeney verstand, was sie fragen wollte.

»Als ich deine Nachricht bekam, dachte ich, Whitney könnte mich doch in ihrem Allradwagen herfahren, und vielleicht könnte ich euch beide bei der Gelegenheit versöhnen und gleichzeitig meine große Story einsacken. Ich bin nie auf die Idee gekommen, dass Whitneys Jagdgewehr im Kofferraum nützlicher sein könnte als der Jeep Cherokee.«

»Man weiß ja nie, wann man ein bisschen Hilfe brauchen kann.« Whitney schaute Tess an und zog eine Augenbraue hoch, zielte aber weiter auf Sterling. »Ich glaube, das habe ich dir schon mal versucht zu sagen, in dem Sandwich-Laden.«

Feeney nahm Sterlings Pistole und hielt sie etwas zögerlich in der Hand, als könnte sie ihn beißen. Dann zielte er damit auf seinen Chef, der jetzt schon fast bewusstlos war, so viel Blut hatte er verloren.

»Ich habe mein ganzes Leben lang darauf gewartet, einen Chefredakteur mit einer Waffe zu bedrohen«, sagte er. »Ich dachte, es würde sich besser anfühlen.«

»Das kannst du nur für dich sagen«, sagte Whitney, aber ihre Stimme zitterte.

29

Am ersten Freitag im Mai wurde Spike in einem Rollstuhl aus dem Krankenhaus entlassen. Und der war nicht nur zur Show. Trotz wochenlanger Therapie zog er sein rechtes Bein immer noch nach, aber immerhin konnte er deutlich sprechen, oder zumindest so deutlich wie zuvor, und sein Langzeitgedächtnis schien auch nicht mehr länger ein Stück Schweizer Käse zu sein. Er konnte mithilfe eines Krückstocks gehen, aber das war anstrengend, und er sah keinen Grund, eine letzte Freifahrt zu verpassen. Vor allem, vermutete Tess, als er die hübsche junge Krankenschwester zu Gesicht bekam, die ihn bis auf den Bürgersteig schob.

»Weißt du, es ist schon bemerkenswert, dass du gerade rechtzeitig aus deinem Koma erwachst, um ein bisschen Action mit der NCAA Final Four zu erleben«, sagte sie, als sie im Wagen saßen und zum Point fuhren. Tommy steuerte Spikes verrosteten Lincoln Coupé, also konnte sie sich vom Beifahrersitz aus umdrehen und ihren Onkel betrachten, der ganz gelassen auf der Rückbank saß. »Aber wenn dann auch noch dein Entlassungstermin auf den Tag vor dem Kentucky Derby fällt, dann weiß ich, dass etwas im Busch ist.«

»Willst du etwa behaupten, dass ich mein Koma nur gespielt habe, bis Tommy kam und mir erzählt hat, dass die Typen, die mich zusammengeschlagen haben, dank dir verhaftet wurden?«, fragte Spike. »Glaubst du, dein alter Onkel könnte die ganzen Doktoren und Krankenschwestern mit ihren Univasitätsabschlüsseln an der Nase rumführen? Und warum wäre ich noch so lange geblieben, wenn ich doch schon wusste, dass es dir gut geht?«

»Nein, aber … Ich meine …« Tess schaute hinüber zu Tommy, der grinsend auf der vorderen Kante des Fahrersitzes hockte, sodass er mit den Zehen seiner knöchelhohen Reißverschlussstiefel gerade die Pedale erreichen konnte. Sie schaute zurück zu Spike, der die Fast-Food-Läden und schmierigen Shops an der Caton Avenue betrachtete, als wären sie die acht Weltwunder. Vielleicht waren sie das für ihn auch. Die Ärzte hatten gesagt, dass seine Heilung an ein Wunder grenzte, und Spike schien alles um sich herum übermäßig zu schätzen zu wissen.

Sie gab sich damit zufrieden, nie die ganze Geschichte in Erfahrung bringen zu können. War Jimmy Parlez ein echter Mensch oder nur ein roter Hering, den Tommy ihr zur Ablenkung hingeworfen hatte? Hatte Tommy von Anfang an alles gewusst, oder hatte Spike, der wusste, was für ein Schlappi er war, dafür gesorgt, dass er keine Ahnung hatte? Wie auch immer, Spikes Leben würde nun einmal rätselhaft bleiben; zum Teil, um die Familie vor den unschöneren Seiten zu schützen, zum Teil aber auch, weil Spike einfach gern rätselhaft auftrat.

Im Point zog Tommy ein kleines, in braunes Papier eingewickeltes Päckchen aus dem Safe und gab es Tess, während Spike sich auf einen der vinylgepolsterten Hocker vor dem Fernseher setzte.

»V steht für Videoband«, sagte Tess und drehte es in ihren Händen. »Ich schätze, mein Botticelli-Kumpel hat immerhin fair gespielt.«

»Was für eine Buddel?«, fragte Tommy.

»Vergiss es, ist zu kompliziert zu erklären.«

»Schieb's in den Rekorder unter dem Barfernseher«, sagte Spike. Dann setzte er hinzu: »Hast du heute schon gefrühstückt?«

»Natürlich.«

»Du wirst dir wünschen, du hättest nicht.«

Das Video war von schlechter Qualität, körniges Schwarzweiß mit Datum und Uhrzeit in der rechten unteren Ecke. Aber die Bilder waren eindeutig – ein großer, ovaler Holzzaun, dahinter Wiesen, in der Ferne Tannenwälder, alles unscharf, wie in einem impressionistischen Gemälde.

»Was ist das? Was hat all das mit den Ohren zu tun?«

»Das ist ein privater ›Jagdclub‹ in Cecil County.«

»Davon hab ich noch nie gehört.«

Spike schaute sie an, als hätte er mehr von ihr erwartet. »Aber du hast von Zuchtfischteichen für Angler gehört? Das hier ist ungefähr dasselbe. Reiche Typen kommen aus dem ganzen Bundesstaat – sogar aus Washington und Philadelphia –, um aus Spaß Vögel zu jagen. Wenn du mich fragst, ist es kein Sport, wenn man nicht drauf wetten kann, aber sie zahlen jede Menge für das Recht, ein paar zerschossene Vogelleichen mit nach Hause zu nehmen.«

»Ist das legal?«

»Ja, solange man nur Enten und Fasane schießt. Dafür sorgen die Gesetzgeber, jahrein, jahraus. Aber diese

Jungs hier gehen einen Schritt weiter. Sie haben noch einen kleinen Spielsalon am Rande – Poker, Blackjack, Roulette. Ich hab kein Problem mit ihrer Geschäftsidee. Ich hab sogar selber ein paar Mal dort gespielt, wenn ich gerade in der Gegend war. Aber dieses Jahr haben sie eine neue Attraktion eingeführt. Wirst es gleich sehen.«

Tess schaute auf den Fernseher. Selbst ohne Datum hätte sie gewusst, dass das Video im März aufgenommen worden war – die geballten Wolken, der matschige Boden mit den Eisbrocken. Das schien so lange her zu sein.

»Noch fünfzehn Sekunden bis zum Start«, intonierte Spike. Tommy hielt die Faust als Trompetennachbildung vor den Mund. »Du-du-do-do-do-do-do-do-do-do-do-deeeeeet.«

Ein kleines Ding flitzte durchs Bild, und ihm folgten ein Haufen anderer Schatten ins Blickfeld der Kamera. Tess brauchte einen Augenblick, um zu realisieren, dass es Windhunde waren, keine Pferde, und dass sie hinter einem mechanischen Hasen herrannten.

»Illegale Windhundrennen? Wieso würde sich jemand die Mühe machen?«

»Warte«, sagte Spike unzufrieden.

Die Hunde verschwanden am hinteren Ende der Bahn, und Spike machte den Reporter, während sie nicht zu sehen waren.

»Sie wischen zum zweiten Mal vorbei und Pechvogel übernimmt die Führung, mit Blödhund dicht auf den Fersen. Pechvogel. Blödhund. Pechvogel. Blödhund. Und jetzt zieht Hinterletzter auf der Außenbahn an allen vorbei, und sie erreichen die Zielgerade.«

Die Hunde kamen wieder ins Bild gerannt, und Spike schaltete mithilfe der Videofernbedienung auf Zeitlupe. Das Bild war in diesem Tempo ein bisschen klarer, und Tess konnte sehen, wie die Hunde sich Bild für Bild auf die Ziellinie vorarbeiteten, wie in einem Cartoon, den man Zeichnung für Zeichnung sah. Die Hunde sahen aus wie Esskay, als Tess sie das erste Mal traf – zu dünn, mit wunden Stellen im Fell –, aber ihre Kraft war wirklich beeindruckend. Tess zog unbewusst die Schultern ein, wie der vorderste Hund, dessen Hals sich nach vorne streckte, bis die Muskelstränge sichtbar wurden.

Und dann, nur ein paar Schritte vor der Ziellinie, brach der Anführer zusammen. Ein gebrochenes Bein? Die anderen Hunde wichen dem Gefallenen aus und rannten zielstrebig hinter dem Hasen her. Ein weiterer Hund stürzte, dann noch einer. Insgesamt brachen vier Hunde kurz vor dem Ziel auf der Rennbahn zusammen, dunkle Flecken bildeten sich unter ihnen.

»Ich … ich verstehe das nicht«, sagte Tess und fürchtete zugleich, dass sie sehr wohl verstand.

»Sie holen sich ausgemusterte Rennhunde von irgendwelchen schmierigen Trainern«, erklärte Tommy. »Sie zahlen ihnen zwanzig Dollar pro Tier, und das sind zwanzig Dollar mehr, als die meisten Leute zahlen würden. Dann zahlen irgendwelche Typen zweihundert Dollar, um sie beim Rennen zu erschießen. Knall den Hund ab, nimm ein Paar Ohren mit nach Hause. Sie zerren die toten Hunde weg und vergraben sie irgendwo, ganz geheim. Wär aber auch egal, wenn jemand sie findet. Ohne die Ohren kann man sie nicht identifizieren.«

»Aber die Hunde sind doch gar nicht alle tot. Zwei bewegen sich noch.« Sie zeigte auf die Beine der Hunde, die zuckten wie Esskays im Schlaf.

»Die Verletzten schläfern sie ein«, sagte Spike. »Das ist das Netteste, was sie tun. Aber warte noch mal. Das Wichtigste kommt jetzt erst.«

Tess sah eine Gruppe Männer auf die Rennbahn laufen, sie wedelten mit ihren Gewehren über den Köpfen herum und tanzten um die gestürzten Hunde. Sie schienen sehr zufrieden mit sich. Es ist immerhin auch nicht leicht, ein Ziel zu treffen, das sich mit sechzig Stundenkilometern bewegt. Einer der Männer stützte sich schwer auf sein Gewehr, als er den leblosen Körper eines Hundes packte, und Tess glaubte, sie könnte seine Lippen lesen: »Das ist meiner! Das ist meiner!« Sein Gesicht war ein bisschen verschwommen, kam ihr aber dennoch schrecklich bekannt vor. Es lag etwas in seinem Gang, in der Haltung seiner Schultern.

»Ist das …?«

»Aber klar«, sagte Spike. »Jetzt weißt du auch, warum wir es machen wie besprochen. Wir halten uns raus, aber der Laden muss trotzdem zumachen, einverstanden?«

»Einverstanden«, sagte Tess mit schwacher Stimme. Sie hatte ihr Frühstück intus behalten, aber nur gerade eben so. »Woher hast du dieses Band, Spike?«

»Der Typ, der das macht, ist ein Freund. War ein Freund. Hat 'nen anständigen Laden geführt, ist ja nicht meine Sache, wenn Leute unbedingt Enten schießen wollen. Das war immerhin legal. Aber als ich letzten März da war und das sah – da konnte ich nicht mehr länger ruhig bleiben. Als alle im Haus waren, hab ich das

Videoband aus der Überwachungskamera genommen und mir die Ohren geschnappt, die ich in der Scheune fand. Ich wusste, sie würden jemanden auf mich hetzen. Ich dachte bloß, ich hätte ein bisschen mehr Zeit.«

»Wenn du Esskay nicht mitgenommen hättest, dann hätten sie dich nicht mit den Ohren und dem Band in Verbindung bringen können.«

»Aber sie hat mich angelächelt, als sie mich in der Scheune sah«, sagte Spike und lächelte nun selbst. »Wie hätte ich sie zurücklassen können?«

»Ich denke, ich sollte dir was geben«, sagte Tess zu ihrem Onkel. Sie ging rüber zum Lagerraum und öffnete genau die Tür, die Tommy vor fast zwei Monaten geöffnet hatte. Aber der Hund, der herauskam, war ein anderes Wesen – glänzendes Fell, leuchtende Augen, ein echter Genießer. Esskay umkreiste Spike und suchte unter seinen Achselhöhlen nach Leckerbissen. Genau wie bei Crow. »Siehst du, sie freut sich, wieder bei dir zu sein«, sagte Tess. Ihre Stimme zitterte nicht einmal.

»Ach, die mag mich nur, weil ich den Schlüssel zur Küchentür habe. Das ist nicht richtig mögen. Und wie soll ich einen Hund ausführen mit meinem lahmen Bein?«, fragte er und klatschte mit der Hand auf das entsprechende Bein. »Tu deinem alten Onkel Spike einen großen Gefallen und behalt die Töle erst mal, ja?«

Tess strahlte: Esskay gehörte ihr. Sie hatte nicht darauf zu hoffen gewagt. Sie hatte nicht einmal sich selbst gegenüber zugegeben, dass sie die Hündin wirklich haben wollte. Als sie sich hinunterbeugte, um die Leine an Esskays Halsband zu befestigen – eine richtige aus Nylon diesmal, die schwere Kette war nicht mehr nötig, nicht seit Tess sich vor zwei Wochen endlich ihre erste Pistole gekauft hatte –, stellte sie Spike eine Frage, die sie seit langer Zeit beschäftigte: »Wo war dieses Video die ganze Zeit?«

»In dem Safe, den Tommy und ich uns teilen. Glaubst du, ich bin doof?«

Tess lachte, obwohl ihr das Lachen immer noch wehtat. Sterlings Tritte hatten ihr zwei Rippen gebrochen, sodass sie den Großteil des Frühjahrs nicht aufs Wasser konnte und auch sonst wenig Sport machen durfte. Eine passende Rache des ehemals fetten Jungen, der sie immer so um ihren Stoffwechsel beneidet hatte. Bis sie wieder gesund war, musste sie tatsächlich darauf achten, was sie aß. Sie fragte sich, ob das Sterling beruhigen würde, während er im Knast saß, angeklagt des Mordes an Wink und des versuchten Mordes an ihr.

Die Polizei hatte seine Fingerabdrücke auf der Tür von Winks Mustang gefunden; die Blutuntersuchung hatte ein rezeptpflichtiges Arzneimittel zutage gefördert, das nach dem Schmerzmittel aussah, das Sterling für sein Karpaltunnelsyndrom bekam. *CHEFREDAKTEUR IST EIN MÖRDER*. Saftige Story, aber der *Beacon* gab ihr nicht viel Raum, lieber konzentrierte man sich auf Paul Tucci und seine immer verzweifelteren Versuche, die Basketballmannschaft doch noch zu kaufen. Der *Beacon* hatte es der *Washington Post* überlassen, Sterlings Aufstieg und Fall zu dokumentieren. Die Story war nicht besonders schwierig gewesen, obwohl der ehemalige Chefredakteur jeden Kommentar verweigerte. Raymond John Sterling hatte eine Spur hinterlassen, die so breit und schleimig strahlte wie eine Schneckenspur im Mondlicht.

»Nein, Onkel Spike, ich weiß, dass du nicht doof bist«, versicherte Tess ihm und hielt sich die schmerzenden Seiten. »Immerhin bist du derjenige, der mir erklären wird, wie man diesen Laden dichtmachen kann, ohne zur Polizei zu gehen.«

»Ich hab einfach immer das Gefühl gehabt, die Polizei versteht mich nicht«, sagte Spike.

»Die sind immer so auf Details aus?«, setzte Tommy hinzu.

Tess hatte nicht vorgehabt, Esskay mitzunehmen, als sie Anfang der Woche die Elf-Uhr-Verabredung mit Lionel Mabry getroffen hatte, aber jetzt blieb keine Zeit mehr, die Hündin heimzufahren. Vielleicht war es auch gut so. Mabry hätte sie vielleicht noch länger warten lassen, wenn sie keine grunzende, inkontinente Hündin dabeigehabt hätte.

»Miss Monaghan«, sagte Mabry, als er in den Konferenzsaal kam. Nicht in den großen, neben dem Büro der Herausgeber – den war sie nicht mehr wert; nur in den kleinen beim Nachrichtenraum, den Ort endloser Chefredakteur-Konferenzen.

»Wie geht es Ihnen, Lionel?«

Er schien sich ein wenig daran zu stören, dass sie seinen Vornamen nannte. »Es tut mir leid, dass unsere Buchhaltung so lange gebraucht hat, Ihren Scheck auszustellen – sie haben einen Riesenaufstand wegen einiger Auslagen gemacht. Irgendetwas mit einer Rechnung für ein Armband? Aber wenn Sie nicht darauf bestanden hätten, ihn persönlich abzuholen, hätten Sie ihn schon vor Tagen in der Post gehabt. Sie mussten wirklich nicht noch einmal herkommen.«

»Die Sache ist die, ich habe etwas für Sie«, sagte sie und hielt ihm das Band hin, zusammen mit einem Brief, der erklärte, was drauf war, unter welchen Umständen es aufgenommen worden war, und einer Liste der Leute, von denen Spike wusste, dass sie den »Jagdclub« besuchten. Lionel überflog die Informationen. Er hatte eine schnelle Auffassungsgabe, wurde Tess klar. Ein gerissener Mann, gerissen genug, die anderen glauben zu lassen, er sei weich und unkonzentriert. Nicht viel anders als die Dumme-Trine-Nummer, die sie gern aufführte.

»Das ist eine gute Story«, sagte er. »Tatsächlich eine sehr gute Story. Sehr großzügig von Ihnen, damit zu uns zu kommen. Ich weiß, dass Ihre Erfahrungen mit der Zeitung nicht unbedingt, äh, erfreulich waren.«

»Sie sollten wissen, dass Paul Tucci einer der Männer auf dem Band ist. Er hätte wahrscheinlich einen Siegestanz aufgeführt, wenn da nicht sein schlimmes Knie wäre. Ist das ein Problem?«

Mabry schaute erstaunt. »Was für eine merkwürdige Frage. Wenn überhaupt, vergrößert das unser Interesse nur.«

»Aber Sie wollten doch die ursprüngliche Wink-Story nicht bringen – die mit all den ungesicherten Informationen über ihn –, weil sie die Stadt nicht einer möglichen Basketballmannschaft berauben wollten. Was ist denn da der Unterschied?«

»Miss Monaghan, Sie sollten nicht alles glauben, was Reporter so sagen, selbst wenn Sie mit diesen Reportern befreundet sind.« Sie wand sich ein wenig unter Mabrys wissendem Lächeln. »Unser Herausgeber hatte tatsächlich ein paar derartige Bedenken, aber mir gefiel die Wink-Story nur deswegen nicht, weil ich nicht einsah, warum man jetzt seine Vergangenheit aufrollen sollte, wenn die nichts mit seiner Eignung zu tun hat, eine Sportmannschaft zu besitzen. Jack Sterling verstand das und stimmte mir zu. Jetzt weiß ich natürlich, dass Jack seine eigene Agenda hatte und dass seine langen Tiraden darüber, dass Menschen sich selbst neu erfänden, weder leidenschaftslos noch desinteressiert waren. Aber ich stehe immer noch zu meiner Entscheidung, dass Wink die Namen seiner Kritiker hätte erfahren sollen.«

»Sie kannten Sterling besser als jeder andere hier.« Jeder andere, der noch am Leben ist, setzte Tess im Geiste hinzu, als sie an Rosita dachte. »Wieso ist er hierhergekommen – er wusste doch, dass ihn jemand erkennen könnte.«

»Ich denke, dass er den Job so sehr wollte, dass er sich einredete, dass niemand sich an einen fetten Jungen namens Raymond von vor dreißig Jahren erinnern würde. Dann kam Wink zu einer Redaktionskonferenz und erkannte Jack. Er hätte immer noch gestehen können – ich hätte ihn nicht gefeuert, ich hätte bloß dafür gesorgt, dass er absolut nichts mehr mit der Wynkowski-Story zu tun hätte. Stattdessen hat Jack Wink versprochen, die Story unter den Tisch fallen zu lassen, wenn sein alter Freund im Gegenzug die Klappe hielt.« Mabry schwieg einen Augenblick. »Lustig, dass es am Ende Colleen war, die Jacks Sturz verursachte. Wenn sie nicht die erste Story in die Zeitung gebracht hätte, wäre niemals die zweite gefolgt, die Wink so wütend gemacht hat. Und

Jack wäre vielleicht ein weniger drastischer Weg eingefallen, für Wynkowskis Schweigen zu sorgen.«

Tess machte ein höfliches, unverbindliches Geräusch. Lionel Mabry hatte ein gutes Herz, was gewisse Limitationen mit sich brachte. Er könnte sich niemals den Jack Sterling vorstellen, den sie im Leakin Park gesehen hatte. Ja, Sterling hatte versucht, sich und das Leben, das er sich erschaffen hatte, zu schützen. Aber der Mann, der sie geschlagen hatte, hatte sich dabei verdammt gut amüsiert. Es war, als hätte er all die Jahre nur darauf gewartet, wieder seinen Instinkten zu folgen. »Nur die Bösen werden erwischt.« Nun, jetzt gehörte auch er zu den Bösen.

Sie erhob sich und wollte gehen. »Ach, noch etwas wegen der Hunderennen-Story«, sagte sie. »Ich möchte, dass Kevin Feeney sie schreibt.«

»Miss Monaghan, ich lasse mir von Außenstehenden niemals interne Entscheidungen vorschreiben.« Mabry war wieder der Löwenkönig, unwirsch schüttelte er sein Haar zurück und knurrte und posierte, als wäre sie eine Angestellte, die er in Schach halten müsste.

»Das verstehe ich prinzipiell. Aber wenn Sie Feeney die Story nicht geben, werde ich Kopien dieses Videobandes an jeden Fernsehsender der Stadt verteilen, sowie an die *New York Times*, den *Philadelphia Inquirer* und die *Washington Post.* Es wäre doch sehr peinlich, bei einer Story im eigenen Vorgarten überrundet zu werden.«

Mabry zögerte. Tess war klar, dass er abwog, seine Position zu verteidigen oder die Story exklusiv zu haben. Man konnte beinahe die Rechnung in seinem Hirn mitverfolgen. Prinzipien oder potenzieller Pulitzer? Prinzipien oder Pulitzer? Prinzipien – Pulitzer? Prinzipien – Pulitzer? Pulitzer gewann. Damit hatte sie gerechnet. »Mir gefallen Ihre Methoden nicht, aber Feeney ist ein ausgezeichneter Reporter. Ich bin sicher, er wird die Story gut bearbeiten. Sind Sie denn damit einverstanden«, Mabry konnte dieser sarkastischen Bemerkung nicht widerstehen, »wenn ich ihm einen weiteren Reporter zur Seite stelle?«

»Aber sicher, solange es niemand ist, der Informationen kauft oder Zitate verdreht.«

Sie bereute diesen Satz, kaum dass sie ihn gesagt hatte. Rositas Vergehen kamen ihr jetzt so lächerlich vor, sicher zu lächerlich, um dafür zu sterben.

»Haben Sie vor, wieder in den Journalismus zurückzukehren?«, fragte Mabry. Er brachte sie zur Tür, ganz Gentleman. »Wir haben einige der Stellen, die durch die, äh, Ereignisse dieses Frühjahrs frei wurden, noch nicht besetzt. Sie haben offensichtlich Potenzial als investigative Reporterin.«

Die Frage kam zwei Jahre zu spät. Trotzdem war es nett, sie zu hören. Und netter noch war, zu sagen: »Vielen Dank, Lionel. Ich habe schon einen Job. Einen Job, in dem ich immer besser werde.«

Ihre Rippen taten in diesem Augenblick ein klein wenig weh, als wollten sie sie daran erinnern, nicht zu hochnäsig zu werden.

Merkwürdig, welche Ungerechtigkeiten Tess vor Esskay gar nicht bemerkt hatte. Beispielsweise: Warum war es so schwierig, in Baltimore ein Restaurant zu finden, in das man Hunde mitnehmen durfte? Die Bars in Fells

Point hießen sie willkommen, aber es gab nur wenige anständige Restaurants in Baltimore, wo Hunde ein gutes Abendessen zu sich nehmen konnten. Wie rassistisch.

Feeney und sie einigten sich auf Donna's, eine regionale Coffeeshop-Kette mit einigermaßen anständigem Essen, wenn man erst mal seine New Yorker Vorbilder akzeptiert hatte. Und obwohl Mount Vernon ein bisschen zu dreckig zum Draußenessen war, war der Tag doch zu schön, ihn zu verschwenden: wolkenloser Himmel und eine leichte Brise, durch die es in der Sonne nicht zu heiß wurde. Der Frühling in Baltimore hat die Lebensdauer einer Fruchtfliege, also war es notwendig, jeden schönen Tag zu genießen. Bald genug würde es Sommer sein.

Tess bestellte Wein und entschied sich nach kurzem inneren Kampf für ein Mozzarella-Sandwich mit Pesto auf mit Olivenöl getränktem Focaccia. Bald genug würde sie wieder ihre volle Kraft erreicht haben, dann würde sie diese Kalorien wieder abarbeiten. Feeney nahm das Puten-Sandwich mit Tapenade auf Sauerteigbrot, Esskay hatte Roastbeef und Provolone ohne Brot.

»Das ist eine tolle Story, die entschädigt mich beinahe dafür, nicht über Sterling schreiben zu können«, sagte Feeney und betrachtete ihre Notizen. »Bist du sicher, dass es wirklich meine ist?«

»So sicher man sein kann. Es gibt ja Gründe, dass man ihn den Lügenkönig nennt.«

»Ja, aber er ist sehr wettbewerbsorientiert. Er will das Beste für die Zeitung. Am Ende ist das immer so.«

»Das wollte Jack Sterling auch. Ich frage mich, wie er

dafür gesorgt hätte, dass der *Beacon* exklusiv über meinen Tod berichtet.«

Esskay hatte ihr Mittagessen in wenigen Sekunden vergeschlungen und zerrte an ihrer Leine. Sie wollte die Hunde jagen, die sie auf der anderen Straßenseite im Park entdeckt hatte. Dann wandte sich ihre Aufmerksamkeit dem Müll zu, der im Wind vorbeiflog. Ein weißes Hotdog-Einwickelpapier wurde vom Luftstrom erfasst, wirbelte auf, wechselte dann die Richtung und fiel zu Boden. War Rosita auch so gefallen? Hatte sie gewusst, dass sie fiel? War sie bewusstlos gewesen wie Wink, oder zumindest schummrig genug, dass Sterling – ihr ehemaliger Chef, ihr ehemaliger Liebhaber – sie zum letzten Mal in die Arme nehmen musste, um sie über die Balkonbrüstung zu stemmen, bevor ihr klar wurde, was geschah? Aber vielleicht war sie tatsächlich gesprungen, wie Sterling immer noch behauptete.

»Detective Tull hat mir gesagt, dass Sterling wahrscheinlich nicht wegen Rositas Tod angeklagt werden kann. Wenn sie Schmerzmittel im Blut gehabt hätte, wie Wink, dann wäre es etwas anderes. Aber sie haben bloß Alkohol gefunden. Und natürlich waren seine Fingerabdrücke überall in ihrer Wohnung. Er hat sie durchsucht, erinnerst du dich?«

»Das Jahrbuch ist nicht wieder aufgetaucht, oder?«

»Nein, Sterling hat es in ein Baggerloch geworfen. Lea Wynkowski ist überzeugt, das sei irgendwie meine Schuld. Ich habe dafür gesorgt, dass sie die Lebensversicherung ausgezahlt bekommt, und ich habe sie aus Paul Tuccis Klauen gerettet, und sie ist sauer auf mich wegen eines Jahrbuches. Ist das nicht toll?«

»Dass dankbarer Sinn, Schuld anerkennend, sie bezahlt.« Feeney grinste über ihren leeren Blick. »Milton. *Das verlorene Paradies.*«

»Wow, was ganz Neues.« Ihre Stimme klang härter, als sie sollte; sie musste immer noch daran denken, wie Rosita ins Nichts stürzte.

»Vergiss es«, setzte sie zerknirscht hinzu. »Ich hätte es bloß einfach wissen müssen. Von dem Augenblick an, in dem ich die Pizza sah, hätte ich wissen müssen, dass es Sterling war.«

»Wieso?«

»Putensalami. Man muss schon ein Psycho sein, um das Zeug zu essen.«

Feeney zeigte die Straße hoch. »Wo wir schon über Psychos sprechen, da ist Whitney und versucht, bergab mit Tyners Rollstuhl Schritt zu halten. Ich wusste nicht, dass die heute auch kommen.«

»Whitney meinte, sie hätte uns etwas Wichtiges zu erzählen. Ich schätze, sie geht jetzt doch nach Tokio.«

Sie erreichten sie nach ein paar Sekunden; Whitney war atemlos, konnte aber immer noch den Wunsch nach einem heißen Tee herausbellen. Tyner winkte die Kellnerin ungeduldig weg, als wäre er überrascht, dass jemand von ihm erwartete, in einem Restaurant etwas zu bestellen.

»Heißer Tee?«, fragte Tess Whitney. »Wir wissen, dass du nach Tokio gehst, du brauchst doch jetzt keine subtilen Hinweise, um es uns zu erklären.«

»Ich gehe nach Tokio«, sagte sie »Aber nicht für den *Beacon.* Ich habe heute gekündigt.«

Tess schaute Feeney an, aber der war genauso entgeistert und überrascht wie sie selbst. Whitney gabelte sich eine Süßkartoffel von Tess' Teller.

»Es stimmt«, bestätigte Tyner. »Sie war bei mir im Büro und hat sich die Bedingungen ihres Treuhandfonds angeschaut, um sicherzugehen, dass der sie beim gegenwärtigen Wechselkurs Yen / Dollar ernähren kann.«

»Tokio auf Treuhandfonds«, sagte Feeney. »Sehr mutig von dir.«

Tess warf mit einem Stückchen Focaccia nach seinem Kopf, verfehlte ihn aber absichtlich, damit Esskay ein wenig mehr zu essen bekam. »Hey, es ist mutig. Whitney tut endlich mal etwas für sich, statt immer nur die Erwartungen aller anderen zu erfüllen. Vielleicht ist es sogar das Mutigste, was sie je getan hat.«

»Ich bin hier«, sagte Whitney ungewöhnlich leise. »Ich kann für mich selbst sprechen. Es ist so, dass es beim *Beacon* für mich nicht so gut läuft. Es stellt sich heraus, dass es nicht die beste Karriereentscheidung war, einem Chefredakteur in die Schulter zu schießen.«

»Du hast mir das Leben gerettet«, sagte Tess. »Klärt das nicht die Lage?«

»Nur für die Polizei und die Jury. Bei der Arbeit sind die Redakteure jetzt verdammt nervös, wenn ich reinkomme. Vor allem die neuen. Sie zeigen auf mich und flüstern: ›Sie hat im Leakin Park einen Mann erschossen, nur um ihn sterben zu sehen.‹ Neulich habe ich mit einem meiner Chefs über Zeichensetzung diskutiert, und er hat die Security gerufen.« Whitney seufzte, dann nippte sie an Tess' Wein und aß noch eine ihrer Süßkartoffeln. Sie waren wieder im Gleichtakt. Wie konnte Whitney nur auf die andere Seite der Welt ziehen?

»Es ist ja nicht für immer«, sagte Whitney. »Sechs Monate, vielleicht ein Jahr.«

»Aber du bist auf der anderen Seite der Datumsgrenze. Du weißt, was los ist, bevor ich es erfahre.«

»Tess …« Whitneys Grinsen hätte die Grinsekatze beschämt. »Das war schon immer so.«

Epilog

Zwei Wochen später kam ein Päckchen aus Tokio. Esskay schaute zu, wie Tess einen pagodenförmigen Vogelkäfig auspackte. In dem Begleitbrief auf Hotelbriefpapier stand nur: *Stimmt es, dass Krähen immer geradeaus fliegen? Ich bin da nicht so sicher. Vögel wie Crow brauchen, wie wir alle, manchmal Ermutigungen und Hilfe.*

Das war jedenfalls ausreichend Ermutigung für Tess. Sie wählte die Telefonnummer, und dabei wurde ihr klar, dass sie die ganze Zeit nur darauf gewartet hatte, dass jemand sie anstupste. Wie immer war es Whitney, selbst wenn die füntausend Meilen entfernt war.

»Maisie? Tess Monaghan. Wo findet die Floating Opera heute Nacht statt?«

Es war ein neuer Ort, zumindest für Tess, eine alte Dosenfabrik in West-Baltimore, im selben Block wie das Bon-Secours-Hospital und mehrere Methadon-Kliniken. Wie praktisch für die Gäste. Sie fuhr erst um drei Uhr nachts hin und hoffte, Crow würde schon auf der Bühne stehen. Das tat er, aber ohne seine Band und ohne Instrumente. Er saß auf einem Barhocker, hielt ein Mikrophon in der Hand, und sein schwarzes Haar hing als glänzender Zopf über seinen Rücken, ganz ohne die künstlichen Strähnen, an die Tess sich erinnerte. Er begann a capella zu singen.

Zuerst war der Song gar nicht erkennbar, nicht in dieser traurigen, balladesken Form. »Thunder Road«. Tess hörte tatsächlich ein paar Zuschauer zischen, die sich offensichtlich zu hip für Springsteen fanden, Winks geliebten »Boss«. Aber etwas an Crows Gesicht und der schlichten Schönheit seiner Stimme ließ die anfängliche Feindseligkeit der Menge verebben.

Erinnerte sich Crow, dass dieser Song im Radio gelaufen war, als Wink starb? Diese Kleinigkeit hatte ihn damals so fasziniert, er wollte unbedingt über passende Selbstmord-Songs sprechen. Jetzt wussten alle, dass es nicht Winks Wahl gewesen war, sondern Jack Sterlings. Eine Stadt voller Loser, wie wahr. Baltimore kannte sich aus mit Versagern – die 69er Orioles, die 84er Colts, die 96er American League Championship – aber das sorgte für eine demütige Stadt. Mit genug Elan konnte jeder gewinnen. Baltimore wusste, wie man verlor und wie man dann weitermachte, immer noch merkwürdig hoffnungsvoll.

Nach seinem Song versuchte Crow, die Bühne zu verlassen, aber das Publikum bestand auf einer Zugabe, die Leute trampelten mit den Füßen, bis er zurückkam.

»It Never Entered My Mind«, sagte er. Zuerst dachte Tess, er würde sich auf die Begeisterung der Leute beziehen, aber dann begann er zu singen, und ihr wurde klar, dass er nur den Song angesagt hatte, eine ihrer Lieblingsballaden von Rodgers & Hart. Selten sangen Männer dieses Lied, weil es unmöglich war, den Text so zu ändern, dass das Geschlecht der verzweifelten Liebhaberin verschleiert würde, die sich um Gesichtsmasken und Puder sorgte.

Once, you warned me, that if you scorned me
I'd sing the maiden's prayer again
And wish that you were there again
To get into my hair again
It never entered my mind.

Crow schüttelte den Kopf, bis sein langer Zopf sich auflöste und sein schwarzes Haar sich um seine Schultern schmiegte. Er sieht aus wie jemand, den ich kenne, dachte Tess. Willie Nelson? Nein, ich bin es. Das da oben bin ich, die von dem Fehler singt, den ich gemacht habe, als ich ihn gehen ließ. Weiß er, dass ich so empfinde? Oder hofft er nur, dass ich so fühle? Oder hoffe ich, dass er hofft, dass ich so fühle?

Nach dem Song arbeitete sie sich bis nach vorn, es war ihr egal, dass sie nur eine von mehreren Frauen war, die jetzt zu Crow wollten. Süße junge Dinger umringten ihn, zogen sich aber zurück, als sie auftauchte. Offensichtlich hatten Maisie und Lorna noch nicht weitergetratscht, dass Tess keinen Anspruch mehr auf Crow hatte.

»Rodgers & Hart«, sagte sie.

»Hat sich durchgesetzt.«

»Ich schätze, das gilt für alles, wenn man nur lange genug wartet.«

Er zuckte mit den Achseln. Dieser coole, wortkarge Crow machte sie nervös, und sie begann zu plappern: »Ich habe Esskay immer noch. Spike ist aus dem Krankenhaus raus, und ihm geht's gut – also, sein Bein macht ihm Schwierigkeiten, aber er ist in Behandlung. Er lässt sie mich behalten. Und Whitney hat mir diesen Vogelkäfig aus Japan geschickt, und deswegen habe ich gedacht …«

Crow starrte sie an. Sie hatte gewollt, dass er älter wäre, erwachsener. Jetzt war er es. Sie hatte es geschafft. Sie hatte ihn ins Erwachsensein verschreckt.

»Ich mache meinen Abschluss«, sagte er dann. »Meine Eltern sind so begeistert, dass sie mir Geld gegeben haben, das sie fürs nächste Jahr beiseitegelegt hatten. Wir – die Band und ich – gehen nach Texas. Nach Austin.«

»Nach Austin«, wiederholte sie dümmlich.

»Ich weiß, es ist ein Klischee, aber dort begeistern sich die Leute immerhin noch für Musik.«

»Wie lange? Ich meine, wie lange willst du dort bleiben?«

»Ich weiß nicht.« Er zögerte – Crow, der niemals darüber nachdachte, was er als Nächstes sagen würde oder wie er es sagen sollte oder wie es klingen könnte, wenn er es sagte. »Vielleicht gefällt es mir sowieso nicht.«

»Und wo willst du dann hin?«

»Ich weiß nicht.«

Sie suchte nach etwas, was sie sagen könnte, etwas, was die Maske dieses Fremden zerschlüge und den Mann freilegte, den sie gekannt hatte, den Mann, den sie geliebt hatte, ohne zu wissen, dass sie ihn liebte, ohne zu wissen, dass er mehr Mann war als der Mann ihrer Vorstellung, den sie zu wollen gemeint hatte.

»Crow – ich habe einen Fehler gemacht.«

Und wieder dachte er nach, bevor er etwas sagte. »Ja, das hast du.«

Tess ging hinaus, wo sie kurz über einen Auftritt als Scarlett O'Hara nachdachte: Sie könnte sich schluchzend zu Boden werfen und dann ihr tränenüberströmtes Gesicht himmelwärts wenden, sie könnte schwören, ihn sich morgen zurückzuholen. Aber wenn man sich in dieser Gegend auf den Boden warf, dann fiel man höchstens in eine Nadel oder schnitt sich an einer zerbrochenen Flasche Pabst Blue Ribbon. Sie setzte sich also vorsichtig auf den Bürgersteig und wünschte, sie hätte etwas zu trinken oder ein wenig Schokolade. Aber sie hatte nichts. Sogar das Methadon war für die Nacht weggeschlossen. Methadon, das war ein tolles Konzept: eine Droge, die die Wirkung der Droge auslöschte, nach der man sich wirklich verzehrte. Und warum gab es eine solche Hilfe nicht für das eigene Herz?

Wenn Feeney jetzt hier wäre, hätte er ein Gedicht zitiert und darauf hingewiesen, dass es genug Zeit in der Welt gibt oder dass wir einander lieben müssen, um nicht zu sterben. Aber Feeney war zu Hause, er schlief den zufriedenen Schlaf eines Reporters mit einer tollen Story. Außerdem brachte, wie sein guter Freund Auden gern gesagt hatte, Poesie rein gar nichts.

Kitty hätte etwas zugleich wahnsinnig Vernünftiges und doch Banales zu sagen gehabt, und ihr Lover *de nuit* hätte verträumt mit dem Kopf genickt. Tyner hätte vorgeschlagen, ihre Trainingsdosis zu erhöhen: Dein Herz kann nicht wehtun, wenn deine Muskeln schmerzen. Spike würde ihr raten, auf die größte Chance zu setzen.

Und die ihr so nahestehende Whitney war im so verdammt fernen Japan, wo es schon Morgen war. Vielleicht sollte Tess sie anrufen und rausfinden, was der nächste Tag so mit sich brachte. Aber nein – sie würde sich lieber überraschen lassen.

Danksagung

Glücklicherweise arbeite ich an einem Ort, wo die herzlichen Kollegen und klugen Redakteure nur wenig Ähnlichkeiten mit den Mitarbeitern der »ausgedachten« Zeitung in diesem Buch aufweisen. Vor allem möchte ich mich bei den folgenden Kollegen für ihre Hilfe und technischen Ratschläge bedanken: Joan Jacobson, Mike James, Peter Hermann, Arthur Hirsch, Jon Morgan, Mike Littwin, Dan Rodricks, Kate Shatzkin und William F. Zorzi. Irgendwelche Fehler, ob absichtlich oder zufällig, sind meine. Vielen Dank an Johnny Ketchum, den König von Baltimores Wortverwechslern.

Außerdem möchte ich mich bei Spike und Dulcie für ihre guten Ratschläge bedanken.

KAMPA POCKET

Fünf legendäre amerikanische Ermittler

Detective Harry Bosch in L. A.
Michael Connelly
Schwarzes Echo
Deutsch von Jörn Ingwersen

Detective Renée Ballard in L. A.
Michael Connelly
Late Show
Deutsch von Sepp Leeb

Easy Rawlins, Privatdetektiv ohne Lizenz, in L. A.
Walter Mosley
Der weiße Schmetterling
Deutsch von Dietlind Kaiser

Ex-Journalistin und Privatdetektivin
Tess Monaghan in Baltimore
Laura Lippman
Die Witwe des Millionärs
Deutsch von Ulrich Hoffmann

Privatdetektiv Chauncey Wayne Sughrue in Montana
James Crumley
Der letzte echte Kuss
Deutsch von Tony Westermay

Wenn Ihnen dieses KAMPA POCKET gefallen hat, gefällt Ihnen vielleicht auch der Lesetipp auf der gegenüberliegenden Seite.

Schicken Sie uns bitte Ihren LIEBLINGSSATZ aus einem Kampa Pocket, bei einer Veröffentlichung auf unseren Social-Media-Kanälen bedanken wir uns mit einem Buchgeschenk: lieblingssatz@kampaverlag.ch